人民共和國文化與文學叢書

八　編

李　怡　主編

第 **18** 冊

20 世紀 60 至 80 年代「貴州詩人群」研究

楊　洋　著

花木蘭文化事業有限公司

國家圖書館出版品預行編目資料

20 世紀 60 至 80 年代「貴州詩人群」研究／楊洋 著 -- 初版
-- 新北市：花木蘭文化事業有限公司，2020〔民 109〕
目 2+218 面；19×26 公分
（人民共和國文化與文學叢書 八編；第 18 冊）
ISBN 978-986-518-227-4（精裝）
1. 當代詩歌 2. 地方文學 3. 文學評論 4. 中國文學史 5. 貴州省
820.8 109010916

特邀編委（以姓氏筆畫為序）：

吳義勤 孟繁華 張 檸
張志忠 張清華 陳思和
陳曉明 程光煒 劉福春
（臺灣） 宋如珊
（日本） 岩佐昌暲
（新西蘭） 王一燕
（澳大利亞） 鄭 怡

ISBN-978-986-518-227-4

9 789865 182274

人民共和國文化與文學叢書
八 編 第十八冊 ISBN：978-986-518-227-4

20 世紀 60 至 80 年代「貴州詩人群」研究

作 者	楊 洋
主 編	李 怡
企 劃	四川大學中國詩歌研究院
總 編 輯	杜潔祥
副總編輯	楊嘉樂
編 輯	許郁翎、張雅淋 美術編輯 陳逸婷
印 刷	普羅文化出版廣告事業
出 版	花木蘭文化事業有限公司
發 行 人	高小娟
聯絡地址	235 新北市中和區中安街七二號十三樓
	電話：02-2923-1455／傳真：02-2923-1452
網 址	http://www.huamulan.tw 信箱 hml810518@gmail.com
初 版	2020 年 9 月
全書字數	208755 字
定 價	八編 18 冊（精裝）台幣 55,000 元

20世紀60至80年代「貴州詩人群」研究

楊洋 著

作者簡介

楊洋，女，1983 年 6 月，貴州師範學院文學與傳媒學院副教授，2019 年 7 月畢業於北京師範大學文學院，獲文學博士學位，現為四川大學中國語言文學在站博士後，主要從事中國現當代文學、詩歌研究，在《當代文壇》《名作欣賞》等刊物上發表論文 10 餘篇，合著《「文」的傳統與現代中國文學》。

提　　要

　　本書試圖通過對「貴州詩人群」在 1960 至 1980 年代的詩歌創作及相關文學活動的挖掘和辨析，以期呈現在文學「一體化」時代的「無群」現象中，「貴州詩人群」這一獨具個性的文學群體生成、發展的歷史脈絡，並以此展現中國當代新詩發展進程中「中心」區域之外豐富駁雜的文學現象。

　　導論部分，首先對「無群」時代的「貴州詩人群」以及 20 世紀 60 至 80 年代這一時間範圍進行了界定和分析，勾勒出這一詩群從 1960 至 1980 年代的詩歌創作、文學沙龍、自辦刊物以及相關的文學活動。其次，梳理了學界關於「貴州詩人群」的相關研究，力圖重審關於 1960 至 1980 年代詩歌尤其是關於「地下詩歌」的研究範式及其問題所在。

　　第一章主要勾勒「貴州詩人群」圈子的形成及刊物同人的集結。論文梳理了詩群中代表詩人的詩歌活動，包括《啟蒙》、《崛起的一代》和《中國詩歌天體星團》等刊物的創辦，詩群成員如何在「魅力型權威」人物的引領下相聚相識，因共同的時代處境和人生創傷體驗而彼此惺惺相惜的過程。

　　第二章著重討論「貴州詩人群」的詩歌創作及文學主張。論文通過對詩群創作的「潛伏」期、「爆發」期及「沈寂」期的梳理，對詩群從 1960 至 1980 年代的詩歌創作實績進行了總結；從詩群對「野性」詩風的召喚和「血性」精神的抒寫兩個方面凸顯了「貴州詩人群」陽性化的詩歌風格特徵。

　　第三章主要討論「貴州詩人群」的精神追求。論文認為，其詩歌中的「我」和「火」的意象乃是對詩人英雄情結的文學表達；立足於邊緣地帶的詩群卻極具中心意識，突破邊緣化的人生困境，進行去貴州化的別樣抒寫，著力開掘民族歷史文化的痛感；同時，詩群明確提出詩歌要抒寫「敞亮的生命」，實現「情感的革命」訴求，崇尚對人的精神發現。以上種種皆指向「貴州詩人群」鮮明的啟蒙精神和思想特質。

　　第四章重點考察「貴州詩人群」生成的文化資源。現代轉型期貴州的人文生態、貴州的人文先鋒傳統以及社會思想的縫隙和盲點共同構成了詩群生成發展的文學基因；詩群的沙龍生活以及與其他思想群落間的互動交流成為詩群生成的重要助推力；而詩人漂泊與流浪的人生經歷及其對詩歌創作、刊物創辦等文學活動的堅持成為詩群在文化窪地中掙扎的文學行為表徵，實現了對其文學理想和精神追求的執守和對邊緣格局的衝闖。

全球化時代如何討論當下的文學問題
——《人民共和國文化與文學》第八編引言

李 怡

　　我們常常說，這是一個「全球化的時代」，也就是說，對當下文學的討論，「全球化」是一個不可回避的語境。但是「全球化語境下的中國當代文學」這個題目所包含的意蘊以及它所昭示的學術立場本身就是意味深長的。我覺得，在我們積極地研究當下文學自身成就的同時，適當的反顧一下我們已經採取或者可能會採取的立場，也不失為一種新的推進方式。「全球化」是新世紀中國學術的一個重大課題，「中國當下的文學」雖然已經闡述了多年，但在今天的「新世紀」或者說「新時代」的時間段落中，無疑也具有了特殊的意義。只是，如果我們竭力將這些關鍵詞置放在一起，其相互的意義鏈接就變得有點曲曲折折了。

　　從表面上看，「全球化」與「中國當下」，這是一個普遍性的時間和一個特殊空間的問題。我們常常在說「全球化時代」如何如何，這也就是說我們正在經歷一個正在怎麼「化」的過程，這是一個時間的過程。「全球化語境中的中國文學」，似乎應當考慮的是一個局部空間的文學現象如何適應更有普遍意義的時代發展的要求，當然，關於這方面的話題我們可以談出許多。例如全球化時代的經濟一體化進程與民族文化矛盾對於不同民族文化交流與融合的影響，而這種文化的衝突與融合對於文學藝術的創造又取著怎樣的關係，接踵而來的另一個直接問題就是：中國當下的文學，這一目前可能民族性呼聲很高的區域文學如何在呼應「全球化」時代的主體精神的同時保持自己真正的有價值的個性？近 40 年來的學術史上，關於這樣的「時代要求」與民族

國家關係的討論曾經也熱烈地進行過，那就是上一個世紀 80 年代中期的「走向世界」，當時，人們通過重述歌德與恩格斯關於「世界文學」時代到來的論斷，力圖將中國文學納入到「世界文學」時代的統一進程當中，因為這樣一來，我們就可以有力地走出地域空間的封閉而更多地呼應世界性的時代思潮了。

那麼，「全球化」的提出與當年的「走向世界」有什麼不同，它又可能賦予我們文學研究什麼樣的新意呢？在我看來，當年的「走向世界」思潮與其說是關於文學的理性的分析，毋寧說是一種文學呼喚的激情，一種向所有的文學工作者吹響的進軍的號角，除了面對啟蒙目標的偉大衝動外，關於文學特別是文學研究的新的理性評判系統並沒有建立起來，而啟蒙本身的意義也常常被闡述得籠統而模糊。所謂「全球化語境」，其實是為我們的文學特別是文學的研究提供了一個比較完整的新的思考的框架。例如作為人類精神發展基礎的「經濟」的框架：當前全球經濟一體化的過程對於文化與文學究竟會產生怎樣的影響？一個民族國家（諸如中國）的精神創造是如何回應或如何反抗這樣的「同一」過程的？而經濟制度本身又如何對精神生產形成制約或推動？這些思路從宏觀上看將與目前熱烈進行的「現代性」問題的討論相互聯繫，與所謂世俗現代性／審美現代性的分合問題相互聯繫，從而在文學的「內」、「外」結合部位完成細節的展開。顯然，這比過去籠統的「經濟基礎決定上層建築」或者「文學發展與經濟發展的不平衡原則」要具體而充實。從微觀上看，今天我們所討論的「民族國家文學」問題本身就聯繫著「一帶一路」這樣經濟的事實，我們似乎沒有必要將民族國家文學的發展局限在知識分子書齋活動之中，這裡所產生的可能是一個更具有深遠意義的「文化審視」問題——不僅當下中國的人們有了重新自我審視的機會，而且其他地方的人也有了深入審視中國的可能，其實文學的繁榮不就是同時貢獻了多重的視線與眼光嗎？或許正是在這個意義上，我以為，新世紀的「全球化」思維具有了比 80 年代「走向世界」思維更多的優勢。

但是，「全球化」思維又並非就可以敞開我們今天可以感知到一切問題，我甚至發現，在關於文學發展的一個基本的困惑點上，它卻與「走向世界」時代所面對的爭論大同小異了，這個困惑就是我們究竟當如何在「或世界或民族」之間作出選擇，或者說全球化時代的文學普遍意義與民族文學、地區文學之間的矛盾是否還存在，如果存在，我們又當如何解決？無論我們目前

的議論如何竭力「消解」所謂二元對立的思維，其實在學術界討論「全球化」與「民族性」的複雜關係時，我們都彷彿見到了當年世界性與民族性爭論時的熱烈，甚至，其基本的思維出發點也大約相似：全球化時代與世界化時代都代表了更廣大的普遍的時代形象，而中國則是一個局部的空間範圍。這兩個概念的連接，顯然包含著一系列的空間開放與地域融合的問題，也就是說「中國」這個有限空間的韻律應該如何更好地匯入時代性的「合奏」，我們既需要「合奏」，又還要在「合奏」中聽見不同的聲部與樂器！這裡有一個十分重要的理論假定：即最終決定文化發展的是時間，是時間的流動推動了空間內部的變化——應當說，這是我們到目前為止的社會史與文學史都十分習慣的一種思維方式，即我們都是在時代思潮的流變中來探求具體的空間（地域）範圍的變化，首先是出現了時間意義的變革，然後才貫注到了不同的空間意義上，空間似乎就是時間的承載之物，而時間才是運動變化的根本源泉，我們的歷史就是時間不斷在空間上劃出的道道痕跡。例如我們已經讀過的文學史總先得有一章「五四新文化運動的發生」，然後才是「五四在北京」、「五四在上海」或者「五四新文化運動在詩歌領域裡引發的革命」、「在小說領域裡產生的推動」、「在戲劇中的反映」等等。這固然是合理的，但從另一方面來說，它所體現的也就是牛頓式的時空觀念：將時間與空間分割開來，並將其各自絕對化。在這一問題上，愛因斯坦的「相對論」是從打破時空絕對性的立場深化了我們對於時間、空間及其相互關係的認識。在這方面，被譽為繼愛因斯坦之後最偉大的科學家的史蒂芬·霍金有過一個深刻的論述：

> 相對論迫使我們從根本上改變了對時間和空間的觀念。我們必須接受的觀念是：時間不能完全脫離和獨立於空間，而必須和空間結合在一起形成所謂的時空的客體。〔註1〕

這是不是可以啟發我們，在所有「時代思潮」所推動的空間變革之中，其實都包含了空間自我變化的意義。在這個時候，時間的變革不僅不是與空間的變化相分離的，而且常常就是空間變化的某種表現。中國現當代文學決不僅僅是西方「現代性」思潮衝擊與裹挾的結果，它同時更是中國現代知識分子立足於本民族與本地域特定空間範圍的新選擇。只有充分認識到了這一事實，我們才有可能走出今天「質疑現代性」的困境，為中國現當代文學尋找到合法性的證明。

〔註1〕 史蒂芬·霍金：《時間簡史》第21頁，湖南科學技術出版社2002年版。

在時間變遷的大潮中發現空間的本源性意義，這對我們重新讀解中國當下的文學，重新展開「全球化語境中的中國文學」這一命題也很有啟發性。比如，當我們真正重視了空間生存的本源性地位，那麼我們就會發現，從表面上看，這是一個普遍性的時間和一個特殊空間的問題，但在實質上來說，其實所包含的卻是中國自身的「空間」與全球化的「時間」的問題，所謂「全球化」，與其說是一個普遍的時代思潮，還不如說西方人的生存感受。是中國的經濟方式與生活方式在某種意義上匯入了「全球性」的漩流之中，於是，他們將這一感受作為「問題」對包括中國人在內的其他人提了出來，自然，中國人對此也並非全然是被動的對於外來「時間」的反應，他們同樣也在思考，同樣也在感受，但他們感受與思考的本質是什麼呢？僅僅是在「領會」外來的思潮麼？當經濟開發的洪流滾滾而來，當國際的經濟循環四處流淌，當外來的異鄉人紛至遝來，當接受和不能接受、理解和不能理解的文化方式與宗教方式，生活方式與語言方式都前所未有地洶湧撲來，中國的精神世界是怎樣的？中國的文學又是怎樣的？很明顯，在貫通東方與西方、全球與中國的「時代共同性」的底部，還是一個人類與民族「各自生存」的問題，是一個在各自具體的空間範圍內自我感知的問題。

理解中國當下的文學，歸根結底還是要理解中國人自己的感受。這裡的「全球化」與其說更具有普遍性還不如說更具有生存的具體性，與其說可能更具有跨地域認同性還不如說可能包含了更多的地域分歧與衝突的故事，當然，也有融合。既然今天的西方人都可以在連續不斷的抗議和攻擊中走向「全球化」，那麼，我們為什麼不是？所要指出的是，在文學創造的意義上，這裡的抗議與拒絕並非簡單的守舊與停滯，它本身就是一種「有意味」的姿態，或者，它本身也構成了「全球化」的一部分。

2019 年 12 月改於成都長灘

目

次

導　論

一、「無群」時代的「貴州詩人群」

　　今天，當我們回望百年來現代中國文學的發生發展時不難發現，無論是啟蒙與革命話語的興起，還是家國情懷與民族精神的抒寫，現代作家群體在中國百年文化與文學的歷史演進中扮演著極為重要的角色。可以說，在現代中國文學發展的脈絡中，每一種文學思潮的出現和演進背後幾乎都有著一個同人作家群體的提倡和支持，正是由於這些作家群體的倡導和創作實踐，才促成了各種文學思潮在現代中國的風起雲湧，從而極大地推動了整個現代中國文學的發展。正如有學者指出，在現代中國沒有文學群體參與的文學進程是難以讓人想像的〔註1〕。的確，僅20世紀上半葉，能列數出的文學群體就有近百個，其中較為學界所熟知的如：《新青年》群體、曙光社、新潮社、文學研究會、創造社、湖畔詩社、新月社（詩派）、語絲社、莽原社、未名社、淺草沉鐘社、奔流社、朝花社、海派、新感覺小說派（現代詩派）、鄉土文學派、「左聯」、中國詩歌會、「文協」、七月派、九葉詩派、山藥蛋派、荷花澱派等等。正是這些各具特色的文學流派及團體所構成的共生發展的文學生態，促進並加速了現代中國對西方各種文化、哲學、藝術思潮的引進，催生了一批又一批才華橫溢的現代作家。值得一提的是，這裡的「群」並不是指「群體性」的文學創作行為，而是指個性鮮明、具有同人性質的流派團體，如中國現代詩歌史上的新月派、中國詩歌會等等，都具有鮮明突出的詩歌流派特徵。

〔註1〕顧金春：《文學群落與1930年代中國文學作家群體研究》，《中國現代文學研究叢刊》，2012年第10期。

　　進入 1949 年之後，當代中國文化文學的發展發生了巨大的變化，文學從異彩紛呈的多元文學景觀一步步朝著文學「一體化」的趨勢發展。目前學界關於中國大陸 1950 至 1970 年代的文學狀況使用較多的是文學「一體化」的概念，正如學者洪子誠所指出：「『左翼文學』（或『革命文學』）如何經過 1942 年延安文藝整風的『改造』，成為 50～70 年代中國大陸惟一的文學現象，是考察 20 世紀中國文學需要著重關注的問題之一。」〔註 2〕在他看來，當代文學「一體化」的說法要比籠統的「工農兵文學」更合理周全，因為「一體化」的說法勾勒出一種文學形態在當代語境下的演進過程，其著重突出的是文學由多樣性的、多元共生的形態向高度組織化的、一致的文學形態「演化」的進程，而不是籠統地認為文學進入「當代」後被「工農兵文學」全覆蓋的結果。「一體化」不僅是指 1950 至 1970 年代中國文學形態的主要特徵，而且還呈現出主題確立、題材選取、藝術風格以及創作方法等方面趨同的傾向〔註 3〕。換言之，作為描述 1949 年之後中國大陸文學的關鍵性概念，「一體化」已成為學界共識。

　　在 1949 年 7 月召開的第一次全國文藝工作者代表大會上，新文學被一分為二：一是被視為新文學主流的「代表無產階級和其他革命人民的為人民而藝術的路線」；二是已喪失了群眾基礎的、理論「已完全破產」的，「代表軟弱的自由資產階級的所謂為藝術而藝術的路線」〔註 4〕。這種簡單明瞭的二元對立劃分和思維模式對後來的文學發展及文學史敘述產生了不可忽視的影響。1955 年，臧克家發表長文《五四以來新詩發展的一個輪廓》，將上述新文學的「二分法」具體運用到詩歌創作領域，並將胡適以及新月派、象徵派、現代派詩人視為與「當時革命文學對立鬥爭的一個反動的資產階級文藝家的集體」〔註 5〕進行批判否定。繼第一、二次文代會召開後，學界又對電影《武訓傳》以及蕭也牧的小說進行了批判，再經過 1950 年代文藝界的整風運動對文學創作規範的標舉，至 1950 年代初期之時，當代文學的寫作「規範」已呈現出較為清晰的輪廓和細節。對於文學的社會功能、宣傳功用，對於理想的創作方

〔註 2〕洪子誠：《中國當代文學概說》，香港：青文書屋，1997 年，第 2～3 頁。

〔註 3〕洪子誠：《問題與方法：中國當代文學史研究講稿》，北京：生活・讀書・新知三聯書店，2015 年，第 187～190 頁。

〔註 4〕中華全國文學藝術工作者代表大會宣傳處編輯：《中華全國文學藝術工作者代表大會紀念文集》，北京：新華書店，1950 年，第 38～39 頁。

〔註 5〕臧克家：《五四以來新詩發展的一個輪廓》，《文藝學習》，北京，1955 年第 2 期。

法，對於文學題材、主題的具體內容，對於「如何寫」的技巧方法和形式風格等都有相當明確的規定。當詩歌的社會功能和工具性質被過分標舉，詩歌創作的出發點不在心靈和生活，而是將配合宣傳工作作為其主要依據，諸如賀敬之的《十年頌歌》、《東風萬里》等，還有當時流行的一些節日詩、運動詩等文本中充斥著的宣傳詞彙俯拾皆是。1950 至 1970 年代的詩歌最根本的變化乃是個性化的、個人性的、獨立自存的審美追求遭遇各種強勢話語的壓迫。有學者直接指出，1950 至 1967 年間的詩歌「說穿了就是一部頌歌史」〔註 6〕。《和平的最強音》（石方禹）〔註 7〕、《新華頌》（郭沫若）以及《我們最偉大的節日》（何其芳）等詩歌拉開了頌歌的序幕，隨後詩人艾青、田間、柯仲平以及公劉、雁翼等都紛紛加入了吟唱頌歌的隊伍。上述論說意在指出，高揚頌歌和戰歌的時代由於「三結合」的寫作模式以及賽詩會等大規模的、群體性的文學行為創造了中國詩歌史上極為「獨特的景致」〔註 8〕，直接催生了中國詩歌史上最大的詩人群體——「工農兵詩人群」。而那些因為身份或區域形成的詩人群體諸如「紅衛兵詩歌」群體以及被樹立為 1970 年代群體性詩歌創作標兵的「小靳莊詩歌」群體〔註 9〕，其本身在創作個性、精神思想及藝術手法上區別不大，都類屬於「工農兵詩人群」這一大的詩人群體，因為其中的詩人在創作題材、主題內容、藝術取向和精神思想等方面越來越趨同。作家群體的存在是為了實現文學的多樣性以及多元共生的文學形態，而當個體與個體之間的差異性越來越模糊，或者說越來越趨向於相通、一致之時，詩人也就無所謂個體與群體之分，也就不存在具有鮮明個性和流派特徵的作家同人群體了，由此，我們可以將其稱作是「一體化」時代的「無群」現象。值得進一步追問的是，在通常的文學史敘述之外，在 1950 至 1970 年代中國大陸的文學事實中，難道真的只有高唱「頌歌」和「戰歌」的「工農兵詩人群」存在嗎？越來越多的史料表明，在 1949 年之後的所謂「無群」的文學生態環境下，邊遠的貴州從 1960 至 1980 年代卻活躍著一個與同時期的主流詩壇相

〔註 6〕羅振亞：《與先鋒對話》，長春：吉林出版集團有限責任公司，2009 年，第 133 頁。

〔註 7〕石方禹：《和平的最強音》，《人民文學》，1950 年第 1 期。

〔註 8〕王家平：《「文化大革命」時期中國詩歌研究》，漢城：新星出版社，2001 年，第 80 頁。

〔註 9〕王家平：《「文化大革命」時期中國詩歌研究》，漢城：新星出版社，2001 年，第 83 頁。

迴異的詩人群體。當我們在當代文學「一體化」的視角和「無群」的文學發展背景下審視活躍於 1960 至 1980 年代的「貴州詩人群」時，就不難發現其作為一個有別於主流文學思潮存在的詩人群體所具有的文學史價值和意義。

「貴州詩人群」從 1950 年代末個人創作的「潛伏」期開始，就打破了貴州地域文化的封閉性，以極具現代意識的詩學追求與詩歌行動成為貴州第一個具有現代意義的詩人群體。如果說從 1960 至 1970 年代末期，「白洋淀詩群」的出現是以北京文化圈為中心的文學發展在時間上的一種線性必然的話，那麼，「貴州詩人群」的出現則是一種空間上的偶然，換言之，這一詩人群的匯聚主要是基於那個特殊的時代語境下一種思想傾向和精神氣質的投緣，而非統一明確的文學主張。本文所論及的「貴州詩人群」，指的是從 1960 至 1980 年代生活在貴陽，圍繞著「野鴨沙龍」、1978 年的《啟蒙》、1980 年的《崛起的一代》以及 1986 年的《中國詩歌天體星團》等沙龍和雜誌形成的詩人群體。「貴州詩人群」是一種追認性的、約定俗成的命名，就筆者目前所能掌握到的資料來看，這一命名最早出現在學者張清華的《黑夜深處的火光：六七十年代地下詩歌的啟蒙主題》﹝註 10﹞一文中，但該文的論述只涉及到貴州詩人黃翔和啞默。後來，在一次關於「朦朧詩」的對談中，張清華再次提到「貴州詩人群」，並認為「貴州詩人群」的說法很好地涵蓋了詩人黃翔和啞默與周邊詩人的關係，更能呈現出這一批詩人所構成的文學景觀﹝註 11﹞。在此之後，學界在論及這些貴州詩人時，都不約而同地使用了「貴州詩人群」這一命名﹝註 12﹞。

﹝註 10﹞ 張清華：《黑夜深處的火光：六七十年代地下詩歌的啟蒙主題》，《當代作家評論》，2000 年第 3 期。

﹝註 11﹞ 唐曉渡：《先行到失敗中去》，北京：作家出版社，2015 年，第 184 頁。

﹝註 12﹞ 吳尚華：《中國當代詩歌藝術轉型論》，合肥：安徽教育出版社，2004 年，第 148～151 頁。董健，西帆，王彬彬主編：《中國當代文學史新稿》，北京：人民文學出版社，2005 年，第 312 頁。雷達，趙學勇，程金城主編：《中國現當代文學通史》（下），蘭州：甘肅人民出版社，2006 年，第 678 頁。曹萬生主編：《中國現代漢語文學史》，北京：中國人民大學出版社，2010 年，第 509 頁。賀紹俊，巫曉燕著：《中國當代文學圖志》，瀋陽：春風文藝出版社，2011 年，第 127 頁。趙樹勤主編：《中國當代文學史 1949～2012》，長沙：湖南師範大學出版社，2012 年，第 120 頁。張健主編；張閎本卷主編：《中國當代文學編年史》第四卷（1966.1～1976.9），濟南：山東文藝出版社，2012 年，第 158～159 頁。劉波：《「第三代」詩歌研究》，保定：河北大學出版社，2012 年，第 87 頁。張俊彪，郭久麟主編：《大中華二十世紀文學簡史》，南京：江蘇人民出版社，2012 年，第 89～90 頁。洪治綱：《中國當代文學思潮十五講》，杭州：浙江大學出版社，2017 年，第 64 頁。

　　在現代中國文化與文學的歷史發展進程中，主流文化在不同區域所呈現的等級分布導致了文化觀念上的不平等現象。受域外文化的刺激，近現代以來的中國社會文化發展資源發生了轉變，「中心」文化也從曾經的以「北京」為中心的單一結構演變為以「北京─上海」為主的雙中心結構，儘管由單一的中心向雙中心結構的格局轉變確實為現代中國文學的發生發展提供了新的闡釋空間和可能性，但是，這一格局的轉變並沒能從根本上改變我們對雙中心之外的區域文化現象和文學細節的忽略。縱觀 1980 年代以來關於中國當代新詩的相關研究，學界對發生於中心區域〔註 13〕的文學現象和作家群體給予了相當充分的關注，並取得了令人矚目的研究實績。在 1960 至 1980 年代的中國文學中，「地下文學」尤其是「地下詩歌」的浮出彷彿空谷足音，一度改變了中國文學在這一時期的斷裂狀態。目前學界公認的最能代表這一時期「地下詩歌」創作成就的是「白洋淀詩群」與「貴州詩人群」，而既往研究對 1960 至 1980 年代文學尤其是詩歌的關注，因「地下詩歌」這一整體性框架以及「前朦朧詩──朦朧詩」這一線性脈絡的思維侷限，更多關注的是處於北京及其輻射圈子的「白洋淀詩群」及其以北島為代表的朦朧詩人。這似乎已成為學界的一種文學研究常態，即以北京、上海為中心向周圍輻射的研究範式和潛在思維，而在中心文化圈子之外的文學現象卻鮮少獲得學界的集中關注。諸如在既往研究中，學界普遍認為 1960 至 1970 年代的「地下詩歌」因上承 1930 年代的現代派，下啟後來的朦朧詩派、「第三代」詩歌，於是被視為中國現代主義詩歌發展史上重要的一環〔註 14〕。在 1980 年代以來一系列重構經典的「敘史」活動中，「白洋淀詩群」和朦朧詩人因其詩歌精神主題的「反叛性」、「先鋒性」，以及現代主義的藝術傾向極大地推動了「地下詩歌」經典化的歷程。有學者曾感慨道：「也許是由於身在其中，我一直十分尊敬朦朧詩對中國現代主義藝術的血淚開拓。歷數幾千年，這股詩歌意識將中國人表現得最為清醒、冷峭而崇高。它以久蓄的人文精神，將新詩推到了國際藝術的二十世紀上葉。當時，弄得大家對它都很敬畏。」〔註 15〕曾

〔註13〕所謂的「中心區域」指的是國家政治、經濟和文化的中心，在現代中國的歷史發展進程中，這些區域往往是時代變革與文化轉型的策源地，而發生在這些「中心」區域及輻射的圈子內的文化與文學現象在中國現代文化及文學話語的等級序列中往往位於頂端。

〔註14〕霍俊明：《變動、修辭與想像》，北京：中國社會科學出版社，2013 年，第 24 頁。

〔註15〕徐敬亞等編：《歷史將收割一切》，《中國現代主義詩群大觀（1986～1988）》，上海：同濟大學出版社，1988 年，第 1 頁。

經受貶抑的現代主義詩歌的詩學價值不僅被重新顛倒過來，對其美學價值及文學本體性的彰顯更是影響了當時詩歌研究範式的轉換，而「白洋淀詩群」和朦朧詩人的經典化又為所謂的現代主義詩學傾向提供了當代詩歌實踐的坻本。於是，1960 至 1970 年代的「地下詩歌」因詩人食指、「白洋淀詩群」以及北島等朦朧詩人的詩歌創作而成為中國當代詩歌史鏈條上繞不開的重要詩學命題。無論是詩人食指還是「白洋淀詩群」，亦或是後來以北島為代表的朦朧詩人，都屬於來自中心區域的詩人和詩人群體。這是否意味著中國當代新詩的發展都是由中心區域發動和引領的結果呢？

事實上，在北京和上海之外更廣大的區域內，中國作家的生存體驗和知識成長往往包含著對中國文學發展極具闡釋力度的諸多細節，並且極有可能超出我們固有的「中國與西方」、「傳統與現代」的敘事邏輯，因此，對「地方性知識」的關注和發掘將有利於呈現中國作家在面對既有文化資源時所表現出的自身主體的創造性。換言之，現代中國作家的諸多文化選擇並非傳統觀念與西方文化的翻版，而恰恰是基於其自身的生存現實與人生體驗的思考，是一種「地方性」的思考，否則何以解釋文學史及文學研究在關於中國當代詩歌尤其是「地下詩歌」的敘述中常常將「貴州詩人群」與「白洋淀詩群」相提並論呢？甚至有學者提出了「三個孤島」的說法，即 1960 年代中後期至 1970 年代末期，「在邊緣地帶，在人們的意識和視力不及的地方有一些詩歌的萌芽正在生產。一個是北京，一個是上海，還有一個是貴州」〔註 16〕。顯而易見，無論是「白洋淀詩群」〔註 17〕還是「上海詩人群」〔註 18〕，都處於政治、經濟、文化的中心圈子內，而「貴州詩人群」成員不僅身處偏遠的西南

〔註 16〕唐曉渡：《當代先鋒詩三十年》，見曹莉主編：《文學藝術的瞬間與永恆》，北京：清華大學出版社，2014 年，第 202 頁。同時，唐曉渡還在《先行到失敗中去》一文中談到：「60 年代末到 70 年代末曾經存在三個『隱性詩人群』：北京、貴州和上海。當時像是三個各自漂浮的詩歌孤島，現在則可進行同質的分析比較。」見唐曉渡：《先行到失敗中去》，北京：作家出版社，2015 年，第 184 頁。

〔註 17〕張清華：《黑夜深處的火光：六七十年代地下詩歌的啟蒙主題》，《當代作家評論》，2000 年第 3 期。

〔註 18〕他們大多出生於四十年代中後期，當運動來臨的時候，他們已從高中畢業，相比較而言，他們沒有切身地經歷那種巨大反差帶來的痛苦，而且他們也比較系統地接受了直至高中的教育，雖然這種教育能讓他們得到多少精神養料難以斷言，但至少給了他們一定的時間可以自由地學習和閱讀。見錢玉林：《關於我們的「文學聚會」》，《BLUE》雜誌，日本大阪市出版，2001 年第 1 期。

一隅，而且大多數都是那個特殊的時代語境下社會身份有問題的人〔註 19〕。無論是從政治、經濟、文化、地理等社會學意義的層面來看，還是從詩人所處的生存現實和創作語境層面來考量，「貴州詩人群」都處於真正的「邊緣地帶」，正如學者張清華所言：「1978 年 10 月貴州詩人群創辦的《啟蒙》和年底北島等人在北京創辦的《今天》，可以看做是『民間』的具有『文化地理』意義的詩歌現象出現的標誌。這兩份民刊，一份出現在偏僻遙遠的貴州，一份出在京畿要地，實在是非常值得思考玩味，要麼是文化稀薄天高皇帝遠的邊地，要麼是在思想活躍炙手可熱的政治中心，在其他地方則很難想像。」〔註 20〕值得注意的是，上述對於「貴州詩人群」的說法，無論是「三個孤島」之說還是《啟蒙》與《今天》的對舉，都仍然是在「先鋒群體」的框架下來定義「貴州詩人群」的。當然，這樣的視角確實能呈現出「貴州詩人群」的先鋒性價值和意義，然而，在凸顯其先鋒性的同時卻不可避免地遮蔽了這一詩人群體的其他特質，諸如對個人與民族歷史的痛感攝取和詩性抒寫，以及將詩歌視為行動的藝術，以實際的詩歌行動來踐行其對「力」的美學和生命感的尊崇，試圖以充滿「野性」風格和「血性」精神的詩歌抒寫來拯救文學的退縮和疲軟。「貴州詩人群」之所以能在 1960 至 1980 年代的詩壇脫穎而出，絕不是在北京貼幾張大字報和辦幾個刊物就能實現的。作為一個創作力強且極富詩學創見的詩人群體，「貴州詩人群」從 1960 年代初直到 1980 年代末期的詩歌創作及相關的文學活動，無論是被置放在貴州現代文化與文學的發展進程中，還是整個中國新詩發展的脈絡中，都具有極為重要的藝術內蘊和歷史性的突破意義。

那麼，我們不禁要問：這一詩人群體的思想和詩學資源從何而來？為什麼在 1960 至 1970 年代的北京、上海之外，在文化與地理雙重邊緣的貴州會出現這樣一群極具現代眼光和中心意識的詩人？通過對這一詩人群體的考察，就不難發現「貴州詩人群」之於中國當代新詩發展而言，是一個非常特別的存在，而文學史敘述與文學研究對發生在中心區域及其輻射範圍內的文化與文學現象的過多關注，又造成了這樣一種誤解，那就是中國當代新詩的發展都是由中心區域發動、引領的結果，這恰恰與「貴州詩人群」的存在形成了

〔註19〕黃翔的父親黃先明曾是國民黨高級將領，後被判定位歷史反革命分子，黃翔的祖父黃子斌、養母周冬嫦皆被劃為地主。啞默的父親伍效高在 1957 年的「反右」鬥爭中被劃為「大右派」。

〔註20〕張清華主編：《大詩論——中國當代詩歌批評年編 2013》，北京：東方出版社，2014 年，第 29～30 頁。

相牴牾的事實，造成了對文學歷史豐富性的簡化。同時，受「地下詩歌」的整體性框架和「前朦朧詩——朦朧詩」的線性思維的影響，研究者往往將「貴州詩人群」與「白洋淀詩群」及朦朧詩人進行打包關注，因此，我們十分有必要將這一時期的「貴州詩人群」從「地下詩歌」的整體性框架與「前朦朧詩——朦朧詩」的線性思維中剝離出來給予更充分、細緻的考察。

二、為何是 20 世紀 60 至 80 年代

　　筆者將「貴州詩人群」從「地下詩歌」的整體性框架下剝離出來，不僅是為了避免將「貴州詩人群」與「地下詩歌」中的其他創作群體諸如「白洋淀詩群」進行捆綁式研究，更重要的還在於，筆者試圖將對「貴州詩人群」的考察從「地下詩歌」的 1960 至 1970 年代的時間限制中解脫出來，並將這一詩人群體置放在整個中國當代文學的視野下進行更全面、細緻的觀照。不過，筆者在考察、描述「貴州詩人群」的生成、發展過程時又不得不借助於時間分段的操作，正如有學者所言，時間段的劃分「正是人們用以建構歷史的重要手段」〔註 21〕，換言之，如果放棄時間分段的考察「將意味著任憑時間處於混亂無序的自在狀態，因而無法把握歷史的形成和發展」〔註 22〕，因此，如果沒有對時間分段的歷史捕捉，敘述者將很難在文學史描述中獲得有效的歷史參照。當然，以具體的時間節點對豐富的文學史進程進行切割是不可取的，但是，在具體的文學研究中徹底拋開現實情境的劃分去揭示永恆的文學藝術同樣是行不通的。我們不可能忽視具體的社會文化語境對文學實踐的影響，這是文學研究及歷史敘述難以克服的矛盾，同時也是筆者在考察「貴州詩人群」的詩歌創作和文學活動時依然採取時間段劃分的考察方式的主要原因。

　　既往研究對「貴州詩人群」的考察主要集中在 1960 至 1970 年代，也就是「地下詩歌」的時間範圍，諸如有學者曾將「貴州詩人群」視為 1960 至 1970 年代非主流詩歌思潮的代表性詩歌群落，並將其置於 1960 至 1970 年代的時間範圍中進行考察。〔註 23〕事實上，1950 年代末詩人黃翔、伍汶憲（筆者注：啞默的兄長）等創作既已開始。以 1962 年黃翔的詩歌《獨唱》作為「貴州詩

〔註 21〕陶東風：《文學史哲學》，鄭州：河南人民出版社，1994 年，第 278 頁。
〔註 22〕陶東風：《文學史哲學》，鄭州：河南人民出版社，1994 年，第 278 頁。
〔註 23〕張清華：《20 世紀 60 年代～70 年代的非主流詩歌思潮研究》，《中北大學學報》（社會科學版），2011 年第 5 期。

人群」文學活動的起始標誌，黃翔、啞默、路茫等詩人在 1960 至 1970 年代的創作及相關的文學活動屬於「貴州詩人群」在「潛伏期」的創作情況；1978年之後「貴州詩人群」從「潛伏」期進入詩歌創作及文學活動的「噴發」期。然而，「貴州詩人群」從 1978 年至 1980 年代末的詩歌創作及文學活動卻鮮少獲得研究者的關注。值得注意的是，「貴州詩人群」在 1978 至 1987 年間的一系列詩歌活動恰恰是這一詩人群體處於「噴發」期時最活躍的文學實踐，且有著極為重要的文學研究價值和意義。1978 年 10 月，黃翔、路茫（李家華）、方家華、莫建剛等貴州詩人創辦民刊《啟蒙》，並將其張貼在北京王府井大街上，同時成立「啟蒙社」，其成員還包括詩人啞默，是為「啟蒙社」。1980 年由貴州大學在校學生張嘉諺、吳秋林與校外詩人啞默等共同創辦民刊《崛起的一代》，由此出現的「崛起的一代」詩群（簡稱「崛起」詩群）以「崛起」的新詩人的姿態向艾青等詩人挑戰，隨即捲入「朦朧詩論爭」。1986 年黃翔、啞默、張嘉諺、王強、秋瀟雨蘭、莫建剛、黃相榮、王付、趙雲虎等人在貴陽成立「中國詩歌天體星團」（簡稱「星體」詩人）〔註24〕，並於同年 11 月底創辦民刊《中國詩歌天體星團》。1986 年 12 月初，「星體」詩人們帶著幾千份詩報進京參加北京大學首屆文學藝術節，隨後又分別前往北京大學、中國人民大學、北京師範大學、中央工藝美術學院以及魯迅文學院等學校舉行座談會，進行詩歌朗誦並發表演講，同時散發他們提前準備的詩歌報紙和演講單。「貴州詩人群」的一系列文學活動成為其詩歌創作思想和精神主旨的重要實踐，對於當時的北京各高校而言無異於投下了一個個以「詩」為名的炸彈。「星體」詩人在北上之後又分別南下武漢、南京、上海等地開展詩歌行為藝術，不過，《中國詩歌天體星團》僅出了一期後，被禁止再刊。在 1980 年代末、1990 年代初，圍繞著由詩人王強主辦的刊物《大騷動》成立的「大騷動」詩群之後，「貴州詩人群」陷入沈寂分化的狀態。

　　如果把「貴州詩人群」在 1960 至 1980 年代的詩歌創作及文學活動置放在整個中國當代文學的視野中考察，便能發現，儘管群山的環繞阻礙了他們看取世界、眺望遠方的目光，但同時也在很大程度上阻隔了來自中心的權力和意識的侵染，這就使得他們獲得了相對寬鬆、自由思考和發揮的空間。「貴州詩人群」成員尤其是黃翔、啞默等詩人的自我覺醒不僅早於同一時期的食指及「白洋淀詩群」，而且，他們恰恰是身處邊緣卻不乏現代啟蒙意識的人。

<hr>

〔註24〕參見秋瀟雨蘭：《「星體詩人」簡談》，《中國詩歌天體星團》，1986 年第 1 期。

有學者曾這樣評價，在 20 世紀 60 年代至 70 年代的非主流詩歌思潮中，「其代表性群落『貴州詩人群』成為在封閉地域發育的範例，這一群落的創作表現出了鮮明的啟蒙主義思想特質。」〔註 25〕也就是說，在那個特殊的時代語境下，這群詩人雖身處地理與文化雙重意義上邊緣落後的貴州，卻以極具中心意識的眼光打量世界和周遭環境，並且通過對苦痛的現實人生的反噬，伴隨著思辨，進一步對民族歷史的痛感進行開掘，以此不斷地抵抗偽善的現實和民族歷史的痼疾對自我的侵蝕，從而在文學中獲得自由意志的呈現。面對嚴峻的現實處境，他們從不側身而行，因為大多數時候他們是在困境中爬行，在爬行中蓄積能量，但凡有一絲機會，他們都會毫不猶豫地站起來衝到人群的最前面，帶著自印的詩卷，帶著貴州山民的野性和衝勁直搗中心腹地〔註 26〕。同樣是基於對個人痛感的抒寫，「貴州詩人群」放棄了對個人訴苦的迷戀和社會痼疾的淺表考量，而是更趨向於探詢人性的幽暗，挖掘民族歷史文化的痼疾對個人發展的影響。需要強調的是，重新勘定「貴州詩人群」1960 至 1980 年代詩歌創作活動的文學史意義，將其置放在中國新詩發展的脈絡中進行歷時性與共時性的考察，並不意味著要藉此否定或削弱同一時期的詩人食指及「白洋淀詩群」的文學成就，而是針對學界關於詩人食指、「白洋淀詩群」及朦朧詩人經典化建構的過程中所造成的遮蔽進行反思，並試圖呈現 1960 至 1980 年代文學現象的豐富駁雜。

三、「貴州詩人群」研究綜述

現代中國頻繁強勢的時代風雲不僅主導著人們的物質生活和精神氣象，更以不容分說的力量將文學捲入歷史事件和社會變遷的漩渦，學術研究也不能幸免地陷入被意識形態主宰的境遇。自 1980 年代後期由學者王曉明、陳思和提出「重寫文學史」開始，「重寫」的衝動和重構歷史的理想持續發酵，學界一系列持續不斷的「重寫」、「重估」、「重評」的「敘史」活動不僅充分顯示了學術界想要自覺完善文學史框架的美好願景，更重要的是，這一呼籲恰恰體現了「一個時代企圖重建中國學術主體性的奮鬥」〔註 27〕。與此同時，「重

〔註 25〕張清華：《20 世紀 60 年代～70 年代的非主流詩歌思潮研究》，《中北大學學報》（社會科學版），2011 年第 5 期。

〔註 26〕「貴州詩人群」在 1978 年到 1986 年間，自辦刊物《啟蒙》、《崛起的一代》和《中國詩歌天體星團》，每次都會帶著刊物前往北京，進行詩歌藝術和創作思想的傳播。

〔註 27〕李怡：《重寫文學史視域下的民國文學研究》，《河北學刊》，2013 年第 5 期。

寫」或「改寫」也為文學史家彰顯重構歷史的主體意識提供了契機，正如學者洪子誠所言：「歷史的『寫作』的層面，即具有『文本性質』的敘述活動。這種活動，都會受到某種『隱蔽目的』的引導、制約」〔註 28〕，其本身必然帶有一種修辭性和想像性〔註 29〕，敘述者或隱或顯地將自身的歷史觀念和文學趣味投射到對「過去」的重審及敘述中。甚至有學者提出就算是歷史學家的敘述也「並不是清白單純的，它會產生深遠的語義後果。歷史敘事的形式並不是一扇潔淨明亮的窗戶，人們可以毫無阻礙地透過它去回望過去，他可能鑲有有色玻璃或以其他的形式歪曲被看到的景象。」〔註 30〕

　　於是，文學研究界又帶著對「重寫文學史」的各種質疑之聲告別了動盪喧囂的 1980 年代。隨著諸多新異理論的出現，文學研究範式也在不斷轉型，1990 年代的文學研究將關注的目光投向「大歷史」之外的「小歷史」，試圖以對歷史細節的關注與深挖來呈現歷史與文學的豐富和複雜。在反思「重寫」的語境下「重寫」仍在繼續，重估「主流」發現「邊緣」，對特殊年代的詩歌史料如 1960 至 1970 年代的「地下詩歌」、詩人群體及相關民刊的打撈與考察，已成為反思、豐富文學史敘述的重要組成部分。詩歌史的「重寫」必然伴隨著對詩歌運動、思潮、流派、藝術形式、審美價值以及詩人創作的文學史意義等一系列議題的重新勘探，而打撈、挖掘被遮蔽、淹埋的文學現象，關注並重審文學的「邊緣」地帶，無疑是這一「敘史」鏈條上的重要一環。從對「地下詩歌」的整體打撈到對「白洋淀詩群」、詩人食指的細部深挖；從「十七年」文學與「新時期」文學的斷裂到「地下詩歌」與「朦朧詩」的傳承接續，可以說，每一種視角、標準以及論斷的背後都有顯而易見的人文關懷和歷史合理性。於是，在一系列「重寫」、「重估」、「重評」的「敘史」活動中，曾經被壓抑、遮蔽的詩人及詩人群體，如詩人食指及「白洋淀詩群」則步入了文學「經典」的殿堂。這一股熱潮，恰如有學者所描述的那樣：「年青時感染著時代風潮的衝衝撞撞，所知不多卻偏要褒貶臧否的作為，在使我們慚愧之餘，常常渴望能有所彌補、糾正。於是，重寫一部新詩史便成為我

〔註 28〕洪子誠：《問題與方法》，北京：生活·讀書·新知三聯書店，2015 年，第 23～24 頁。

〔註 29〕洪子誠：《問題與方法》，北京：生活·讀書·新知三聯書店，2015 年，第 23～24 頁。

〔註 30〕〔荷〕佛克馬（Douwe Fokkema）、蟻布斯（Elrud Ibsch）：《文學研究與文化參與》，俞國強譯，北京：北京大學出版社，1996 年，第 67～68 頁。

們久埋心中的願望。」〔註31〕

　　儘管「貴州詩人群」的詩歌創作及相關的文學活動直到 1990 年代隨著「地下詩歌」的浮出地表〔註32〕才獲得了一定的關注，但事實上，在 1980 年代末期，「貴州詩人群」成員就已進入了部分學者的視野。1988 年，臺灣詩人、學者高準在其著作《中國大陸新詩評析（1916～1979）》〔註33〕一書中首次收錄「貴州詩人群」成員黃翔的詩歌作品。該書在「六十年代」和「七十年代」板塊中分別收入黃翔的《火炬之歌》〔註34〕和《民主牆頌》〔註35〕兩首詩。相較於書中同時期其他詩人均收錄一首詩歌的情況而言，作者對黃翔作品之重視可見一斑。

　　隨後，詩人邵燕祥在 1989 年 2 月 25 日的《文藝報》（京）上發表《〈中國大陸新詩評析〉讀後》一文，文中邵燕祥特別提到了當時大陸無名詩人黃翔入選的情況，認為臺灣詩人、學者高準將無名詩人、貴陽市工人黃翔於 1969 年創作的《火炬之歌》評價為 1960 年代「大陸新詩的壓卷之作」，是極有見地的做法。邵燕祥進一步強調，「這首詩不但置於 60 年代『文革』時期是不可多得的好詩，即以今天公認的尺度來衡量，也仍然是一首閃耀著激情、理

〔註31〕洪子誠：《中國當代新詩史・後記》，北京：人民文學出版社，1993 年，第 546 ～547 頁。

〔註32〕20 世紀 90 年代以降對「文革」時期的「地下詩歌「的挖掘因「白洋淀詩群」和「前朦朧詩」的身份已獲得較多關注，並成為中國當代詩歌史鏈條上繞不開的重要詩學命題。

〔註33〕高準：《中國大陸新詩評析（1916～1979）》，臺北：文史哲出版社，1988 年。書中「六十年代」板塊收錄情況如下：韓北屏《也鼓》，郭小川《鄉村大道》、《大風雪歌》，魏鋼焰《草葉上的詩》，傅仇《請你給我一朵花》，嚴陣《長江在握窗前流過》，沙白《大江東去》，管用和《隊長會》，周良沛《刑後》，黃翔《火炬之歌》。「七十年代」板塊收錄情況如下：綠原《重讀〈聖經〉》，李瑛《是什麼閃爍在草上》，蔡其矯《丙辰清明》，劉祖慈《廣場》，黃翔《民主牆頌》，白樺《風》，流沙河《草木新篇》，雷抒雁《種子呵醒醒》，葉文福《祖國啊我要燃燒》，北島《回答》，駱耕野《不滿》，寥寥《我們無罪》，舒婷《這也是一切》（附：北島《一切》）。

〔註34〕關於黃翔的《火炬之歌》，《中國大陸新詩評析（1916～1979）》一書記錄其情況如下：「原載《啟蒙業刊之一》，一九七九年三月，選自《大陸地下刊物集編》第三輯」。高準：《中國大陸新詩評析（1916～1979）》，臺北：文史哲出版社，1988 年，第 527 頁。

〔註35〕關於黃翔的《民主牆頌》，《中國大陸新詩評析（1916～1979）》一書記錄其情況如下：「原載《啟蒙業刊之四》，一九七九年三月，選自《大陸地下刊物集編》第三輯」。高準：《中國大陸新詩評析（1916～1979）》，臺北：文史哲出版社，1988 年，第 561 頁。

性和藝術光芒的好詩。這是艾青《火把》和他一系列歌唱太陽與光明的詩在幾十年後的回聲。關於黃翔的詩，應該由詩評家們研究，寫出專文，這裡只是聯想所及，提請讀者注意。」〔註 36〕在邵燕祥看來，正是由於高準「在水一涯」的人生處境才能不受諸多文學之外的因素所影響和牽制，超越當時大陸眾多學者的思維侷限。恐怕高準和邵燕祥兩位詩人都沒有料到，正是他們看好的《火炬之歌》早在 1980 年就遭遇了大陸學界的誤讀。1980 年，剛剛復出的詩人公劉在全國當代詩歌討論會上與一起參會的何順安談論貴州詩人黃翔的「火神」系列詩歌時，將其劃分為崇尚資產階級，對抗整個體制的詩歌，這對於當時的「貴州詩人群」而言，無異於雪上加霜的行為〔註 37〕。

　　1989 年在一篇名為《在融合中鑄造東方的現代詩魂》的文章中，作者李黎以極其敏銳的詩學感受體察到「貴州詩人群」的詩學價值：「像 1986 年底推出的『中國詩歌天體星團』這樣的詩歌強力集團其藝術陣容與詩學質量都明顯超越了以『後現代』為標榜的那一茬『學院派』詩人，從而掀起了又一個詩歌創新大潮，在創新的感性動力上將新詩潮推向了一個新的層次。在今天的中國詩壇上，要想……對貴州的黃翔、啞默、唐雅萍等人的近作找到與其相對，想通的外國現代派詩歌已顯得十分牽強，甚或是完全不可能的了。」〔註 38〕根據目前有案可尋的實迹可知，這是對「貴州詩人群」在 1980 年代的詩歌活動最早的學術探討，學者李黎對「貴州詩人群」以「中國詩歌天體星團」亮相所呈現出的獨特性做出了相當準確的把握。遺憾的是，該文並沒有尋此思路深挖下去，也沒有對 1986 年出現的「中國詩歌天體星團」進行較為詳細的介紹和梳理，以致於旁人很難將「中國詩歌天體星團」與「貴州詩人群」聯繫在一起。

　　自 1990 年代初起，學界陸續開啟了對 1978 年以後的中國新詩史的梳理。1993 年，《在黎明的銅鏡中——朦朧詩卷》〔註 39〕問世，該選本由唐曉渡主編、北京師範大學出版社出版，不但悉數收入了活躍於 20 世紀 70 年代初的「白洋淀詩群」的詩歌作品，而且還第一次收錄了比「白洋淀詩群」創作時間更

〔註 36〕邵燕祥：《〈中國大陸新詩評析〉讀後》，《文藝報》（京），1989 年 2 月 25 日。

〔註 37〕關於詩人公劉對《火炬之歌》等《火神交響曲》組詩的看法，筆者將在第一章第二節有較為詳細的敘述。

〔註 38〕李黎：《在融合中鑄造東方的現代詩魂》，見董志剛等主編：《融合與超越》，武漢：長江文藝出版社，1989 年，第 167 頁。

〔註 39〕唐曉渡：《在黎明的銅鏡中——朦朧詩卷》，北京：北京師範大學出版社，1993 年。

早的貴州詩人黃翔和啞默的詩作,其中詩人黃翔寫於 1962 年的《獨唱》,不僅標誌著「朦朧詩」的時間概念被前延至 20 世紀 60 年代初,更值得注意的是,編者慎重地讓黃翔、食指、啞默以「朦朧詩」先行者的身份亮相,這在詩歌研究的顧盼間著實產生了一錘定音的效果。儘管《朦朧詩卷》僅為一個選本,但編者想要藉此對「朦朧詩」的概念進行一次學術意義的梳理的意圖讓人無法忽視,它不僅只是在內容意義的層面上對既往學界的看法進行糾偏,更重要的是,它展示了編者強烈的問題意識,即所謂中國當代詩歌最具現代性意義的創作行為究竟始於何時?而這樣的問題又引發了一個關於當代詩歌寫作不斷被挖掘和呈現的過程〔註 40〕。同時,還引發了關於「貴州詩人群」詩歌活動的一系列問題,除卻一群活躍在 1960 至 1970 年代的北京詩人之外,在偏遠的貴州竟會出現一群極具中心意識和現代眼光的詩人,且創作實績不斐。不過,還應值得注意的是,貴州詩人黃翔、啞默的詩歌從一出場便與「朦朧詩」接續上了緊密的關係,這的確為接下來學界對「地下詩歌」的挖掘打下了基礎,但同時也埋下了將「貴州詩人群」的詩歌與「朦朧詩」進行捆綁式研究的隱患。

1995 年學者謝冕在《詩探索》第二輯上著文——《20 世紀中國新詩:1978～1989》,在長述 1978 至 1989 年間的新詩概況時,該文是這樣談論中國當代詩歌先行者的:「食指和黃翔是這一類在黑暗與光明際會時刻的詩人的代表。像他們在壓抑中用傳統方式唱出受壓抑聲音的詩人還有啞默、路茫等。這些詩人的詩歌創作以明確的對於災難性現實的批判思考而有別於傳統的頌歌形態,但他們又以堅定的理想激情體現了與 50 年代詩歌精神的接續,他們的力量在於批判歷史和現實的勇氣和獨立精神。超前形態的憤激的聲音具有誘發的力量,開啟了一個時代的靈智。」〔註 41〕可以說,謝冕以其敏銳、獨到的詩家眼光以及深邃、包容的學者情懷,發現了黃翔、啞默、路茫等貴州詩人的詩歌創作中難能可貴的思想分量和精神質素——他們批判地、歷史地審視中國社會的藏污納垢,以堅定、獨立的創作姿態遠離順從和媚俗,挖掘現實人生的痛感卻又不失理想的激情,而這恰恰是對魯迅所開創的「五四」知識分子精神傳統的賡續。

〔註40〕參見霍俊明:《變動、修辭與想像》,北京:中國社會科學出版,2013 年,第 128～140 頁。

〔註41〕謝冕:《20 世紀中國新詩:1978～1989》,《詩探索》,1995 年第 2 輯。

1997 年詩人啞默在民刊《零點》的創刊號上發表《中國大陸潛流文學淺議》一文，這是關於「貴州詩人群」相關史料的第一次完整披露：

「六十年代中後期，貴州一夥青年詩人及文學藝術愛好者黃翔、路茫、啞默、曹秀青（南川林山）、孫唯井、肖承涇、李光濤、張偉林、周喻生、郭庭基、白自成、江長庚、陳德泉……就經常聚在一起，在『文革』的一片『赤色風暴』中對文學、美術、音樂作頑強的自修、探索與創作。當時環境極其險惡，在一個廢棄的天主教堂裏……黃、路、啞等對人文學科，特別是詩歌作全面的研討和創作。當時他們的此舉得以存在的原因是社會上派性奪權大戰，各派無暇顧及社會上的『渣滓魚蝦』。在六十年代，黃翔創作了詩歌《火炬之歌》、《我看見一場戰爭》、《白骨》、《野獸》、散文詩《鵝卵石的回憶》和詩論《留在星球上的筍記》等，啞默寫了詩歌《海鷗》、《鴿子》、《晨雞》、《誰把春天喚醒？》、《大海》及短篇小說《小路》、《檬子樹下的筆記》等，那時黃翔曾多次冒著生命危險在青年中朗誦《火炬之歌》。此類聚會常通宵達旦，有時是在郊野舉行。」〔註42〕

幾乎與此同時，學者張清華也對「貴州詩人群」投下了關注的目光。在 1990 年代末期，對「貴州詩人群」的關注最密切的學者就是張清華。他在《從啟蒙主義到存在主義——中國當代先鋒文學思潮論》和《黑夜深處的火光——「前朦朧詩」論劄》中相繼談到：「事實上，具有啟蒙主義主題性質的文學創作還可以追溯到更早的時間，早在六十年代，黃翔、啞默、食指等人就寫出了他們的第一批作品」〔註43〕，「啞默和食指也分別在 1965 年和 1968 年寫下了最早的批判和思索主題的作品」〔註44〕。文章分別從思想和藝術形式等方面充分肯定了黃翔、食指、啞默的詩歌創作之於「朦朧詩」產生的重要影響和文學史意義，並籍此將他們視為具有現代主義傾向的朦朧詩的先驅。由此，黃翔、食指、啞默作為「朦朧詩」開創者的身份得以進一步確立。黃翔在 1962 年創作的《獨唱》一詩被視為最早的「朦朧詩」作品，而這一結論恰恰與《在黎明的銅鏡中——朦朧詩卷》一書將 1962 年界定為「朦朧詩」的起始時間的觀點

〔註42〕啞默：《中國大陸潛流文學淺議》，見夢亦非主編：《零點》，1997 年第 1 輯。

〔註43〕張清華：《從啟蒙主義到存在主義——中國當代先鋒文學思潮論》，《中國社會科學》，1997 年第 6 期。

〔註44〕張清華：《黑夜深處的火光——「前朦朧詩」論劄》，《山東師範大學學報》（社會科學版），1997 年第 6 期。

相呼應。在學者張清華看來,「貴州詩人群」在中國當代新詩史上不僅是一個極具個性的詩歌群落,同時還是一個重要的思想群落。他在《從啟蒙主義到存在主義——中國當代先鋒文學思潮論》一文中簡述了「貴州詩人群」的詩歌創作及相關的文學活動之後,曾這樣談到:「上述詩歌群落不但標誌著中國當代啟蒙主義文學思想的誕生,同時也可以視為整個先鋒文學思潮的真正發端。從這個意義上,以往人們僅將出現在七八十年代之交的『朦朧詩』作為當代新型文學發展流向的起點是不夠的。朦朧詩是前者的承襲者。」〔註45〕在該文中,作者還坦言關於「啟蒙主義思潮」的說法,最先來自於 1978 年 10 月由貴州詩人黃翔、啞默、路茫等為首成立的「啟蒙社」,並經過對相關史料的梳理得出如下結論:「貴州詩人群」創辦的刊物《啟蒙》及「啟蒙社」的成立早於 1978年 12 月北島等人創辦的《今天》。隨後,這一說法在張清華於 2011 年創作的文章中得到進一步證實〔註46〕。另外值得注意的是,從 1996 年至 1998 年間,《街道》雜誌對「貴州詩人群」的詩人進行了較大篇幅的紀實性報導,分別發表了《啞默:豪門落英》、《中國新詩史的一個重大忽略》及《風中的絕唱》三篇文章,在無意間為「貴州詩人群」的研究提供了大量回憶性的資料。

　　21 世紀初以來,對歷史的「追憶」仍在繼續。學界關於「貴州詩人群」的研究主要可分為以下幾個方面:

　　第一,在「地下詩歌」或「潛在寫作」〔註47〕以及「啟蒙主義」思潮的整體性框架下對「貴州詩人群」進行整體打撈。涉及到的相關文獻有:劉忠的《20世紀中國文學主題研究》〔註48〕,劉志榮的《潛在寫作 1949～1976》〔註49〕,張清華的《朦朧詩:重新認知的必要和理由》〔註50〕、《20 世紀 60 年代～70年代的非主流詩歌思潮研究》〔註51〕,以及由趙敏俐、吳思敬主編的《中國詩

〔註45〕張清華:《從啟蒙主義到存在主義——中國當代先鋒文學思潮論》,《中國社會科學》,1997 年第 6 期。

〔註46〕張清華:《20 世紀 60 年代～70 年代的非主流詩歌思潮研究》,《中北大學學報》(社會科學版),2011 年第 5 期。

〔註47〕陳思和:《試論當代文學史(1949～1976)的「潛在寫作」》,《文學評論》,1999年第 6 期。

〔註48〕劉忠:《20 世紀中國文學主題研究》,北京:社會科學文獻出版社,2006 年。

〔註49〕劉志榮:《潛在寫作 1949～1976》,上海:復旦大學出版社,2007 年。

〔註50〕張清華:《朦朧詩:重新認知的必要和理由》,《當代文壇》,2008 年第 5 期。

〔註51〕張清華:《20 世紀 60 年代～70 年代的非主流詩歌思潮研究》,《中北大學學報》(社會科學版),2011 年第 5 期。

歌通史‧當代卷》〔註52〕。學者王學東則從「邊緣體驗」的角度考察「地下詩歌」的整體精神特質，其中也談到了「貴州詩人群」。〔註53〕還有在談論「潛流文學」時特別介紹了「貴州詩人群」的《中國當代文學史新稿》〔註54〕，以及將「貴州詩人群」置放在「文革」文學視角下觀照的著作〔註55〕。

　　第二，將「貴州詩人群」置放於「朦朧詩」譜系〔註56〕中進行探討，其中涉及到「先鋒」、「新詩潮」、「朦朧詩」源頭等議題。在先鋒視野下審視新時期詩歌，發現大西南詩人以其反叛激情呈現出鮮明的先鋒意識，成為新時期文學反思中無法迴避的風景。而這些以「『異端』與『創新』雙重面孔」出現的詩人群體中，就活躍著黃翔、啞默等貴州詩人的身影，他們異質的思想、獨立的姿態與其天賦的詩歌才情相裹挾，從高原傳出極具穿透力的聲音。將黃翔、啞默在1960年代的詩歌創作視為新時期「新詩潮」的先驅，並指出他們「作為『新詩潮』同行者的西南詩人本身更為樸素而不是更為先鋒」〔註57〕，這不能不說是一個極有創見性的觀點。同時，還認為儘管立足於貴州這一西南邊緣之地或多或少地造成了貴州詩人在詩歌史上的邊緣化，但是，所謂的漠視、遮蔽、戲弄、挪揄都無法改變「貴州詩人群」在文學史上的重要價值。在持此類觀點的學者看來，黃翔、啞默等詩人的詩歌是對災難性歷史現實的批判，他們的精神啟蒙開啟了一個特殊時代的靈智，並成為後來新詩發展變革的重要前提。不過，將「貴州詩人群」置放在大西南文學的整體性視野下觀照，極容易在群體性概括中忽略這一詩群的詩學特質，而且他們的文學史價值和意義也絕不僅僅是「過渡性」的。

　　總的來說，上述研究都不同程度地將「貴州詩人群」與「朦朧詩」捆綁

〔註52〕趙敏俐，吳思敬主編：《中國詩歌通史　當代卷》，北京：人民文學出版社，2012年，第5～14頁。
〔註53〕王學東：《邊緣體驗與文革地下詩歌的精神走向》，四川大學2010年博士論文。
〔註54〕董健，西帆，王彬彬主編：《中國當代文學史新稿》，北京：人民文學出版社，2005年。
〔註55〕雷達，趙學勇，程金城主編：《中國現當代文學通史》（下），蘭州：甘肅人民出版社，2006年。第678頁。賀紹俊，巫曉燕：《中國當代文學圖志》，瀋陽：春風文藝出版社，2011年。趙樹勤主編：《中國當代文學史1949～2012》，長沙：湖南師範大學出版社，2012年。張健主編；張閎本卷主編：《中國當代文學編年史》第四卷（1966.1～1976.9），濟南：山東文藝出版社，2012年。
〔註56〕洪子誠，程光煒編選：《朦朧詩新編》，武漢：長江文藝出版社，2009年。
〔註57〕李怡，段從學，肖偉勝：《大西南文化與新時期詩歌》，重慶：西南師範大學出版社，2002年。

在一起，似乎只有將其置放在「朦朧詩」的序列中，「貴州詩人群」的文學史價值才能得以凸顯。應當承認的是，通過對「白洋淀詩群」、「貴州詩人群」與「朦朧詩」的關係研究，梳理出一條較為連貫的詩歌發展線索是具有歷史合理性的，並在一定程度上有助於挖掘長期被忽視的詩歌史事實。然而，學界關於「朦朧詩」與「地下詩歌」的關係研究，無論是之前的斷裂論還是「重寫」語境下的一脈相承，不過都是具有進化色彩的線性思維的不同面相，其背後掩藏著當代較之於現代具有不可否認的歷史必然性和進步性的潛在心理，並試圖在 20 世紀中國文學史發展進程中確立一條邏輯清晰的脈絡，以此呈現出一種文學的歷史延續性。而與此同時，當這樣的文學發展脈絡和歷史連續性一旦得以確立，又會反過來進一步強化「朦朧詩」以及「朦朧詩」譜系成員的歷史合理性及其文學史價值和意義。因此，當「重寫」語境下的「朦朧詩」不斷地被賦予詩歌史經典的意義時，詩人或詩群若能與「朦朧詩」確立緊密的關係並成為其譜系中的一員，那麼，這個詩人或詩群在詩歌史上被經典化也就指日可待了。在此我們便不難理解，為何有關 1960 至 1970 年代的「地下詩歌」研究總是期待並試圖在自己的研究對象與「朦朧詩」之間確立緊密的關係，並以此為切入點呈現研究對象的文學史意義。然而，這並不意味著所有的「地下詩歌」都能與「朦朧詩」產生理所當然的關聯，如果因此就將「貴州詩人群」的黃翔納入「白洋淀詩群」並使其成為其中的重要一員的話〔註 58〕，那麼這樣的研究恐怕會因為有失真實而抹殺了其研究的價值和意義。

針對與「朦朧詩」的捆綁式研究，有學者曾反思道：「詩人的『發掘』雖說初衷是為了拓展朦朧詩『發生史』的認識，不排除發掘者對被發掘對象的善意和厚道，但可能對詩人自己的『形象』產生損害。……對詩歌史寫作而言，直接的威脅可能將是，任何強烈的炒作可能會打亂詩歌『經典』的『遴選』成規，使詩歌內部的評價機制發生人為的嚴重扭曲，從而喪失對成規和機制最基本的敬畏。」〔註 59〕而對於具有進化論色彩的線性思維，值得警惕的是：「這種線性敘事對於文學史知識的積累傳授可能比較實用而湊效，但在獲得歷史敘述清晰感的同時，也往往忽略了文學史上共時情況的複雜性與多

〔註 58〕吳秀明主編：《中國當代文學史寫真》（簡明讀本），杭州：浙江大學出版社，2003 年，第 270 頁。

〔註 59〕程光煒：《文學史的興起：程光煒自選集》，鄭州：河南大學出版社，2009 年，第 233 頁。

樣性。對於像詩歌創作這樣格外依仗個性、靈感等偶然因素的文學現象來說，線性描述和規律抽取的方式就會犧牲更多『文學的豐富性』。」〔註60〕

　　在「重寫」語境下重估「主流」發現「邊緣」，對特殊年代的詩歌史料如1960至1970年代的「地下詩歌」、詩人群體及相關民刊的打撈與考察，已成為反思、豐富文學史敘述的重要組成部分。然而，對主流詩人群體的過度重視，卻再一次對原本豐富的文學現象造成有意無意的、不同程度的遮蔽。事實上，從1960年代開始與詩人食指及「白洋淀詩群」同樣堅持思考與創作的「貴州詩人群」，因為文化地理的邊緣位置而始終處於學界關注的邊緣地帶。相較於之前文學史敘述中的諸多「偏見」和主觀因素，自1980年代後期開始的「重寫文學史」活動似乎並沒有表現出更為客觀、理性的思考，反而在對1960至1970年代詩歌的「重估」、「重評」中表現出尺度不一、前後牴牾的現象。一方面對1960至1970年代的文學經典敘述表示質疑，並試圖通過「重寫文學史」對其進行顛覆；另一面卻又在飽含主體意識的文學史重構中推出新的經典文本。所謂的「文學經典」，在英國學者特雷·伊格爾頓（Eagleton，T.）看來，便是特定的時代語境下由特定的人群出於特定理由構造而成的〔註61〕。同時，又以規範思想、藝術秩序的「範例」身份參與到特定時代的文化序列的重構與文學導向的形塑中〔註62〕。誠如有學者所言：「將一部分作家作品選為經典的過程，與對其他作家作品進行壓制和淘汰的過程相伴隨，而將所有類型的文學文本置於同一種閱讀範式之下，也必然要以犧牲文學的豐富多樣性為代價」〔註63〕。於是，在一系列「重寫」、「重估」、「重評」的「敘史」活動中，曾經被遮蔽的詩人食指及「白洋淀詩群」則從「邊緣」步入了「經典」的殿堂，較之於詩人食指及「白洋淀詩群」的研究熱度，在同一時代語境下誕生的「貴州詩人群」研究則顯得落寞太多。特殊的時代語境讓「貴州詩人群」的詩歌創作及相關的文學活動成為「非法性」的存在，加上相關史料的匱乏，研究者面臨各種有形無形的限制，學界對「貴州詩人群」的關

〔註60〕溫儒敏：《「新詩集」與中國新詩的發生·序》，見姜濤：《「新詩集」與中國新詩的發生》，北京：北京大學出版社，2005年，第1頁。

〔註61〕〔英〕伊格爾頓（Eagleton, T.）：《二十世紀西方文學理論》，伍曉明譯，西安：陝西師範大學出版社，1987年，第13頁。

〔註62〕洪子誠：《問題與方法》，北京：生活·讀書·新知三聯書店，2015年，第233頁。

〔註63〕戴燕：《文學史的權力》，北京：北京大學出版社，2002年，第94頁。

注始終無法與其詩學價值和文學史意義相匹配。

在筆者看來,以「地下詩歌」、「先鋒詩潮」、「前朦朧詩」和「朦朧詩」等寬泛的概念來敘述 20 世紀 60 至 80 年代的新詩發展歷程,極有可能會成為某種整體性框架下「講故事」的敘史行為,進而造成新的自我封閉,導致文學的歷史成為某種先驗觀念的現實展開。因此,發現文學的事實尤為必要。本文試圖通過對「貴州詩人群」的研究以期呈現 20 世紀 60 至 80 年代的中國新詩豐富多樣的歷史事實,一方面將「貴州詩人群」中的黃翔、啞默等詩人從「前朦朧詩人」或「地下詩歌」創作者以及「先鋒詩人」的框架中剝離出來,同時,呈現他們與路茫、張嘉諺、吳若海、王強等詩人從相識、交往到聚合成群的過程。名之為「貴州詩人群」,目的並不僅僅在於重新挖掘這些被文學史遺忘的文學事實,同時,更是試圖打破從「地下詩歌」、「前朦朧詩」到「朦朧詩」這一現代主義詩歌譜系的線性敘述所造成的封閉性,在具體的時代語境與地域空間的關聯中,呈現出「貴州詩人群」極具創見的文學思考,試圖開啟重新闡釋中國當代新詩的可能性。「貴州詩人群」的詩歌創作及刊物創辦之於中國當代文學史的意義,不僅僅體現為對新詩發展史的擴容,以及對文學駁雜圖景的證明和詮釋,更為重要的是,在遠離所謂「主流」、「中心」的文化圈子之外,在相對落後封閉的空間裏,「貴州詩人群」的詩歌創作及精神追求為中國新詩發展及知識分子傳統的賡續埋下了怎樣的伏筆?如此追問「貴州詩人群」的文學史意義,其目的不僅在於如何評價這一詩群的創作成就,同時,更促使我們進一步思考詩歌自身的發展、詩人與現實人生、詩學的自覺養成等等重要的命題。

第一章　貴州詩人圈子及刊物同人的集結

「……世上將是黑暗與寒冷，靈魂將在苦難中煎熬，如果不是好心的神偶而地派那些青年，來重新振奮人們枯萎的生活。」〔註1〕

第一節　詩群成員的聚合

一、「魅力型權威」人物的出現〔註2〕

詩人群體的聚合，首先取決於這一群體中是否有權威人物的出現。可以說，每一個作家群體中往往都會有一兩個核心人物，如「左聯」的魯迅、「創造社」的郭沫若、「新月派」的胡適和徐志摩、「七月派」的胡風等等。在這些核心人物的身上總能發現其不同凡響的人格魅力，他們的為人處世、言行主張常常能得到所在群體成員的仰慕敬佩，而群體成員們對這些核心人物的擁護也往往出於心甘情願。當然不僅如此，這些作家群體中的核心人物通常都具有較強的組織能力、協調能力，或者說，他們能以較強的凝聚力讓群體中的成員們自然而然地聚合在一起，而這種具有超常聚合能力的個人就是韋伯所說的「魅力型權威」（charismatic domination），這一類人物的出現乃是作家群體得以凝聚的主要因素。

在「貴州詩人群」的聚合中，詩人黃翔和啞默是無可爭議的靈魂人物。

〔註1〕〔奧〕斯蒂芬·茨威格（Stefan Zweig）：《與魔鬼作鬥爭：荷爾德林、克萊斯特、尼采》，徐暢譯，南京：譯林出版社，2015年，第3頁。
〔註2〕1960年代末期，詩人黃翔、啞默和路茫等在位於貴陽市和平路一所廢棄的「天主堂」相識，後來他們經常相聚在啞默的寓所，被黃翔稱為「野鴨沙龍」。

黃翔曾這樣追憶啞默和以及他居住的「野鴨塘」：

> 「我的『老鴨子』，大地上最後一個自然的詩人，最後一隻詩化的野鴨」〔註3〕，當「我闖進『野鴨沙龍』，這隻『鴨子』並沒有受到驚嚇，而是容忍我在他的『池塘』中包括在他身上掀起風暴」〔註4〕。「荒涼的野鴨塘，景色單調。但是住久了，單調中就生出情感的年輪來，一圈一圈地將你的心圍住」〔註5〕。

啞默則坦言，與黃翔的相遇相識改變了他自己，也改變了諸如張嘉諺等人的命運。在他們的生存時空裏，黃翔就好似一個「帶菌者」〔註6〕，將他激情、率真、感性又不乏深邃的詩人「病菌」傳染給身邊的文學愛好者們。難怪詩人芒克、鐘鳴以及學者徐敬亞等人會感慨：「你們貴州（民間）詩人，一提到詩，就要提到黃翔！真有你們的！完全是黃翔式膜拜，給自己弄了一個新的神……我說，你們能不能不提黃翔？」〔註7〕然而，談論「貴州詩人群」，談論其中的任何一位成員，都不可能不提及黃翔和啞默。詩人馬哲在談論自己的詩歌人生時就曾說：

> 「一個黃翔可以支撐我流浪幾年。真的，我在流浪的時候，想到黃翔，他那刀劈不倒的英雄氣概，他的鐵石錚錚，還有從他身上透露出來的五千年漢文化不可摧毀的深邃、堅韌、博大的氣息，似乎就滲透了我；想到啞默，我就會想起俄羅斯原野的白樺林，我心中就充滿溫情；我也想到你，嘉諺先生，一想到你那樸實的形影，那一雙區別於一群瘋狼詩人的冷靜睿智的眼睛就浮現眼前。……我也常常想到王強，他那貴州高原土著的情感鋪天蓋地，讓我充滿溫暖；他那布衣族人的質樸胸懷，猶如紅水河的波浪在我心中湧動。我還想到吳若海，想到黃相榮、想到趙雲虎……有時即使飢餓的時候，彷彿這一切回憶都可以充饑。」〔註8〕

〔註3〕黃翔：《末世啞默》，見王強主編：《大騷動》，1993 年第 3 期，第 13 頁。

〔註4〕黃翔：《末世啞默》，見王強主編：《大騷動》，1993 年第 3 期，第 10 頁。

〔註5〕黃翔：《末世啞默》，見王強主編：《大騷動》，1993 年第 3 期，第 7 頁。

〔註6〕啞默：《世紀的守靈人·昨日不必重現》（卷六），四川大學劉福春中國新詩文獻館提供未刊稿，第 114 頁。

〔註7〕啞默：《世紀的守靈人·昨日不必重現》（卷六），四川大學劉福春中國新詩文獻館提供未刊稿，第 114 頁。

〔註8〕馬哲、老象對談錄：《用行走的兩腳和呼嘯的雙手寫出大詩——貴州流浪詩人的生命、熱血與激情》，轉引自張嘉諺：《獨立邊緣的自由文學》（張嘉諺提供未刊稿）。

　　1970 年代末到 1980 年代初期的貴陽市環南巷路 1 號居住著「當時中國詩人最大的隱者」──黃翔，儘管這一簡陋的居所被黃翔自稱為「停屍房」〔註 9〕，但在王強等詩人眼裏，環南巷 1 號卻是詩歌的殿堂，青年詩人們常常在此出沒。「這裡居住著一個詩魂／遠離塵囂又酷愛人生／每天晨出和晚歸／我不關門也不上鎖──／太多的人在這裡進出／一個世界在這裡居住」（黃翔《詩人家居・閣樓》）〔註 10〕。後來移居廣西北海市的貴州詩人龍俊，曾在與張嘉諺的通信中感慨著他們的青春歲月：「與黃翔、啞默在一起的日子」，曾是他「一生最珍貴最美好的時光」〔註 11〕。在那個簡陋的寓所裏，黃翔、啞默等詩人向青年們介紹了許多世界著名詩人，如聶魯達、波德萊爾、普拉斯、金斯伯格、桑戈爾、帕斯等等，為青年們創造了和文學大師隔空對話的機會。龍俊回憶，在那個叫「停屍房」的聚會場所，他認識了給他啟發和被他尊重的詩人，並形成了他自身的民間立場和詩歌觀念。他曾這樣說道：

> 　　「受到黃翔、啞默的極大影響，我的詩歌精神在那裡早已脫胎換骨。貴陽市公園南路 45 號啞默先生舊居。那個殘敗的庭院，有一間大書屋，那是我當時看到的最多的私人藏書。啞默身上有一種俄羅斯『精神貴族』的氣質。啞默的《飄散的土地》是我在那裡最早讀到的他的代表作之一。他詩的世界眼光開啟了我的視野，使我精神昇華，靈魂振憾。我榮幸在精神和詩歌方面得到這兩位大師的指引，是他們將我點亮並燭照我的精神家園和詩歌旅程。」〔註 12〕

期盼著與詩歌結緣的青年們，無不為黃翔、啞默的詩人氣質和精神魅力所傾倒，在全身散發著詩性精神的詩人前輩面前，在詩人居所進行的文學藝術活動中，川流不息的青年詩人及文學愛好者們自由出入、率性而為、論爭喧鬧，或評論時政，或暢談文學，或朗誦詩歌，隨性、自由、開放，正是這類民間文學活動的特質，一旦融入進去，青年們無不為之動容。一名從外地前來參加活動的青年歐陽旭柳曾說：「在貴陽，我度過了此生最難忘的三天，……在那已經誕生並將繼續誕生出本世紀末最強音的『停屍房』裏產生了一種從

〔註 9〕「停屍房」：是黃翔在環南巷寫作《「弱」的肖像》時，為一種死亡氣息籠罩，為他的小臥房兼寫作室的取名。「停屍房」三個墨寫的大字，就嚇人地貼在門上。
〔註 10〕黃翔：《詩人家居・閣樓》，見《狂飲不醉的獸形》，紐約：天下華人出版社，1998 年，第 57 頁。
〔註 11〕轉引自張嘉諺：《獨立邊緣的自由文學》（張嘉諺提供未刊稿）。
〔註 12〕轉引自張嘉諺：《獨立邊緣的自由文學》（張嘉諺提供未刊稿）。

來沒有過的異樣的情緒。我似乎這才真正懂得了怎樣做人。我經歷了內在生活王國的一次『突變』。在貴陽的三天中，我身上僅存的維繫那個風燭殘年的舊『我』的一切傳統價值觀念終於毀於一旦，我覺得我自己完全成了一個新人。」〔註13〕

二、身份問題及創傷體驗

在關於作家作品的文學研究中，對作家人生經歷的關注由來已久，其中作家早年的人生故事特別是創傷體驗更是成為解讀作家作品的基本常識，只是研究者對作家創傷體驗的認知常常還停留在對社會歷史現狀進行揭示和控訴的層面，更有甚者將作家的創傷體驗視為對作家進行道德評判的有效依據而大做文章。顯而易見，我們似乎都意識到了作家的創傷體驗之於文學研究的重要性，卻始終無法通過自己的研究將這一重要性有效地呈現出來。既然是體驗，其價值和意義必然體現在精神層面上，這就意味著對作家在現實遭遇中的精神狀態和心理感受進行深入挖掘，將促成我們對作家的創傷體驗產生有效的認知。在此情況下，作家的創傷體驗就不再被籠統地視為一種集體性的共同經驗，而是個人最鮮活、真實的生命感受，這種生命感受帶著「創傷」的震顫被儲存在個人記憶中。「在所有心靈現象中，最能顯露其中秘密的，是個人的記憶。他的記憶是他隨身攜帶、而能使他想起自己本身的各種限度和環境的意義之物。記憶絕不會出自偶然：個人從他接受到的，多得無可計數的印象中，選出來記憶的，只有那些他覺得對他的處境有重要性之物。因此，他的記憶代表了他的『生活故事』；他反覆地用這個故事來警告自己或安慰自己，使自己集中心力於自己的目標，並按照過去的經驗，準備用已經試驗過的行為樣式來應付未來。」〔註14〕

在 20 世紀 60 至 80 年代的詩人中，黃翔、啞默等貴州詩人的社會身份是極為特殊的，他們被社會視為有罪之人，而他們人生的困苦皆源於他們「原罪」式的出身。恰恰是他們對社會身份的負重前行，使他們擁有了一份同時代其他詩人所不具備的對人生之苦的詮釋和體悟。

黃翔生於 1941 年，未滿一歲的他作為長孫被送回湖南桂東老家撫養，由

〔註13〕轉引自張嘉諺：《獨立邊緣的自由文學》（張嘉諺提供未刊稿）。
〔註14〕〔奧〕阿爾弗雷德・阿德勒（Alfred Adler）：《自卑與超越》，汪小玲譯，上海：華東師範大學出版社，2017 年，第 73 頁。

於其生父黃先明曾是國民黨高級將領，彼時的黃家是當地的大戶人家，家境還很寬裕。然而，1950 年代的風雲變幻導致家境驟變，黃翔的生父被判定為歷史反革命分子〔註15〕，其祖父黃子斌、養母周冬嬸皆被劃為地主，而黃翔因其「剝削階級」的出身則被視為有罪之人，由此開始了他困頓的人生。在他缺愛、卑微的童年經歷中，讓黃翔刻骨銘心的是他八、九歲時的一段遭遇：

> 「那是我八、九歲的時候，有一次我去大姑媽那裡。她家門外有一口井，那水井圍著一圈石圈，很深。那時陽光照耀著，井底被照得清清亮亮，我發現井裏有一條死魚。於是我找來長竹竿、繩子、鏈子去把它撈起來。正當我高高興興地把魚撈進鏈子的時候，突然一隻大手把我揪住了：『好哇，地主孫子，你投毒，老子把你抓起來送去勞改！』我被嚇得渾身發抖，流著淚哀求道：『伯伯，放了我，求求你，我沒有放毒。』但是那蠻漢已經找來繩子，把我這個『地主孫子』五花大綁地捆起來。我被人抓著遊街示眾，我被關進了牢房，聽說要判我的刑。整個世界在我的眼裏一下變黑了，我看不見一絲亮光。黑暗裏包圍著我的是無數雙仇恨的眼睛，我感到恐怖異常。後來經過化驗，幸虧水中無毒，才得以幸免一場災禍！那時候，我才八、九歲啊！」〔註16〕

兒童好奇的舉動被判為「蓄意投毒」、「想毒死貧下中農」的罪行〔註17〕，本該童真、純淨的世界裏投入的是仇恨、憤怒、敵視的目光，詛咒聲、謾罵聲讓人性的暗影和恐懼深深地刻在幼小的心靈裏。這一段童年被「黑化」的創傷記憶在黃翔以後的人生中持續發酵，並被不斷地述說，以至於啞默後來在回憶中還能感同身受地說起黃翔的這段人生故事〔註18〕。「記憶絕不會出自偶然：個人從他接受到的，多得無可計數的印象中，選出來記憶的，只有那些他覺得對他的處境有重要性之物。因此，他的記憶代表了他的『生活故事』；他反覆地用這個故事來警告自己或安慰自己，使自己集中心力於自己的目標，

〔註15〕黃翔：《並非失敗者的自述》，見王強主編：《大騷動》，1993 年第 3 期，第 63 ～64 頁。

〔註16〕黃翔：《並非失敗者的自述》，見王強主編：《大騷動》，1993 年第 3 期，第 63 ～64 頁。

〔註17〕黃翔：《並非失敗者的自述》，見王強主編：《大騷動》，1993 年第 3 期，第 63 ～64 頁。

〔註18〕啞默：《陽光白骨——縱觀詩人黃翔》，見《世紀的守靈人·見證》（卷三），四川大學劉福春中國新詩文獻館提供未刊稿，第 358～361 頁。

並按照過去的經驗，準備用已經試驗過的行為樣式來應付未來。」〔註 19〕這一段詩人童年的創傷體驗遠遠超出了一個人對人生和人性的固有認知與期待，更何況是一個缺愛又不斷尋愛的孩童。「關於『一條小魚的遭遇』成了詩人生命的起點、社會意識的典型：幼年的黃翔在井裏撈到一條死魚，結果被農會主席、民兵隊長認為他投毒，將他五花大綁送往村公所，並遊街示眾再關押……後經化驗，井中無毒，他才逃脫一條小命。」〔註 20〕

　　被稱為「黑崽子」的黃翔「開始意識到被人歧視的痛苦」，甚至擔驚受怕到自己的一個舉動都會隨時招來橫禍，因此，在人前他從不敢抬起眼皮去正視別人充滿敵意、歧視的目光，「隨時怕災難降臨到我身上，被別人把我抓起來。這層陰影一直跟隨我，……」〔註 21〕以至於過了三十多年後，詩人仍然有種事情就發生在昨天的感覺〔註 22〕。可以說，這段創傷體驗在黃翔的內心深處已種下了「痛感」的種子，處於萌芽期的「自我」變得更敏感而脆弱，但並沒有澆滅黃翔內心尋求溫暖的火種。黃翔在他祖父所開的叫「人和」的小客棧裏發現了被塵封的「寶藏」，那些都是他父親早年留學日本，後來去美國考察時帶回來的各種各樣的書。泛黃的書頁讓瑟縮發抖的心靈開始躁動不安，好似捕捉到了一絲亮光，便義無反顧地循著這光的方向飄去。寫情詩、送情書，導致家人挨批鬥，自己也成為別人的眼中釘、肉中刺〔註 23〕。「五十年代初黃翔幾經周折輾轉，離鄉背井到貴州投靠他的叔叔。以後又自立謀生，先後在煤窯拉過煤、茶場採過茶，從事各種繁重的體力勞動。後來混進了一家工廠當車工學徒。」〔註 24〕敏感、衝動、莽撞且略顯神經質的少年過得惶惶不可終日，終於在十五歲那年迎來了人生第一次心靈上的「出逃」，他隨三叔來到貴陽礦山機器廠當車工。在後來的人生道路上，被貼上「黑崽子」這

〔註 19〕〔奧〕阿爾弗雷德‧阿德勒（Alfred Adler）：《自卑與超越》，汪小玲譯，上海：華東師範大學出版社，2017 年，第 74 頁。

〔註 20〕啞默：《陽光白骨——縱觀詩人黃翔》，見《世紀的守靈人‧見證》（卷三），四川大學劉福春中國新詩文獻館提供未刊稿，第 359 頁。

〔註 21〕黃翔：《並非失敗者的自述》，見王強主編：《大騷動》，1993 年第 3 期，第 63～64 頁。

〔註 22〕黃翔：《幻景》，見《魔——活著的墓碑》，臺北：唐山出版社，2003 年，第 39～42 頁。

〔註 23〕黃翔：《半個世紀的燭光——黃翔五十歲自述》，見《狂飲不醉的獸形》，紐約：天下華人出版社，1998 年，第 633 頁。

〔註 24〕啞默：《陽光白骨——縱觀詩人黃翔》，見《世紀的守靈人‧見證》（卷三），四川大學劉福春中國新詩文獻館提供未刊稿，第 359 頁。

一身份標籤的黃翔並沒能逃脫出身的原罪效應。在黃翔看來，他與啞默都是那些「默默地活過來和默默地痛苦過的人」，「如果沒有生命的全部付出，如果沒有經過黑夜的灼傷和靈魂撕裂的痛苦，哪來如此沉甸甸的感觸？」[註25]

1942 年，啞默（原名伍立憲）出生在貴州當地的名門望族家庭，其父伍效高先生作為當時西南地區有名的工商實業家，十分熱衷於家鄉的教育事業[註26]。啞默講道：「1938 年抗日戰爭烽火中，以他為主，在老家貴州省普定縣創辦了私立建國中學。該校在至 1952 年交公的十幾年間，家父助資總額約合黃金七千五百兩（舊制）。族人中進該校並由此成長起來的尊、長甚多。是故有兩支文化脈絡引申：老家普定的延續傳統，省城貴陽的崇尚西方。是為我童年時代的兩塊土壤。」[註27]這樣的家庭環境為啞默文化素養的養成提供了良好的契機，然而好景不長，1957 年，家庭的不幸殃及子女，啞默的兄弟姐妹中有四人報考大學和中學，均未被錄取，啞默就在其中。「失學的那一年，除了用歪歪斜斜的字幫大人謄寫寫不盡的檢查、交代、供狀、自白書、反省材料、交心報告外，我只好到傳統文化中去尋夢了」[註28]。

物質與精神的雙重貧瘠是 1960 年代在啞默心中最深刻的印記，距 1957 年兄弟姐妹報考落選已過六年之久，1963 年啞默再一次不甘心地報考了大學。他曾回憶道：「過了六年，我報考大學，我很想當一名中醫」[註29]。然而，身為「右派子女」的啞默理所當然地成為當時被社會排擠的一類人，於是，啞默再次落選[註30]，留下了「永遠被拒絕在校門之外」的終生遺憾，正如俄國作家阿克薩柯夫（C. T. Aкcaков, 1817～1860）在《大學時代》一文中說過的一段話：「一個從未受過中學和大學教育的人是一個有缺憾的人，他的生活是不完全的，他缺乏一種他必須在青年時代就感覺到的，否則就永遠感覺不到的經驗。」[註31]啞默曾將這段話記錄在摘抄本上，結果一語成讖。無

〔註25〕黃翔：《末世啞默》，見王強主編：《大騷動》，1993 年第 3 期，第 12 頁。

〔註26〕參見貴陽市地方志編纂委員會辦公室編：《貴陽市志·人物志》，北京：方志出版社，2011 年，第 107 頁。

〔註27〕啞默：《問道》，《詩探索》（理論卷），2013 年第 3 輯。

〔註28〕啞默：《長歌如夢》，《牆裏化石》，北京：中國致公出版社，1999 年，第 2 頁。

〔註29〕啞默：《長歌如夢》，《牆裏化石》，北京：中國致公出版社，1999 年，第 2 頁。

〔註30〕參見啞默：《長歌如夢》，《牆裏化石》，北京：中國致公出版社，1999 年，第 2 頁。

〔註31〕〔俄〕阿克薩柯夫（C. T. Aкcaков）：《家庭紀事》（三部曲），湯真譯，上海：新文藝出版社，1957 年，第 166 頁。

法繼續求學的啞默只能轉為工作，然而，帶著有問題的身份檔案，啞默找工作的艱辛自不待言。1960 年代初，在朋友的幫助下幾經周折，啞默最終得以在貴陽市郊的野鴨塘小學謀得一份代課教師的工作〔註 32〕。啞默曾回憶他一邊教書一邊想要繼續求學的日子：「我想去考大學——一個永遠無法再圓的夢！我從來不缺孩子們的課，那天，我請假進城報到去了。晚上回到學校，從教室旁經過，我覺得有點異樣：掉了漆的桌凳沖刷得白淨，殘缺的幾塊玻璃擦得亮鋥鋥的。『你們班的學生聽說你要走，哭了一整天，先是幾個女孩子哭，後來全班都哭。』老校工對我說。我心裏感到了陣陣憋不住的難受。回到簡陋的寢室，我看不進書，呆呆地坐了許久。……晚上我扯開被子睡覺，一下子從被子裏掉出許多東西：本子、鞋墊、土瓷碟子……本子上畫了許多圖案，有一頁上寫著：老師要去讀大學，回來又來教我們。我沒讀大學，是的，沒讀。」〔註33〕啞默始終未能走出「自己的方圓三十里」，從此在野鴨塘落地生根。

詩人吳若海從小生活在「右派」子弟的陰影中，父母不在身邊，只能與祖母相依為命。祖母給予吳若海悉心的撫育和嚴厲的管教，教他背誦了《四書》及唐詩宋詞，在吳若海的童年記憶中，印象最深的就是門前有祖母身影的清澈的小河，還有屋外那棵高大的皂角樹：「我彷彿聽見一支淡淡的哀傷的兒歌，／哦，那是從我心中流出的往昔的夢……／大地啊，／你是祖母溝壑密布的憂鬱的臉龐，／你是我童年皺紋累累的苦澀的日子」（吳若海《夢和歌謠》）。真摯的情懷與淡淡的人生苦味是吳若海步入文學世界的詩性源泉。

三、詩群成員的身份認同

詩人群體猶如一個生物有機體，「群體的內在目的是自我實現（雖然常常不明確）。它對外部世界的取向是探索環境以滿足需要」〔註34〕。在共同的社會境遇之外，個人所處的「小群體」的生存狀態、活動範圍及行為方式與其生存體驗有著更為直接的關聯，換言之，具體的人際關係及其氛圍對於個人的思想行為更具有決定性的意義。正如美國的社會學家西奧多‧M‧米爾斯

〔註32〕啞默：《牆裏化石》，北京：中國致公出版社，1999 年，第 2 頁。
〔註33〕啞默：《黑夜的迴旋》，見《世紀的守靈人‧湮滅》（卷二），四川大學劉福春中國新詩文獻館提供未刊稿，第 308 頁。
〔註34〕〔美〕西奧多‧M‧米爾斯（Theodore M. Mills）：《小群體社會學》，溫鳳龍譯，昆明：雲南人民出版社，1988 年，第 5 頁。

（Theodore M. Mills）所說：「在人的一生中，個人靠與他人的關係而得以維持，思想因之而穩定，目標方向由此而確定。」〔註35〕在詩人群體的生成聚合中，群體成員的自我認同及成員之間的相互認同意識發揮著極為重要的作用。對於詩人群體中的每一位成員而言，最為關鍵的就在於詩人在這一群體中是否能獲得一種關於「詩人」的身份認同（identification），以及由此生發的詩人之間相互認可、相互影響的意識趨同。

確切地說，「貴州詩人群」並沒有系統的文學觀念和一致的藝術傾向，如果非要尋找「貴州詩人群」成員之間的共性的話，似乎並不能從詩學主張或藝術方法上發現切入點，換言之，並不是什麼明確的文學主張和藝術觀念將詩人們凝聚在一起，而是這群詩人共有的某種精神氣質和創作姿態，亦或是他們對詩性生命和文學藝術的某種信仰讓他們匯聚一堂。對人生之苦痛的攝取，對生命本真狀態的求索與尊崇，以及元氣淋漓的詩性書寫都是「貴州詩人群」之所以結群的凝聚點和關鍵所在。與一般意義上的文學或藝術沙龍不同，「貴州詩人群」的「天主堂」〔註36〕聚會和「野鴨沙龍」裏從未有過「舒適的沙發躺，有可口的飯菜吃，有相當的書報看」〔註37〕，更沒有衣香鬢影的觥籌交錯，甚至更多的時候是狼狽寒酸的處境，是措手不及的躲藏。1963年，黃翔等人流落至峻嶺大山中的一個茶場，這裡有許多做著文學夢的飽讀詩書者，而他們之所以流落至此，主要就是因為他們的社會身份是有問題的，即帶著一種原罪式的社會身份。

「貴州詩人群」從「天主堂」時期開始，就不是為了宣揚某種思想觀念或藝術主張而相聚的。1960 年代末期，貴陽市和平路一處廢棄的天主堂成為一幫文學藝術愛好者的聚集地，而這些人在當時大多都屬於被「破四舊」、「清理階級隊伍」等趕進去的閒雜人等〔註38〕。他們「在那裡熱烈地探討中外文

〔註35〕〔美〕西奧多·M·米爾斯（Theodore M. Mills）：《小群體社會學》，溫鳳龍譯，昆明：雲南人民出版社，1988 年，第 3 頁。

〔註36〕啞默：《陽光白骨——綜觀詩人黃翔》，見《世紀的守靈人·見證》（卷三），四川大學劉福春中國新詩文獻館提供未刊稿，第 360 頁。

〔註37〕徐志摩：《歐遊漫錄·致新月》，見徐志摩著；陳子善選編：《想飛·徐志摩散文經典》上海：上海社會科學院出版社，2003 年，第 312 頁。原刊載於 1925年 4 月 2 日《晨報副刊》。

〔註38〕黃翔：《回顧和思考》，原載於〔美〕《世界週刊》，1998 年 2 月 8 日～14 日；轉引自啞默：《世紀的守靈人·文脈潛行》（卷九），四川大學劉福春中國新詩文獻館提供未刊稿，第 8～10 頁。

學經典名著、哲學和社會科學精要，或狂熱地追求西方音樂、迷戀小提琴等，有時則通宵暢談剖析彼此之作。」〔註 39〕啞默始終清晰地記得第一次踏進那裡時的情形：「我走進樓板已破爛的過道，剛踏上樓梯，就見樓上傳來一陣嘹亮、悅耳的小提琴音階和練習曲的琴聲，這琴聲像一陣清風灌入我的生命。在樓梯轉拐處、二樓過道裏有幾個青年（江長庚、白志成、趙大鬍子）在專注地練琴。我走進一間門開著的房間。一個赤身露腿、只穿一條短球褲的青年（郭庭基），正在練門德爾遜《E 小調小提琴協奏曲》的第一樂章，他頸上搭塊灰黑的毛巾、穿雙破了的塑料涼鞋，看我進來，他像對熟人那樣對我笑笑，意思是自便吧，然後又自顧自地拉琴。房裏凌亂不堪，散亂地放著琴匣、樂譜、琴弦紙套、松香、衣物、生活用品、菜票飯票、門旁一大堆鞋子……牆上貼著一張蘇聯小提琴大師奧依斯特拉赫正在演奏高音區時的近照」〔註 40〕，正是在這裡，啞默與黃翔、路茫〔註 41〕相識。啞默曾回憶道：「斜對面的房間，房門半掩，推門進去，裏面煙霧騰騰，老虎窗透進的光線仿乎投入深淵。看不清屋裏有幾個人。我被介紹給一個坐在一把破藤椅上的年近三十歲的男人。房門開著，煙稍微散了一點，黃翔，一張蒼白而消瘦的臉對我發問了：『你和這些齒輪加鏈條的傢伙很要好？』這張臉白得可怕，顯得單薄，一雙典型的三角眼半睞著、以一種要看透對方的眼神盯著我。沒等我回答，他又自言自語地說：『我不能忍受這些機械噪音！』坐在旁邊的一個戴著時髦的玳瑁眼睛的青年人（路茫）插話了，他用降格俯就的語氣：『你能不能給我借到《查拉特斯杜拉如是說》？』他站起來，雙腳微微向前一踮，很有教養地補充：『尼采的。』我硬著頭皮裝老練地回答：『找找看。』『他叫李家華！又叫李家毛，』黃翔突然高聲說，『假洋鬼子！』然後大笑起來。」〔註 42〕野鴨沙龍的出現，就像是一群無家可歸的青年在文化的荒漠中尋找到的一片可供棲息的綠蔭，在那裡，他們可以天南海北地「擺龍門陣」，蓬頭垢面也不會讓人有絲毫的難堪，這便是「野」之精髓所在，彷彿赤條條立足於天地之間，

〔註 39〕啞默：《代際傳遞：貴州詩歌的潛在寫作》，《詩探索》（理論卷），2016 年第 2 輯。

〔註 40〕啞默：《世紀的守靈人·見證》（卷三），四川大學劉福春中國新詩文獻館提供未刊稿，第 14 頁。

〔註 41〕路茫，原名李家華，（1946～2014），貴州貴陽人，「貴州詩人群」成員之一。

〔註 42〕啞默：《世紀的守靈人·見證》（卷三），四川大學劉福春中國新詩文獻館提供未刊稿，第 15 頁。

無所顧忌地表現最真實的自己。

　　1970 年代之於「貴州詩人群」而言，是一段在苦悶中求索的漫長歲月，詩人黃翔、啞默、路茫只能通過詩歌創作及沙龍活動來度過這難熬的日子〔註43〕。經歷過流浪漂泊以及孤寂的天主堂時期的生活之後，「貴州詩人群」成員迎來了熱鬧的沙龍生涯。他們在啞默家進行文學藝術的探討並將沙龍命名為「野鴨沙龍」〔註44〕，與當時孫惟井的「芭蕉沙龍」、周渝生的「音樂沙龍」以及尹光中的「美術沙龍」之間進行了頻繁的思想交流和藝術探討。在啞默的記憶中，「野鴨沙龍」所在的公園南路 53 號是「一幢朽舊的老式大宅院」，「前庭是破了的花園，堂屋四壁空空，……樓上一間空大的房間，空空的仿古書架上放著一尊恩格斯的石膏像。牆上一個空空的大象框，只有一張襯底的白紙，像框中一張幸存的紙片上寫著：沒有文學和藝術，就無異乎世界沒有色彩，而人類歷史劇也將是一片沒有綠洲的荒漠。」〔註45〕

　　加謬曾斷言：「一切偉大的行動和一切偉大的思想都有一個可笑的開端。偉大的作品常常誕生在一條街的拐角或一家飯館的小門廳裏，荒誕也如此。」〔註46〕「貴州詩人群」在 1980 年代的三次詩歌行動皆誕生於詩人黃翔的簡陋

〔註43〕 1968 至 1969 年間，諸如「野鴨沙龍」這樣的聚會在貴陽是存在著巨大風險的。據啞默回憶：「貴陽類似這樣的『窩點』還很多，……大街小巷到處是『群眾專政指揮部』、『工人糾察隊』、『工人兵團』、『紅衛兵』、『軍宣隊』、『幹宣隊』……晝夜巡邏。但是對文學藝術的愛，對真理的渴望，使得這些青年們寧可冒極大的風險也要相聚。事實上，他們在一起也不只討論文學藝術，對時局、政治、國際問題也極為關心，他們幾乎能地意識得到世界上所發生的一切都與他們的人生有關。」見啞默：《世紀的守靈人·文脈潛行》（卷九），四川大學劉福春中國新詩文獻館提供未刊稿，第 57 頁。

〔註44〕 「……回到貴陽後，認識了詩人啞默，他受他哥哥影響執著文學，六十年代就開始寫詩並自印民刊，在小圈子內流傳。他家有一座深宅大院，有一個沙龍，每週定期聚會，來的都是省城青年中出類拔萃的人物，有詩人、畫家、演員、音樂工作者，這個沙龍被我取名為『野鴨沙龍』，重點在一個『野』字，不僅野，也帶野性的涵義，而其主人在鄉下教書的地方也叫『野鴨塘』。」見黃翔於 1998 年 2 月 8 日至 14 日在美國《世界週刊》上發表的自述，轉引自啞默：《當代「潛在寫作」史料：關於啞默〈真與美〉的史料（一）》，毛迅、李怡主編：《現代中國文化與文學》（第 1 輯），成都：巴蜀書社，2005 年，第189～216 頁。

〔註45〕 啞默：《世紀的守靈人·見證》（卷三），四川大學劉福春中國新詩文獻館提供未刊稿，第 15 頁。

〔註46〕 〔法〕阿爾貝·加繆（Albert Camus）：《西緒福斯神話》，郭宏安譯，北京：生活·讀書·新知三聯書店，2014 年，第 16 頁。

的家居。貴陽市瑞金路 4 號是「貴州詩人群」的刊物《啟蒙》的誕生地，詩人們扛著如炮筒一樣的詩卷從這裡走出，直接衝向北京的王府井大街。在位於貴陽市瑞金路 34 號的閣樓中，「貴州詩人群」成員曾在此與在校大學生共同創辦《崛起的一代》，這些詩壇的無名詩人們冒天下之大不韙向詩壇的權威人物發難。貴陽市環南巷 1 號，在 1986 年誕生了《中國詩歌天體星團》，小小的院落衝出一幫「星體」詩人，目標乃是北京各個高校。詩人的生活變動不安，「詩人的家居」也隨之不斷變換，然而不變的是這裡進進出出的詩人們，熱鬧非凡！

　　繼 1960 至 1970 年代的「野鴨沙龍」之後，詩人黃翔的寓所被開闢成「貴州詩人群」在 1980 年代的聚會場所。在這裡接受了文學藝術強烈震撼的詩人吳若海曾這樣描述過「詩人的家居」：

> 「在貴陽市喧鬧的街市旁，一個簇擁著十幾個年輕人的小小院落之中，有一種詩的真誠的聲音，一種面向整個中國乃至整個世界的新的自由詩神和詩人的聲音。」〔註47〕

這是詩人吳若海從「詩人的家居」中所獲得的最切實生動的感受，年僅 19 歲的青年在「詩人的家居」裏聽到了「詩的聲音」，一種攪動了詩歌靈魂的悸動。於是，莽撞無知、不諳世事的年輕人帶著「恢宏狂亂的詩歌意念」草率地闖入了詩人群中。在這片高原的天空下，青年詩人尋覓到一種強勁、明朗的漢語詩歌力量，並且他驚奇地發現這股力量正在這群詩人身上彙集。這讓一個初出茅廬的文學青年興奮不已，他彷彿看到了一種獨領風騷的文學景觀以及能隨時掀起精神風浪的時代激情和恢弘的想像〔註48〕。

　　同樣受到極大影響的還有後來與黃翔、啞默等人創辦了《崛起的一代》的張嘉諺，彼時的他還是貴州大學的一名在校學生，而那是的黃翔已自編完成其名為《騷亂·野獸的沉思》的詩集，配以硬皮的封面，以白紙裁成的十六開書頁裏是詩人方正虯勁的手抄鋼筆字，一首詩便是一頁，整個版面顯得開闊大氣。詩人對這一手抄本異常珍惜，從不輕易示人，張嘉諺還清楚地記得最初拜訪黃翔時，黃翔會在交談中情不自禁地朗誦其中的一兩首詩，朗誦

〔註47〕張嘉諺，吳若海：《驚天動地的「抽屜文學」》，見啞默：《世紀的守靈人·文脈潛行》（卷九），四川大學劉福春中國新詩文獻館提供未刊稿，第 306 頁。
〔註48〕參見張嘉諺，吳若海：《驚天動地的「抽屜文學」》，見啞默：《世紀的守靈人·文脈潛行》（卷九），四川大學劉福春中國新詩文獻館提供未刊稿，第 306～307 頁。

完之後便立即放回書架。張嘉諺回憶道:「我要來看,剛翻閱一會他便收回去放上書架。交往熟了後,我一去黃翔處便忍不住要翻看這部詩集,讀到《鵝卵石的回憶》、《詩人的家居》等詩,喜歡得不得了;加上黃翔的朗誦,一掃我以前所讀的流行詩歌印象。我眼裏的黃翔,可謂渾身每個細胞都有詩;這種感覺,以後在我所接觸的任何詩人那裡都沒有過。在黃翔那裡,我似乎才認識到,真正的詩該怎麼寫,真正的詩人是怎麼回事。」〔註49〕

> 年青的來這裡尋覓智慧
> 年老的來這裡索取熱情
> 受難的來這裡遺棄痛苦
> 蒙昧的來這裡帶走懷疑
> 理想和夢幻在這裡見面
> 青春和友誼在這裡碰杯
> 詩歌和愛情在這裡相遇
> 美德和邪惡在這裡分手
> 多少人來來去去
> 白天和黑夜交替
> 爐子上的茶罐噝噝冒著熱氣
> 煙灰缸裏丟滿了煙頭
> ……
> 一代生活在這裡上下
> 一個時代在這裡進出
>
> ——黃翔《詩人家居·樓梯》

　　那是屬於「貴州詩人群」的熱鬧喧騰的 1980 年代,在充滿思想自由、文學激情與狂熱的沙龍中,那些來往穿梭於其間的青年詩人及文藝愛好者們,不僅為黃翔和啞默的思想激情與儒雅氣質所吸引,更從他們身上獲得了一種不可抵擋的、來自靈魂深處的詩情激勵。若非親歷者所言,局外人實在難以想像那種讓人渾身顫慄的詩人情緒。詩人們原本孤寂的「自我」在這裡彷彿找到了靈魂的歸宿,彼此間的交流、切磋與認同,讓「貴州詩人群」的成員們情不自禁地驅動著自我以「詩人」的身份向外界吶喊甚至發出挑戰。於是,

---

〔註49〕張嘉諺:《咆哮於崛起詩風的潮頭》,見《崛起的一代》,1980 年第 1 期「代前言」。

經歷了 1960 至 1970 年代的「潛伏」期之後,「貴州詩人群」一邊積極地進行詩歌創作與探索,一邊如火如荼地創辦詩歌刊物,並生成了屬於「貴州詩人群」的獨特的話語空間,如 1978 年《啟蒙》的創辦及詩群成員在北京王府井大街的亮相,1980 年《崛起的一代》及「崛起」的詩人所參與的話語論爭,1986 年的《中國詩歌天體星團》及其詩人們赴京舉行的一系列詩歌朗誦及演講。可以說,「貴州詩人群」的詩歌創作及文學活動在 1978 年之後及 1980 年代猶如山洪爆發一般不可阻擋,由此,「貴州詩人群」為詩壇留下了陽剛、彪悍甚至粗野的詩人形象。

第二節　民刊的創辦及話語空間的形成

在中國,「官報」自古就有,並非西學產物,而「民刊」的出現,據相關研究資料表明,卻是現代報業發展的精髓所在〔註 50〕。所謂「民刊」,乃中國大陸「民辦刊物」的簡稱。「民刊」往往被視為是一種與「官方」、「主流」相抗衡的文學傳播方式和途徑。在不同的時代語境下,「民刊」又被稱為「同人刊物」、「非正式出版物」或「非官方刊物」等。因而,這種具有對抗性的「民間」姿態常常引發學界對其「邊緣性」的側目,於是,既往研究習慣於將「民刊」置放在「官方與民間」、「民間與精英」、「邊緣與中心」或「主流與異端」等關係項中加以考察和確認〔註 51〕。

事實上,早在新文學發生初期,同人刊物及其作家群體集結的現象就已出現。茅盾曾通過分析認為,1925 年前後正是「青年的文學團體和小型的文藝期刊蓬勃滋生的時代」,儘管那些「團體和期刊也許產生了以後旋又消滅……然而他們對於新文學發展的意義卻是很大的……青年作家,在那狂猛的文學大活動的洪水中已經練得一副好身手,他們的出現使得新文學史上第一個十年的後半期頓然有聲有色」〔註 52〕。可以說,期刊雜誌作為文學群體

〔註 50〕卓南生:《中國近代報業發展史:1815~1874》,臺北:正中書局,1998 年,第 9 頁。

〔註 51〕持類似觀點的有:明飛龍:《詩歌的一種演義》,北京:九州出版社,2010 年;趙思運:《民刊,作為新詩的特殊傳播方式》,《2010 年中國文學傳播與接受國際學術研討會論文集》,2010 年;張清華:《中國當代民間詩歌地理·序》,見《中國當代民間詩歌地理》(上),北京:東方出版社,2015 年。

〔註 52〕蔡元培等主編:《中國新文學大系導言論集》,上海:良友復興圖書公司,1940 年,第 87 頁。

話語權的開拓者及其文藝思想的有機載體，不僅與文學群體形成了共生共榮的關係，更是文學群體得以凝聚的重要手段。如 1918 年的《新青年》雜誌之於「新青年」群體，《文學週報》、《文學旬刊》之於 1920 年代的文學研究會，以及《創造》月刊之於創造社，《語絲》週刊之於語絲社，再到 1930 年代的《文學雜誌》、《魯迅風》、《七月》、《希望》等等，都是每一個文學群體精心策劃的刊物。辦刊人不僅借助於刊物提出鮮明的思想主張，吸引志同道合者的注意，同時還會選定一個有號召力的「魅力型權威」人物擔任主編，藉此來聚攏參與者。除此之外，他們往往會在作家群體內部選擇具有相似的創作觀念和藝術主張的稿件，以此擴大刊物的影響力，壯大作家群體，因此，作家群體為自己量身打造的刊物不僅是這一群體為自己尋求同人的一個重要手段，更為群體成員搭建了一個全新的且十分重要的話語空間。現代傳媒尤其是同人報刊雜誌所構成的公共話語空間，使得現代知識者不再似傳統文人那樣相對局促受限且只能優游娛樂於交遊同道之中，而是從封閉的個人或小群體空間走向更加開放的公共領域。由此不難看出，如果沒有現代刊物，尤其是「民刊」的盛景，新文學的發生及影響是難以想像的。然而，隨著社會形態和時代語境的變化，「民刊」這一話語載體和傳播形式逐漸淡出出版界。不過，逼仄的環境下總有躁動的靈魂在尋找著詩情爆裂的突破口，正如有詩人所感慨道：「生命和詩歌長久受到壓抑，終於臨近『爆破』。」〔註 53〕

　　「貴州詩人群」從 1978 至 1986 年先後以《啟蒙》、《崛起的一代》和《中國詩歌天體星團》等報刊集結在一起，同時以「啟蒙社」、「崛起」詩群和「星體」詩人的身份在不同階段的亮相，包括後來於 1990 年代初期出現的民刊《大騷動》〔註 54〕都彰顯了獨屬於「貴州詩人群」的詩歌精神和大無畏的行為主義方式。在這條民刊串連起來的詩歌發展脈絡中，「貴州詩人群」成員彼此間相處融洽，近乎師承關係，一波接一波的綿延不絕，卻又各自獨立、各有創新。〔註 55〕對於自辦刊物的行為，詩人啞默總是感慨萬分，在他看來，1980年代的民刊大潮之所以激動人心，就在於那既是一種「思想啟蒙、精神解放運動」，同時又是「一種知行合一」，「言關社稷、臧否天下、悲憫蒼生的真誠

〔註 53〕黃翔：《半個世紀的燭光──黃翔五十歲自述》，見《狂飲不醉的獸形》，紐約：天下華人出版社，1998 年，第 637 頁。

〔註 54〕王強主編的民刊《大騷動》，1991 年 12 月創辦，截止目前共出 5 期。

〔註 55〕孫文濤：《大地訪詩人》，香港：天馬圖書有限公司，2003 年，第 5 頁。

履踐」〔註56〕，是民族氣質最真實可貴的呈現。作為這些潮流中的弄潮兒，最珍貴的記憶便是可以忠實於自己「內心的意向和生命的潛在衝動」〔註57〕去創作和思考。詩人柏樺曾這樣評價道：「當我回顧 80 年代最初的那段歲月時，清楚地看到了在沈寂的個人生活之外，一段充滿傳奇色彩的詩歌歷史正在迤邐展開，那是貴州詩人⋯⋯以啟蒙式的泛政治策略及令人震驚的革命手段塑造了自己的先鋒性和傳奇性。吸引公眾的眼球，營造狂歡效果的黃翔便是最典型的例子。他揮舞著他那如炮筒狀的一百多張巨幅詩稿，在天安門前瘋狂的吶喊；他率領他那渾身捆綁詩歌（似炸彈）的『中國詩歌天體星團』，如外星人入侵地球一般殺向北京各高校。」〔註58〕

　　在中國當代文學發展的歷史進程中，1980 年代包含了「民刊之春」〔註59〕。有學者曾指出：「當代中國的民間詩刊自 1978 年《啟蒙》和《今天》的創辦開始，一直到今天，已將近有四十年的時間。在這並不算短的四十來年中，民間詩刊生生不息，不無悲壯地前赴後繼、此起彼伏，不僅是我們不容忽視的文學史存在和文學史現象，也形成了一種相當重要的文學傳統。」〔註60〕可見，民間詩刊在「民刊之春」中扮演著當之無愧的主力軍的角色。誠如學者奚密所言：「儘管非官方詩歌刊物的發行量有限，它們的重要性是不容低估的，⋯⋯，非官方詩歌一直是當代中國文學試驗和創新的拓荒者。」〔註61〕可以說，在中國當代文學的發展進程中，民間詩刊往往成為詩歌內涵與形式革新的重要園地。「近 20 年的中國新詩史基本上是由民間詩歌報刊推動、改寫的，無論是詩歌精神、詩歌觀念還是詩歌文本，都是如此。可以說，離開了這難以數計的民刊，根本就無法談論這個時段的詩歌史。」〔註62〕由此可見，民間詩刊對當代詩壇新生力量的激活與培育都昭示著它不可忽視的文學史意義。

〔註56〕孫文濤：《大地訪詩人》，香港：天馬圖書有限公司，2003 年，第 5 頁。

〔註57〕孫文濤：《大地訪詩人》，香港：天馬圖書有限公司，2003 年，第 5 頁。

〔註58〕柏樺：《從貴州到「今天」》，見《左邊：毛澤東時代的抒情詩人》，南京：江蘇文藝出版社，2009 年，第 35～36 頁。

〔註59〕黃孩禮：《辦民刊：像堂吉訶德一樣去渴望》，《詩歌與人》特刊，2009 年 3 月。

〔註60〕何言宏：《當代中國民間詩刊的文學文化意義》，《文藝爭鳴》，2017 年第 9 期。

〔註61〕奚密：《從邊緣出發》，廣州：廣東人民出版社，2000 年，第 206 頁。

〔註62〕趙思運：《民刊，作為新詩的特殊傳播方式》，《2010 年中國文學傳播與接受國際學術研討會論文集》，2010 年。

一、《啟蒙》的創辦與「貴州詩人群」的入場

在 1978 年 9 月至 1979 年 6 月為時十個月的時間裏，詩人北島與貴州詩人啞默有較為頻繁的書信往來，其中的內容不僅涉及到《今天》創刊的前前後後，更關涉到一段被誤讀、遺忘的文學史實，一個撕裂新詩大幕、掀開詩歌民刊大潮的文學存在。然而，「貴州詩人群」創辦的報刊《啟蒙》以及圍繞《啟蒙》所發生的一系列文學事實至今仍未得到學界的有效關注，筆者認為其中的原因頗為複雜，諸如對「貴州詩人群」的相關史料挖掘不夠充分；學界相當部分學者對特殊情況下的官方解讀過分倚重從而導致對「貴州詩人群」的誤解、誤讀；同時，在純文學觀的長期影響下，部分學者難以正視詩歌與時代、政治、歷史的糾纏關係。回顧既往研究便不難發現，在關於 1970 年代末、1980 年代初朦朧詩人崛起及其刊物《今天》的文學史敘述中，「貴州詩人群」的身影常常若隱若現，不論是無意的提及還是有意的簡化甚至迴避，都充分證明了「貴州詩人群」之於 1970 年代末 1980 年代初的文學史是一個繞不開的存在。只有盡可能回返歷史現場貼近歷史的真實，才能有效地排除各種誤解、誤讀以及非理性認識對學術研究的干擾。詩人北島曾在《今天》的發刊詞中特別強調《今天》是一份純文學性質的刊物，同時，他在給黃翔、啞默的信中認為「貴州詩人群」的詩歌和刊物具有濃厚的政治色彩，於是，當這些史料被披露出來之後，在很大程度上影響了後來的文學研究者和敘述者對這一段文學史實及「貴州詩人群」的書寫。筆者認為只需詳細研讀北島和貴州詩人啞默之間的書信，尤其是對《啟蒙》創辦前後北島的情感認同和態度轉變有了更為精準的認知後，我們或許就能撇開先入之見，在更為開闊的視野和格局下體察」貴州詩人群」1980 年代的文學活動是否具有特別的文學史價值和意義。

《啟蒙》創刊始末

1978 年 10 月 11 日，貴州詩人黃翔、路茫（李家華）、莫建剛及方家華前往北京王府井大街張貼出一百多張大字報，內容是以《啟蒙·火神交響詩》為總標題的系列詩歌，同時，詩人們還舉行了廣場式的即興詩歌朗誦，隨後陸續有梁福慶等詩人的加入，是為《啟蒙》創刊。從 1978 年 10 月至 1979 年 3 月間，《啟蒙》前後刊發了五期，涉及的內容分別有詩歌、文論、政論等。其中各期涉及到的主要內容如下：

1978 年 10 月 11 日，《啟蒙》第一期刊載了《火神交響詩》；

　　1978 年 11 月 24 日,《啟蒙》第二期刊載路茫（李家華）的《評〈火神交響詩〉》；

　　1979 年 1 月 8 日,《啟蒙》第三期刊載《致卡特總統》和《論人權》；

　　1979 年 1 月 25 日,《啟蒙》第四期刊載《論歷史人物對歷史的作用與反作用》；

　　1979 年 3 月 5 日,《啟蒙》第五期專門刊載「愛情詩專輯」,主要刊出以下詩歌:《來一場靜悄悄的情感革命》、《田園奏鳴曲》、《愛情的形象》、《青春,聽我唱一支絕望的歌》。與此同時,還附錄了《致〈詩刊〉編輯部》。〔註 63〕

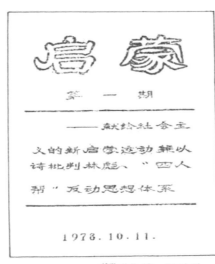

《啟蒙》第一期封面

《啟蒙》第一期封面〔註 64〕

　　從 1978 年 10 月 11 日創刊至 1979 年 3 月 5 日被迫停刊。這份僅生存了不到半年之久的民間刊物《啟蒙》被認為是貴州詩人到北京王府井大街投下的詩歌「炮彈」〔註 65〕,成為中國當代詩歌史上「撕裂大幕」〔註 66〕的存在,「在萬馬齊諳的中國屏息等待歷史大轉折的前夜」,是貴州詩人「衝到北京去

〔註 63〕 參見啞默:《世紀的守靈人‧文脈潛行》（卷九）,四川大學劉福春中國新詩文獻館提供未刊稿,第 41～43 頁。

〔註 64〕 圖片由荷蘭萊頓大學柯雷教授提供。

〔註 65〕 柏樺:《從貴州到「今天」》,見《左邊:毛澤東時代的抒情詩人》,南京:江蘇文藝出版社,2009 年,第 35 頁。

〔註 66〕 參見黃翔:《並非失敗者的自述》,見《大騷動》,1993 年第 3 期,第 63～64 頁。

點燃了第一把火」〔註67〕。然而，學界對於點燃這「第一把火」的民間刊物《啟蒙》常常避而不談，儘管其中的原因頗為複雜，然而，學界對《啟蒙》的誤解、誤讀仍是十分關鍵的緣由。在此，我們非常有必要回到《啟蒙》誕生的具體歷史情境中重新考察這份刊物的來龍去脈，釐清糾纏於其中的各種複雜線索，盡可能挖掘出《啟蒙》在文學場域中被遺忘或埋沒的緣由。

1978年10月8日，在詩人啞默的回憶中，這是一個陰冷寒濕的星期天。窗外灰濛濛的一片，黃翔穿著洗褪了色的淡黃色中山服前來和他進行赴京之前的告別。當時黃翔告知啞默他們一行四五個人將乘坐當天下午四點過鐘的火車進京〔註68〕。據筆者查到的1978年下半年從貴陽前往北京的火車時刻表和所需時間證明，1978年10月8日下午4點鐘左右的火車到達北京是10月10日，而黃翔曾在回憶中談到他們首次到達北京時恰好正是1978年10月10日〔註69〕，「1978年10月10日，我帶著我的詩，帶著我的衝動，帶著我的全部痛苦和憤怒，同我的幾個朋友一起來到北京。次日，我以《啟蒙》為題將我的《火神交響詩》全稿以大字報和油印民刊形式在北京王府井大街張貼和散發。」〔註70〕

1978年11月17日，北島在給啞默的信中就曾提到過黃翔給他寄去的《啟蒙》，並就《啟蒙》談到創辦民刊時有可能遭遇的威脅和處罰。〔註71〕時隔15年之後，北島仍清晰地記得「貴州詩人群」的詩歌以及《啟蒙》帶給他的衝擊力，「我記得一個轉變的最重要跡象，就是一九七八年十月十一號，在王府井大街貼出了黃翔和幾個貴州青年詩人的詩。這段歷史很容易被遺忘。實際上他們起了很重要的作用，……當時他們這種『狂妄』態度，對北京人來說可以說是呼嘯而來。所以，對我們來說是一個很大的鼓舞。在這個時候，我們正準備籌辦《今天》……」〔註72〕可見，1978年10月11日「貴州詩人群」在北京創辦

〔註67〕參見黃翔：《並非失敗者的自述》，見《大騷動》，1993年第3期，第63～64頁。
〔註68〕啞默：《世紀的守靈人・文脈潛行》（卷九），四川大學劉福春中國新詩文獻館提供未刊稿，第42頁。
〔註69〕黃翔：《並非失敗者的自述》，見《大騷動》，1993年第3期，第63～64頁。
〔註70〕黃翔：《並非失敗者的自述》，見《大騷動》，1993年第3期，第63～64頁。
〔註71〕1978年11月17日北島在給啞默的信中寫道：「《苦行者》和黃翔寄來的《啟蒙》剛收到，看完後再把我的意見告訴你們。」見啞默：《世紀的守靈人・文脈潛行》（卷九），四川大學劉福春中國新詩文獻館提供未刊稿，第21頁。
〔註72〕轉引自李潤霞：《從歷史深處走來的詩歌──論黃翔文革時期的地下詩歌創作》，〔日本〕《BLUE》，2004年第2期。原載於劉洪彬：《〈今天〉與民主牆時代》（北島談話錄），《民主中國》（海外）1993年1月第13期。

的刊物《啟蒙》及其辦刊這一行為本身對當時的北島等詩人產生了震撼性的影響，或者說《啟蒙》的創刊間接地催生或加速了《今天》的到來〔註73〕。一位名為安德瑞奧・杰・愛默生的西方學者對這一段歷史事實做了十分細緻的考察工作，根據他提供的英文資料表明，「貴州詩人群」的上述詩歌活動及《啟蒙》的創辦是可以查證的，其中提到《啟蒙》的編輯人員有黃翔、路茫（李家華）、莫建剛及方家華等人，還提及《啟蒙》油印製作的時間以及貴州詩人在北京王府井大街進行大字報張貼和詩歌朗誦等活動〔註74〕。

後來《人民日報》的特派記者王永安和周修強應上級的要求對此事進行過詳細調查，「一九七八年十月十一日，北京王府井大街上出現了一片大字報，內容是政治抒情詩《火神交響詩》。署名有：貴陽針織廠工人黃翔、貴陽供電局工人李家華、貴陽煙酒業公司工人方家華、貴州省蓄電池廠工人莫建剛。」〔註75〕黃翔在其回憶錄中也提到了這篇名為《啟蒙社始末》的報導，「1979年9月1日和9月4日，《人民日報》特派員周修強、王永安來貴陽，在中共貴陽市委分別召開兩次會議，我和我的同志們受邀參加，與會的人被要求各寫一份簡歷和談談為什麼要搞《啟蒙》。我寫的簡歷與此份自傳相同。他們回北京以後寫了一篇很長的有關《啟蒙》的文章，名為《啟蒙社始末》。……他們說要在『人民日報』和它的海外版上以中英文同時發表，但據說只對國外發表了。」〔註76〕事實的確如此，這篇「關於啟蒙社的調查和貴州省、貴陽市對啟蒙社問題處理情況的報導」〔註77〕只能作為1979年《人民日報》的一篇內參，至少並未得以在國內公開發表〔註78〕。

由此可知，黃翔、路茫（李家華）、方家華、莫建剛等貴州詩人確實自1978

〔註73〕 在一次對談中，唐曉渡曾對張清華說過，他1978年在南京大學時，先讀到的是校園裏傳抄的詩歌大字報，其中就有「貴州詩人群」在《啟蒙》上發表的詩歌，後來才讀到《今天》的。見唐曉渡：《先行到失敗中去》，北京：作家出版社，2015年，第184頁。

〔註74〕 轉引自張清華：《朦朧詩：重新認知的必要和理由》，《當代文壇》，2008年第5期。原載於 Andrew G Emerson. The Guizhou Undercurrent，貴州的潛流，Modern Chinese Literature and Culture。

〔註75〕 王永安，周修強：《貴州「啟蒙社」始末記》，見《往事》第99期，2012年4月18日。

〔註76〕 黃翔：《並非失敗者的自述》，見《大騷動》，1993年第3期，第63～64頁。

〔註77〕 黃翔：《並非失敗者的自述》，見《大騷動》，1993年第3期，第63～64頁。

〔註78〕 王永安，周修強：《貴州「啟蒙社」始末記》，見《往事》第99期，2012年4月18日。

年 10 月 11 日創辦了《啟蒙》，留下了衝闖、吶喊、突圍的詩人身影，其一系列詩歌行為不僅在當時引起了極大的震顫，而且仍餘波未盡。

「貴州詩人群」的入場

在詩人柏樺看來，「貴州詩人群」的衝闖與吶喊表現出「一種強迫症與受虐狂姿態」，他們試圖挑戰並衝擊北京詩人所具有的「『主導性占位』優勢」，以此來證明貴州才是「地下詩歌」〔註 79〕的源頭。於是，貴州詩人們不斷地憑藉「啟蒙式的泛政治策略」以及「令人震驚的革命手段」將自身塑造成具有傳奇性和先鋒性的人物。為了營造詩人的狂歡，博人眼球，貴州詩人們「揮舞著那如炮筒狀的一百多張巨幅詩稿，在天安門前瘋狂的吶喊」〔註 80〕，而黃翔則「率領他那渾身捆綁詩歌（似炸彈）的『中國詩歌天體星團』，如外星人入侵地球一般殺向北京各高校」〔註 81〕，這些行為使得貴州詩人以「大字報詩人形象奏響了新詩大潮的序曲」〔註 82〕。因此，柏樺認為貴州詩人在「對反叛之範圍、理性與形式感的把握」上輸給了北京的詩人〔註 83〕，他們「最好是到天安門廣場丟炸彈」〔註 84〕。詩人柏樺的看法在學界具有相當的代表性，其中存在諸多需要釐清的問題。首先，柏樺認為貴州詩人的衝闖與吶喊是為了奪取北京詩人的「占位」優勢，那麼，前提必然是北京詩人在當時已經成功「占位」，事實果真如此嗎？

1978 年 9 月 25 日，北島給貴州詩人啞默寫了一封信，這是迄今能查證到的北島與貴州詩人最早的書信往來，信中寫道：「我在艾青家看到你們的信和作品，你們的熱情和叛逆精神觸動了我。」〔註 85〕這第一次書信交往被啞默記錄在了

〔註 79〕柏樺：《從貴州到「今天」》，見《左邊——毛澤東時代的抒情詩人》，南京：江蘇文藝出版社，2009 年，第 35～36 頁。

〔註 80〕柏樺：《從貴州到「今天」》，見《左邊——毛澤東時代的抒情詩人》，南京：江蘇文藝出版社，2009 年，第 35～36 頁。

〔註 81〕柏樺：《從貴州到「今天」》，見《左邊——毛澤東時代的抒情詩人》，南京：江蘇文藝出版社，2009 年，第 35～36 頁。

〔註 82〕柏樺：《從貴州到「今天」》，見《左邊——毛澤東時代的抒情詩人》，南京：江蘇文藝出版社，2009 年，第 35～36 頁。

〔註 83〕啞默，胡亮：《啞默訪談錄：啟蒙社、貴州詩、中學西學之辯》，《詩歌月刊》，2011 年第 6 期。

〔註 84〕轉引自柏樺：《從貴州到「今天」》，見《左邊：毛澤東時代的抒情詩人》，南京：江蘇文藝出版社，2009 年，第 35～36 頁。原載於劉青：《黃翔：民主牆報曉的雄雞》，《北京之春》1994 年 3 月號。

〔註 85〕1978 年 9 月 25 日北島致啞默的信，見啞默：《世紀的守靈人·文脈潛行》（卷九），四川大學劉福春中國新詩文獻館提供未刊稿，第 23 頁。

1978 年 10 月 4 日的日記中：「收到一封北京來信，寄給艾老的那份東西引來的意外的朋友」〔註86〕，這裡的「朋友」指的就是詩人北島。《啟蒙》創刊一週後的1978 年 10 月18 日，北島又在信中向啞默表達了他對貴州詩人兄弟般的敬意：

> 「看到『人民日報』社門口以黃翔為首貼出的一批詩作，真讓
> 人歡欣鼓舞。這一行動在北京引起很大的反響。有很多年輕人爭相
> 複抄、傳閱，甚至有不少外國人拍照。從過去你們給艾青的信中，
> 知道黃翔等人和您是朋友，期望得到你們的全部作品（包括詩歌理
> 論）。總之，你們的可貴之處，主要就是這種熱情，這種獻身精神，
> 這種『全或無』的不妥協的態度，沒有這些，五千年的睡獅怎麼驚
> 醒？！」〔註87〕

從上述北島給啞默的信中可知，貴州詩人當時所表現出的詩歌熱情和叛逆精神極大地觸動了正在籌辦刊物的北島，因此北島想經由啞默向貴州詩人約稿，這至少證明了當時的北島對貴州詩人的詩歌創作和相關的文學活動是欣賞的，其中最讓北島欣賞的恐怕還是那種「『全或無』的不妥協」的決絕姿態和驚醒五千年睡獅的啟蒙精神。這樣的吶喊無疑與「五四」時期魯迅的吶喊實現了跨越時空的對話。

然而，有意思的是，就在北島向貴州詩人約稿後一個月，北島的態度發生了微妙的變化。1978 年 11 月 17 日北島在給啞默的信中表示，「雷霆的威脅和處罰還時時盤旋在我們頭上，它們也在等待機會。我和我的朋友們已做好失去自由的準備，不過，即使出現萬一，我們也會欣慰地想：我們不是孤立的！」〔註 88〕與此同時，他們又肯定了貴州詩人的作品是很有分量的，但卻因為有過濃的政治色彩暫時不能使用。隨即又表示希望能得到貴州詩人的大力支持，不過更希望他們能提短篇小說和劇本。〔註 89〕這之後不到一個月的

〔註86〕啞默：《世紀的守靈人・文脈潛行》（卷九），四川大學劉福春中國新詩文獻館提供未刊稿，第 23 頁。

〔註87〕1978 年 10 月 18 日北島致啞默的信，見啞默：《世紀的守靈人・文脈潛行》（卷九），四川大學劉福春中國新詩文獻館提供未刊稿，第 23 頁。

〔註88〕1978 年 11 月 17 日北島致啞默的信，見啞默：《世紀的守靈人・文脈潛行》（卷九），四川大學劉福春中國新詩文獻館提供未刊稿，第 24 頁。

〔註89〕1978 年 11 月 17 日北島致啞默的信中寫道：「你寄來的幾份稿子，引起大家熱烈的爭論。總的看法，首先認為是很有分量的，但覺得政治色彩過濃，篇幅也較長，第一期暫不用。」見啞默：《世紀的守靈人・文脈潛行》（卷九），四川大學劉福春中國新詩文獻館提供未刊稿，第 24 頁。

時間，1978 年 12 月 9 日北島又向啞默表示，他們即將創辦刊物《今天》，爭取在 1978 年 12 月 20 日之前問世，到時會給啞默他們寄過去，並希望貴州詩人能幫他們將《今天》張貼在貴陽的繁華地段〔註 90〕。其中可見北島等人不無糾結，一方面貴州詩人的衝闖和吶喊給了北島他們很大的激勵和勇氣；另一方面，北島等人因長期生活在北京對政治的敏感度高於遠在貴州生活的詩人們，他們似乎已感受到這種衝闖和吶喊接下來有可能面臨的遭遇，那麼當他們很自然地想要遠離這種狀態時也是情理之中的事。

　　承上所述，1978 年 10 月貴州詩人到北京貼大字報、創辦《啟蒙》時，北島等北京詩人事實上仍處於觀望、蓄積力量的狀態，儘管北島強調他們已做好了失去自由的準備，但在籌備《今天》的過程中，北島等人還是以《啟蒙》為前車之鑒不斷地強調辦刊的宗旨乃是「『純』文學」的：

> 　　「所謂純，就是不直接涉及政治，當然不涉及是不可能的，這樣辦出於兩點考慮：（一）政治畢竟是過眼煙雲，只有藝術才是永恆的。（二）就目前的形勢看，某些時機尚不成熟，應該紮紮實實多做些提高人民鑒賞力和加深對自由精神理解的工作。另外，稿子儘量短小精悍，主要是短篇小說（五千字以下）、短詩（三十行以下）、文藝隨筆（三千字以下）和翻譯作品（近代或現代的小說、詩歌、評論）。請你從這個著眼點組稿，目前最缺的還是小說和評論。刊物定名《今天》，爭取本月二十日以前問世。」〔註 91〕

因此，所謂貴州詩人試圖搶奪北京詩人的「占位」優勢恐怕只是敘述者憑藉後來的歷史情狀進行的推測罷了。

　　儘管詩歌自身的發展規律是不可違逆的，但在文學史書寫的過程中，某些偶然的因素卻在關鍵的敘史環節產生了極為重要的作用。事實上，在官方介入之後，貴州詩人的詩歌以及一系列令人瞠目結舌的行為往往被視為是某種政治策略和革命手段，給人石破天驚的效果。不過這還不是問題的關鍵所在，真正的問題在於，官方的表態在文學研究界留下了一片陰影，讓「貴州詩人群」的詩歌和相關的文學活動被塗抹上一層濃重的誤讀色彩，詩人公劉當時對貴州詩人的詩歌所做出的評價是導致其被誤讀的重要一環。

〔註90〕1978 年 12 月 9 日北島致啞默的信，見啞默：《世紀的守靈人・文脈潛行》（卷九），四川大學劉福春中國新詩文獻館提供未刊稿，第 25 頁。

〔註91〕1978 年 11 月 17 日北島致啞默的信，見啞默：《世紀的守靈人・文脈潛行》（卷九），四川大學劉福春中國新詩文獻館提供未刊稿，第 24 頁。

　　1980 年 4 月，公劉在全國當代詩歌討論會上發表了自己對當前詩歌現狀的看法，他首先從政治層面對當時的社會主義民主與現代化進行了闡釋並表示高度的贊同，同時，公劉還主動肩負起「中年的一代」承上啟下的責任和使命。作為「中年的一代」詩人，公劉對當時的青年詩歌進行了評價並總結出幾種傾向，「一種是現實主義的，充滿了朝氣，充滿了革命精神，是六十年代、七十年代、八十年代的革命精神，不是五十年代，四十年代，更不是三十年代的革命精神，……有很鮮明的革命立場，很鮮明的革命態度的這樣一種積極的進取的樂觀的戰鬥的這樣一種青年的詩，大概有百分之二十，甚至不到，這是根據我接觸的所作的統計，大概是這麼個情況」。〔註92〕其中公劉將詩人駱耕野、雷抒雁、曲有源以及葉文福等歸為現實主義一類的代表，並認為他們是那個「時代的青年當中的方向，比較起來方向最正確，戰鬥最勇敢，旗幟最鮮明的一翼」〔註93〕，而另一翼則是以「北島、舒婷，包括顧城同志」為代表的現代派，「這些寫現代派詩歌的年輕人的詩當中，也有相當大量的詩裏面也充滿了愛國主義的，進取的精神，甚至有的詩中也有革命的因素，也不能一概而論，這兩種東西是互相滲透的」。〔註94〕於是，公劉提出對上述兩類詩人要「寄以希望，而且同樣都要對他們給予扶持，都要給以引導。但是我們更多地是應該使健康的一翼」更加壯大，這才是「工作的重點」。〔註95〕在公劉看來，最應擯棄的就是「頂禮膜拜直接跪倒在資產階級面前」〔註96〕，對一切都持反對態度的詩歌，貴州詩人的《火神交響曲》就被公劉劃歸為這一類傾向的代表性詩歌。隨後公劉又表示，《火神交響曲》那樣的詩歌「我壓根沒看見，我不知道是什麼玩藝兒」，事實上，公劉確實沒有讀過貴州詩人的《火神交響曲》，因為他是從一起參會的何順安那裡聽說這首詩歌的〔註97〕。當然，我們可以理解一位有擔當的中年詩

〔註92〕　公劉：《在全國詩歌討論會上的發言（續完）》，《當代文學研究參考資料》1980 年，第 2～11 頁。

〔註93〕　公劉：《在全國詩歌討論會上的發言（續完）》，《當代文學研究參考資料》1980 年，第 2～11 頁。

〔註94〕　公劉：《在全國詩歌討論會上的發言（續完）》，《當代文學研究參考資料》1980 年，第 2～11 頁。

〔註95〕　公劉：《在全國詩歌討論會上的發言（續完）》，《當代文學研究參考資料》1980 年，第 2～11 頁。

〔註96〕　公劉：《在全國詩歌討論會上的發言（續完）》，《當代文學研究參考資料》1980 年，第 2～11 頁。

〔註97〕　公劉說：「何順安同志講的《火神進行曲》我壓根沒看見，我不知道是什麼玩藝兒，所以我沒有權利發言。」見公劉：《在全國詩歌討論會上的發言（續完）》，《當代文學研究參考資料》1980 年，第 2～11 頁。

人會顧慮到這一類詩歌的發表有可能會影響社會集體在人民心中的威信，然而，不可忽略的是，這樣一位剛復出且有影響力的詩人一個隨意的斷言卻極有可能在無意中為「貴州詩人群」的詩歌關上了一扇通往文學史的大門。

　　無獨有偶，鐘鳴就曾評論「貴州詩人群」的詩歌就是一種「政治訴情」〔註98〕。他強調，「我在籲請人們注意時間關係時，從不認為黃翔詩歌的影響，進入過 1980 年代。這點，北島和他的朋友們，大為不同。黃翔最後艱難而幼稚地犧牲在他的地理位置上，——外省詩歌變成了一場自制的政治革命，付出的是嗓音和胸腔共鳴，『死亡朗誦』不光是音量問題，也不光是農業型的赴京告狀」〔註99〕。同樣，詩人柏樺將「貴州詩人群」創辦民刊、貼大字報的行為視為一種「泛政治策略」和極具革命性質的途徑，並認為其目的在於營造詩歌狂歡的效果以搶佔眾人的眼光，凸顯自己作為「地下詩歌」源頭的先鋒性與傳奇性〔註100〕。鐘鳴和柏樺對於「貴州詩人群」的詩歌創作及文學活動不約而同地採用了「傳奇」一語，在他們看來，「貴州詩人群」的「政治史演義特徵」蓋過了其「文學史啟蒙價值」〔註101〕。其實，所謂的「先鋒性與傳奇性」不過是後來的文學研究者在敘述這些文學現象時針對其特質所進行的某種歷史性概括，如果將這些後設的歷史觀視為這些文學現象發生時的動機和目的的話，不能不說是有失偏頗的。的確，貴州詩人的詩歌行為因貴州山民般的果敢和衝勁而表現得十分不溫柔敦厚，但這種看似具有強迫與受虐傾向的行為並非源於對「佔位」的念念不忘，而是一種生存壓抑狀態下詩性生命激情的噴發。「我要去北京，讓我的並不孤立的呼聲屹立在天安門廣場，我之所以這樣作，並不出於某種具體的政治目的和意圖，而是出於一個詩人的歷史直覺和生命情緒。」〔註102〕關於外省詩歌的問題，鐘鳴與柏樺曾產生過分歧。在柏樺看來，「外省詩人只有到北京得到承認，才算得上成功。」〔註103〕持這種觀點的人還不僅僅限於詩人，劉小楓當年闖進北京後就是通過「語言施暴」殺出一片天地的。

〔註98〕鐘鳴：《旁觀者》，海口：海南出版社，1998 年，第 691 頁。

〔註99〕啞默，胡亮：《啞默訪談錄：啟蒙社，貴州詩，中學西學之辯》，《詩歌月刊》，2011 年第 6 期。

〔註100〕柏樺：《從貴州到「今天」》，見《左邊：毛澤東時代的抒情詩人》，南京：江蘇文藝出版社，2009 年。

〔註101〕啞默，胡亮：《啞默訪談錄：啟蒙社，貴州詩，中學西學之辯》，《詩歌月刊》，2011 年第 6 期。

〔註102〕黃翔：《狂飲不醉的獸形》，紐約：天下華人出版社，1998 年，第 54 頁。

〔註103〕轉引自鐘鳴：《回顧：南方詩歌的傳奇性》，《街道》，1994 年第 10 期，第 52 ～56 頁。

外省詩人和藝術家定期到北京交朋友、侃天下在當時已形成一種風氣。而鐘鳴則認為，南方在經濟、文化方面越來越重要的影響力讓上述行為變得沒有意義，因為就算不去北京，蹲守南方的詩人也同樣能得到認可、取得成功〔註 104〕。鐘鳴之所以認為詩人已不必靠衝闖北京來獲得認可，是因為南方詩人創辦的民刊同樣能引起社會的關注。事實上，兩人的分歧不過在於行為方式的不同，而這樣的不同指向的是同一個結果，那就是外省詩人是否能得到承認。由此可見，得到承認是大多數詩人的普遍訴求，事實上，不僅只是貴州詩人如此，在當時的很多青年人中都有一股潛在的激情之流已蠢蠢欲動，就如詩人北島後來所說的，正是貴州詩人的這種「狂妄」態度讓當時的北京人感受了呼嘯而來的山風，帶來了極大的鼓舞〔註 105〕。當貴州詩人如詩歌暴徒般帶著如炮筒、炸藥般的詩稿前往北京時，正如黃翔所回憶的「朋友們都來了，他們同我一樣激動，但他們卻不能與我同行，我總得有幾個幫手，比如提漿糊桶，遞一遞巨幅詩稿，於是我找來另外幾個人。其中一個叫莫建剛，他為資助我上京賣掉了自行車和手錶（因為我長期是個窮光蛋，一文不名），還有一個叫李家華，另一個叫方家華。」〔註 106〕從 1978 年 10 月 11 日到 1979 年 3 月 5 日短短四個月的時間裏，「貴州詩人群」五上北京，都是自費，僅靠賣一點自己油印的詩集換取費用。而當時的北京「像一個老態龍鍾的病人，被火神烤紅了臉，受不住這樣的衝擊！他們的此舉，同時也震撼了世界的心！」〔註 107〕

北島曾在 1978 年 12 月 9 日給啞默的信中提到，「《啟蒙》在北京的效果並不理想，批《啟蒙》的大字報姑且不談，在一些有思想的年輕人中也反響不大。我和我的朋友認為，主要原因在於內容過於空泛，而且把自己的位置擺得太高，這樣容易失去群眾。這一點你可以轉告黃翔（過了二十日，我再給他回信，詳談）。請他多加考慮，光有熱情是不夠。」〔註 108〕且不論北島的說法是否具有代表性，也暫且不論他與貴州詩人對於創辦刊物的想法有多大

〔註 104〕參見鐘鳴：《回顧：南方詩歌的傳奇性》，《街道》，1994 年第 10 期，第 52～56 頁。

〔註 105〕轉引自李潤霞：《從歷史深處走來的詩歌——論黃翔文革時期的地下詩歌創作》，〔日本〕《BLUE》，2004 年第 2 期。原載於劉洪彬：《〈今天〉與民主牆時代》（北島談話錄），《民主中國》（海外）1993 年 1 月第 13 期。

〔註 106〕黃翔：《狂飲不醉的獸形》，紐約：天下華人出版社，1998 年，第 58 頁。

〔註 107〕啞默：《石破天驚》，見《世紀的守靈人‧見證》（卷三），四川大學劉福春中國新詩文獻館提供未刊稿，第 51～53 頁。

〔註 108〕1978 年 12 月 9 日北島致啞默的信，見啞默：《世紀的守靈人‧文脈潛行》（卷九），四川大學劉福春中國新詩文獻館提供未刊稿，第 25 頁。

的出入，其中有一點卻是北島無意說中的事實，那就是貴州詩人的衝闖和吶喊從一開始就不是為了爭取到北島所說的群眾的支持。詩評家張嘉諺曾說：「作為一位本色詩人，黃翔絕無精通世故的政客手腕。我聽說他曾有過被某些人視為絕好的『招安』機會，竟然被他的堅持己見活活地放掉了。」〔註109〕而所謂貴州詩人的「位置擺得太高」，這一說法是不太合適的，因為從貴州高原突然闖入北京的行為怪異的山民又何來「位置」可言，與其說他們擺了「位置」，還不如說是北島等人高估了貴州詩人當時的處境。至於「內容過於空泛」，我們且看被張貼出來的《啟蒙》第一期上的詩歌——《火神交響詩》，《火神交響詩》由《火炬之歌》、《火神》、《長城的自白》、《我看見一場戰爭》、《不，你沒有死去》、《世界在大風大雨中出浴》一系列詩歌組成，現摘錄部分如下：

「啊火炬　你伸出了一千雙發光的手／張大了一萬條發光的喉嚨／喊醒大路喊醒廣場／喊醒一世代所有的人們——／被時間遺忘和忘了時間的／思想像機械一樣呆板的／情感像冰一樣凝固的／血像冰一樣冷的／臉上寫著憤怒的沉靜的／嘴角雕著失神的絕望的／生命像春天一樣蓬勃的／充滿青春活力的／還有那些濺滿污泥的躑躅的腳／和那些成群結隊徘徊的影子／連同那些蒙著塵沙的眼睛／和那些積滿著污垢的心／啊火炬　你用光明的手指／叩開了每間心靈的暗室／讓陌生的互相能夠瞭解／彼此疏遠的變得熟悉／讓仇恨的成為親近／讓猜忌的不再懷疑／讓可憎的傾聽良善的聲音／讓醜惡的看見美／讓骯髒的變得純潔／讓黑的變白／你帶來了一個光與熱統治的世界／一切都是這樣清明　高遠　聖潔／在你不可抗拒的魔力似的光圈中／全人類體驗著幸福的顫慄／千萬支火炬的隊伍流動著／像倒翻的熔爐　像燃燒的海／……／於是　在通天透亮的火光照耀中／人第一次發出了人的疑問／為什麼一個人能駕馭千萬人的意志／為什麼一個人能支配普遍的生亡／為什麼我們要對偶像頂禮膜拜／被迷信囚禁我們活的意念　情愫和思想／難道說　偶像能比詩和生活更美／難道說　偶像能遮住真理和智慧的光輝／難道說　偶像能窒息愛的渴望心的呼喚／難道說　偶像就是宇宙和全部的生活／讓人恢復人的尊嚴吧／讓生活重新成為生活吧／讓音樂和善構成人類的心靈吧／讓美和大自然重新屬於人吧／讓每一雙眼睛

〔註109〕張嘉諺：《中國摩羅詩人——黃翔》，見王強主編：《大騷動》，1993年第3期，第41～60頁。

都成為一首詩吧／讓每一個人都拆除情感的堤壩吧／讓尊榮淹沒在
時間的灰塵裏吧／讓時間和人永遠偉大吧／讓活著成為真實吧／讓
真實是因為活著吧／讓青春經受甘美的驚悸吧／讓人生的老年像黃
昏一樣恬靜吧／讓人與人不要互相提防吧／讓每一個人都配稱人吧
／啊　沉沉暗夜並不使人忘記晨曦／而只是增強人對光明的渴念／
火的語言呀　你向世界宣布吧／人的生活必須重新安排」〔註 110〕。

上述詩歌中的表述，如果說還不夠具體清晰明白的話就有點說不過去了。北
島在此所說的內容空泛，多少有點似是而非的感覺，恐怕這個評價連北島自
己都無法說服自己。當貴州詩人於 1978 年 10 月 11 日在天安門、王府井大街
點燃新詩的炮仗時，周圍的一切還來不及作出反應，或者說絕大多數人都還
處在懵懂的狀態中。實事求是地說，「貴州詩人群」的衝闖與吶喊在當時驚動
的只是少數的覺醒者，當然也驚動了官方主流，這恰恰說明了他們通過詩歌
活動進行的吶喊是有效的，正如「鐵屋子」中的吶喊，最初能驚醒的從來都
不是廣大的群眾，而是少數的青年人。

二、《崛起的一代》〔註 111〕與論爭話語的生成

1980 年代的「中國高校詩歌現象」無疑是 1980 年代文學發展的亮點和關
鍵詞。沒有任何人能預料到新詩在當時勢如破竹的迅猛態勢，不僅席捲了眾
多大學校園，更是如狂風過境般掃向整個社會。鋼板、滾筒以及打字機是當
時創辦刊物的必備工具，而油印、手抄更是詩人們慣用的方式，估計沒人能
詳細統計出當時的中國寫詩、結社、創辦民刊的青年到底有多少人，總之，
新詩的發展態勢似乎讓人們嗅到了文學春天的氣息。如詩人鐘鳴所言，大學
更是「精神積壓過剩最厲害也最渴望變化的地方。這種印象，對我來說，一
直延續到 80 年代末。那氛圍，我只要一眯上眼睛，就能想起它的感召力，是
怎樣流動著暗渡滄海的。……大學觸覺敏感。空氣清新，充滿記憶和渴望。
一方面是飢餓的，一方面又是饜足的。」〔註 112〕

〔註 110〕黃翔：《火炬之歌》，見《狂飲不醉的獸形》，紐約：天下華人出版社，1998
　　　　年，第 10 頁。
〔註 111〕由貴州大學中文系學生張嘉諺、吳秋林與詩人黃翔、啞默等人主辦的民刊《崛
　　　　起的一代》於 1980 年 11 月創刊，在 1980 年第 2 期上的專題「無名詩人談艾
　　　　青」中刊發了當時向老詩人艾青挑戰的檄文。隨後，《崛起的一代》在 1981
　　　　年創辦了第 3 期就被迫停刊。
〔註 112〕鐘鳴：《旁觀者》，海口：海南出版社，1998 年，第 685 頁。

　　既往學界在談論 1980 年代初期中國新詩的崛起這一文學事件時，通常所持的是大家所熟知的「三個崛起」說：一是《在新的崛起面前》（謝冕），二是《新的美學原則在崛起》（孫紹振），三是《崛起的詩群》（徐敬亞）。事實上，當談到中國新詩在 1980 年代的發展史尤其是具有轉折性的歷史進程時，首先不應遺漏的是早於《今天》雜誌、由「貴州詩人群」創辦的《啟蒙》，同時，還不應忽略的就是「貴州詩人群」所帶來的另一種「崛起」，即由「貴州詩人群」與在校大學生在 1980 年合作創辦的刊物《崛起的一代》。詩人鐘鳴談到他創辦《次森林》時曾說：「這樣我便認識了貴州的詩人們，他們的《崛起的一代》，1981 年前就已鬧得滿城風雨了。我和他們當中的張嘉彥通過很長一段時間的信。」〔註 113〕《崛起的一代》從創辦之日起就走出校園與社會性文學力量相融合，以前輩詩人的深邃摒棄了象牙塔的單純，同時又獲得了校園的青春活力，避免了社會性文學力量的浮躁，借助於雙方的資源，《崛起的一代》獲得了精神的制高點，得以憑藉極為鋒利的筆墨直擊中國當代詩歌漸趨羸弱的精神狀態，直指當時詩壇及詩歌發展的病穴所在。辦刊者們把握著 1980 年代初期的新詩發展脈搏，認為詩歌作為最貼近人的精神心理的文學表達方式，理應對人的精神追求乃至本質性存在進行更深入、更寬廣的探尋，並強調詩人不應僅僅將詩歌視為個人被擠壓、扭曲、異化時進行吶喊和控訴的手段，詩歌應該有所超越，那就是帶著鮮明的問題意識、批判思維及對愛與美好的責任和渴望向民族、歷史、文化的最深處，向個人的精神最深處進發。「貴州詩人群」的這一「崛起」所獨具的精神內驅力和思想鋒芒在 1980 年代的中國大陸詩壇引發了不小的震動。時至今日，當我們反顧這一「崛起」時，仍能被其明朗的詩風和生命內動力所震撼，值得欣慰的是，其震撼人心的出現然後又快速的隕落並沒有讓貴州詩人們望而卻步，並在 1986 年和 1991 年推出《中國詩歌天體星團》和《大騷動》。

《崛起的一代》與校園文學的合流

　　對「十六開陣地」〔註 114〕的念念不忘，必有迴響。「貴州詩人群」繼 1978 年 10 月至 1979 年 3 月的《啟蒙》之後，於 1980 年「幕後教唆」貴州大學中文系張嘉諺、吳秋林等在校學生創辦了詩歌刊物《崛起的一代》。帶著貴州的山風呼嘯而出的《崛起的一代》，不僅讓「貴州詩人群」直接介入當時的詩壇論爭，

〔註 113〕鐘鳴：《回顧：南方詩歌的傳奇性》，《街道》，1994 年第 10 期，第 55 頁。
〔註 114〕「十六開陣地」的說法是指「貴州詩人群」對創辦刊物、發表作品的強烈渴望。參見啞默：《十六開的陣地》，見《世紀的守靈人‧見證》（卷三），四川大學劉福春中國新詩文獻館提供未刊稿，第 49 頁。

而且還使得「貴州詩人群」正式開啟了與校園文學合流的局面。在這個過程中從 1960 年代走來的貴州詩人們激勵、陪伴、見證了一代校園文學愛好者的成長，同時這些校園文學愛好者的加入也為「貴州詩人群」注入了新鮮的青春血液。

在創辦《崛起的一代》之前，「貴州詩人群」成員除了創辦《啟蒙》之外，啞默還獨自一人創辦過文學性油印刊物《草野》、《野百合》以及《心，在跳動》。北島在 1979 年 1 月 7 日給啞默的信中提到了啞默自辦的《草野》，同時表示他的朋友們都很喜歡《草野》上的作品，並設法將這些作品推薦給《爭鳴》的朋友以發揮其更大的影響力〔註 115〕。這些刊物在當時打動了不少的大學生。

> 「他們紛紛來信詢問、走訪我的『編輯部』：辦刊物的究竟是些什麼人？為什麼都不具名？文風這樣純正、接近……我苦笑而不答，吹了聲口哨，從那幢破敗了的大宅院的各個房間裏一下子跑來五、六個孩子，大的十幾歲，小的五、六歲。我說：『咯，這就是我的編輯部的全部成員，還有位年輕的女助手，今天沒來『上班』。她們幫我油印、檢頁、折筒筒頁、改錯、裝釘、分送等等。』」〔註 116〕

正是因為啞默自辦的這些刊物促成了後來的詩評家、當時還在貴州大學就讀的張嘉諺與「貴州詩人群」的合流。1978 年剛入學的貴州大學中文系學生張嘉諺在那一年底收到了同一年考進北京大學的錢理群寄來的刊物《今天》，當時還有好幾個油印文學刊物借助整個社會思想與文學解凍的氣息流入了貴州大學的校園，其中的《野百合》〔註 117〕給張嘉諺和他的同學們留下了極為深刻的印象，張嘉諺還給《野百合》編輯部寫過一封信，後來也就有了張嘉諺與啞默的結識。〔註 118〕啞默曾回憶道：「那位來訪者張嘉諺的眼裏閃爍著男性的淚光：『我們大學中文系的同學，十幾個人，吵吵嚷嚷，半個月還出不了本油印刊物！』」〔註 119〕當這份凝聚著「成年人的情思和夢幻」，「孩子們的指紋和氣息」〔註 120〕的《野百合》遇上了校園裏的文學愛好者時，校園詩人們同

〔註 115〕1978 年 1 月 7 日北島致啞默的信，見啞默：《世紀的守靈人‧文脈潛行》（卷九），四川大學劉福春中國新詩文獻館提供未刊稿，第 25 頁。

〔註 116〕啞默：《長歌如夢》，《牆裏化石》，北京：中國致公出版社，1999 年，第 6 頁。

〔註 117〕啞默自辦的油印刊物《野百合》，是其個人作品的集結，其中包括詩歌、散文、小說、電影劇本等。見啞默：《世紀的守靈人‧文脈潛行》（卷九），四川大學劉福春中國新詩文獻館提供未刊稿，第 22 頁。

〔註 118〕啞默：《世紀的守靈人‧文脈潛行》（卷九），四川大學劉福春中國新詩文獻館提供未刊稿，第 272 頁。

〔註 119〕啞默：《長歌如夢》，《牆裏化石》，北京：中國致公出版社，1999 年，第 6 頁。

〔註 120〕啞默：《長歌如夢》，《牆裏化石》，北京：中國致公出版社，1999 年，第 6～7 頁。

時也分享了「野百合」的春天。

在創辦《崛起的一代》之前，貴州大學在校生張嘉諺和吳秋林已創辦過《春泥》、《酸漿草》、《破土》等刊物。儘管當時他們與「貴州詩人群」成員黃翔、啞默等還未結識，但憑著這股真摯的情感、內心的祈求、大山子民的野性以及對文學的赤誠嚮往和生命內在的驅動力，他們已然相當自覺地站在了抒發自我、表現自我的文學平臺上。張嘉諺至今還清晰地記得當時他的同學嚴為禮來找他商量搞文學社時的堅決，沒有半點猶豫，幾個同學一商量便成立了文學社，嚴為禮任社長，張嘉諺為副社長，並主編社刊，文學社名字敲定為「春泥」社，顧名思義「落花不是無情物，化作春泥更護花」，他們滿懷信心地迎接著春天的到來，守護著文學的花季〔註121〕。在「春泥」文學社正式召開成立大會時，前來參加的除了中文系1978級的文學愛好者之外，還有其他系的學生，最後竟然達到100多人〔註122〕。社刊《春泥》的創刊號也因此辦得有聲有色，張嘉諺以「余竹」為筆名發表了《青春的牧歌》，押韻的自由詩體，帶著清新的「迎春」的氣息。當時發表的作品還有嚴為禮的小說《挑水的老婆子王大媽》，以嫻熟的手法、流暢的口語訴說著日常的世俗之事。同時刊發的還有侯楠的小說、龍超雲的詩以及廖志強的名為《價值》的連載小說。值得注意的是，創刊號的發刊詞還特別引用了魯迅的兩句話：「早就應該有一片嶄新的文場，早就應該有幾個兇猛的闖將！」〔註123〕《春泥》果然不負眾望，一如其創刊詞所強調的從「嶄新的文場」中衝出來的「兇猛的闖將」那樣，光是1979年3月底的創刊號就在大家的興奮不已中油印了300多份，除了留給作者本人和學校相關老師之外，刊物被寄往各大高校。隨後，《春泥》的創辦者們陸陸續續收到了其他高校回贈的刊物。在你來我往的刊物交

〔註121〕啞默：《世紀的守靈人・文脈潛行》（卷九），四川大學劉福春中國新詩文獻館提供未刊稿，第272～273頁。

〔註122〕張嘉諺曾回憶，當時前來參加的中文系學生有「廖志強、龍超雲、侯嵐、彭純基、張華、王建遠、王楓林、袁欣、吳秋林、諶貽鼎；彭小青、官建英、瞿巍、黃健勇……等人。……哲學系78級有個叫劉曉東的，愛寫詩，不好意思直接報名，便找本系老大哥羅布龍推薦參加進來。一時人氣興旺。大會後又找了幾個社員『開小會』，又推選78級最出眾文學創作才華突出的女生龍超雲為春泥文學社副社長、《春泥》副主編；諶貽鼎負責社務中的資料保管與收發；社團其他事務的人選（籌辦文學講座、文學培訓之類）和辦刊事務（紙張採辦、鋼板刻寫、印刷裝訂等），也一一確定。」張嘉諺：《歪歪斜斜的腳印》（張嘉諺提供未刊稿）。

〔註123〕張嘉諺等主編：《崛起的一代》，1980年第1期。

流中，貴州大學的《春泥》成功躋身於全國高校中文系自辦文學刊物的行列，相關資料表明，當時能羅列出來的各高校中文系自辦刊物就有：《早晨》（北京大學中文系），《大學生》（中國人民大學新聞系），《初航》（北京師範大學中文系），《紅豆》（中山大學中文系），《珞珈山》（武漢大學中文系），《耕耘》（南京大學中文系），《南開園》（南開大學中文系），《錦江》（四川大學中文系），《鼓浪》、《星光》（廈門大學中文系），《沃野》（山東大學中文系），《五泉》（蘭州大學中文系），《希望》（西北大學中文系），《文學公民》、《揚帆》（詩刊）（杭州大學中文系），《渭水》（陝西師範大學中文系），《閩江》（福建師範大學中文系），《紅葉》、《赤子心》（詩刊）、《寸草》（文學評論專刊）（吉林大學中文系），《春泥》（貴州大學中文系），《秋實》（北京廣播學院新聞系），《求索》（詩刊）（北京師範學院中文系），《百花》（中央民族學院語文系），《桂子山》（華中師範學院中文系），《我們》（杭州師範學院中文系），《吳鉤》（江蘇師範學院中文系），《新潮》（徐州師範學院中文系），《春草》（廣州師範學院中文系），《楓林》（湖南師範學院中文系），《燭光》（詩刊）（貴陽師範學院中文系），《求索》（南京師範專科學校中文科），《九山湖》（溫州師範專科學校中文科），《愛情》（詩刊）（張家口師範專科學校中文科），《新芽》（贛南師範專科學校中文科），《芳草》（湖南師範學院零陵分院中文系）等〔註 124〕。後來，《春泥》又應邀參加與其他 12 所高校的文學社團合辦《這一代》，這13 所高校分別是：北京大學、北京師範大學、中國人民大學、南開大學、南京大學、中山大學、武漢大學、杭州大學、西北大學、吉林大學、貴州大學、北京廣播學院、杭州師範學院。當時北京大學中文系參與創辦《早晨》的陳建功曾談到武漢大學《珞珈山》的編輯張樺：「在張樺的策動下，我們又聯合了北師大、中山大學、吉林大學、西北大學等十來所高校。」〔註 125〕來自邊緣落後地區的貴州大學，活躍在當時大學生文學潮流的前沿，其中張嘉諺、吳秋林等學生功不可沒。據張嘉諺後來回憶，當時他收到許多校園詩人的來信，在建立了聯繫之後便開始相互交流寫作心得，彼此分享對方的「習作」，其中就有諸如武漢大學中文系的高伐林、吉林大學中文系的徐敬亞以及杭州大學文學社的張德強（強弓）等人，後來還有四川大學的鐘鳴和唐亞平陸續

〔註 124〕于可訓：《潛在的潮流——近年來大學生文藝述評》，見《珞珈山》編輯部編：《這一代》（創刊號），1978 年 8 月 10 日，第 84 頁。

〔註 125〕陳建功：「這一代」文學與青春同在》，見新京報編：《追尋 80 年代》，北京：中信出版社，2006 年，第 36 頁。

加入〔註 126〕。儘管彼此交流的是「習作」，但詩文間難掩新鮮、激揚的文學
氣息，同時還有許多正式出版物所不具有的批判思維、探索精神和前瞻眼光。
然而，《春泥》的好景並不長，前後共刊出了四期。事實上，在創辦第二期和
第三期時，社團內部就已出現裂痕。據張嘉諺後來的反思，《春泥》之所以難
以為繼，最主要還在於缺乏一個具有組織力、號召力的魅力型人物，所以《春
泥》最後沒能逃脫因人事糾紛而解散的結局〔註 127〕。

　　1980 年 5 月仲夏的一天，張嘉諺來到貴陽市公園南路 53 號啞默的住宅拜
訪，這一次見面，張嘉諺不僅詳細瞭解了啞默創辦《野百合》的全部情況，
而且還有更大的收穫，那就是啞默決定將「貴州詩人群」的其他詩人介紹給
張嘉諺認識。1980 年 5 月 17 日，啞默帶著張嘉諺來到詩人黃翔的家中，三人
一見如故。當談論到新詩「崛起論」遭圍攻、夾擊、批判，而他們想要再次
通過辦刊來表達自己的觀點時，三人一拍即合！隨即第二天，創辦新的刊物
就被提上了日程。張嘉諺後來回憶道：

　　　「因為文學愛好的結緣，我讀了啞默自辦的民刊《野百合》，
　　感動其詩文的純粹與文學執著。1979 年初，我走訪了貴陽市公園南
　　路 45 號啞默居所，啞默很快聊到黃翔，並立即帶我前去結識，三人
　　一聚便十分投緣。以後我便利用週末，常去黃翔處走動。」〔註 128〕

　　1980 年 10 月的一個週末，張嘉諺與同學吳秋林來到位於貴陽市瑞金路
34 號黃翔的小閣樓中，當時在場的還有啞默和鄭思亮等人，張嘉諺送上了剛
新鮮出爐的詩刊《破土》，大家一下子就文學與詩歌的發展狀況展開了熱烈的
交流。在啞默等前輩詩人的眼裏，《破土》似乎有些小家子氣，黃翔、啞默等
人突然意識到校園理應擁有一份大氣得體的刊物，於是，他們決定合作辦刊。
黃翔提議說：「刊名就叫《崛起的一代》！強調一代新人的氣勢！」〔註 129〕
這一說法一下子激發了在場者的興奮之情。隨即，啞默又附議：「採用十六開
的大開本，橫翻式，這樣展開很大套，又別致」〔註 130〕，《崛起的一代》就在

〔註 126〕張嘉諺：《歪歪斜斜的腳印》（張嘉諺提供未刊稿）。
〔註 127〕張嘉諺：《歪歪斜斜的腳印》（張嘉諺提供未刊稿）。
〔註 128〕張嘉諺：《咆哮於崛起詩風的潮頭》，見《崛起的一代》，1980 年第 1 期「代
　　　　前言」。
〔註 129〕張嘉諺：《咆哮於崛起詩風的潮頭》，見《崛起的一代》，1980 年第 1 期「代
　　　　前言」。
〔註 130〕張嘉諺：《咆哮於崛起詩風的潮頭》，見《崛起的一代》，1980 年第 1 期「代
　　　　前言」。

這樣的一片激情澎湃中被確定了下來。〔註131〕

　　「貴州詩人群」的這次「崛起」與之前詩歌界的「崛起」之不同就在於，這一次「崛起」的主體不再只是文學界的社會人士，而是將在校大學生正式納入創刊主體。同時，校園文學愛好者也不再是孤獨的辦刊群體，校外詩人的介入無疑為校園群體帶來與之前全然不同的文學生態。就筆者所能查閱到的資料來看，《崛起的一代》是 1949 年之後中國在校大學生與文學界社會力量合力創辦的第一份詩歌刊物，目前學界對此並沒有給予足夠的關注。

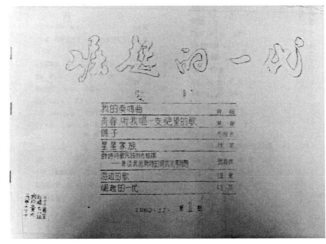

《崛起的一代》第一期封面及目錄〔註132〕

〔註131〕張嘉諺：《咆哮於崛起詩風的潮頭》，見《崛起的一代》，1980 年第 1 期「代
　　　　前言」。
〔註132〕原稿由四川大學劉福春中國新詩文獻館提供。

《崛起的一代》在創辦之初就有明確的規定：

第一，堅決站在剛「崛起」的新詩陣營中；

第二，由張嘉諺及其同班同學吳秋林主辦，之前的「貴州詩人群」成員黃翔、啞默、方家華、莫建剛、梁福慶、鄭思亮等社會人士退居幕後；

第三，向全國徵稿，並將刊物寄往各大專院校。〔註133〕

事實上，自1980年5月18日敲定創辦《崛起的一代》之後，主創人員一直被各種事務所糾纏，直到1980年10月9日辦刊一事才有所進展。從1980年代初期開始，新詩創作者們發現他們越來越需要以自辦刊物作為自己的發言陣地，然而，這一僅存的自留地卻常常存活不了多久就被禁止。有感於當時新詩陷入的各種爭議和發展困境，1980年10月19日傍晚，黃翔、啞默、張嘉諺、吳秋林以及鄭思亮（田心）等人相聚在「野鴨沙龍」，共同商議辦刊事宜，最後決定排除萬難、衝破重重阻力，迅速將《崛起的一代》辦起來，以聲援當時剛「崛起」的新詩陣營。《崛起的一代》於1980年11月刊發了第一期，編者張嘉諺等人力推詩人黃翔，並將黃翔在詩文合集《騷亂·野獸的沉思》中的序作為第一期的代前言，刊登了黃翔的愛情系列長詩《青春，聽我唱一支絕望的歌》及組詩《我的奏鳴曲》。在張嘉諺、吳秋林等在校學生看來，以對愛情的呼籲來激發疲軟的人性是他們作為詩者責無旁貸的歷史重任。除了愛情詩之外，《崛起的一代》還刊載了啞默的思想隨筆《崛起的一代》、組詩《海邊的歌》，以及張嘉諺的評論文章《舒婷詩歌民族特色初探——兼談我國新詩的現代化等問題》。可以說，《崛起的一代》第一期匯聚了校園內外的文學力量。在後記中編者指出：

「『人』和『詩』都屬於這一代，這一代人不會報廢的，一代精神危機產生一代新人，一代詩人帶來了一代詩風，一代嶄新的詩風正卷上詩壇，引起驚奇，引起騷亂，中華民族精神覺醒的蒼鷹在詩壇上撲騰而起！」〔註134〕

第一期算是校園與社會結合之後的熱身，緊接著《崛起的一代》第二期於1980年12月刊發，僅撰稿人就有張嘉諺、黃翔、啞默、方華、吳秋林、梁福慶、鄧維、田心、舒婷、顧城、莫剛、魏明偉、孫昌建、黃建勇、華勇等29人。

〔註133〕啞默：《潮訊》，見《世紀的守靈人·文脈潛行》（卷九），四川大學劉福春中國新詩文獻館提供未刊稿。
〔註134〕張嘉諺：《咆哮於崛起詩風的潮頭》，見《崛起的一代》，1980年第1期「代前言」。

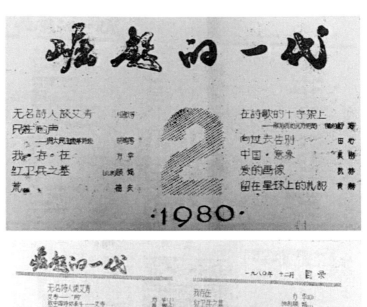

《崛起的一代》第二期封面及目錄〔註135〕

　　第二期首先刊載了《無名詩人談艾青》，記錄了張嘉諺、啞默、鄧維、方華、吳秋林、梁福慶、田心等七人在關於艾青及新詩的座談會上的發言，此次座談乃是「貴州詩人群」與當時復出的詩人艾青之間的一次對話。艾青於 1980 年 10 月在《詩刊》發表了名為《與青年詩人談詩》的文章，在當時的青年詩人及讀者中產生了較為激烈的反應，其中就有正在籌備《崛起的一代》第二期的貴州詩人們。「本著藝術民主的精神」，為了促進各文學群體的交流和文學藝術的發展，《崛起的一代》召開了詩人和讀者的座談會，並在發刊詞中寫道：

　　　　「有人認為這是一種挑戰的姿態，是的，我們是在挑戰！向自
　　　己經歷過無數苦難的過去挑戰！我們對自己的現實存在充滿信心，

　　對自己的將來寄予希望。我們將從這裡開始，走向世界！」〔註136〕
最為重要的是，《崛起的一代》第二期全文刊載了黃翔的《致當代中國詩壇泰
斗──艾青》一文：

　　　　「終於，我們站起來對艾青說：／你們的太陽已經過去；／我
　　們的太陽正在升起！你們這一代詩人代表不了一代詩人的我們！
　　／⋯⋯我們是從精神廢墟中活過來的一代。既然所有傾塌的灰土和殘
　　磚破瓦都沒有壓垮和壓死我們，我們就站起來了！⋯⋯我們現在要做
　　的，就是要拆掉你的詩歌的『紀念堂』，把我們的大合唱的隊伍開進
　　去；就是要把時代的『牧歌』連同那些不幸地與你聯結在一起的風派
　　的『風歌』、歌德派的『孝歌』、現代聖教徒的『聖歌』統統送進火葬
　　場！詩歌不需要偶像，必須把僵屍佔據的地盤空出來！落日就是落日，
　　『千萬個太陽在湧來的歲月中冒出了頭頂。』讓所有大大小小的過時
　　了的詩歌『聖靈』在一代新的苦行者的身邊紛紛倒下吧。未來抓捏在
　　我們的手中，微笑在我的勇氣中，展開在我們的腳下。」〔註137〕

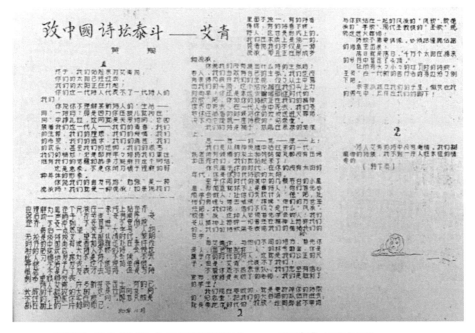

黃翔《致當代中國詩壇泰斗──艾青》刊出稿〔註138〕

〔註136〕張嘉諺等主編：《崛起的一代》，1980年第2期。
〔註137〕張嘉諺等主編：《崛起的一代》，1980年第2期。
〔註138〕原稿由四川大學劉福春中國新詩文獻館提供。

總而言之，這場由詩壇泰斗艾青所引發的座談及相關言說都表明了當時貴州詩人迫切地想要衝抉落網的決心和勇氣，並希望藉此展示自我、肯定自我的心緒。在「貴州詩人群」看來，詩歌既要關注「人在何處」，更要思考「人」應該是怎樣的。由此，「貴州詩人群」鮮明地拋出了一個個關於詩歌、關於詩人的議題，沒有絲毫的朦朧和模糊，尖銳客觀地直指當代中國人的生存現實和社會情狀，同時還清晰地呈現出《崛起的一代》的辦刊特色和文學精神，一種強烈的憂患意識、批判姿態和使命感。

論爭話語的生成

「針對艾青對朦朧詩的批評，貴州民刊《崛起的一代》（黃翔、啞默、張嘉諺等主持）做出激烈的反應。在《代前言》中稱，『人總是會死的，詩也會老的』，並聲稱要把艾青『送進火葬場』。《崛起的一代》在 1981 年出第 3 期後，被要求停刊。」〔註 139〕如果將 1979 年詩人公劉發表的《新的課題》一文作為起點的話，那麼「朦朧詩」論爭持續了將近十年的時間直到 1988 年。根據 1989 年出版的《朦朧詩論爭集》〔註 140〕顯示，在不完全統計的情況下涉及到「朦朧詩」論爭的重要文章就達 700 多篇，而這些僅是與「朦朧詩」論爭有關的大量文章中的一部分。由此可知，這場關涉文學界和理論界甚至早已溢出文學和理論邊沿的詩歌論爭，儼然成為了 1980 年代中國文學發展的重要事件。

實際上，艾青在這場論爭中所表現出來的詩學隱憂和警戒已受到一部分學者較為充分的關注，而論爭初期艾青與「貴州詩人群」成員之間因誤會而產生的分歧作為其中一小段插曲卻並未引起學界的注意。當知道艾青對北島的一字詩——「網」（《生活》）進行批評，並表達了對當時青年詩人詩歌中的「晦澀」和「朦朧」讀「不懂」時，「貴州詩人群」即刻做出了反應並發出了較為猛烈的聲討，隨即，這樣的聲討引發了艾青更為尖銳且直接的批評〔註 141〕。事實上，「貴州詩人群」的激烈反應與其說是針對詩人艾青的批評，還不如說是針對青年詩人們的現實處境和詩壇狀況的有感而發。最終，這些夾雜著兩代人誤解的分歧和矛盾在「事情過後，就煙消雲散了」〔註 142〕。這件事的不

〔註 139〕啞默：《世紀的守靈人·見證》（卷三），四川大學劉福春中國新詩文獻館提供未刊稿，第 83～84 頁。

〔註 140〕姚家華編：《朦朧詩論爭集》，北京：學苑出版社，1989 年。

〔註 141〕艾青：《從「朦朧詩」談起》，《新華文摘》，1981 年第 8 期。

〔註 142〕程光煒：《艾青傳》，北京：十月文藝出版社，1999 年，第 520 頁。

了了之，不僅僅是因為「朦朧詩」論爭中充斥著諸多「新穎宏闊的宣言式表述以及背後的意識形態的較量」〔註143〕，還在於學界往往把艾青與青年詩人的詩學分歧簡化為「歸來」的老詩人對文壇地位的維護與「崛起」的青年詩人對文學場域的搶佔。這樣看來，「貴州詩人群」似乎毋庸置疑地站在了剛「崛起」的青年詩人北島等人一邊，他們與艾青的關係直到1986年才有所緩和〔註144〕。然而，有意思的是，鐘鳴在《旁觀者》中曾談到：「一般而言，喜歡『今天派』，就會喜歡艾青，——當然，是未變質時期的艾青，帶法國味的艾青」〔註145〕，但他又特別強調了「貴州詩人群」的不同，「黃翔風格幾乎是艾青的翻版，卻不欣賞『今天派』」〔註146〕。儘管，這極有可能只是鐘鳴就貴州詩人對「今天派」詩人態度的一點質疑和不滿，但事實上，鐘鳴的這個疑問是很值得我們深入探討的，因為鐘鳴無意間觸及到了其中看似人事關係的糾葛，實乃詩學主張分歧的關鍵所在。

　　以黃翔為代表的「貴州詩人群」成員在詩歌創作的道路上深受艾青的影響。在中國現代詩歌藝術的積極探索者、實踐者中，艾青無疑是貴州詩人最喜愛的也是影響他們最深的詩人。啞默曾坦言，他和黃翔的「自由詩寫作是沿著世紀初的路跋涉過來的，回顧20世紀前半葉」〔註147〕，他們最欣賞的詩人就是艾青〔註148〕。在啞默心裏，那些從「五四」的歷史長夜中艱難跋涉而來的詩人們都曾留下了或深或淺的足跡，而詩人艾青留下的印記是最大、最深且最持久的〔註149〕。艾青的詩不僅給他們帶來了傳統詩學的養料，同時還讓他們感受到了一種中西融合的詩學精神。1957年之後，艾青在特殊的時代

〔註143〕李怡：《艾青的警戒與中國新詩的隱憂——重審艾青在「朦朧詩論爭」中的姿態》，見《舊世紀文學》，成都：巴蜀書社，2014年，第170頁。

〔註144〕啞默：《世紀的守靈人·見證》（卷三），四川大學劉福春中國新詩文獻館提供未刊稿，第133頁。

〔註145〕鐘鳴：《旁觀者》，海口：海南出版社，1998年，第687頁。

〔註146〕鐘鳴：《旁觀者》，海口：海南出版社，1998年，第687頁。

〔註147〕啞默曾說：「詩人中我最欣賞的是艾青，他的詩中，除傳統外，還有法國維爾哈倫的東西。」見孫文濤：《大地訪詩人》，香港：天馬圖書有限公司，2003年，第3頁。

〔註148〕啞默曾說：「詩人中我最欣賞的是艾青，他的詩中，除傳統外，還有法國維爾哈倫的東西。」見孫文濤：《大地訪詩人》，香港：天馬圖書有限公司，2003年，第3頁。

〔註149〕啞默：《泰斗、詩歌》，《世紀的守靈人·昨日不必重現》（卷六），四川大學劉福春中國新詩文獻館提供未刊稿，第442～443頁。

風雲中銷聲匿跡，貴州詩人們一度認為艾青已不在人世。在整整二十年之後的 1977 年底，一首發表在《文匯報》上的《紅旗》一詩讓詩人艾青復出亮相。儘管啞默等貴州詩人對此詩並不欣賞，但卻絲毫不影響他們對艾青復出的欣喜之情，他們紛紛致信艾青。後來，在艾青的介紹下，北島和啞默、黃翔等人相識〔註 150〕。那麼，為何如此喜歡艾青的貴州詩人對看似非常接近艾青風格的「今天派」詩人並沒有意料中的好感呢？值得進一步追問的是，諸如北島等「今天派」詩人真的就是所謂「未變質」的艾青詩歌的繼承者嗎？在艾青、「貴州詩人群」和「今天派」詩人之間到底產生了怎樣的詩學主張的分歧和糾葛？而這極有可能涉及到 1980 年代新詩的詩學建構和「貴州詩人群」詩學理論的養成。要解答上述的問題，我們非常有必然重返論爭發生的具體歷史情境，對艾青與「貴州詩人群」雙方的詩學思想，以及後來「貴州詩人群」與北島等詩人的觀念分歧進行詳細的爬梳。

　　1980 年 7 月 23 日，《詩刊》社舉辦了一場「青年詩作者創作學習會」，艾青在會上發表了談話〔註 151〕，其中談到「關於寫得難懂的詩」時，艾青特別提到了北島的一字詩：「網」（《生活》）〔註 152〕，並提出：

> 「這樣的詩很難理解。網是什麼呢？網是張開的吧，也可以
> 說愛情是網，什麼都是網，生活是網，為什麼是網，這裡面要有
> 個使你產生是網而不是別的什麼的東西，有一種引起你想到網的
> 媒介，這些東西被作者忽略了，作者沒有交代清楚，讀者就很難
> 理解。」〔註 153〕

在艾青看來，這樣的詩之所以讓人難以理解就在於「他只是寫他個人的一個觀念，一個感受，一種想法」〔註 154〕，這「最簡單的、最狹隘的」個人感覺很難引起大家的共鳴。這樣的談話很快就引起了「貴州詩人群」的激烈反應，「貴州詩人群」成員於 1980 年 11 月在自辦刊物《崛起的一代》第二期開設了

〔註 150〕啞默：《代際傳遞：貴州詩歌的潛在寫作》，《詩探索》（理論卷），2016 年第 2
　　　　輯。
〔註 151〕艾青：《與青年詩人談詩——在詩刊社舉辦的「青年詩作者創作學習會」上的
　　　　談話（一九八〇年七月二十三日）》，《詩刊》，1980 年第 10 期。
〔註 152〕北島當時創作的組詩《太陽城箚記》中的一首。
〔註 153〕艾青：《與青年詩人談詩——在詩刊社舉辦的「青年詩作者創作學習會」上的
　　　　談話（一九八〇年七月二十三日）》，《詩刊》，1980 年第 10 期。
〔註 154〕艾青：《與青年詩人談詩——在詩刊社舉辦的「青年詩作者創作學習會」上的
　　　　談話（一九八〇年七月二十三日）》，《詩刊》，1980 年第 10 期。

「無名詩人談艾青」專欄，發表了詩人黃翔的文章——《致中國當代詩壇泰斗——艾青》。

　　當艾青指出青年詩人的詩歌讓人讀「不懂」時，學界已公開出現反對新詩潮詩歌的聲音，1980 年第 8 期的《詩刊》刊發了章明的《令人氣悶的「朦朧」》，文中指出：

> 　　「前些年，……許多標語口號式的、廉價大話式的『詩』充斥報刊，倒了讀者的胃口，影響了新詩的聲譽。經過撥亂反正，如今詩風大好，出現了不少感情真摯、思想深刻、形象鮮明、語言警策的好詩，受到了廣大讀者的讚賞和歡迎。但是，也有少數作者大概是受了『矯枉必須過正』和某些外國詩歌的影響，有意無意地把詩寫得十分晦澀、怪僻，叫人讀了幾遍也得不到一個明確的印象，似懂非懂，半懂不懂，甚至完全不懂，百思不得一解。對於這種現象，有的同志認為若是寫文章就不應如此，寫詩則『倒還罷了』。」〔註 155〕

顯然，章明將當時新詩潮詩歌讓人難以讀懂的「朦朧」、「晦澀」主要歸結為「矯枉必須過正」的創作意圖以及外國詩歌藝術技巧對新詩潮詩人的消極影響。後來的評論者則將章明等人的讀不懂歸結為其詩學品味、鑒賞眼光以及理論素養的落後〔註 156〕，換言之，章明等人讀不懂新詩潮的詩歌是不能怪青年詩人的，只能怪讀者自己。由此可知，章明所理解的新詩潮詩歌的「不懂」主要還是聚焦在詩歌寫作的藝術技巧和方法這一操作層面上，這也就使得後來的批評者對其詩學品味及眼光的指責顯得順理成章。隨後沒過多久，《詩刊》就刊發了艾青的《與青年詩人談詩》一文。隨即「貴州詩人群」成員對此做出了強烈反應，「我們現在要做的，就是要拆掉你和所有偽劣詩歌的紀念堂，把我們大合唱的隊伍開進去」〔註 157〕。在「貴州詩人群」成員看來，艾青與當時新詩潮的反對者章明等人一樣成為過去時代的「牧歌」的贊同者。那麼，這樣「一位 20 世紀象徵主義詩歌的前驅」〔註 158〕為何會對當時剛「崛起」的新詩潮詩歌的那種「朦朧」、「晦澀」的藝術取向進行如此嚴肅的質疑呢？艾

〔註 155〕章明：《令人氣悶的「朦朧」》，《詩刊》，1980 年第 8 期。
〔註 156〕張嘉諺等主編：《崛起的一代》，1980 年第 1 期。
〔註 157〕張嘉諺等主編：《崛起的一代》，1980 年第 1 期。
〔註 158〕李怡：《艾青的警戒與中國新詩的隱憂——重審艾青在「朦朧詩論爭」中的姿態》，見《舊世紀文學》，成都：巴蜀書社，2014 年，第 170 頁。

青在《從「朦朧詩」談起》中曾明確指出：

> 「現在寫朦朧詩的人和提倡寫朦朧詩的人，提出的理由是為了
> 突破，為了探索；要求把詩寫得深刻一點，寫得含蓄一些，寫得有
> 意境，寫得有形象；反對把詩寫得一望無遺，反對把詩寫得一目了
> 然，反對把詩寫成滿篇大白話。這些主張都是正確的。」〔註159〕

其實此處正如學者李怡所言，艾青在這裡「有一個特定話語使用問題」〔註160〕，
無論從哪一個角度審視，艾青都沒有為僵化淺白的文學進行辯護的理由，「受
哺於法國先鋒派藝術與西方象徵主義的艾青無論怎樣，似乎都不可能成為新
時期中國新詩藝術探索的反對力量」〔註161〕。然而，艾青對當時的青年詩人
的質疑還是給極其崇敬他的「貴州詩人群」成員帶來了非常大的衝擊。當然，
這也並非啞默或黃翔的臨時鼓動所致，而是在 1980 年代初期的時代之交中，
代表了不同詩歌精神的老詩人和青年詩人的對峙局面已然形成，在詩壇還未
站穩腳跟的青年詩人們難以控制地冒出較為激進的情緒便在所難免〔註162〕，
因此，「貴州詩人群」成員的激烈反應也是情理之中的事情。值得注意的是，
艾青在「青年詩作者創作學習會」上的談話發表在章明的言論之後〔註163〕，
而艾青卻並沒有使用章明的文章中帶有諷刺意味的「朦朧」一詞來命名這些
讓人讀「不懂」的詩歌。顯然，如前所述，「貴州詩人群」成員將艾青與當時
新詩潮的反對者一方放在了同一位置，將其視為「變了質」的艾青。我們在
考察艾青的「不懂」時，就不能將其與當時諸如章明等人提出的「朦朧」、「晦
澀」等詞語整體打包下結論。艾青的「不懂」與章明的「朦朧」有何不同？
其中又包含了艾青怎樣的詩學主張？難道艾青與「貴州詩人群」成員之間真
的存在「懂」與「不懂」的詩學分歧嗎？這些都是值得我們詳加追問的問題。

〔註159〕艾青：《從「朦朧詩」談起》，《艾青全集》（第 3 卷），石家莊：花山文藝出版
社，1991 年，第 535 頁。

〔註160〕李怡：《艾青的警戒與中國新詩的隱憂——重審艾青在「朦朧詩論爭」中的姿
態》，見《舊世紀文學》，成都：巴蜀書社，2014 年，第 171 頁。

〔註161〕李怡：《艾青的警戒與中國新詩的隱憂——重審艾青在「朦朧詩論爭」中的姿
態》，見《舊世紀文學》，成都：巴蜀書社，2014 年，第 170 頁。

〔註162〕參考張嘉諺：《咆哮於崛起詩風的潮頭》，見《崛起的一代》，1980 年第 1 期
「代前言」。

〔註163〕章明的《令人氣悶的「朦朧」》是寫於 1980 年 2 月 5 日，刊發在《詩刊》1980
年第 8 期，而艾青的《與青年詩人談詩——在詩刊社舉辦的「青年詩作者創
作學習會」上的談話（一九八〇年七月二十三日）》是發生於 1980 年 7 月 23
日，刊發在《詩刊》1980 年第 10 期上。

　　艾青在《與青年詩人談詩》一文中首先明確提出詩歌要寫的就是自己心裏想要講的話，「一九三二年七月我被捕了，關在監獄裏不能畫畫。但可以寫詩。我從一開始就沒有把詩當做神，也沒有把寫詩當做一個英雄的事情，或者說是受了奧林匹斯山的什麼神靈的召喚。總而言之，自己有話要講，就用詩來發表吧！」〔註 164〕艾青同時還談到了《大堰河——我的保姆》就是自己在監獄中十分想念曾經養育過他的保姆而進行創作的。這些都意味著艾青從不排斥基於個人感受的寫詩行為，關鍵就在於，艾青所說的這種自我感受作為個人內心最真實的存在，它首先是要通過生活、經驗、想像與社會人生、現實世界建立真實可感的關聯的。因為個人的「感覺只是認識的鑰匙」，如果詩人只「滿足於捕捉感覺」，那麼，當「感覺被還原為感覺」時，詩歌剩下來的也就只有詩人自己最個人的感覺了。〔註 165〕就比如艾青所質疑的「網」，「網是什麼呢？網是張開的吧，也可以說愛情是網，什麼都是網，生活是網。」〔註 166〕可見，對於艾青這樣一位熟諳象徵主義詩藝的巨匠而言，要想把握「網」這一現代意象的闡釋路徑是輕而易舉的。因此，問題就不在於「網」這個意象本身，而在於它孤零零的、突兀地出現在讀者面前顯得有些莫名其妙且經不起讀者的追問。「為什麼是網」而不是雲、霧、井、籠諸如此類的意象？「這裡面要有個使你產生是網而不是別的什麼的東西，有一種引起你想到網的媒介」〔註 167〕，因為這些東西的被忽略而造成的難以解讀，就不能歸因為讀者的閱讀能力有限，否則這樣的詩除了創作者之外就真的只能意會不可言傳了，那麼詩歌就會陷入一種自我陶醉的尷尬狀態。由此可知，艾青所說的讀「不懂」，其問題並不僅僅出在寫作技巧或表現方法這一操作層面上，更為重要的還是基於詩人個體「感受」的詩歌形態上。那麼，在艾青看來詩人的感受應該是怎樣的？或者說什麼樣的感受形成的詩歌形態才更能引起讀者的共鳴？

　　事實上，艾青關於詩人的感覺和詩歌的形象的思考由來已久。在他看來，

〔註 164〕艾青：《與青年詩人談詩——在詩刊社舉辦的「青年詩作者創作學習會」上的談話（一九八〇年七月二十三日）》，《詩刊》，1980 年第 10 期。

〔註 165〕艾青：《詩論》，上海：復旦大學出版社，2005 年，第 10 頁。

〔註 166〕艾青：《與青年詩人談詩——在詩刊社舉辦的「青年詩作者創作學習會」上的談話（一九八〇年七月二十三日）》，《詩刊》，1980 年第 10 期。

〔註 167〕艾青：《與青年詩人談詩——在詩刊社舉辦的「青年詩作者創作學習會」上的談話（一九八〇年七月二十三日）》，《詩刊》，1980 年第 10 期。

無論何時，詩人「都應該把寫詩的注意力放在形象思維上」〔註 168〕；「詩是由詩人對外界所引起的感覺，注入了思想感情，而凝結為形象，終於被表現出來的一種『完成』的藝術」〔註 169〕；除卻「豐富的感覺力」，詩人「必須還有豐富的思考力，概括力，想像力」〔註 170〕，因為「有了聯想與想像，詩才不致窒死在狹窄的空間與局促的時間裏」〔註 171〕。當然，「想像是以生活積累為基礎的，生活積累並不限制在一時一事之上。運用想像也不限制在一時一事上」〔註 172〕，因為「生活是藝術所由生長的最肥沃的土壤，思想與情感必須在它的底層蔓延自己的根須」〔註 173〕，同時，「生活實踐是詩人在經驗世界裏的擴展，詩人必須在生活實踐裏汲取創作的源泉；把每個日子都活動在人世間的悲、喜、苦、樂、憎、愛、憂愁與憤懣裏，將全部的情感裏發酵、醞釀，才能從心的最深處，流出無比芬芳與濃烈的美酒。」〔註 174〕艾青認為，詩歌中的「我」在通常情況下並不是指詩人自己。在大多數的場合，詩人應該借「我」來傳達詩人對於一個時代的感情與願望〔註 175〕。「一首詩不僅使人從那裡感觸了它所包含的，同時還可以由它而想起一些更深更遠的東西。」〔註 176〕「詩人創造詩，既是給人類的諸般生活以審視、批判、誘發、警惕、鼓舞、讚揚……」〔註 177〕而「人類通過詩人的眼凝望著世界；人類以詩人的眼感受了：美與醜，善與惡，歡樂與悲苦，長生與死滅……諸形象。」〔註 178〕所以，「詩，永遠是生活的牧歌」〔註 179〕。因為詩歌是最貼近人的心靈的。「寧可失敗於藝術，卻不要失敗於思想；寧可服役於一個適合於這時代的善的觀念，卻不要妥協於藝術。」〔註 180〕

〔註 168〕艾青：《和詩歌愛好者談詩——在北京勞動人民文化宮》，《人民文學》，1980 年第 5 期。

〔註 169〕艾青：《詩論》，上海：復旦大學出版社，2005 年，第 10 頁。

〔註 170〕艾青：《詩論》，上海：復旦大學出版社，2005 年，第 10 頁。

〔註 171〕艾青：《詩論》，上海：復旦大學出版社，2005 年，第 26 頁。

〔註 172〕艾青：《詩論》，上海：復旦大學出版社，2005 年，第 26 頁。

〔註 173〕艾青：《詩論》，上海：復旦大學出版社，2005 年，第 13 頁。

〔註 174〕艾青：《詩論》，上海：復旦大學出版社，2005 年，第 13 頁。

〔註 175〕艾青：《詩論》，上海：復旦大學出版社，2005 年，第 32 頁。

〔註 176〕艾青：《詩論》，上海：復旦大學出版社，2005 年，第 2 頁。

〔註 177〕艾青：《詩論》，上海：復旦大學出版社，2005 年，第 36 頁。

〔註 178〕艾青：《詩論》，上海：復旦大學出版社，2005 年，第 32 頁。

〔註 179〕艾青：《詩論》，上海：復旦大學出版社，2005 年，第 12 頁。

〔註 180〕艾青：《詩論》，上海：復旦大學出版社，2005 年，第 11 頁。

　　仔細考察「貴州詩人群」成員當時的詩歌主張就不難發現，他們與艾青的詩學主張存在不少暗合之處。《崛起的一代》在刊發了第二期後被迫停刊，失去發言陣地的詩人們於 1981 年 6 月以秘密傳單的形式再刊發了一期《崛起的一代》，且只刊載了《致中國當代詩壇的公開信——從艾青、周良沛的文章談起》，該文展現了「崛起的一代」鮮明的詩歌觀念，對「時代精神」、詩人「自我」以及「說真話」等進行了觀點的闡明。首先，強調自己所執著追求的是一種「本質意義上的『時代精神』」，它包含著詩人所處「時代真實的社會情慾、心理趨勢和精神指向」，其中「樂觀進取的英雄主義與孤獨感和反英雄是同時存在的」，這才是「當代人的精神世界」。〔註 181〕在這樣的精神世界中，「貴州詩人群」成員認為「自我」是一個「多棱面的『自我運動體』。它包含了每個人對社會、自然和自身的認識。」〔註 182〕儘管詩人「自我」常常被各種矛盾所糾纏，但「貴州詩人群」成員仍然堅持將詩人「自我」視為一個整體，拒絕將其人為、機械地割裂成所謂的「大我」與「小我」。他們要借助於「自我」喚醒人的意識的覺醒以及人的價值的崛起。

　　事實上，「貴州詩人群」「求真」的詩學精神恰恰是對艾青詩學主張的當代傳承。在艾青的詩學觀念中，對「貴州詩人群」影響最大的就是「詩人要說真話」的主張。然而，在他們看來，重新歸來「暮年盛名之下的詩人並沒有說出真話來的最大勇氣。他迴避時代巨大的、尖銳的、本質的矛盾。他不敢睜大眼睛，面對現實，用真嗓子唱歌。他的詩歌基本上是『正統』的、軟弱的。」〔註 183〕他們在意的是已不能在艾青的詩集中找到「一片人性的永恆愛情的綠葉」〔註 184〕，同時，他們還認為艾青的詩只有畫面，缺乏一種「內在的音樂」，一種靈動的「潛在的樂思」，沒有在詩歌中留下屬於自己的人生哲學，「在瞬息萬變的哲學大門口，他被『真善美』三位美麗女神的眼睛迷糊住了」。〔註 185〕復出後的艾青創作的詩歌高雅、平和，像一尊安靜的雕塑，恰恰缺少一種「血肉之軀的內在強烈的衝動」，甚至在貴州詩人的眼裏，艾青後

〔註 181〕張嘉諺等主編：《崛起的一代》，1980 年第 3 期。
〔註 182〕張嘉諺等主編：《崛起的一代》，1980 年第 3 期。
〔註 183〕黃翔：《致艾青與當代中國詩壇兩篇檄文》，見張嘉諺等主編：《崛起的一代》，1980 年第 2 期。
〔註 184〕黃翔：《致艾青與當代中國詩壇兩篇檄文》，見張嘉諺等主編：《崛起的一代》，1980 年第 2 期。
〔註 185〕黃翔：《致艾青與當代中國詩壇兩篇檄文》，見張嘉諺等主編：《崛起的一代》，1980 年第 2 期。

來的憤怒都是平和的,「那臉上幾乎見不出血肉的人的表情。到了我們的時代,『艾青』祇是個裝飾品。」〔註186〕「貴州詩人群」的詩人們「反對那種打上引號的、人為地強加於人的所謂「時代精神」〔註187〕。這恰如艾青曾經所言:「勇敢、果斷、自我犧牲等美德之表現在一個民族或一個集團裏的,常常被詩人披上羅曼蒂克的斗篷是可以原諒的——但必須戒備啊!」〔註188〕艾青還提醒詩人要「用明確的理性去防止詩陷入純感情的稚氣裏」〔註189〕,「不要在脆薄的現象的冰層流滑;須隨時提醒著自己在泥濘的生活的道路上,踏著沉重的腳步,前進而不摔跤。」〔註190〕他認為:「含蓄是一種飽滿的蘊藏,是子彈在槍膛裏的沉默」〔註191〕,「不能把混沌與朦朧指為含蓄」〔註192〕。「我們必須講真話。——在我們生活的時代裏,隨時用言,提醒著:人類過的是怎樣的生活。」〔註193〕在艾青詩歌觀念的影響下成長起來的「貴州詩人群」,後來明確指出「崛起的一代」不等同於當時的「朦朧詩」,「貴州詩人群」對「時代精神」與「自我」的理解恰恰是基於他們以探索人的本質為出發點的,即詩歌不僅要追問「人在哪裏?」,同時更要思考「人是什麼?」。正如學者李怡所指出的,1980 年代初期「朦朧詩」論爭中的「朦朧或者說晦澀是一個具有特定歷史意味的指向,這就是對 1949 以後愈演愈烈的政治口號般的明晰的深感厭倦,他們試圖通過對外國詩歌藝術尤其是現代主義詩藝的引進完成對這一僵化的明白的反撥,從這個意義上看,朦朧與晦澀甚至具有某種歷史的正義性」〔註194〕。

在探討上述問題時,學界往往把「貴州詩人群」與其他詩人的話語衝突窄化為一種青年詩人的輕狂和對老詩人的冒犯,當然,可以理解的是,「貴州詩人群」的激烈言辭猶如扔進一潭死水的炸彈,讓周圍的人難以接受是在所

〔註186〕黃翔:《致艾青與當代中國詩壇兩篇檄文》,見張嘉諺等主編:《崛起的一代》,1980 年第 2 期。

〔註187〕張嘉諺等主編:《崛起的一代》,1980 年第 2 期。

〔註188〕艾青:《詩論》,上海:復旦大學出版社 2005 年版,第 7 頁。

〔註189〕艾青:《詩論》,上海:復旦大學出版社 2005 年版,第 13 頁。

〔註190〕艾青:《詩論》,上海:復旦大學出版社 2005 年版,第 13 頁。

〔註191〕艾青:《詩論》,上海:復旦大學出版社 2005 年版,第 12 頁。

〔註192〕艾青:《詩論》,上海:復旦大學出版社 2005 年版,第 12 頁。

〔註193〕艾青:《詩論》,上海:復旦大學出版社 2005 年版,第 33 頁。

〔註194〕李怡:《艾青的警戒與中國新詩的隱憂——重審艾青在「朦朧詩論爭」中的姿態》,見《舊世紀文學》,成都:巴蜀書社,2014 年,第 172 頁。

難免的。同時，「朦朧詩論爭」在特定時代語境下的某種歷史正義性，使得「朦朧」詩人一方在「文學進化史觀」的鏈條上佔據著天然的優勢，這場論爭後來常常被簡化為新詩「新舊」勢力的對立，而以艾青的挑戰者身份出場的貴州詩人自然而然地被歸入「朦朧」詩人的行列，最終，這場論爭陷入一種「爭不必爭」的狀態，學界不僅誤解了老詩人艾青對新詩發展的擔憂，也完全忽視了「貴州詩人群」在這場論爭中極具遠見的詩學思考。

「貴州詩人群」向詩人艾青及艾青們發起挑戰這一行為本身，與其說是一種與艾青相對立的創作觀念和詩學立場，還不如說是「貴州詩人群」崛起的一種言說策略。值得注意的是，「貴州詩人群」激進的詩歌行動並非譁眾取寵的把戲，《啟蒙》及貴州詩人對現實社會生活的強勢介入，《崛起的一代》及其相關詩人所引發的爭執和分歧無不透露出，「貴州詩人群」的詩歌創作及其詩學實踐乃是「五四」新文學強烈的現實關懷和社會實踐在當代的回聲。

三、《中國詩歌天體星團》與詩學話語的實踐

現有資料表明，曾經一度游移在主流之外的「民間詩人」於 1986 年前後都獲得了主流詩壇不同程度的接納，1986、1987 以及 1988 這三年遂成為中國當代詩歌發展史上的「黃金年頭」〔註195〕。「貴州詩人群」於 1986 年所採取的「中國詩歌天體星團」的文學行動可謂是其中「最令人感動，也是最戲劇化的一幕」〔註196〕，然而，他們依然被排除在主流詩壇之外。為何「貴州詩人群」「最令人感動」的詩歌行動並沒能為主流詩壇所接納？是因為他們真的只是一場戲劇化的空洞的詩歌表演嗎？想來我們十分有必要重返當時的歷史現場，重新審視「貴州詩人群」此次的詩歌行動，並從中發現「貴州詩人群」與當時主流詩壇相背離的精神特質和詩學思考。

1986 年 12 月，「貴州詩人群」成員猶如精神的不死鳥一路北上再次衝向中心腹地。就在這不久之前，他們在貴陽成立了「中國詩歌天體星團」，以黃翔、啞默、張嘉諺、王強、秋瀟雨蘭、莫建剛、黃相榮、王付、趙雲虎等成員為主。

〔註195〕參見錢理群：《誕生於「停屍房」的中國世紀末的最強音——日譯本〈黃翔的詩與詩想〉序》，稚夫選編：《詩歌蹤跡》（中文版），澳大利亞原鄉出版社，2012 年，第 183 頁；以及謝冕：《時代、社會、政治與詩》，《星星》（詩刊），2015 年第 20 期。

〔註196〕鐘鳴：《旁觀者》，海口：海南出版社，1998 年，第 689 頁。

《中國詩歌天體星團》第一期〔註197〕

1986 年 11 月底，巨型鉛印民刊大報《中國詩歌天體星團》出刊，第一期為四開版面，共十二個版，原計劃推出六位詩人的作品，但在出刊前夕，王付和趙雲虎因意見分歧分別將詩歌《王付抒情詩選》以及《世紀》、《浪漫》撤出，另刊發在其自辦的《新宇宙》報上。《中國詩歌天體星團》第一期實際

〔註197〕原稿由四川大學劉福春中國新詩文獻館提供。

上推出了四位詩人的作品，分別為：黃翔的《〈中國詩歌天體星團〉說》、《狂飲不醉的獸形》（「詩學選集」斷章）、《世界　你的裸體和隱體》、《血嘯》；啞默的《飄散的土地》（節選）；黃相榮的《黃相榮詩選 1980～1985》；王強的《南方的河是流向天空的》（1985 年 11 月）；同時，秋瀟雨蘭還分別為黃翔、啞默、王強、黃相榮和吳若海幾位詩群成員寫了小傳和簡介，圍繞著《中國詩歌天體星團》形成的一批「星體」詩人首次亮相。其中王強以「星體」詩人的身份成為「貴州詩人群」中後起之秀的代表性人物，也是中國最早的流浪詩人之一。

　　1986 年 12 月初，「星體」詩人黃翔、王強、黃相榮、莫建剛、梁福慶、秋瀟雨蘭等帶著幾千份詩報進京參加北京大學首屆文學藝術節。彼時，張嘉諺作為貴州省安順師專（現貴州省安順學院）青年教師正在北京大學中文系進修，負責相關準備工作，流浪詩人馬賊（薛德雲）也參加了此次活動。他們先後在北京大學、中國人民大學、北京師範大學、中央工藝美術學院以及魯迅文學院等學校舉辦詩歌朗誦會和座談會，演講的同時四處散發他們辛苦製作的宣傳報單。貴州詩人們認定：

> 「詩是行動的藝術。那裡面你必須聽出詩人所生活的時代蹭蹭走響的兩隻大腳。讓詩不僅生活在書本中，紙面上；也生活在喇叭筒裏，麥克風中，以詩的交響樂跳動在千千萬萬人的耳朵中，打擊在時代的巨型鍵盤上。」〔註 198〕。

　　「星體」詩人在北上之後又分兵南下武漢、南京、上海等地開展詩歌行為藝術，然而，該刊僅一期便被禁止再刊。可以說，此時自稱為「星體」詩人的「貴州詩人群」雖不是一個相對嚴密的文學性組織，但成員之間都擁有相似或相近的詩歌精神和詩人氣質。在日趨多元化的時代進程中，「貴州詩人群」並不希望被一種固定的思想理論所統攝制約，他們追求的是每一個詩人應自成一個社會，一個獨立的自在體。在第一期《中國詩歌天體星團》中，黃翔通過《狂飲不醉的獸形》舉起了「情緒哲學」的大旗，向個人的精神最深處掘進；啞默則發表《飄散的土地》，以民族情感史詩深入歷史文化腹地，開掘民族歷史文化的痛感；王強以《南方的河是流向天空的》表達了他早醒的流浪意識和血性抒寫，以上皆為「貴州詩人群」自在、自足、自由的詩歌精神體現。

〔註 198〕稚夫選編：《詩歌蹤跡》（中文版），澳大利亞原鄉出版社，2012 年，第 206 頁。

如果說《中國詩歌天體星團》猶如當時投入主流詩壇的一枚重磅炸彈的話，那麼，其殺傷力絕不僅僅只源於「星體」詩人在他人看來顯得強勢蠻橫的詩歌行為，而恰恰在於《中國詩歌天體星團》中常被我們忽略掉的詩歌內容和詩學思考，不得不承認的是，「貴州詩人群」強勢勇猛的詩歌行為和氣勢往往容易掩蓋其詩歌內容和詩學特質，然而，這樣的詩歌行為本身也是其詩學特質的一種實踐形式。《中國詩歌天體星團》在「當代詩壇俯瞰」板塊中，直斥新詩的精神陽痿對民族精神的損害，導致了「偽文化現象」的出現和民族精神的萎靡，並將矛頭直指當時詩壇乃至整個文學界、文化界的所謂「創新」。在「貴州詩人群」看來，正是當時那種自以為是的、虛假的「創新」不僅沒能給詩歌精神內涵注入新鮮的血液、帶來真正的革新，反而破壞「五四」以來的詩歌精神傳統。被不斷標榜的「創新」逐漸泛濫成災，造成了又一輪的千人一面和萬人一腔的局面，「嚴重損害東方民族智慧的形象，嚴重破壞當代民族的心理生機，使一個民族的精神患上軟骨病、陰陽病和精神陽痿症，失去偉大的精神生殖力，失去彈性的精神『性』感，以至『舉陽不起』！」〔註199〕那麼，被「貴州詩人群」所不齒的「創新」到底有著怎樣的含義呢？在「新」「舊」對壘，「創新」更容易具有某種歷史正義性與合法性之際，「貴州詩人群」成員卻敏銳地感受到當時的詩壇正充斥著一種刻意「雕琢的『創新』」而非真正的新詩變革，一種「刁意玩弄形式和故弄玄虛而並非智慧穎悟的淺薄風尚」〔註200〕，而這「創新」正是當時時代所犯的一種精神上的時髦病。〔註201〕這流於表象的所謂「新」首先就表現為某種觀念的、主義的、體系的、形式的「新」，而且是「各式人為的觀念對事物包括對感知本身的割裂」〔註202〕。「一切新舊的『理論』、『主義』、『體系』乃至『宣言』都是『觀念的貧血』，都是人為『觀念的羅網』，都是現象世界的浮渣，都是先哄自己然後哄自己的同類的短命的時髦玩意。它的第一個和最後一個製造者、信奉者、吹捧者毫無疑義都是白癡。」〔註203〕然而，問題還不僅僅在於新舊的對壘，更值得注

〔註199〕黃翔：《自由寫作的堅守》，見稚夫選編：《詩歌蹤跡》（中文版），澳大利亞原鄉出版社，2012 年，第 357 頁。

〔註200〕黃翔：《〈中國詩歌天體星團〉說》，見《中國詩歌天體星團》，1986 年第 1 期。

〔註201〕參見錢理群：《誕生於「停屍房」的中國世紀末的最強音——日譯本〈黃翔的詩與詩想〉序》，見稚夫選編：《詩歌蹤跡》（中文版），澳大利亞原鄉出版社，2012 年，第 182 頁。

〔註202〕黃翔：《〈中國詩歌天體星團〉說》，見《中國詩歌天體星團》，1986 年第 1 期。

〔註203〕黃翔：《〈中國詩歌天體星團〉說》，見《中國詩歌天體星團》，1986 年第 1 期。

意的是，這種刻意雕琢的冒牌的「新」詩將催生「同樣冒牌的淺薄的迎合平庸小器的詩歌美學趣味的詩歌評論，這種評論不是給這種民族精神的假象以棒喝，相反的是與之狼狽為奸，助長了這種顯然有害而並非有益的膚淺風尚。」〔註204〕這樣的詩歌生態必然導致一系列的連鎖反應：「不僅沒有推動和給當代詩歌帶來真正的繁榮，不僅沒有孕育和推出一大批思想上、氣質上、才華上、性格力量和精神氣魄上真正足以雄視世界的一代風流，相反滋長和暴露出一大批毫無精神氣質的市儈庸俗社會功利心理追求！滋長和暴露出一大批沾沾自喜又自以為是的蓬間雀和自大狂！軟弱！妥協！滿足！面對整個人生完全失去大叛逆者和大破壞者的獨立的精神人格！」〔註205〕

　　值得進一步追問的是，這樣的新詩生態乃至文學、文化生態又是如何造成的呢？「貴州詩人群」用詩歌創作及相關的文學活動的開展給出了明確的答案，那就是「對抗爭的迴避」，「對人類精神騷動、苦悶和不安」的遮掩，以及對「一個變革時期的偉大民族的真實精神指向」〔註206〕的漠視，造成了「新」詩精神內涵的不足與生命底氣的喪失，導致「『現代漢詩』變成了毫無生命的『現代漢屍』」〔註207〕，並常常自詡為某種創新的派別，以「某某派」包裹其隱秘的「詩心」，「不僅遠離當代民族強大的情慾衝動，而且小心翼翼地迴避精神的對抗和衝撞。」〔註208〕在「貴州詩人群」眼裏，這正是整個中國知識界的傳統病灶，「就某種意義上，對罪惡的精神暴虐的迴避和容忍，也正是罪惡的精神暴虐的同謀，這就是中國文化人和中國文化的悲劇」〔註209〕。在這裡，「貴州詩人群」提出了一個不只是詩學意義層面的問題，新詩、文學藝術乃至整個知識界能否迴避時代、社會、現實的生命感悟和精神困境？如果不能迴避，那又該怎樣面對呢？為新詩注入飽滿的生命內涵，讓詩人成為行動的藝術家，而詩乃是「詩人生命的全體戰慄」〔註210〕，以詩歌行動衝擊當代中國封閉沉悶的文化狀態，喚醒「五四」的批判思維和精神傳統。「貴州詩人群」認為詩歌是否具有創造性特質主要還取決於詩人是否擁有「精神發現」，而沉迷於玩弄藝術技巧的詩人是不可能觸及到「精

〔註204〕黃翔：《〈中國詩歌天體星團〉說》，見《中國詩歌天體星團》，1986年第1期。
〔註205〕黃翔：《〈中國詩歌天體星團〉說》，見《中國詩歌天體星團》，1986年第1期。
〔註206〕黃翔：《〈中國詩歌天體星團〉說》，見《中國詩歌天體星團》，1986年第1期。
〔註207〕黃翔：《〈中國詩歌天體星團〉說》，見《中國詩歌天體星團》，1986年第1期。
〔註208〕黃翔：《〈中國詩歌天體星團〉說》，見《中國詩歌天體星團》，1986年第1期。
〔註209〕黃翔：《〈中國詩歌天體星團〉說》，見《中國詩歌天體星團》，1986年第1期。
〔註210〕黃翔：《〈中國詩歌天體星團〉說》，見《中國詩歌天體星團》，1986年第1期。

神發現」的，在具有創造性的「精神發現」面前，純粹的技巧不過只是一種雕蟲小技，它限制了詩歌品味的提升，因此，「貴州詩人群」的詩人們十分推崇詩人的「精神發現」，並認為一首詩理應具有獨立自存的「精神容量」〔註211〕。經由對所謂「創新」的反思，詩人們發現那些標榜「創新」的人卻往往是對西方各色詩歌（文學）「主義」的模仿，這些「創新」者更容易「匍匐」在西方權威的陰影中〔註212〕。同時，「貴州詩人群」的詩人還尖銳地指出：

> 「現當代的中國文化仍然是自覺或不自覺地從屬於不同時期
> 的不同上帝意向的文化，還沒有可能出現從外部和內部徹底擺脫對
> 『上帝』的依附，真正直面廣闊而真實的人生、獨立形成包孕作家
> 自身巍然獨存的政治、哲學、宗教、藝術觀於其中的個體精神文化，
> 面向整個人類的創造性文化」〔註213〕。

「貴州詩人群」由此引發的極具世界眼光的詩學思考和文化觀念或許是更值得我們重視的。「世界文化是由各個不同的民族組合而成的，雖然並不排斥各民族之間文化的漿液彼此滲透，從而產生變異，孕育出新的民族文化。但絕沒有一種凌駕於各民族之上、完全消除各民族特色的『大一統』世界文化。如果是那樣的話，新的精神和文化的暴君就會出現了！各民族之間各各相異的富有創造個性的天才也就泯滅了」〔註214〕。不得不承認的是，「貴州詩人群」關於世界文化危機的憂慮時至今日仍然具有極為重要的啟示意義。面對委頓的新詩生存狀況，「貴州詩人群」憑藉浩大的氣勢、勇猛的行為、迅疾的造型以及對原初生命的禮讚，發出來自貴州高原山川「野公牛與野母牛」般的嚎叫，如旋風般向京城的高校襲來，他們也因此在詩壇上留下了強勢蠻橫的「詩獸」形象。

「貴州詩人群」進入 1980 年代，不僅形成了鮮明的詩歌創作取向，而且還有相當明確的詩學創見。然而，他們因其鮮明的抗爭姿態和強悍的行為陣

〔註211〕稚夫選編：《詩歌蹤跡》（中文版），澳大利亞原鄉出版社，2012 年，第 202 頁。
〔註212〕參見錢理群：《誕生於「停屍房」的中國世紀末的最強音——日譯本〈黃翔的詩與詩想〉序》，稚夫選編：《詩歌蹤跡》（中文版），澳大利亞原鄉出版社，2012 年，第 183～186 頁。
〔註213〕稚夫選編：《詩歌蹤跡》（中文版），澳大利亞原鄉出版社，2012 年，第 358 頁。
〔註214〕稚夫選編：《詩歌蹤跡》（中文版），澳大利亞原鄉出版社，2012 年，第 358 頁。

勢被視為非法，他們的詩歌行為因破壞了新詩在當時的習慣狀態和既定秩序而極具挑戰性的姿態同樣使他們失去了合法性地位。的確，他們是被損害者，流亡、逃竄似乎成了他們的宿命，當這些詩人們以強勢的詩歌行為呼嘯而過之後只能黯然退場，從此，新詩在自我解構的道路上沒有再遇到諸如「貴州詩人群」般強勢的阻礙之聲，越走越遠。2002 年，曾經一路走來的新詩潮詩人北島在首屆摩洛哥阿格那國際詩歌獎（prix international poesie argana）上發表獲獎感言時，曾痛斥新詩對心靈的遠離，詩歌已淪為中產階級茶餘飯後的娛樂消遣〔註215〕。當我們今天反顧「貴州詩人群」在 1980 年代的詩歌創作和詩學優慮時，就不難看出，他們被忽視、遮蔽的聲音存在著多少可貴的詩學隱憂和洞見。

　　承前所述，「貴州詩人群」創辦的雜誌《啟蒙》在中國當代新詩史上具有開創性的重要意義，然而與此同時，1978 年的《啟蒙》以及「貴州詩人群」在 1980 年創辦的《崛起的一代》不是被誤讀就是頗具爭議性。在當時的詩歌界，《啟蒙》和《崛起的一代》無論在文學主張還是言說姿態上都顯得獨樹一幟，儘管《啟蒙》和《崛起的一代》辦刊時間都不算長，但在其整個立論言說的過程中，他們給其他詩人及評論者都留下了一種劍拔弩張的印象。不過，當我們以歷史的眼光來重新審視這些質疑和爭執時，就不難發現這恰恰證明了 1980 年代文學景觀的多元狀態。因此，釐清「貴州詩人群」在當時的質疑和爭執中的觀念和立場，梳理他們與艾青等老詩人以及以北島為代表的朦朧詩人的關係，將有效地呈現出中國當代新詩發展的不同面向，對我們當下的新詩發展具有極其重要的啟示意義。

〔註215〕2002 年首屆摩洛哥阿格那國際詩歌獎（prix international poesie argana）頒獎典禮上，北島在獲獎感言中說：「詩歌正在成為中產階級的飯後甜點，是種大腦遊戲，和心靈無關。」轉引自李怡：《艾青的警戒與中國新詩的隱憂——重審艾青在「朦朧詩論爭」中姿態》，見《舊世紀文學》，成都：巴蜀書社，2014年，第 172 頁。

第二章 「貴州詩人群」的詩歌創作及文學主張

　　既往的中國當代新詩史敘述在時間線性和整體性觀照的思維主導下，將「貴州詩人群」的詩歌創作及相關的文學活動與「白洋淀詩群」的文學活動進行了打包式的關注和研究，遮蔽了西南一隅的「貴州詩人群」身處邊緣卻極具現代意識的詩歌創作和文學思考。一方面，研究者充分關注到黃翔、啞默等詩人從 20 世紀 60 年代初期到 70 年代末的詩歌創作，並在「前朦朧詩——朦朧詩」這一詩歌史發展的線性脈絡中尋找到一個看似非常妥帖的位置，即「承上啟下」的文學史定位；另一方面，強調貴州詩人因「原罪」式的出身及遭遇並由此產生的反抗性，尤其是將他們置放在「政治詩人」的行列中進行探討，以此凸顯其反抗精神的徹底性，卻忽略了其詩學探索以及詩歌之於詩人的生命意義；要麼因話題的敏感性選擇避而不談，從而自覺不自覺地以「純文學」的眼光來打量「貴州詩人群」的詩歌創作，或得出他們的詩歌文學性不高的結論，或在詩學層面反覆強調詩人的孤寂、悲壯的人生際遇。事實上，作為人類精神智慧的一種表徵，詩歌以其巨大的精神容量包容了詩人所有的生命感受，「貴州詩人群」的詩人所直面的，首先是個人與民族的創傷體驗，他們對於個人痛感的攝取和民族歷史文化的「恥與痛」的開掘呈現出了罕見的堅韌與勇氣。與其說「貴州詩人群」堅持的是個人的反叛姿態，還不如說他們始終堅持的是以自我的人生感受和生命體驗為基點來審視現實、表達世界。在文學不斷退縮的時代，這群始終跋涉在思想荒原上的苦行者，當他們力圖擺脫困境的同時便被賦予了一種主動承受苦痛的擔當：

> 「詩的路，不僅是我的腳走出來的，也是我的頭闖出來的。在
> 路的光滑表面下鋪著的不是石頭的毛坯，而是我叫喊在無窮世紀的
> 頭蓋骨的碎片。」〔註1〕

「貴州詩人群」的生成與詩人「原罪」式的社會身份及現實人生體驗息
息相關。如果沒有詩人對個人痛感的自覺攝取，就不可能有「貴州詩人群」
的出現，換言之，正是詩人曾經艱難的人生歲月與苦悶的生命體驗成就了這
一群詩人與詩歌的結緣。然而與此同時，他們又超越了對個人與民族苦痛的
訴說，直面各種生存的精神幻象，在痛苦的煎熬中仍不忘尋覓真與美的存在。
從「貴州詩人群」的人生經歷與文學創作中不難發現，恰恰是這些背負身份
原罪、在困頓的泥淖中摸爬滾打的詩人有著比常人更濃烈的使命感和對文學
夢的憧憬以及對美好自由人生的信仰。這個時代不是說不需要「美」，恰恰相
反，是非常需要的，問題就在於整個社會之所以對「美」的感官不斷衰退，
皆源於人們已經失去了對「真」和「善」的最起碼的判斷和堅持。換言之，
這不是一個迫切地需要「美」的時代，最需要的是對「力」的藝術感知。

第一節　1960 至 1980 年代的詩歌創作實績

一、「潛伏」期（1962～1978 年）的詩歌創作

「詩人，站在忽隱忽現的孤島，表現匆忙的人生」，他「做著夢，寫著詩，
寫著詩，做著夢」。〔註2〕自詩人黃翔於 1962 年創作《獨唱》開始一直到 1978
年《啟蒙》的創辦，這一時期可視為「貴州詩人群」詩歌創作的「潛伏期」，
詩人們各自創作、積極探索，又不乏彼此悉心交流、互相影響。1962 年，貴
州詩人黃翔就以「我是誰」拉開了「充滿異質感、孤絕感」〔註3〕的「獨唱」
序幕：

> 我是誰
> 我是瀑布的孤魂
> 一首永久離群索居的

〔註1〕稚夫選編：《詩歌蹤跡》（中文版），澳大利亞原鄉出版社，2012 年，第 187 頁。
〔註2〕路茫：《新詩學》，《寄給死去的愛情》，貴陽：貴州人民出版社，1985 年，第 1
　　　頁。
〔註3〕李潤霞：《從歷史深處走來的詩歌──論黃翔文革時期的地下詩歌創作》，〔日〕
　　　《BLUE》文學雜誌，2004 年第 2 期。

詩

我的漂泊的歌聲是夢的

遊蹤

我的唯一的聽眾

是沈寂

————黃翔《獨唱》

　　1962 年，創作《獨唱》時的黃翔剛剛出獄，這是他行囊裏秘存的詩作中僅存的一首。有學者認為，詩人黃翔的《獨唱》體現了那個時代早醒者的叛逆和懷疑精神，同時還體現了一個獨立的人對自我的尋覓，這些滿含叛逆、質疑的因素最終醞釀了一位詩者的異質思想〔註 4〕。事實上，黃翔的《獨唱》一開始就表現出詩人不同凡響的思想高度。《獨唱》的價值不僅僅在於詩歌唱出了一個孤絕、獨異、覺醒的自我，更在於詩人黃翔在他的現實人生中異常清醒地尋找到屬於自己的獨立位置，其孤寂、獨異的審美感受並非來自於大自然的賜予，同時也不是建立在抽象籠統的社會觀念的基礎上，而是在最具體的、鮮活的個體經驗的基礎上形成的，換言之，黃翔對自我與社會現實中的各種事物、各方力量的具體關係有了非常透徹的認識和準確的定位。無論是「瀑布的孤魂」還是「野獸」的自我定位，都是黃翔基於最真切的人生經驗和對社會現實的透徹認識所找到的最具其個性特質和審美感悟的藝術形象。

　　《獨唱》開篇的「我是誰」，其問號的有無絕不是無關痛癢的姿態，而是以無比堅定的口吻嚴厲地回應周圍一切對「我」的鄙視和輕蔑，這一切皆源於「我」所背負的沉重的身份檔案。儘管寸步難行，但「我是誰」，這還用問嗎？——「瀑布的孤魂／一首永久離群索居的／詩」〔註 5〕，這就是「我」所一貫堅守的人生姿態，根本不用懷疑。相比之下，黃翔的詩歌創作不僅早於 1965 年才開始創作的食指（郭路生），更值得注意的是，他的詩歌創作始終都沒有諸如食指在主流話語和個人情思之間徘徊的矛盾和困苦，而是一種理性、清醒的決絕。黃翔自幼年起便是泡在精神苦膽的汁液里長大的，他比同時代的許多詩人都更早地觸摸到現實生活殘酷的底色。雖然同樣處於「高溫高壓」

〔註 4〕持這一觀點的學者有：李潤霞：《從歷史深處走來的詩歌——論黃翔文革時期的地下詩歌創作》，〔日〕《BLUE》文學雜誌，2004 年第 2 期。
〔註 5〕黃翔：《獨唱》，見《狂飲不醉的獸形》，紐約：天下華人出版社，1998 年。

的時代語境下，可不同的生存空間、成長經歷以及人生遭際自然也會帶來不同的體驗和感受。面對時代的暗影，身處北京、根紅苗正的詩人與偏於西南一隅、背負沉重的身份檔案的詩人們擁有全然不同的人生體驗，這就決定了他們之間的詩性觸發點以及詩思的深淺度各不相同。如果說表達是詩人的天賦稟性，那麼詩歌已然成為詩人黃翔僅存的精神自留地。「自然不能理解為他不甘於或耽於這種離群漂泊的『獨唱』，而只能理解為他充滿挑戰色彩的孤獨精神先天地不見容於世俗」〔註6〕，詩人可謂是那個特殊時代當之無愧的早醒者，其詩歌中沒有迷茫和游移，更沒有對現實的妥協和忍讓，不徘徊不掙扎，也不同於青春衝動的叛逆，因為他不曾擁有過理想坦塌之後的幻滅感。現實的種種遭際以及由此產生的痛感早已賦予年輕的黃翔對社會人生的敏感度與承受力。

「詩歌的功用在於提醒我們／保持單獨一人是多麼困難，／因為我們的屋子敞開，門裏沒鑰匙，／看不見的客人隨意進進出出。」〔註7〕於是，沒有任何群體標籤的「我」再次強調同時也是不斷地提醒著自己作為「瀑布的孤魂」，作為「一首永久離群索居的／詩」的生命存在。面對群體無意識的強力影響和強勢制約，詩人憑藉對個體自我的不斷反省和確定，憑藉強勢的個性和自我意識抵抗住了來自群體的催眠甚至消融的危險。至於「孤魂」與「離群索居」則恰如米沃什在《被禁錮的頭腦》中所言：「要不是因為上帝的恩典——還有我自己的孤獨——我也會遭殃。」〔註8〕學者謝冕對於詩人的「孤獨」有著非常獨到的見解：「寫作是孤獨的，詩人是孤獨的，因為詩人是暗夜裏最初的醒者，詩人是舉燈的人。這座矗立在中國大地的孤島，有他的一份寂寞，更有他的一份堅定。」〔註9〕於詩人黃翔而言，「一首離群索居的／詩」就是他生命的現實寫照。「詩是『我』，它無處沒有我的眼光、心跳、我的呼吸的氣息。沒有『我』的詩是虛假的，偽善的；每一首詩中都有『我』獨立其中。」〔註10〕黃翔彷彿一語成讖，他這個孤魂的「獨唱」，一唱就是好多年。在被埋

〔註6〕謝冕：《20 世紀中國新詩：1978～1989》，《詩探索》，1995 年第 2 輯。
〔註7〕〔愛爾蘭〕謝默斯希尼（Seamus Heaney）：《希尼三十年文選》，黃燦然譯，杭州：浙江文藝出版，2018 年，第 547 頁。
〔註8〕〔愛爾蘭〕謝默斯希尼（Seamus Heaney）：《希尼三十年文選》，黃燦然譯，杭州：浙江文藝出版社，2018 年，第 546 頁。
〔註9〕謝冕：《這是等待上升的黎明——讀北島》，《詩探索》，2016 年第 3 輯。
〔註10〕黃翔：《留在星球上的箚記》，見張嘉諺等主編：《崛起的一代》，1980 年第 2 期。

葬的漫長歲月裏，詩人化身為「野獸」，撫摸過「長城」斑駁的圍牆，最後彷彿只剩下一堆「白骨」等著地老天荒，而周圍除了自己那「飄泊的歌聲」還在迴蕩，留下的只有一片「沈寂」。在這裡，詩歌主體的「獨語」是個人性的、是不被馴服的、是由自我內在自然生發出來的「私語」。

1968 年詩人黃翔、啞默、路茫相識並自覺地聚集於「野鴨沙龍」進行詩歌等文學藝術的創作和探討。黃翔從 1968 年至 1978 年間創作了以下詩歌作品：《野獸》（1968 年）、《白骨》（1968 年）、《火炬》（1969 年）、散文詩系列《鵝卵石的回憶》（1969 年）、《天空》（1972 年）、《詩人的家居》（1972 年）、《愛情的形象》（1972 年）、《中國　你不能再沉默》（1976 年）、長詩《青春　聽我唱一支絕望的歌》（1977）、組詩《我的奏鳴曲》（1977 年）、《我》（1978 年），以及由《火炬之歌》（1969 年）、《我看見一場戰爭》（1969 年）、《長城的自白》（1972 年）、《世界在大風大雨中出浴》（1973～1974 年）《火神》（1976 年）、《不，你沒有死去》（1976 年）、《倒下的偶像》（1976 年）七首詩所組成的《火神交響詩》組詩。同時，還有創作於 1968 至 1969 年間的詩論《留在星球上的劄記》。〔註11〕

詩人啞默自 1963 年開始詩歌創作，寫下了《海鷗》等一系列詩歌。要談論啞默的文學苦行之旅，得從詩人夢幻的炸裂開始。1956 年家庭突遭變故，其父伍效高被劃為「右派」，這一身份問題加上當時的「成分論」思想觀念的嚴重影響，致使啞默在 1957 年和 1963 年兩次高考落選。「良善的夢境」就這樣一次次破滅掉，1963 年 7 月一個「暮色深沉的黃昏裏」，啞默在家裏老宅的書房中讀著泰戈爾的詩，聽著門德爾遜的《e 小調小提琴協奏曲》，寫下了《海鷗》，這是迄今為止能查證到的啞默的最早的詩歌。

> 我的朋友，
> 當我聽見急促的雨聲，
> 我疑它是海的波濤。
> 有多少次
> 在晨光初現的黎明裏，
> 我來到沙岸上

〔註11〕 《野獸》、《白骨》創作於 1968 年，最早發表在《崛起的一代》1981 年第 3
期上，後收入黃翔的《狂飲不醉的獸的獸形》中；《火神交響詩》最早出現在
《啟蒙》1978 年第 1 期上，後收入《狂飲不醉的獸的獸形》中。其他詩作都
收入《狂飲不醉的獸的獸形》中。

默默地注視著你。

我的朋友，

當季風又吹綠海灣，

時光像海帆消失於天際。

有多少次／在暮色深沉的黃昏裏，

我來到沙岸上／向你詢問遠方的信息。

——啞默《海鷗》

彼時啞默的二哥伍汶憲因身份問題〔註12〕而四處漂泊、杳無音訊。啞默仍清晰地記得當時聽到的是蘇聯小提琴大師大衛・奧依斯特拉赫演奏的《e 小調小提琴協奏曲》，因為這唱片正是流浪在外的伍汶憲以前贈送給他的。「奧氏的卓越技巧與門氏曲的特有內容，形成輝煌、燦爛、極富育春氣息的組合」〔註13〕，反差極大的「暮色深沉」與「青春騰揚」在詩人內心造成了一種類似兩極之間的悖逆，一下子觸動了詩人的創作靈感，在一種難以遏制的詩性衝動下，這首《海鷗》誕生了。「暮色深沉」與「青春騰揚」與其說是詩人對音樂的細膩感受，毋寧說是當時的時代語境、詩人現實處境與破滅的夢境之間在詩人內心的情緒碰撞，在「集體敘事和個體層面」之間駐足、徘徊的「有限的碰撞」。

1964 年的秋天，經過多方周折，啞默終於在貴陽市郊的野鴨塘小學謀得代課教師一職。剛下車的啞默抬眼望著山崗上孤獨的檬子樹，一股寂寞酸澀的感覺油然而生。然而，啞默沒有想到的是，就在那用穀倉改成的小閣樓裏，他這一待就是三十幾年的光景，與那孤獨的檬子樹兩兩相望，於是，詩人「自己也成了一株樹，連拔都拔不動」〔註14〕。受家學的薰陶和兄長伍汶憲的影響，啞默很早便得以繞開這一時期主流文學的「淺白的誤區」，對文學作品的醉心閱讀更是讓他觸摸到了生命真實而鮮活的存在。如旱海拾貝一般，啞默在文學中尋覓著另一種世界和夢幻，他渴求已久的心靈獲得了極大的豐富和滿足〔註15〕。不似伍汶憲和黃翔的激情和熱切，啞默並沒有進行地理意義上的出走和流浪，

〔註12〕伍汶憲與啞默（伍立憲）的父親伍效高在 1957 年「反右鬥爭」中被劃為「大右派」，伍汶憲離家出走。

〔註13〕啞默：《當代「潛在寫作」史料：關於啞默〈真與美〉的史料（一）》，毛迅，李怡主編：《現代中國文化與文學》（第 1 輯），成都：巴蜀書社，2005 年，第 189～216 頁。

〔註14〕啞默：《長歌如夢》，《牆裏化石》，北京：中國致公出版社，1999 年，第 2 頁。

〔註15〕參見啞默：《長歌如夢》，《牆裏化石》，北京：中國致公出版社，1999 年，第 3 頁。

而是在文學海洋的深潛中開啟了漫長的人生跋涉之旅。啞默回憶道:「無數個寒寂冷夜,點著煤油燈或蠟燭,我伏在自己釘的小桌上奮筆苦寫,寫一代人的遭遇、寫時代的悲哀,也寫個人的情懷和渴仰,然後設法藏起手稿……」〔註16〕。立足於無夢的時代,啞默卻因文學的滋養而被一層層的夢幻所包圍,邁著沉重的步履在人世間打轉,風塵僕僕的靈魂被文學所撫慰。「當然,這種黑筆落在白紙上的諸事,也讓我付出過慘重而沉痛的代價」〔註17〕。

> 「詩說的是什麼?它說的是時間永恆的周而復始——除此便
>
> 無其他——撕扯和拆解的時間,但它同時又在世界令人窒息的空間
>
> 中打開了一個缺口,得以有一種新生活的可能意義滲入,到那漆黑
>
> 一團的絕望中。」〔註18〕

1965年和1968年,啞默又分別創作了《海鷗》和《鴿子》,「小小的翅膀上／翻卷著大海的波浪／身子淨潔飽吸露珠、陽光／細長的尖嘴／銜來星空和汪洋／迎著潮汐呼叫啊／喚著沉默的同伴」(啞默《海鷗》)。其中可見詩人尋覓知音,對抗孤獨的心緒。

> 我望著深遠的藍天,
>
> 晴空下,幾顆閃爍的白點,
>
> 那是我兒時的夥伴,
>
> 在快樂地飛翔,向我召喚。
>
> 自由的鳥兒、潔白的精靈,
>
> 你穿越雪山之巔,你飛進森林荒原
>
> 你渡過大海汪洋,你去到異國他鄉。
>
> 自由的鳥兒呀,你可知道:
>
> 在哪兒,生活的春潮在猛漲,
>
> 在哪兒,太陽散發著璀璨的光芒,
>
> 在哪兒,有我熟悉的朋友,
>
> 在哪兒,找尋忠實的侶伴,
>
> 或是一支歌……能唱出我心聲的地方?
>
> ——啞默《鴿子》

〔註16〕 啞默:《長歌如夢》,《牆裏化石》,北京:中國致公出版社,1999年,第5頁。
〔註17〕 啞默:《長歌如夢》,《牆裏化石》,北京:中國致公出版社,1999年,第5頁。
〔註18〕 〔法〕菲利普福雷斯特(PhilippeForest):《然而》,樹才譯,《詩人的春天——法國當代詩人十四家》,太原:北嶽文藝出版社,2010年,第35頁。

啞默後來追憶道:「上小學念書時,我就養過許多鴿子,後來鴿子與海鷗一樣,飛進了我的心靈中。60 年代,我狂熱地讀泰戈爾、惠特曼、普希金、萊蒙托夫、海涅、拜倫、雪萊……覺得他們的詩的精靈就像海鷗、鴿子一樣。普希金們的思想和句式在我的詩中出現很多,我淳樸地嚮往著他們的嚮往。」〔註19〕失戀之所以會給詩人帶來毀滅的傷痛,除了愛得深沉的情感因素之外,恐怕更來自於愛情的美好被無情地捲入「紅與黑」的階級鬥爭中,被各種不可控的勢力所裹挾,最後陷入「無物之陣」,即使輸得心有不甘卻也無可奈何。敏感的自我、青春的自信、做人的自尊在這場「無物之陣」中被慢慢地凌遲直至消失殆盡,一切是那麼理所當然讓人沒有絲毫喘息、掙扎的機會,就像「鴿子在籠中逃無可逃,被活活纏死的景象……這個形象就這樣永留在我心底。」〔註20〕詩人明確地感覺到自己快要窒息的生命狀態:

> 「『文革』前夕,我的書太多,沒法『堅壁清野』,只有把許多書拆裝,只帶走一本書中的小部分,一部《普希金文集》,我只帶走了詩歌部分……而這些詩真如那掙扎至死的鴿子了。我不知鴿子與蛇的那一幕慘劇是否兆告了我一生的境遇。」〔註21〕

於是,他想到了「大海」,面對著「大海」,從「高原的風霜」裏走來的詩人,那顆滿目瘡痍卻仍赤誠無比的心居然恢復了「愛」的能力,不僅愛大海的早晨、閃光,更愛大海的黃昏、陰影,愛它的波濤、呼嘯、怒吼甚至咆哮。因為廣博的大海給予了詩人平等對話的機會,讓詩人重拾做人的尊嚴和自信,同時更激活了詩人生命的熱血和激情。

「大海啊,/大海,我的心/飛過雪封冰凍的高原/穿越群山峻峭的峰巔/沖決迷離的霧靄/撲向你的胸懷/……」(啞默《海》)啞默曾回憶自己朗誦這首《海》時的情形,他一個勁地讀著,黃翔則費勁地極目遠眺,眼神專注而深邃,啞默的朗誦、啞默的《海》讓黃翔想起了某些事情,後來黃翔捏著啞默的肩膀說:「薄薄的身軀,小小的個子,居然蘊藏著那麼大的能

〔註19〕啞默:《世紀的守靈人‧夢中故園》(卷一),四川大學劉福春中國新詩文獻館提供未刊稿,第 210 頁。

〔註20〕啞默:《當代「潛在寫作」史料:關於啞默〈真與美〉的史料(一)》,毛迅,李怡主編:《現代中國文化與文學》(第 1 輯),成都:巴蜀書社,2005 年,第 189～216 頁。

〔註21〕啞默:《當代「潛在寫作」史料:關於啞默〈真與美〉的史料(一)》,毛迅,李怡主編:《現代中國文化與文學》(第 1 輯),成都:巴蜀書社,2005 年,第 189～216 頁。

量！……一隻羽毛潔白的小鴿子，一隻海燕，……還有點鷹的性格！」〔註22〕「海鷗」對於啞默而言是一個難以磨滅的情結，在啞默的記憶中，1950年代有一種上海生產的信封，一隻海鷗的圖像被印在信封的左上角，而右下角則是以幾道水紋所表示的海洋圖案，簡單、清新又不失別致，這樣的圖案在啞默眼裏卻有了不同尋常的含義，象徵著自由翱翔於天地之間的精靈，後來啞默將這樣的圖案印在了他自己的書頁上〔註23〕。在啞默的詩歌世界中，與「海鷗」的意象交相輝映的是「大海」：

> 大海！
> 有時天氣的陰霾
> 在你的上空降臨，
> 黑黑的雲層
> 緊緊地壓住你的胸脯，
> 抑悶的痛苦呀，
> 好像要迫你窒息
> ……海啊，海！
> 我的痛苦呀！
> 和你一樣深沉！
> ……
> 我要用青春和生命
> 激情、信念和熱忱
> 飽和我的血液，
> 讓它燃燒成不滅的烈焰
> 熔化天幕、燒開地牢，
> 和你一起呼吸
> 和你一起狂歡舞蹈！
>
> ——啞默《海》

　　儘管詩人深情地唱著關於「大海」的讚歌，卻仍然透露出一種濃鬱的窒

〔註22〕啞默：《世紀的守靈人·見證》（卷三），四川大學劉福春中國新詩文獻館提供未刊稿，第17頁。

〔註23〕參見啞默：《世紀的守靈人·夢中故園》（卷一），四川大學劉福春中國新詩文獻館提供未刊稿，第207頁。

息感和苦悶感，這樣的感受來自於詩人頭頂上空無邊無際、永不消散的「陰霾」，彷彿「大海」上空黑壓壓的雲層，隔絕了陽光，隔絕了來自人類的溫度。在深切體會著和「大海」一樣深沉的痛苦時，詩人與「大海」不僅產生了一種情感的共鳴，更生成了一種人與大自然之間的同生同構關係。詩人毅然決定將個人寶貴的「青春和生命」，「激情、信念和熱忱」以及來自靈魂深處的一腔熱血與「大海」緊密相聯，同呼吸共命運，「一起狂歡舞蹈」，這一切無不昭示著詩人從壓抑苦悶中走來，在一片困頓中涅槃新生的企求。正如詩人在《最後的歌》中所寫：「如果有誰能得到這個集子，／請把它轉告給人世——／有一個愛你們的人，／在黑暗裏，／曾為你們唱過無數的歌。」（啞默《最後的歌》）難能可貴之處就在於，詩人在一片荒蕪中仍不忘對真與美的追尋，不忘為愛高歌，它來自於詩人直面現實和內心的真情實感蓄積的能量。在後來的《心之歌》一詩中，詩人更是以直抒胸臆的方式熱烈而深情地召喚著人世間「最深、最美的顏色」，傾聽著人類最真誠的心聲，最後，詩人發自肺腑地「為人們深深地祝福、擁抱著無量的悲歡和安寧」。

1973 年，啞默整理出第一本手抄詩集《美與真》，其中有組詩、長詩、短詩共五十餘首。1970 年代末，啞默將其詩集《美與真》更名為《真與美》，因為他意識到「先有真，才有美」〔註24〕。「一種對這個世界上大量的不公和苦難的覺悟，以及應該為此做些什麼的負罪感，這就使我們不可能對生活持有純審美的態度。」〔註25〕換言之，這不是一個迫切地需要「美」的時代，最需要的是「真」所引發的具有力度的藝術感知。魯迅曾說過：「並非人為美而存在，乃是美為人而存在的。」〔註26〕詩人黃翔也曾強調：「黑暗中沒有美；但人類以美的想像對抗黑暗。」〔註27〕當「無知」當道，是非顛倒，人們越來越習慣於假惡醜，在虛偽無知中自得其樂，人們對於真善美的感知越來越弱時，又何以辨別虛偽與真實、低俗與美善？貴州詩人的寫作與思考，不過

〔註24〕啞默：《當代「潛在寫作」史料：關於啞默〈真與美〉的史料（一）》，毛迅，李怡主編：《現代中國文化與文學》（第 1 輯），成都：巴蜀書社，2005 年，第 189～216 頁。

〔註25〕〔英〕喬治·奧威爾（George Orwell）：《政治與文學》，李存捧譯，南京：譯林出版社，2011 年，第 397 頁。

〔註26〕魯迅：《二心集·〈藝術論〉譯本序》，《魯迅全集》第 4 卷，北京：人民文學出版社，1981 年，第 263 頁。

〔註27〕黃翔：《逃避哲學》，《狂飲不醉的獸形》，紐約：天下華人出版社，1998 年，第 538 頁。

是希望在詩性的世界中揭開那層神秘的面紗，讓事物還原、呈現其本真的面目。《真與美》的詩歌中滿溢著對大自然、愛情和生命的禮讚。從古至今，中華民族浩如煙海的詩歌畫卷中，最不缺乏的便是對自然和愛情的抒寫。如今重提黃翔、啞默等詩人對大自然和愛情的描繪，並非因為他們對這些古老話題的抒寫取得了多大的思想突破或多高的藝術成就，而是在於這些詩人的筆下對大自然和愛情的抒寫寄予了他們對人性真善美和生命尊嚴的執著守候，尤其是在人的個體生命和尊嚴遭到無情漠視甚至極端壓制的時代語境下，當越來越多的人在不知不覺或隱忍苟且中被磨平了棱角，抽掉了個體生命的訴求時，這份執著的守候便具有了毋庸置疑的思想價值和歷史意義。這些詩歌在當時的出現可謂不合時宜，卻留下了濃墨重彩的一筆。對於在 1950、1960 年代開始詩歌創作的詩人而言，其青春幾乎都是「殘酷」的，因為青春勃發的他們必須壓抑內心的情愛訴求，年少氣盛卻無處施展抱負。對於「貴州詩人群」的詩人而言，尚且不說青春是否殘酷，就連擁有相對正常的青春體驗都是一種奢望，因為從他們背負著黑色身份檔案的那一刻起，他們已無法擁有相對完整的青春和人生體驗。1973 年至 1975 年間，啞默創作了散文詩《苦行者》和隨筆集《你伴我漫步荒原》（原名《七色光環》）；1976 年開始創作民族情感史詩《飄散的土地》（原名《大地・民族・潛力》）。〔註28〕

　　路茫是「貴州詩人群」早期的代表人物之一，原名周爾聰，後改名為李家華。1946 年初，路茫出生在位於貴陽市近郊林雅山莊一個被視為剝削階級的家庭〔註29〕。1952 年路茫在其父親去世後，便隨母親李汝文移居省城貴陽。當時，為了應對極度困難的生活，路茫隨馬販子李樹先到農村一個叫石板哨的地方養馬放牛長達六年之久。1958 年，路茫重返貴陽，並有幸獲得其兄長李樹松的盡力輔導，得以完成小學和中學的基礎課程。路茫勤奮刻苦且興趣頗廣，他不僅自修完大學的文科學業，還涉獵哲學、美學、神學、政治學等課程。可以說，正是這一系列的學習和思考為他後來的詩學研究和詩歌創作奠定了堅實的基礎。不過在當時，路茫於漫長的人生探索中尋覓到了自己最傾心的事業，那就是音樂和美術。1978 年 10 月與「貴州詩人群」其他成員創辦刊物《啟蒙》，成立「啟蒙社」，並創作了《評〈火神交響詩〉》等作品；1980 年代路茫一本接一本自費出版自己的油印本和書；1990 年代初期，又毅然決

〔註28〕收入啞默：《牆裏化石》，北京：中國致公出版社，1999 年。
〔註29〕路茫的父親周念夫曾做過商人和國民黨軍官。

然地辭掉公職專心從事詩歌創作和思考。路茫曾在《寄給死去的愛情》〔註30〕的《後記》中談到，他十分酷愛貝多芬、門德爾松、柴可夫斯基、達‧芬奇、拉斐爾、科羅等大師的作品，每每於意外中得以欣賞到這些作品時，啞默總會念叨一些旁人不從知曉的傻話和瘋話。後來其兄長李樹松送給他一把小提琴和一些世界音樂名著，正式開啟了路茫的音樂求學之途。1960 年代初，年輕的路茫報考了四川音樂專科學校，想要在未來當一名小提琴演奏家，不過，這樣的理想很快就遭遇現實殘酷的打擊，無法通過繼續求學改變命運的路茫被逼進了苦悶煎熬的人生歲月。路茫儘管於 1977 年才開始詩歌創作，然而到 1970 年代結束時，已完成如下作品：路茫在這一時期也開始了詩歌創作和詩學思考，主要有：《啊，我的船》（1977 年）以及同時還有詩論《新詩學》（1977年）、《評〈火神交響詩〉》（1978 年）。〔註31〕在路茫看來，詩人就像「陽光在一滴水珠上」吸收著、擴散著，彷彿「找到了它晶瑩的存在」，那就是「寫著體察萬物的心得——詩」〔註32〕。為了尋覓、守護這「晶瑩的存在」——詩，路茫的一生都在詩的苦旅中執著地跋涉。

當「白洋淀詩群」的詩人們在 1970 年代中後期才完成由集體創作向個人書寫的轉化時，「貴州詩人群」早在 1960 年代末、1970 年代初就已進入新的一輪個人能量的火山潛伏期，因為他們從未被所謂的「集體」接納過。他們「僅以這些寫在中國最黑暗年代的詩，獻給在迷惘、懷疑、憤怒和思考中覺醒的一代。他們是昨日的喘息，是未乾的血淚；是夢境、是呼吸；是心靈世界的漩渦，是久久地喑啞在喉頭的歌……」〔註33〕

二、「爆發」期（1978～1987 年）的詩歌行動

在被遮蔽的歷史層中，在邊緣、貧乏且孤寂的大山空間裏，是「貴州詩人群」自辦刊物的此起彼伏和青年詩人的不斷湧現。「貴州詩人群」從 1978 至 1986 年先後以《啟蒙》、《崛起的一代》和《中國詩歌天體星團》等刊物集結在一起，並分別以「啟蒙社」、「崛起」詩群和「星體」詩人的身份亮相文

〔註30〕路茫：《寄給死去的愛情》，貴陽：貴州人民出版社，1985 年。
〔註31〕《新詩學》收入路茫：《寄給死去的愛情》，貴陽：貴州人民出版社，1985 年。《評〈火神交響詩〉》刊載於《啟蒙》第 2 期；《論人權》刊載於《啟蒙》第 3 期。
〔註32〕路茫：《詩學隨筆》，《山花》，1986 年第 12 期。
〔註33〕啞默：《世紀的守靈人‧見證》（卷三），四川大學劉福春中國新詩文獻館提供未刊稿，第 89 頁。

壇，其中除了黃翔、啞默、路茫之外，還有王強、吳若海、黃相榮、趙雲虎、王付、王剛與王強兄弟、李澤華、張久運（張景）、趙翔、龍俊、吳奈、農夫、趙徵、阿門、羅利群、張凱、蘭子、何懷德、楊展華、阿黃、夢亦非……等詩人。可以說，「貴州詩人群」在一波接一波的師生相承中得以延續，彼此獨立又不乏創新〔註 34〕。在文化稀薄的貴州高原，一群詩歌狂徒忍受著缺氧的痛苦激情高歌，發出了 1980 年代「貴州詩人群」的最強音。

較之於「潛伏期」的詩歌創作，黃翔、啞默等詩人有著對人生體驗和歷史現實更深入的感悟。這一時期，黃翔的油印總集《狂飲不醉的獸形》問世，同時，還創作了《血嘯》、《活著的墓碑》、《非紀念碑》及《世界 你的裸體和你的隱體》等文論和詩集；啞默在這一階段創作了散文詩集《鄉野的禮物》，完成民族情感史詩《飄散的土地》以及大量的散文、短篇小說等作品，其《世紀的守靈人》中的《湮滅》、《見證》更是其「非模式文學」的嘗試。路茫僅在 1979 年就創作了《鐘》、《問天》、《天鵝之死》、《小夜曲》、《光明交響詩》、《雲》、《裂》、《礦工》、《列車》、《荒山的舞》、《小白鴿 快飛呀》、《我的小夜曲》、《思念》、《尋》、《寄給死去的愛情》、《我和你》、《誘惑》、《給晚霞》、《紀念曲》、《我》、《海螺的路》、《開拓者》、《書》、《信》、《星星呀 星星》、《等待》等詩歌作品〔註 35〕，後來又陸續寫下了《第六個詩集》、《畫家和詩人的情歌》、《海濱遐想》以及《詩學隨筆》等文章。詩人們在長期的蟄伏中，對社會人生、歷史現實有著更為深入嚴肅的思考和透徹的感悟，加上內心強烈的表達衝動，「貴州詩人群」迎來了詩歌創作的「爆發期」。一些剛嶄露頭角的青年詩人在此期間也有了個人文本的結集出版，諸如王強的長詩《南方的河是流向天空的》，組詩《一路流浪》；吳若海的詩歌「交響曲」系列，龍俊的長詩《太陽河》、《女人與海》、《高原屬於雄性》、《南部高原牛》，王剛的組詩《黑洞》、《古銅色的希望》，王付的《一滴水》、《繞棺》、《白蝴蝶》，張久運（又名張景）的《厭惡》及若干抒情短章，趙雲虎的百首組詩《斷章》，唐亞平的《頂禮高原》和《黑色沙漠》等。

值得注意的是，「貴州詩人群」在 1980 年代的詩歌創作與當時主流的朦朧詩創作表現出了不一樣的生命脈動和現實感悟。迄今為止，在關於 1980 年

〔註 34〕孫文濤：《大地訪詩人》，香港：天馬圖書有限公司，2003 年，第 5 頁。
〔註 35〕路茫的詩歌都收入路茫：《寄給死去的愛情》，貴陽：貴州人民出版社，1985年。

代中國文化與文學的歷史敘述中,「1980 年代的思想解放」以及「五四」啟蒙精神的回歸常常是處於被重複敘述甚至不乏被放大的闡釋嫌疑。然而,就在這一歷史敘述的表層之下,卻存在著另一個獨屬於「貴州詩人群」的 1980 年代。學者錢理群曾坦言:

> 「我無法擺脫內心的沉重:想起曾寫過的一篇題為《回顧八十年代》的文章,說那是一個熱情而自由地傾訴的時代:『作者這樣不知疲倦地述說,讀者也這般如癡如迷地傾聽』。這可能是我和我的朋友們的真實感受;但同時存在的黃翔們的被剝奪了話語權的真實,卻被我的敘述所忽略與掩蓋了。這當然不是有意如此,而是我根本沒有注意與感受黃翔們的『停屍房』的中國!這人與人之間的隔膜其實是更為可怕的。而對我這樣的歷史研究者,則是不可原諒的。」〔註 36〕

1980 年代之於「貴州詩人群」而言,是一個極其特殊的存在。從 1960 年代一路艱難跋涉而來的「貴州詩人群」成員並沒能在 1980 年代擁有那種暢快淋漓的傾訴和文學春天的感覺。他們一面被壓抑著,在壓抑的狀態下卻從未停止攝取、提煉自我的生命體驗;一面不忘尋求自我解壓、書寫其精神追求的機會。「貴州詩人群」成員所處的 1980 年代充斥著無所不在的「逃竄」、「隔絕」、「恐懼」、「空洞」和「窒息」的感受,詩人黃翔的感覺尤其強烈,他說自己「只是一個死亡中醒著的死者」〔註 37〕,這構成了「停屍房」意象的基本內涵。從 1950、1960 年代一路摸爬滾打過來的詩人,依然嗅到那熟悉且濃烈的思想觀念、思維方式和言說策略的氣息。

　　1980 年 9 月 9 日,詩人黃翔於昏黃的暮色中,在他簡陋的小屋子裏完成了敘事性長詩《魘》〔註 38〕,詩人從未指望能公開發表,於是索性將其視為給自己立下的一塊「活著的墓碑」。當「我被綁縛在死刑柱上」,「即將在一堆活著的人群身上死去」時,「天空成塊地倒塌」,「大地在腳下坼裂」,然而,「房

〔註 36〕錢理群:《誕生於「停屍房」的中國世紀末的最強音——日譯本〈黃翔的詩與詩想〉序》,見稚夫選編:《詩歌蹤跡》,《原鄉》文學雜誌 2012 年特刊,總第 16 期,澳大利亞原鄉出版社,第 180 頁。
〔註 37〕黃翔:《活著的墓碑:魘》,臺北:唐山出版社,2003 年,第 9 頁。
〔註 38〕黃翔的敘事性長詩《魘》,本打算刊發在自辦刊物《崛起的一代》上,作為增刊推出,然而隨刊物的夭折便沒能刊發。1986 年初,在雷楨孝先生的資助下打印了 100 套詩選集《狂飲不醉的獸形》,《魘》被收入其中。

子和房子就這樣永遠昏睡下去」，「城市像廢墟」，「廣場、影院、大街空無一人」，而「我變成了一聲強忍著未發出的人形的嚎叫」，「彷彿經過一場浩劫」，又似乎什麼也未曾發生過，「罪犯已經隱去」，從始至終，那「人群和人群就這樣沒有一人蘇醒」〔註 39〕。這裡的「我」陷入了一個「無物之陣」，彷彿接受了「從上蒼降下」的死亡的「指令」，生命顫巍巍地在每分每秒中等待著終結，恐懼、窒息扼在喉嚨間，那無法發出的一絲絲哀嚎變成了顫巍巍的人形。然而，讓「我」更加驚恐、害怕、心碎的並不是這即將面臨的死亡，而是這「無物之陣」中麻木、冷血的活著的人群〔註 40〕。於當時的中國而言，《魘》就像暗啞在喉頭的末世之音，隨即便被淹沒在「廣場」與「商海」的喧囂中〔註 41〕。正如詩評家張嘉諺所說，除了「時代的淹埋，同代人的漠視」，《魘》似乎注定要在當今中國運交華蓋，窒息無聞」〔註 42〕。《魘》中的場景都是詩人過往人生的一次次夢魘般的體驗，這一連串的夢魘讓詩人逃無可逃，「追啊追啊，總像有一樣什麼東西把我追逐／跑啊跑啊，我總是驚魂不定地逃脫、逃脫」〔註 43〕。作為生存境遇的竄逃者，詩人一直在「逃」卻從未躲避，與其說他不斷地逃脫是為了躲避打擊，還不如說他採用「逃」的迂迴戰術不斷地對現實處境予以反擊。值得注意的是，詩人的這種感受並非僅僅來自於 1960至 1970 年代的苦痛記憶，而恰恰是誕生了文學「春天」的 1980 年代再次將這種生命記憶喚醒。透過詩人真切的現實感受，詩人想要揭示「我」與「我」所處的世界之間真實且微妙的關係，他發現了「『弱』是我的存在的真象」，詩歌不僅囊括了個體生命「抽象地展開在『哲學』形式中的『普遍』的人生『經歷』」〔註 44〕，同時還「情緒地凸現『顫慄』和『逃竄』在『死』海中的『弱』」〔註 45〕。「人被文字虛構了」，詩人突然察覺自己的臉不過只是一張標

〔註 39〕黃翔：《序》，見《活著的墓碑：魘》，臺北：唐山出版社，2003 年。

〔註 40〕黃翔：《序》，見《活著的墓碑：魘》，臺北：唐山出版社，2003 年。

〔註 41〕參見錢理群：《誕生於「停屍房」的中國世紀末的最強音——日譯本〈黃翔的詩與詩想〉序》，見稚夫選編：《詩歌蹤跡》（中文版），《原鄉》文學雜誌 2012年特刊，總第 16 期，澳大利亞原鄉出版社，第 184 頁。

〔註 42〕張嘉諺：《獨立邊緣的自由文學》（張嘉諺提供未刊稿）。

〔註 43〕黃翔：《活著的墓碑：魘》，臺北：唐山出版社，2003 年，第 9 頁。

〔註 44〕黃翔：《「弱」的肖像》，見《狂飲不醉的獸形》，紐約：天下華人出版社，1998年，第 166 頁。

〔註 45〕黃翔：《「弱」的肖像》，見《狂飲不醉的獸形》，紐約：天下華人出版社，1998年，第 166 頁。

簽般的存在，於是，整個身體有一種被釜底抽薪的掏空感，「也許別的文字真實些」，然而，現實感受卻給了詩人一個響亮的耳光，「我順手又翻開一頁書，另外一些字手挽手、肩並肩接二連三跳了出來，擁擠著立在我的眼前。我一一認出它們是『歷史』、『傳統』、『法律』、『道德』、『哲學』」〔註46〕。在詩人看來，這些都是1980年代中國文化的時髦品，然而仔細觀察便會發現，這些「裝模作樣、道貌岸然的傢伙，竟只是一個『觀念』的空窟窿。世界寄居在裏面，貧弱又蒼白，早已奄奄一息了。」〔註47〕此時，詩人所呈現的這種內心情緒和精神困境已不僅僅屬於某一個個體，而是整個人類在某一歷史時刻的真實感受。最終，「生命只變成一聲衰弱的歎息」〔註48〕，然而，這聲歎息卻橫跨了大半個世紀，從20世紀初的魯迅那裡傳來，不知到何時才能停止。正如詩人所強調的：「我只想找出那種普遍地存在於人類的生存現象中，卻未進入大多數人類意識中的東西」〔註49〕。《魘》中的「我」就不再是某一個偶然的生命體，其人生經驗超越了個人和現實而具有了某種普遍性的歷史價值〔註50〕，它暗藏著一個民族最深刻也最容易被淹埋以致忘卻的痛苦記憶。

詩人啞默在此期間完成了他的民族情感史詩《飄散的土地》：

> 在天穹的束縛裏／找不到歸宿／荒灘收揀了我的人生／勉強地拼湊每一塊理智／情感在縫隙中出土／從我的頭頂／轉向大地／鋪滿時間和一叢叢苦蒿／死去的思想散發寒光／壓著額頭／視力變得突凸／……／天空湛藍／覆蓋著永恆的迷幻／陽光不停地鏤刻／泛起生命固執的光澤／嚮往那麼古老，那麼悠長……／石縫長長地、深深地裂張／告訴我／失落的聲音和一個個黑夢／我是石頭的私生子／鑲進苦難的進化史／喊聲，汗滴和血跡／構成一片片嶙峋／高高地爬過頭頂／爬向天空、爬滿記憶的每一個角落／……／頭蓋骨，罩著一個空虛的夢／令活著的人猜想燦爛／我在濛濛的沙霧中走著／仿若一支遊動的古歌／星月被埋下／陶俑，幾千年不變的面孔／歲月

〔註46〕黃翔：《活著的墓碑：魘》，臺北：唐山出版社，2003年，第255頁。

〔註47〕黃翔：《活著的墓碑：魘》，臺北：唐山出版社，2003年，第255頁。

〔註48〕黃翔：《序》，見《活著的墓碑：魘》，臺北：唐山出版社，2003年。

〔註49〕黃翔：《序》，見《活著的墓碑：魘》，臺北：唐山出版社，2003年。

〔註50〕參見錢理群：《誕生於「停屍房」的中國世紀末的最強音——日譯本〈黃翔的詩與詩想〉序》，見稚夫選編：《詩歌蹤跡》（中文版），澳大利亞原鄉出版社，2012年，第185頁。

徵鑣／請給我一張活人的臉／痛苦或歡笑中一個寶貴的瞬間。

曾經嚮往大海、憧憬自由的情感變得更加內斂、深沉，筆觸向民族歷史的最深處掘進。《鄉野的禮物》是啞默正式出版的第一本書，其中的作品均誕生於1980年代，詩人將這本凝聚著人性純真的詩集作為送給孩子們的禮物，「大自然的留影，真切而純淨的表白，在當代各種現代派眾彩紛亂、大融大匯中，一種返顧，也許能揭示——樸實、純然，依舊是人類最本質的美。童年、故鄉、初戀、夢、如畫的追思與嚮往……我們能把它珍藏在哪兒呢？」〔註51〕在《鄉野的禮物》的封面上，啞默自己設計並繪上了那株他心念已久的檬子樹，他真切地希望自己能為所有的孩子帶來人性中最純真的東西〔註52〕。

受黃翔、啞默等詩人的影響成長起來的青年詩人吳若海則表現出了極為深厚的文化功底和非凡的創作潛能。從1982至1987年僅5年的時間裏，吳若海就創作完成了系列長詩《城市交響曲》、《沉思交響曲》及《夢幻交響曲》，散文詩《靈悟》，散文詩集《在痛苦的園中》以及寓言小說集《門與牆》和長篇小說《世紀的鐘聲》，還有百餘首零散詩歌〔註53〕。吳若海在長詩、散文詩和短詩方面均有涉獵且收穫頗豐，如長詩《夢幻交響曲》體現了吳若海相當自覺的文體意識，他將詩歌文本按照古典交響樂的形式分成四個樂章：一是「活躍在顯微鏡下的夢幻（稍快的行板）」，二是「夢的變形（激越的快板）」，三是「（諧謔曲）夢的十五種形式（如歌的柔板）（遊戲的語言）」，四是「走向樂園（輝煌的快板）」。〔註54〕《夢幻交響曲》以上述的交響樂形式與詩劇元素相融合，塑造了諸多不同的神像，諸如「夢之女神」、「新夢」、「舊夢」、「雄性之夢」、「雌性之夢」、「造物之神」、「怯懦之使」、「淫慾之使」、「上帝」、「血鷹」、「地靈」、「風靈」、「眾生」、「酒神」等，極大地深化了詩劇的表現效果。這部長詩誕生於1983年，正是朦朧詩盛世之時，《夢幻交響曲》以其獨特的交響樂形式與當時的詩歌主潮拉開了距離，當時新詩在個人性的道路上越來越窄化、破碎化之時，《夢幻交響曲》可謂是逆流而上，為詩壇呈現了一個完整、澄明的神性世界，重建破碎的宇宙自然，正如詩評家夢亦非在其

〔註51〕啞默：《長歌如夢》，《牆裏化石》，北京：中國致公出版社，1999年，第3頁。

〔註52〕參見啞默：《世紀的守靈人·夢中故園》（卷一），四川大學劉福春中國新詩文獻館提供未刊稿，第126頁。

〔註53〕張嘉諺，吳若海：《驚天動地的「抽屜文學」》，見啞默：《世紀的守靈人·文脈潛行》（卷九），四川大學劉福春中國新詩文獻館提供未刊稿，第310頁。

〔註54〕吳若海：《夢幻交響曲》，貴陽：貴州人民出版社，2012年。

序言中所指出：「那是一個宇宙本體論意義上的世界，從那個世界發出來的歌聲與哭聲」〔註 55〕。

三、「沈寂」期（1987 年～）的詩歌餘響

繼 1986 年創辦《中國詩歌天體星團》及一系列文學行動之後，「貴州詩人群」因特殊原因及各種複雜的因素進入了「沈寂」期，或流落他鄉繼續漂泊生涯，或被迫沈寂，受困於各種人生的瑣事。不過，這一時期仍有一些年輕的詩人繼續堅持創辦刊物、搭建話語平臺，且取得了不俗的成績。1989 年 4 月，詩人龍俊主編並自費出版《現代詩選》，收錄了吳若海、李澤華、唐亞平、黃相榮、秋瀟雨蘭、王強、陳紹陟、姚輝、趙雲虎、王剛、農夫、張凱、龍英、陳村及龍俊等貴州詩人的詩歌作品。這一民間詩歌選集可謂是當時貴州詩壇一個獨特的文學景觀，已故學者兼詩評家黃邦君在該書序言中稱讚其為「倔強的詩的種子」，而上述青年詩人則是「從那些懸岩邊的石縫中發出來」的芽，將為詩壇展現「一株株奇崛的風景」。〔註 56〕繼《啟蒙》、《崛起的一代》以及《中國詩歌天體星團》之後，龍俊主編的《現代詩選》誕生於 1989 年，並以其龐大的詩人陣容策略地傳播自己的詩歌作品和創作思想，完成了「貴州詩人群」的又一次集體亮相，它向詩壇昭示了「貴州詩人群」的頑強足跡，具有特殊的時代意義，是「貴州詩人群」的詩歌咆哮在 1980 年代的絕響，成為「貴州詩人群」不甘泯滅沉淪的歷史佐證。

在民刊創辦方面，值得一提的是 1991 年 12 月由詩人王強在北京圓明園藝術村詩歌廳創辦的民刊《大騷動》，這一刊物可以說是「貴州詩人群」在「沈寂」期的又一次壯舉。《大騷動》分別於 1991 年 12 月、1993 年 3 月、1993 年 7 月、1994 年 4 月以及 2003 年 6 月出刊，前後共刊出五期。其編委成員及主要撰稿人分別是王強、海上、農夫、寡婦、張景、乳無房、鍾山、王梅梅、鄭單衣、王艾、嚴力、唐亞平、大風、方子、趙徵、蕩天、馬松、馬賊、默春、隱南、雪迪、啞默、黃翔、食指、芒克、阿偉、張曉軍、默默、林忠成、劉翔、態川、南鷗、空空、鬱鬱、孟浪、彭一田及曹學雷等。1990 年代初，貴州青年詩人王強因其內心騷亂及流浪精神作祟，急切地希望突破那種「黏

〔註 55〕吳若海：《夢幻交響曲》，貴陽：貴州人民出版社，2012 年，第 12 頁。
〔註 56〕龍俊主編：《現代詩選》，貴陽：貴州大學《新大陸導報》，貴州民族學院《民族大學生》，1989 年，第 3 頁。

黏糊糊」、總是迫於無奈的人生狀態，於是，在 1991 年 12 月，王強和張洪波等人排除萬難，經過「晝夜向世界徵稿」的《大騷動》在北京圓明園藝術村問世。王強曾表示，他非常喜歡「大騷動」這個名字，「我為這個名字感到高興，激動不已」，「《大騷動》這個刊名是由詩人黃翔在送別農夫的聚會中因演說而言中的」〔註57〕。在《大騷動》的吶喊中，「貴州詩人群」的野性詩風及血性基因再度復活，一如曾經的《崛起的一代》再次以桀驁不馴、狂野不羈的形象亮相詩壇，「大騷動部分詩人回答詩人帕拉——什麼是反詩人？一個嘲笑一切的流浪漢，甚至嘲笑衰老和死亡。什麼是反詩歌？一記打在作家協會主席臉上的耳光。」〔註58〕

　　《大騷動》中最具個性特色的欄目當數「中國被遺忘的詩人」，此欄目「意在為長期封堵被迫噤聲的中國詩人招魂」〔註59〕。其中《大騷動》第三期重磅推出了中國當代詩壇被遺忘的詩人專輯：

> 「（詩人們）所走過的獨異的人生歷程和文學創作道路，歷時半個世紀鮮為人知，這在當代中國文學實屬罕見現象。他們的作品以各自不同的特色參與當代中國文學與世界文學的有機組成。從他們的作品，我們鮮明地感受到當代中國文化奇特的歷史境遇與民族文學命脈潛行的蹤跡。」〔註60〕

第三期的《大騷動》以專欄的方式全力推出「貴州詩人群」的代表詩人黃翔和啞默，將他們視為「中國被活埋的詩人」，而這一專欄想要實現的就是代替《崛起的一代》完成「貴州詩人群」未能完成的任務。

第二節　「貴州詩人群」詩歌風格的陽性化特徵

　　粗獷、野性的詩風，充盈著強烈的自由精神和個性意識，並以濃鬱的陽剛之氣突破現實人生的沉悶壓抑，是「貴州詩人群」詩歌創作及文學活動的主導傾向〔註61〕。在他們看來，「『成吉斯汗』式的精神生命的陽剛之氣」，是「今日中華文明需要承傳和拓展的」，更是「有待於後來者延續的『中華民族』

〔註57〕 王強主編：《大騷動》，1991 年 12 月第 1 期。
〔註58〕 王強主編：《大騷動》，1991 年 12 月第 1 期及 1993 年 3 月第 2 期「扉頁」。
〔註59〕 王強主編：《大騷動》，1993 年第 3 期。
〔註60〕 王強主編：《大騷動》，1993 年第 3 期。
〔註61〕 參見啞默：《世紀的守靈人·文脈潛行》（卷九），四川大學劉福春中國新詩文獻館提供未刊稿，第 277～279 頁。

的精神血液」。〔註62〕正是高原深山中詩人飽滿的自然生命之力,賦予了其詩
其文粗野、血性、雄強的陽性化特徵。如果只是單獨審視「貴州詩人群」這
種陽性化的詩歌風格,是無法彰顯其特有的價值和意義的。然而,「中國式的
文化心理中世世代代沉澱、積壓了太多的隱忍,太多的陰柔,太多的煙霧迷
蒙。」〔註63〕當我們將這種陽性化的詩歌風格特徵置放在 20 世紀下半葉日趨
柔性、內斂的詩歌風潮中進行觀照時,「貴州詩人群」詩歌風格的陽性化特徵
便有了不容抹滅的詩學價值和意義。正如「貴州詩人群」所認為的,中國當
代詩歌迫切地「需要陽光泛濫與暴漲、衝擊與顛覆,以達到新的精神生命的
陰陽平衡!」〔註64〕

一、「野性」詩風的召喚

> 「只有灌注生命的文字才能鮮活起來,凸顯生命世界新的構圖,
> 產生蠱惑力、衝擊力、顛覆力!」〔註65〕

在 1960 至 1980 年代的詩歌中,「貴州詩人群」的詩歌最為突出的就是對
原始天性崇拜的野性風格。既往研究認為,「貴州詩人群」的詩歌最集中最突
出地表現了 1960 至 1970 年代「地下詩歌」的「野性」的特徵〔註66〕,但這
種「野性」主要還是傾向於野獸一類粗野蠻橫的一面,卻忽略了「貴州詩人
群」的詩歌對生命原始天性中「野性」的多向度以及層次性的表現和張揚。
荷爾德林曾在《麵包和葡萄酒》中滿懷質疑地感慨道:「我不知道,也不知在
貧瘠的時代詩人的使命。」〔註67〕後來者海德格爾如是問,他在《詩人何為》
中沉痛且焦灼地慨歎道:「在貧困時代裏詩人何為?」〔註68〕問題就在於,在
「無知」當道且是非顛倒的時代,人們越來越習慣於假惡醜,在虛偽無知中

〔註62〕稚夫選編:《詩歌蹤跡》(中文版),澳大利亞原鄉出版社,2012 年,第 449 頁。
〔註63〕稚夫選編:《詩歌蹤跡》(中文版),澳大利亞原鄉出版社,2012 年,第 449 頁。
〔註64〕稚夫選編:《詩歌蹤跡》(中文版),澳大利亞原鄉出版社,2012 年,第 449 頁。
〔註65〕黃翔:《探訪與撞擊——臺灣文化之旅》,《總是寂寞》,臺北:桂冠出版社,
2002 年。
〔註66〕王學東:《文革「地下詩歌」研究》,臺北:花木蘭文化出版社,2014 年,第
180 頁。
〔註67〕〔德〕荷爾德林(Holderiln, Friedrich):《荷爾德林詩新編》,顧正祥譯,北京:
商務印書館,2012 年,第 109 頁。
〔註68〕〔德〕馬丁·海德格爾(Martin Heidegger):《林中路》,孫周興譯,北京:商
務印書館,2015 年,第 269~272 頁。

自得其樂，人們對於真善美的感知越來越弱化時，又何以辨別虛偽與真實、低俗與美善？貴州詩人的寫作與思考，不過是希望在詩性的世界中揭開那層神秘的面紗，讓事物還原、展現其本真的面目。

被追逐的兩腳獸〔註69〕

　　「一個兩腳獸在浩瀚的星空下問：『我是誰？』」〔註70〕。

　　在人類歷史長河中，關於「我是誰？」的生命追問從未停歇。西方的斯芬克斯之謎暗含了「我是誰」的生命困惑，而古老中國的莊周夢蝶卻是在看似混沌的澄明中包涵了對「我是誰」的本質關懷。對於一個在集體意識與個人感受相牴牾的時代語境下長大的人而言，「自我」身份的確認是一個無法迴避且十分嚴峻的問題。「我是誰？」諸如此類的追問不僅彰顯了詩人的焦慮，更體現出作為一個獨立個體的清醒。

　　1968年，全世界的年輕人都在騷動〔註71〕。當大洋彼岸的青年學生還在向詩人金斯堡打聽「如何成為一個詩人」時〔註72〕，中國大陸偏於西南一隅的詩人黃翔已身為「詩獸」，在詩歌的字裏行間艱難爬行，這一年對於黃翔而言，將

〔註69〕「黃翔有一個很突出的形象：詩獸。作家鄭義對於黃翔這個指稱有相當精彩的闡發。顧名思義，「詩獸」可叫做「詩歌之獸」或「野獸詩人」。但「詩獸」對於黃翔，容易造成一種誤解，似乎這個詩人只有獸性和野性；實際上，在詩人黃翔身上，不光有獸性，還有鬼性、神性與靈性（精靈），但最根本的還是人性。既在逃竄又在反抗，不斷抗爭又不斷逃脫，是他命運姿態的兩極。用一句話來形容，那就是『被追逐的兩腳獸』。」見張嘉諺：《中國摩羅詩人——黃翔》，見王強主編：《大騷動》，1993年第3期，第41～60頁。

〔註70〕黃翔：《留在星球上的箚記》，見張嘉諺等主編：《崛起的一代》，1980年第2期。

〔註71〕馬克・庫蘭斯基在他那本《震撼世界的1968》中說，那時候的年輕人有一份自己的英雄名單，只是這個名單上沒有基辛格熟悉的人，其中不包括政治家、領導人和將軍。1968年巴黎的5月充滿了抒情色彩，「從今以後，我們有節日可過，有創造奇蹟的時間，有自由講話的權利」。全世界的年輕人獲得了節日氣氛和解放的感覺，校園與街道都變成了廣場。「人從新石器時代進入了雅典的民主。」見苗煒，劉宇著：《1968，不安分的年輕人》，《三聯生活週刊》2008年6月11日，「狂飆的60年代」專題。

〔註72〕「整個1960年代，金斯堡在世界各地漫遊，他去了印度、南美、古巴，他在大學校園裏朗誦自己的詩，也收到許多年輕人寫來的信。1968年10月號的《紐約客》雜誌，詳細記載了金斯堡在伯克利大學的一次座談，學生們和他談論搖滾樂、鮑勃・迪倫，談論龐德的詩，也談論那些怪異的嬉皮士們會在歷史上留下什麼痕跡，還會問他：『如何成為一個詩人？』。『也許公元3000年的時候，有個學美國歷史的學生，能從故紙堆裏發現這些詩人存在過。』」見苗煒，劉宇著：《1968，不安分的年輕人》，《三聯生活週刊》2008年6月11日，「狂飆的60年代」專題。

注定是極不平靜的一年〔註73〕。1968 年，黃翔的詩歌《野獸》〔註74〕誕生：

> 我是一隻被追捕的野獸
>
> 我是一隻剛捕獲的野獸
>
> 我是被野獸踐踏的野獸
>
> 我是踐踏野獸的野獸
>
> 一個時代撲倒我
>
> 斜乜著眼睛
>
> 把腳踏在我的鼻樑架上
>
> 撕著
>
> 咬著
>
> 啃著
>
> 直啃到僅僅剩下我的骨頭
>
> 即使我只僅僅剩下一根骨頭
>
> 我也要哽住一個可憎年代的咽喉

　　1941 年農曆 12 月 26 日，在大火漫捲的劈啪聲中，一隻「小獸」降臨人世。街道突然失火，「小獸」母子被迫轉移到城隍廟，這突如其來的一切似乎都昭示著「小獸」與火的不解之緣〔註75〕，這隻「小獸」便是後來的詩人黃

〔註73〕 關於「60 年代」可參考：王逢振主編：《六十年代》，天津：天津社會科學院出版社，2000 年。

〔註74〕 「黃翔作詩《野獸》。此詩收詩集《狂飲不醉的獸形》，1986 年 7 月油印。」見劉福春：《中國新詩編年史》（下），北京：人民文學出版社，2013 年，第761 頁。

〔註75〕 「1941 年舊曆 12 月 26 日，湖南武岡縣城一條街道忽然失了火，在烈焰狂竄的劈啪聲裏，傳出一個嬰兒呱呱墜世的哭喊──一隻小獸誕生了。臍帶未斷，大火漫捲而來，情急中一副擔架將其母子轉移到一座城隍廟。這情景對於黃翔，好似宣諭了一個象徵：『我的整個生命便是在熊熊大火中燃燒。』」見張嘉諺：《中國摩羅詩人──黃翔》，見王強主編：《大騷動》第 3 期，第 41～60頁。「1941 年 12 月 26 日（陰曆），我──一隻小獸降生在大地上了。伴隨著這隻小小的兩腳獸降臨到大地上的另一個事物叫「痛苦」。據說我出生的時候，適逢我所出生的縣城整條街上發生了一場火災，母親在大火中生下了我，臍帶未剪斷，我們母子被人送進城隍廟，在廟裏呆了一夜。從此，我整個生命在「火」中焚燒。」見黃翔：《並非失敗者的自述》；「黃翔出生的那晚，時逢一場大火焚燒了他家附近的火神廟，小小山城通宵被火光映紅，也就似乎象徵著這個嬰兒一生的命運──血與火的災難……」見啞默：《陽光白骨──縱觀詩人黃翔》，《世紀的守靈人·見證》（卷三），四川大學劉福春中國新詩文獻館提供未刊稿，第 358～359 頁。

翔。因「出身反動軍官家庭」而失學的少年黃翔，如一隻被五花大綁的「小獸」，受盡周遭歧視的眼光和精神的蹂躪。從此，黑色身份檔案像密不透風的羅網編織出一個獨屬於中國的「無物之陣」，將這隻「小獸」擠壓到逃無可逃的境地。在黃翔的青春之歌裏，常常伴隨著家常便飯式的流浪和監禁。1956年，15 歲的黃翔隨叔叔從湖南桂東來到貴陽，成為一家工廠的學徒工，也正是從這一年起，黃翔開始了他的文學創作，同時也走上了不斷被退稿的文學道路。1959 年 3 月的一個傍晚，輾轉難眠中的黃翔終於爬上了前往大西北的火車，開始了他的漂泊流浪之途，然而，這一次流浪換來的卻是三年的勞動教養，「黑崽子」成了名副其實的「黑人」，被周遭的歧視和嫌棄更甚，後來重獲自由的黃翔只能在一家小煤窯幹拉煤的工作。

1968 年當詩人食指（郭路生）在某一天夜裏的四點零八分坐上了離開北京的火車，並在火車上構思創作出《這是四點零八分的北京》時，當這個「四點零八分」的歷史時刻成為那一代人的青春創傷記憶時，1968 年的黃翔，早已不再是六年前那個獨自吟唱的「瀑布的孤魂」，在人性遭蹂躪、變異的年代，詩人化身為「野獸」以抵禦「可憎年代」對詩人「自我」的吞噬。而在這一年的春天，詩人食指寫下了後來被譽為經典之作的《相信未來》〔註76〕。「當蜘蛛網無情地查封了我的爐臺／當灰燼的餘煙歎息著貧困的悲哀／我依然固執地鋪平失望的灰燼／用美麗的雪花寫下：相信未來／當我的紫葡萄化為深秋的露水／當我的鮮花依偎在別人的情懷／我依然固執地用凝霜的枯藤／在淒涼的大地上寫下：相信未來／／我要用手指那湧向天邊的排浪／我要用手掌那托住太陽的大海／搖曳著曙光那枝溫暖漂亮的筆桿／用孩子的筆體寫下：相信未來」（食指《相信未來》）。

食指的詩歌追求語言的格律化，句式整飭且不乏優美的情調，字裏行間頗有何其芳、郭小川的詩歌影子，同為知青的宋海泉曾這樣評價道：「憑心而論，使我們感到如此盪氣迴腸的，不是他詩歌的形式，而是他詩歌的內容。」〔註77〕此番評論道出了食指詩歌的價值，將特殊時代中知識青年的所思所想進行了文學化的詮釋，詩歌中流淌著一種異質的思想情緒，既滿含著對光明未來的期許和執著，又帶有略微稚氣的憂鬱感傷，其間還不乏對青年人的悉

〔註76〕「此詩初刊 1979 年 2 月 26 日《今天》第 2 期，收詩集《相信未來》，灕江出版社 1988 年 3 月出版。」見劉福春：《中國新詩編年史》（下），北京：人民文學出版社，2013 年，第 751 頁。

〔註77〕宋海泉《白洋淀瑣憶》，《詩探索》，1994 年第 4 期。

心勸導和教誨。相比較而言，恐怕人們更容易接受食指的詩歌，除了朗朗上口、語句優美等前述特點之外，最關鍵的還在於，《相信未來》至少不會給閱讀者帶來生理上的不適感。而黃翔的《野獸》，無論是「被野獸踐踏的野獸」，還是「踐踏野獸的野獸」，直到最後以僅剩的「一根骨頭」也要「哽住一個可憎年代的咽喉」，這些觸目驚心的場景給人帶來的往往是極其強烈的生理不適，然而，恰恰是這樣的生理不適感最真實而深刻地道出那個荒謬的歲月里人與人之間關係的殘忍和荒誕。人就像野獸一樣，被欲望的激情驅逼到「蹄角相碰」地傷殘的境地，導致思想精神與肉體的極度異化和扭曲。

彼時的黃翔，27 歲的年紀何以對現實、對人性有如此深邃的洞見？用黃翔的摯友詩人啞默的話來說，「還沒挨近中年，他已飽經滄桑，身心都早就傷痕累累。他的人生積澱已在他與社會的碰撞中成為他的天然資源，並漸漸從感性上升為理性。」〔註 78〕基於最真切的生命體驗，黃翔尖銳地指出：「我」不僅僅是一隻「被追捕」、「剛捕獲」、「被野獸踐踏的野獸」，「我」同時還是一隻「踐踏野獸的野獸」。在 1966 年的特殊時代語境下，當時已流落山區茶場的詩人再次落難，曾經的「戀愛信件」被發現，因其信件中流露出絕望和苦痛的情緒，詩人被關押監禁進行思想改造。彼時詩人的妻子剛生下一名男嬰，身份的原罪效應彷彿可以遺傳似的依附在這個男嬰的身上，當時的醫院拒絕接受這名「有罪的」、生病的男嬰，沒過多久小嬰兒就夭折了。身為孩子的父親，詩人情緒崩潰並被送進了精神病院〔註 79〕。在這「野獸」般存活的時代，人與人之間的關係就好似烙大餅一般，今日得勢之人將對方踩在腳下肆意踐踏，而曾經被踩在腳下的人到了翻身之日同樣也會將對方狠狠踐踏，人性的純良就在這翻來覆去的踐踏下消失殆盡。此時的黃翔反思的已不僅僅是他人的獸性，更為可貴的是，其中還包含著詩人對「自我」的人性黑暗面的反思。

當黃翔敏銳地發現，「人變得像畜牲一樣，擁擠在被劃定了的空間裏，用蹄角互相殘害，用叫聲互相吼嚇，被壓迫的去壓迫人，被侮辱的去侮辱人，被毒害了的又去毒害人。」〔註 80〕就好似魯迅筆下的狂人某一天突然發現自

〔註 78〕啞默：《世紀的守靈人・見證》（卷三），四川大學劉福春中國新詩文獻館提供未刊稿，第 359 頁。

〔註 79〕啞默：《陽光白骨——綜觀詩人黃翔》，《世紀的守靈人・見證》（卷三），四川大學劉福春中國新詩文獻館提供未刊稿，第 359 頁。

〔註 80〕啞默，胡亮：《啞默訪談錄：啟蒙社，貴州詩，中學西學之辯》，《詩歌月刊》，2011 年第 6 期。

己也成為「吃人」的人時，如何拯救自我？魯迅尚且還可以相對安穩地呼喚「真的人」的到來，而黃翔的處境則決定了他必須及時地尋找到脫離這一群獸險境的路徑。

> 「人中最愛『傷人』的也同樣是人！這樣的『人』本質上是人中的『獸』。這樣的獸，既有施虐於人的『猛獸』和『惡獸』；也不排斥受制於人的『困獸』和『弱獸』。」〔註81〕

同為「野獸」，黃翔的不同之處在於以詩歌創作——這僅剩的「一根骨頭」，保留住詩人的精神自留地，「在一個慣於備受『詩』讚揚自己的世界裏」，他的詩「以犧牲一個世界的讚揚獨立自存」。〔註82〕詩人柏樺認為《野獸》一詩乃是詩人一生的現實寫照，雖然此詩的創作始於詩人的自我經驗，但卻與那個特殊的時代語境相吻合，它昭示著一名詩人之所以出色就在於他書寫個人遭際時同時也記錄了那個時代的命運，因而此詩被賦予了一種時代普遍性的歷史意義〔註83〕。

《獨唱》自然流暢的口語感，《野獸》觸目驚心的形象感加上生命體驗的厚重感，讓詩人黃翔一經亮相就盡顯其詩藝的成熟、老道，這在當時的詩壇是極為少見的。後來常被人提及的食指的《瘋狗》，「受夠無情的戲弄之後，我不再把自己當成人看」，「我希望成條瘋狗，更深刻地體驗生存的艱難」〔註84〕，當食指意識到在殘酷的現實中，自己還不如一條瘋狗時，時間已來到了1978 年。通常情況下，關注黃翔的研究者，往往會被他傳奇曲折的人生經歷所吸引，而較少以理性的眼光去體察黃翔早期的詩作，也因此遮蔽了黃翔早期詩歌創作中所呈現的詩學亮點。

在現代中國文學中，「野獸」的形象入詩並非黃翔首創。1937 年 11 月，詩人穆旦在「七・七」盧溝橋事件之後抗日戰爭全面爆發的情況下創作了詩

〔註81〕稚夫選編：《詩歌蹤跡》（中文版），澳大利亞原鄉出版社，2012 年，第 452 頁。

〔註82〕啞默：《世紀的守靈人・見證》（卷三），四川大學劉福春中國新詩文獻館提供未刊稿，第 288 頁。

〔註83〕柏樺：《從貴州到「今天」》，見《左邊：毛澤東時代的抒情詩人》，南京：江蘇文藝出版社，2009 年，第 35～41 頁。

〔註84〕「食指的《瘋狗》，創作於 1978 年，首次在《今天》刊發時，編者因諸多原因將其改為 1974 年。」見謝冕：《20 世紀中國新詩：1978～1989》，《詩探索》1995 年第 2 號。《瘋狗》「寫作時間在傳播中被搞混了，與食指本人無關。一些選本上標的是 1974 年，實際上是 1978 年寫的，我曾就此專門做過考證。」見唐曉渡：《先行到失敗中去》，北京：作家出版社，2015 年，第 196 頁。

歌《野獸》，此時的穆旦正隨清華大學師生向內地艱辛地撤退。帶著強烈的民族屈辱和不甘，首先劃破暗夜的是一聲聲淒厲且慘痛的嘶吼：「黑夜裏叫出了野性的呼喊，／是誰，誰噬咬它受了創傷？／在堅實的肉裏那些深深的／血的溝渠，血的溝渠灌溉了／翻白的花，在青銅樣的皮上！／是多大的奇蹟，從紫色的血泊中／它抖身，它站立，它躍起，／風在鞭撻它痛楚的喘息。／／然而，那是一團猛烈的火焰，／是對死亡蘊積的野性的兇殘，／在狂暴的原野和荊棘的山谷裏，／像一陣怒濤絞著無邊的海浪，／它撐起全身的力。／在暗黑中，隨著一聲淒厲的號叫，／它是以如星的銳利的眼睛，／射出那可怕的復仇的光芒。」（穆旦《野獸》1937 年）

艾青在 1938 年 4 月創作的長篇抒情詩《向太陽》中有這樣一段文字：「我起來──／像一隻困倦的野獸／受過傷的野獸／從狼藉著敗葉的林藪／從冰冷的岩石上／掙扎了好久／支撐著上身／睜開眼睛／向天邊尋覓／／但／我終於起來了／我打開窗／用囚犯第一次看見光明的眼睛／看見了黎明／──這真實的黎明阿／（遠方似乎傳來了群眾的歌聲）／於是，我想到街上去」（艾青《向太陽》1938 年）。艾青筆下的「我」如一隻困倦的野獸，即使「受過傷」卻仍能感知外面的光和熱。當黎明來臨時，「我」隱約聽到從遠方飄來的歌聲，那歌聲召喚著「我」到外面的世界去看一看，一切都那麼新鮮且真實，「我」不由得回憶起昨天：「我把自己關在／精神的牢房裏／四面是灰色的牆／沒有聲音。」（艾青《向太陽》1938 年）然而，當太陽再次在高樓後升起時，「我」看到了陽光下無比生動的一切，那裡有正在募捐的女孩，有負重勞動的工人，還有正在操練的士兵，「我」越來越喜歡傾聽「清晨郊外的軍號的悠遠的聲音」，以及「從街頭敲打過去的鑼鼓的聲音」。在太陽熱力的鼓動下，「我」一如奔騰的野獸在大街上急速奔馳，「我用嘶啞的聲音／歌唱了！」

這裡穆旦與艾青筆下的「野獸」無論處境如何艱難，卻始終能感受到一股民族之力的召喚。而黃翔筆下的「野獸」早已被自己的民族所拋棄，只能以詩歌這根僅剩的骨頭「哽住可憎年代的咽喉」。人身自由已被限制，「除非出於策略考慮而網開一面，不存在給任何人以任何『漏網』的僥倖和可能的機會」〔註 85〕，面對這「天網恢恢疏而不漏」的人生禁錮，詩人別無選擇，唯一能做的就是決不放棄自我的堅守和精神的抗爭。文學成為黃翔、啞默堅

〔註 85〕黃翔：《自由寫作的堅守》，見稚夫選編：《詩歌蹤跡》（中文版），澳大利亞原鄉出版社，2012 年，第 357 頁。

守自我和自由精神的純淨天空，他們始終堅信，在詩歌創作中「其內在飽和的能量將持續釋放」，「精神生命形體將日趨顯露」〔註86〕，由此產生獨屬於創作主體的內在生命力以及個人的精神品質，同時，更孕育了其詩作中「巍然獨存的反叛和抗爭的那份磨不去的自覺」〔註87〕，這一切都成就了堅守者的創作和思考即使是面對暴虐的泯滅，也無需在「夾縫中求存、巧妙周旋或與權勢者互為默契、變相同謀」〔註88〕，因為他要的不是「精神羸弱和疲軟者的幸運」，而是「免於時間沖淘的生命力」，至少能擺脫「『自身湮滅自身』的厄運」〔註89〕。「在漫長而困厄的文化苦旅中，一小行人在這兒跋涉，有的半途倒於沙野，有的掉頭往回走去，也許我只是其中堅持下來的苦行者和幸存者之一。」〔註90〕因為災難到底是人之所為，如果將人性的泯滅簡單地歸咎於「獸性」，那是對歷史的不負責任。從人的感知、生命尊嚴的修復以及真理信仰的關懷下審視自己和他人經歷的災難，也就具有了看取現實的勇氣。詩人曾大聲疾呼：「是的，我是一隻狼，宇宙蒼狼，一隻不吃羊卻被如狼的羊群團團圍困的狼」〔註91〕。

二、「血性」精神的書寫

王富仁先生曾在給啞默的信中談到，黃翔的詩之所以最能擾動人的心靈，就在於其呈現了一個在當時絕無僅有的「肉紅色的詩境」，讓人感受到的是「從肉裏騷動著的不安的靈魂，顫動的靈魂」，彷彿這個靈魂來自於「一個混沌的深無底極的幽黑的宇宙」，「人類便在這樣一個幽黑的宇宙中來，又將到這個幽黑的宇宙中去，它既是我們的生命的底蘊，也是我們的詩的底蘊，它表現

〔註86〕 黃翔：《自由寫作的堅守》，見稚夫選編：《詩歌蹤跡》（中文版），澳大利亞原鄉出版社，2012年，第357頁。

〔註87〕 黃翔：《自由寫作的堅守》，見稚夫選編：《詩歌蹤跡》（中文版），澳大利亞原鄉出版社，2012年，第357頁。

〔註88〕 孫文濤：《大地訪詩人》，香港：天馬圖書有限公司，2003年，第5頁。

〔註89〕 啞默曾回憶道：「我二哥伍汶憲……，後因所謂偷越國境罪判10多年，在80年代初平反，賠了三百元。他能驚人地背下他全部詩作。他的詩作，今天從審美看，是一回事，但從文學史看，當時是種（文化、文學）堅持、抗爭。」見孫文濤：《大地訪詩人》，香港：天馬圖書有限公司，2003年，第5頁。

〔註90〕 黃翔：《殉詩者說》，《我在黑暗中搖滾喧嘩》，臺北：唐山出版社，2002年，第50頁。

〔註91〕 黃翔：《殉詩者說》，《我在黑暗中搖滾喧嘩》，臺北：唐山出版社，2002年，第56頁。

了我們的生命，我們的生命的奧秘。」〔註 92〕王富仁先生的此番評論雖是針對黃翔詩歌而言，卻在無意中道出了「貴州詩人群」詩歌的特質，「不帶一點虛偽的生命，活的靈魂，奔湧著的人的血和肉」〔註 93〕，在「貴州詩人群」中，王強於 1980 年代創作的詩歌《南方的河是流向天空的》頗具代表性。

王強的長詩《南方的河是流向天空的》〔註 94〕後來收入其詩集《一路流浪》，從這本詩集的代序可知，王強對其詩歌創作的構想為「大地」、「天空」、「太陽」，由此可見，詩人將詩與文學藝術視為自己生命般的存在，他的詩歌中有一種「生命憂鬱激情的投影」〔註 95〕。在詩人啞默的印象中，當年的王強還是一個留著毛栗頭且略帶幾分羞澀的大學生形象〔註 96〕，然而，正是這份羞澀，卻在其第一首長詩中透露出一股暗藏著的不可遏制的血性騷動。

> 這水從哪裏來，像一隻柔軟靈巧
>
> 的手爪。五指相併如此沁涼地歌唱
>
> 形象麼？在它是體內，在它的頭骨
>
> 大地呵，把你的胸脯剖開，讓我看
>
> 血紅的滲透黑色在岩層的深淵
>
> 如生銹的鐵柵欄一樣的腸子呵
>
> 煤是還未成熟的死者
>
> 火病了在茫茫發燒……

——王強《南方的河是流向天空的》

詩人黃翔認為正是由於王強在人生中深深體會過那愛與被愛所拋棄的苦澀滋味，所以王強對生命始終「帶著『滴血溶於水中的懷念』」〔註 97〕。《南

〔註 92〕王富仁 1986 年 8 月 31 日致啞默的信，引自王強主編：《大騷動》，1993 年第 2 期。

〔註 93〕王富仁 1986 年 8 月 31 日致啞默的信，引自王強主編：《大騷動》，1993 年第 2 期。

〔註 94〕王強的第一部長詩《南方的河是流向天空的》，寫於 1985 年 11 月，後發表在 1986 年 11 月的民刊《中國詩歌天體星團》第 1 期上，後收入其自印詩集《一路流浪》。

〔註 95〕黃翔：《從一滴水中聽「潮音」》，見王強主編：《大騷動》，1993 年第 3 期，第 117 頁。

〔註 96〕啞默《世紀的守靈人・昨日不必重現》，（卷六），四川大學劉福春中國新詩文獻館提供未刊稿，第 58 頁。

〔註 97〕黃翔：《從一滴水中聽「潮音」》，見王強主編：《大騷動》，1993 年第 3 期，第 118 頁。

方的河是流向天空的》一開篇就將人帶入一片悶熱潮濕的原始叢林中，王強的故鄉貴州省羅甸縣，地處貴州省正南方，在那個年代從貴陽前往羅甸需要翻山越嶺，在一片漫天的黃沙中抵達這塊低窪之地，除了炎熱、潮濕之外，還給人帶來一種被圍困的生理和心理感受。《南方的河是流向天空的》一詩中充斥著各種飛禽走獸和人體器官詞彙，還有詩人對「血」、「火」、「林叢」、「石山」的記載，而這一切自然之物都是圍繞著一條「河流」來呈現的：

> 水醒來，眨著霧的睫毛
>
> 讓陽光挺起白日的胸膛
>
> 太陽領著它的鹿群在沙岸上飲
>
> 像一位威嚴的父親
>
> 最終是要孕育的，南方的河體驗了夜
>
> 的靜和月亮冰凍過濾的激情
>
> ——王強《南方的河是流向天空的》

王強的故鄉羅甸縣橫貫著亞熱帶叢林，各種飛禽猛獸和珍稀植物長期存在於這片悶熱潮濕的叢林中，自然賦予了這片土地豐富的資源，同時也使得各種神話傳說、民風習俗在此衍生。「午夜的草地，月亮像敞放的白色家禽／用它的月光叫喚著／樹樁的民歌如此動聽／在樹葉的絡紋裏在樹枝的枯結上／抒發來自某一血紅處的真情」（王強《南方的河是流向天空的》）。

在詩人啞默看來，最重要的是這片土地賦予了詩人一種血性的生命存在狀態，詩人在無意識中呈現了其「民族祖先遺留給他的精神密碼——茹毛飲血般的自由生存和原欲宣洩」〔註 98〕。然而王強並沒有將這份自由和原欲僅僅停留在一種原生態呈現的表層狀態，而是不著痕跡地在看似原始粗野的情態中傳遞出陰陽和諧所抵達的生命激情。這樣的詩歌對於 1986 年前後詩壇疲軟的狀態無疑是一股巨大的衝動，與其說它是屬於某一個少數民族的「原生形態話語」的詩，還不如說是一首由民族集體無意識生發出的「陰陽混聲交響詩」〔註 99〕，它將呈現出一個讓詩人通體透亮、生命發光的詩性世界。王強詩歌書寫中的「血性」騷動賦予其詩歌一種「生命的動態感」，在黃翔眼裏，

〔註 98〕啞默：《世紀的守靈人·昨日不必重現》，（卷六），四川大學劉福春中國新詩文獻館提供未刊稿，第 59 頁。

〔註 99〕啞默：《世紀的守靈人·昨日不必重現》，（卷六），四川大學劉福春中國新詩文獻館提供未刊稿，第 60 頁。

王強的「詩和他的人都富有生命感、生活感、行動感」,與「那些毫無特色的
『末代士大夫』和純粹龜縮在書齋和『語言結構』中『造詩』的人」相比較,
王強是「一個在詩中活動的和活動在詩中的人」〔註100〕。

第三節 「力」的美學與不息的生命感

「貴州詩人群」在詩歌創作之外,一直有著相當自覺的詩學探索,創作
了一系列的詩論文章,諸如《鋒芒畢露的傷口》《沉思的雷暴》(黃翔),有路
茫的《評「火神交響詩」》《寄給死去的愛情》《人生研究》《新詩學》《挪亞方
舟》(路茫),《百年春秋文化淚》《火炬與苦難的旗幟》《等待命名》《啞默的
自白》(啞默),《自由的神性與人性》《從人類到星空》(吳若海),《新詩的崛
起》《朦朧的一瞥》《中國摩羅詩人黃翔》(張嘉諺)等。其中「貴州詩人群」
表現出對「力」的美學的崇尚和奔騰不息的生命感尤為引人注目。

事實上,1950 至 1960 年代的中國主流詩歌不斷地「向帶有革命味道的、
同綿軟調式截然對立的『陽剛』趨攏,使其仍以崇高剛健為主旋律」〔註101〕,
諸如賀敬之、郭小川等人的《將軍三部曲》、《復仇的火焰》等都充溢著陽剛
之氣,其中對天空、高山、大海、太陽等意象的膜拜和青睞,進一步強化詩
歌力的美學感受。然而,值得注意的是,1950 至 1960 年代的詩歌所崇尚的力
之美卻是對群體之力的張揚,同時貶斥壓抑個體之力。儘管上述詩歌在境界
和視野層面突破了一己之個人情思的狹隘,然而,其群體之力並不是由多人
的個體生命之力凝聚而成,而是以群體意志取代個體的生命感受,以實現詩
歌與時代主流的匯合。如此發展下去便是詩歌因失去實實在在的個體生命質
感而使得詩歌之力難以落到實處,相比較而言,「貴州詩人群」自 1960 年代
開始的詩歌創作和文學活動所崇尚的詩歌之力乃是建立在個體生命感受之上
的情緒之力、行動之力,因而其詩歌充溢著奔騰不息的生命感。

一、「情緒」之力

「貴州詩人群」成員在其詩歌與生命同構的歷程中,始終保持著一份難

〔註100〕黃翔:《從一滴水中聽「潮音」》,見王強主編:《大騷動》,1993 年第 3 期,
　　　　第 118 頁。
〔註101〕羅振亞:《與先鋒對話》,長春:吉林出版集團有限責任公司,2009 年,第 134
　　　　頁。

能可貴的「激情」，這份「激情」相較於「某種溫情」且「自尋安慰」的所謂「小清新」而言，更具有開闢出一片文學空間的潛能和活力。因為這份「激情」源自於他們從不曾放棄的文學夢，而這「激情」的文學夢恰恰與詩人所處的現實產生了極大的張力，因而，這份文學的「激情」所蓄積、爆發的能量才會具有如此巨大的殺傷力。

承前所述，「貴州詩人群」成員與艾青之間的誤解只能算是「朦朧詩」論爭中的一小段插曲。然而，正是這一次莽撞衝闖讓「貴州詩人群」成員們清醒地意識到自己與當時整個詩壇的格格不入。正如他們在這次紛爭發生之前的判斷，他們就是那「靜止和發黴的世界中的『鬼怪』，而「這些『鬼怪』們在各編輯部乒乒乓乓的關門聲中，在近乎普遍的睥睨下堅持寫著他們的『鬼詩』和『怪詩』。這些『鬼怪』中的大多數還不容露面於文藝界。這些『鬼怪』的探索者，大膽地跨出了過去詩的圈地，熱情地環視著周圍被長久禁錮的廣大世界。並向世界頑強地介紹著自己。」〔註102〕恰恰是這些「鬼怪」體現為「鮮活而多變的世界中的——『人』。」〔註103〕「貴州詩人群」成員快速地做出審視和反省並果斷地與當時的新詩潮陣營劃清界限，將批判的矛頭直指當時的整個詩壇。

> 「我們是從精神廢墟中活過來的一代，既然所有傾塌的灰土和殘磚破瓦沒有壓垮和壓死我們，我們就站起來。在你的腳下抖抖索索地匍匐著一群詩的侏儒！他們不敢正視你！不敢正視人！他們害怕每個人都有平等競爭的機遇和每個人都公正地置於平等的地位。他們害怕淹死在『我』的咆哮的靈魂中。」〔註104〕

面對「被閹割的當代中國文化」，「貴州詩人群」疾呼「1979 年後，中國詩壇上冒出來的某種『詩』是一種對抗爭的迴避和雕琢的『創新』！它引發了一種偽文化現象。由它引發的這種偽文化並沒有真正革新現代漢語詩歌。」〔註105〕在此，「貴州詩人群」提出了一個非常重要的文學問題，即作為人類精

〔註102〕王強主編：《大騷動》，1993 年第 3 期，第 113 頁。

〔註103〕張嘉諺：《咆哮於崛起詩風的潮頭》，見《崛起的一代》，1980 年第 1 期「代前言」。

〔註104〕張嘉諺：《咆哮於崛起詩風的潮頭》，見《崛起的一代》，1980 年第 1 期「代前言」。

〔註105〕黃翔：《直面當代中國文化——1986 年北京大學首屆文學藝術節上被取消的文學講座稿》，見《狂飲不醉的歌形》，紐約：天下華人出版社，1998 年，第465 頁。

神藝術的詩歌或文學創作是否可以「迴避」個人在大時代中的精神困惑與思想困境？正所謂「一代精神騷動產生一代詩人，一代詩人產生一代精神騷動。」〔註 106〕詩人黃翔則明確提出了他對主流文學或詩歌的質疑，他認為那些「玩弄形式和故弄玄虛而並非智慧穎悟的淺薄風尚」，「掩蓋了人們對本世紀末人類精神騷動、苦悶和不安的注視！掩蓋了一個變革時期的偉大民族的精神指向！掩蓋了潛伏於我們時代的社會情慾的巨大衝動，……這就是中國文化人和中國文化的悲劇」〔註 107〕。新詩必須直面當代中國人的精神圖景，正如王富仁先生所言：「我們過去面對文化與文學時，常常會犯下不可原諒的錯誤，那就是『對文化主體——人——的嚴重漠視』」〔註 108〕，「似乎在文化發展中起作用的只有中國的和外國的固有文化，而作為接受這兩種文化的人自身是沒有任何作用的，他們只是這兩種文化的運輸器械。」〔註 109〕那麼，人自身的主體創造性何在？我們的文學創作者在自身文化與文學的發展進程中又扮演著怎樣的角色？他們的現代性追求是來自於傳統與現代的擠壓還是產生於自身的現實生存的感悟和需要呢？在筆者看來，「貴州詩人群」的詩學追求從對「人的主體性」和「詩的主體性」的強調，向我們展示了現代中國語境下的文學創作者理應呈現的文學訴求。

在「貴州詩人群」的詩歌觀念中，「情緒」是最為核心的詞彙。從 1960 年代末期開始，他們就斷斷續續地寫下了關於詩歌「情緒」的詩論文章：《留在星球上的劄記——宇宙情緒》〔註 110〕、《人體深淵體驗：宇宙情緒》等。「貴州詩人群」所強調的「情緒」並不僅僅只是心理學意義上的狹義的日常情緒，而是未經遮蔽塗抹的、「電動生命的人體『宇宙情緒』」。〔註 111〕「在人體黑暗中閃跳天宇星光，那閃跳不息的正是你的精血，正是你的密布的細胞之網，

〔註 106〕張嘉諺：《咆哮於崛起詩風的潮頭》，見《崛起的一代》，1980 年第 1 期「代前言」。

〔註 107〕黃翔：《直面當代中國文化——1986 年北京大學首屆文學藝術節上被取消的文學講座稿》，見《狂飲不醉的獸形》，紐約：天下華人出版社，1998 年，第 466 頁。

〔註 108〕王富仁：《對一種研究模式的置疑》，《佛山大學學報》，1996 年第 2 期。

〔註 109〕王富仁：《對一種研究模式的置疑》，《佛山大學學報》，1996 年第 2 期。

〔註 110〕黃翔：《留在星球上的劄記》，寫於 1968 至 1969 年間，全面整理成形是 1970 年代末至 1980 年代初，曾在貴州詩群自創刊物《崛起的一代》第一期上進行過部分內容的公布，直到 1998 年才得以正式出版。

〔註 111〕黃翔：《狂飲不醉的獸形》，見王強主編：《大騷動》，1993 年第 3 期，第 75～76 頁。

正是你的血肉軀體本身的頻率和節奏。」〔註112〕我們在此把握「宇宙情緒」，如果追問它到底是什麼的話，則有可能會陷入玄妙且難以琢磨的境地。事實上，「貴州詩人群」的「情緒」說所要強調的並不是「情緒」是什麼的問題，而是所謂的「宇宙情緒」到底能帶給我們什麼？在他們看來，「宇宙情緒」能恢復生命「存在一言不發的單純」，進入纖塵不染的「人之鏡即世界之鏡」。不過，這纖塵不染的「人之鏡」只能存在於「情緒哲學」的理論探討的理想層面，黃翔自己也認為「一個真正的詩人總是有自己的哲學、政治傾向和社會理想的。完全脫離和迴避自己時代的大政治和社會潛在情慾的詩人是十分單薄的」，畢竟我們「無法從蛀蟲似的純書卷詩人見出超出書卷的活生生的生命，以及生命同宇宙的生機勃勃的非書卷關係。也無法通過他見出民族的喜怒哀樂和他同自己時代的深刻關係。」〔註113〕

「情緒」之於「貴州詩人群」而言，還不僅僅只是一種哲學或詩學意義上的理論探索，更是他們看取世界、感悟人生、介入現實的基本方式，是他們之所以為「貴州詩人群」的固有特質，這就意味著，他們對世界、對人生，乃至周遭的一切從來都不是冷眼的旁觀、理性的分析，也從不因任何顧慮而刻意壓抑內在的情緒感受。儘管他們的詩歌創作是在艾青的影響下進行的，但其目的卻不僅限於作詩，「詩是充滿自我意識的非肉體的生命」，「沒有『我』的詩是虛假的，偽善的；每一首詩中都有『我』獨立其中，」「詩——強調靈魂的騷動、情感爆發、自我強烈的需要。對受制於外力的『詩匠』，絕不會有永恆的作品。」〔註114〕詩歌寫作首先是一種表達自我的生命訴求，「你可以按創作計劃，像填表格式地寫和生活；我不行，我是情感總爆發，寫部作品。就如患一場大病，而我的許多作品都是在病中寫的，作品完成，人都虛脫了……」〔註115〕

每一個獨立的個人都有著和他人不同的精神和情緒感受，身為詩人的個體更需要以獨屬於他自身的語言表達形式來承載其個人的精神情緒，因此，

〔註112〕黃翔：《人體深淵體驗：宇宙情緒》，見王強主編：《大騷動》，1993 年第 3 期，第 154 頁。

〔註113〕黃翔：《狂飲不醉的獸形》，見王強主編：《大騷動》，1993 年第 3 期，第 75 頁。

〔註114〕啞默：《世紀的守靈人・見證》（卷三），四川大學劉福春中國新詩文獻館提供未刊稿，第 71 頁。

〔註115〕啞默：《世紀的守靈人・見證》（卷三），四川大學劉福春中國新詩文獻館提供未刊稿，第 47～48 頁。

其詩歌的根基在於詩人自我表現的需要，換言之，詩人不是在為創作詩歌而遣詞造句、組織語言，而是為自我的生命感受尋找更為恰切的語言表達形式。正因如此，「貴州詩人群」成員得以擺脫從觀念到觀念，為理論而理論的固有思維，憑藉個體生命立足於現實人生最切實的情緒感受去潤澤詩思。其混合了詩與散文的筆調洋溢著美感同時又不乏個性的言說方式讓人過目不忘：

> 「詩是獅子，怒吼在思想的荒原上」；「有人殉道、殉教；我殉詩」；「我活著，我寫詩」；「詩是「我」，它無處沒有我的眼光、心跳、我的呼吸的氣息」〔註116〕。

對於他們而言，作為「一個展開全生命的『情緒者』」〔註117〕，詩是詩人作為生命個體所有精神情緒的文學表達。「情緒」的意義和價值不僅在此被特別突出，而且詩人還以「情緒」與各種「觀念」、「主義」的對抗進行了頗具創見性的詩性闡發。在中國現代詩論中以「情緒」或情感為切口進入對詩歌本質的探討並沒有多麼的稀鬆獨特，然而，極少有人將個體「情緒」與哲學體系中的概念、主義並舉作為其詩歌觀念的基底，這就不得不承認其獨特性與創見性。

在「貴州詩人群」看來，「現代人的心靈如一隻觀念的口袋，塞滿各種煩瑣零碎的概念事物，堵塞了人身宇宙的通途。」〔註118〕一系列的邏輯、推理、歸納、演繹讓哲學反而「被哲學的『形式』所束縛」，陷入「結構」、「變構」、「解構」的「體系概念」的怪圈中「自我設限」、循環往復。〔註119〕在他們眼裏，海德格爾所謂的「詩化哲學」不過是「概念冥石縱橫交錯的無黏性堆砌」，「經不起生命輕輕一觸」，這是對生命「情緒的耽擱」〔註120〕。與其說他們批判的是海德格爾的「詩化哲學」，還不如說貴州詩人們是在藉此闡發自己的對於生命的哲學思考。今日的哲學最初的「恢宏的思想流量已經減弱」，已「屯積成一堆觀念的淤泥、泥石流，」思想早已喪失其原有的衝擊力和推動力，

〔註116〕黃翔：《留在星球上的箚記》，引自《崛起的一代》，1980 年第 2 期。

〔註117〕黃翔：《狂飲不醉的獸形》，見王強主編：《大騷動》，1993 年第 3 期，第 75～76 頁。

〔註118〕黃翔：《人體深淵體驗：宇宙情緒》，見王強主編：《大騷動》，1993 年第 3 期，第 154 頁。

〔註119〕黃翔：《狂飲不醉的獸形》，見王強主編：《大騷動》，1993 年第 3 期，第 76 頁。

〔註120〕黃翔：《「壺」中海德格爾》，見王強主編：《大騷動》，1993 年第 3 期，第 140 頁。

面臨堵塞的危險，因為「幾千年來，這個世界堆滿了『體系』。每一個體系都是偉大的觀念」，而「每一個偉大的觀念都埋藏著一個偉大的幻覺」，是時候該讓「生命意識從哲學幻覺中蘇醒」〔註121〕。於是，詩人們又在哲學之外尋覓到更廣闊、本色、鮮活的情緒空間，在他們看來，被注滿人體「宇宙情緒」的詩猶如靈魂的「清洗劑」，能「清除理性的偏狹，蕩滌心靈觀念的污垢」，它可以超越「知識」和「觀念」的束縛實現對自我本真狀態的呈現，「是擺脫觀念專制禁錮的『大實在』」〔註122〕。

　　顯然，無論是對「體系概念」怪圈的掙脫，還是對禁錮的心靈進行解鎖，且不管這其中是否還存在多少可供商榷的地方，但詩人對生命的敞亮、真實、鮮活的追尋卻是難能可貴的。而事實上，「貴州詩人群」本身就是一群從思想到行動都活得敞亮、本色、真實的人。正如黃翔問自己：「你疲倦了嗎？你倒下了嗎？」回答他的是一個來自生命深處的聲音：「存在就是思考和行動」〔註123〕。

　　1983年3月，一位來自四川的青年詩人歐陽旭柳在黃翔那被稱為「停屍房」的寓所裏度過了他「此生最難忘的三天」，後來他寫信給黃翔這樣說道：

　　　　「在那已經誕生並將繼續誕生出本世紀末最強音的『停屍房』
　　　裏產生了一種從來沒有過的異樣的情緒。我似乎這才真正懂得了怎
　　　樣做人。我經歷了一次內在生活王國的一次『突變』」〔註124〕。

那麼，這位年輕的詩人到底產生了怎樣的異樣情緒讓他獲得了從未有過的體驗呢？王富仁先生給啞默的回信恐怕將是最好的注解，他在信中談到，貴州詩人的詩歌尤其是黃翔的詩歌中充滿了「從內心深處湧發出來的真實的熱情，真的歌，真的詩，真的血和真的淚，……在我讀過的有限的中國詩歌中，他的詩是使我的心靈最受擾動的一個。……是從肉裏騷動著的不安的靈魂，顫動的靈魂，有時它又是一個混茫的深無底極的幽黑的宇宙」，「是不帶一點虛

〔註121〕黃翔：《「壺」中海德格爾》，見王強主編：《大騷動》，1993年第3期，第140頁。

〔註122〕黃翔：《人體深淵體驗：宇宙情緒》，見王強主編：《大騷動》，1993年第3期，第154頁。

〔註123〕黃翔：《狂飲不醉的獸形》，見王強主編：《大騷動》，1993年第3期，第69頁。

〔註124〕轉引自錢理群：《誕生於「停屍房」的中國世紀末的最強音——日譯本〈黃翔的詩與詩想〉序》，見稚夫選編：《詩歌蹤跡》（中文版），澳大利亞原鄉出版社，2012年，第181頁。同時還見於張嘉諺：《獨立邊緣的自由文學》（張嘉諺提供未刊稿）。

偽的真的生命，活的靈魂，奔湧著的人的血與肉。」〔註 125〕

二、行動之力──朗誦

「一首詩，應該是一次自我『引爆』。」〔註 126〕

「這裡，詩走出了文字的軀殼，……天空中烏雲的沉默是淺薄
的，一會兒，我聽見雨點在屋頂上聒噪。詩在庸眾面前亮相，有如
帶枷示眾。吹捧和貶抑都出於無知。我聽見那滴滴答答的雨聲，在
向每一片嫩葉子問候。」〔註 127〕

在中國這樣一個詩歌的國度，秉承著詩教的傳統，詩歌往往成為社會變
革的急先鋒。無論是「興、觀、群、怨」的《詩經》傳統，還是胡適、郭沫
若等詩人以新詩「爆破」的文學行動，都昭示著這樣一個事實，詩歌並不只
是詩歌本身，詩人也不可能躲在「藝術之宮」內覓得審美的世外桃源。〔註 128〕
在中國新詩發展史上，似乎有一種非常默契的詩學感受，對詩歌情緒特別看
重的詩人同時都更願意突出詩歌的「力感」，比如胡風、阿壠所推崇的「一種
來自現實生存真相的『力量』」〔註 129〕。正如貴州詩人所言，「現代詩應該有
它的『霹靂舞』的姿態和發出『搖滾樂』的喧囂！」〔註 130〕「是具有運用聲
音表白一種思想、一種信念、一種情感的有社會成效的藝術」〔註 131〕。他們
所期望的，是能為現代詩歌朗誦建立一座「維也納音樂大廳」般的詩歌朗誦
場所，讓激動而熱情的生命歌者為「日趨枯竭、冷漠、孤寂、隔膜的大生命
的血管，灌注陽剛之血的真實、灼熱、震盪和雄性」之力。〔註 132〕

新詩朗誦的出現可追溯到抗日戰爭爆發之前，「目的在乎試驗新詩或白話
詩的音節，看看新詩是否有它自己的音節，不因襲舊詩而確又和白話散文不
同的音節，並且看看新詩的音節怎樣才算是好。這個朗誦運動雖然提倡了多
年，可是並沒有展開；新詩的音節是在一般寫作和誦讀裏試驗著。」〔註 133〕

〔註 125〕王富仁 1986 年 8 月 31 日致啞默的信，引自《大騷動》，1993 年第 2 期。
〔註 126〕路茫：《詩學隨筆》，《山花》，1986 年第 12 期。
〔註 127〕稚夫編：《稚夫詩選》（中文版），澳大利亞原鄉出版社，2012 年，第 255 頁。
〔註 128〕參考謝冕：《論新詩潮》，《中山大學學報》（社會科學版），2002 年第 5 期。
〔註 129〕李怡：《阿壠詩論的文學史價值》，《漢語言文學研究》，2010 年第 1 期。
〔註 130〕王強主編：《大騷動》，1993 年第 3 期，第 100 頁。
〔註 131〕稚夫編：《稚夫詩選》（中文版），澳大利亞原鄉出版社，2012 年，第 255 頁。
〔註 132〕王強主編：《大騷動》，1993 年第 3 期，第 100 頁。
〔註 133〕朱自清：《論朗誦詩》，《朱自清全集》，南京：江蘇教育出版社，1996 年，第
　　　　202 頁。

後來抗日戰爭爆發，因思想宣傳和現實鬥爭的需要，朗誦成為其中最為有效的一種詩歌表達方式和宣傳手段。既往研究對詩歌朗誦的關注，也主要還是將其作為一種詩歌的有效傳播方式和途徑來進行探討的。魯迅曾在《摩羅詩力說》中這樣談道：

> 「如中國之詩，舜云言志；而後賢立說，乃云持人性情，三百之旨，無邪所蔽。夫既云言志，何持之云？強以無邪，即非人志。許自繇於鞭策羈縻之下，殆此事乎？然厥後文章，乃果輾轉不逾此界。」〔註 134〕

依魯迅所言，自古以來，詩歌就有治心和治聲的教化功效，然而，長期「治」的結果卻是整個「民族心志的枯槁和聲音的喑啞」〔註 135〕，獨立自我的個人之聲卻不曾再發出過。難怪魯迅會說：「則今之中國，其正一擾攘之世哉！……心聲也，內曜也，不可見也。」〔註 136〕「貴州詩人群」敏銳地感受到自己所處的時代，沉悶壓抑、單調乏味得令人恐懼，彷彿置身於「停屍房」〔註 137〕。值得注意的是，此時被稱為「停屍房」的時代並不是 1960 至 1970 年代，而恰恰是被稱為「文學的春天」的 1980 年代。特殊的時代語境與內心訴求，使得「貴州詩人群」的詩歌不再是案頭文本，只能供孤寂的心靈淺吟咀嚼。1986年，貴州詩人們猶如「精神的不死鳥」從「停屍房」裏衝出，一路北上再次直搗中心腹地。一批自稱為「星體詩人」的「貴州詩人群」成員們一路北上，先後在北京大學、北京師範大學、中國人民大學、中央工藝美術學院以及魯迅文學院等地進行詩歌朗誦，並發表演說。這是「貴州詩人群」詩歌觀念的一次行為實踐，「當代詩人是行動的詩人，當代詩歌是行動的藝術、行動的詩歌。詩歌不僅是一種形式，也是一種生命的行為方式，特別是以朗誦表現的行為方式」〔註 138〕。

〔註 134〕魯迅：《摩羅詩力說》，《魯迅全集》（第 1 卷），北京：人民文學出版社，1981年，第 68 頁。

〔註 135〕張閎：《聲音的詩學》，上海：上海書店，2016 年，第 197 頁。

〔註 136〕魯迅：《破惡聲論》，《魯迅全集》（第 8 卷），北京：人民文學出版社，1981年，第 76 頁。

〔註 137〕「停屍房」：是黃翔在環南巷寫作《「弱」的肖像》時，為一種死亡氣息籠罩，為他的小臥房兼寫作室的取名。「停屍房」三個墨寫的大字，就嚇人地貼在門上。

〔註 138〕轉引自錢理群：《誕生於「停屍房」的中國世紀末的最強音——日譯本〈黃翔的詩與詩想〉序》，稚夫選編：《詩歌蹤跡》（中文版），澳大利亞原鄉出版社，2012 年，第 182 頁。

於是，當周遭的世界裏謊言橫行、迷信猖獗之時，當「早請示」、「晚彙報」成為人們漸漸習慣的生活日常之時，一首極不和諧的交響詩在火炬的映照下緩緩響起：「為什麼一個人能駕馭千萬人的／為什麼一個人能支配普遍的生亡／為什麼我們要對偶像頂禮膜拜／被迷信囚禁我們活的意念、情愫和思想／難道說偶像能比詩和生活更美／難道說偶像能遮住真理和智慧的光輝／難道說偶像能窒息愛的渴望心的呼喚／難道說偶像就是宇宙和全部的生活」（黃翔《火炬之歌》）。據詩人後來回憶可知，這首《火神交響詩》正是詩人在極端壓抑狀態下反彈的衝動，「常常在偷偷的聚會中，在搖晃的燭光下，在青年朋友中間朗誦。每次，朋友們幾乎是帶著一種近乎恐怖的感覺屏住呼吸聽我朗誦。人們的提心弔膽不是沒有理由的，因為大街上時時傳來夜晚巡邏的摩托車聲，那些面目猙獰的人隨時都有可能破門而入。但是這樣的聚會和朗誦一次又一次仍然在暴力的槍口下進行。」〔註139〕事實上，當時「貴州詩人群」的重要詩作諸如《火炬之歌》都曾在「野鴨沙龍」上朗誦交流。早在1969年時，詩人黃翔就曾帶著他的《火炬之歌》闖入「野鴨沙龍」，出乎意料的是，「這隻『鴨子』（筆者注：詩人啞默）並沒有受到驚嚇，而是容忍我在他的『池塘』中包括在他身上掀起風暴。」〔註140〕關於黃翔的《火炬之歌》第一次在沙龍的朗讀情況，現在看來簡直是驚心動魄：

> 「我第一次朗誦《火炬之歌》的那天是夜晚。屋裏早已坐著許多人。我進來的時候，立即關了電燈。我『嗤』地一聲劃亮火柴，點亮我自己自製的一根粗大的蠟燭，插在房間中央的一根獨木衣柱頂端。當燭光在每個人的瞳孔裏飄閃的時候，我開始朗誦。屋子裏屏息無聲，只偶而一聲壓抑的咳嗽。等我終於朗誦完了之後，許久許久，也不知道過了多少時候，我這才發現整個房間還沒有從毛骨悚然的驚懼中回過神來，我這才聽到街上巡夜的摩托車聲。靜默幾分鐘後，突然有一個平常並不熱衷於詩的朋友神經質地『啊』的長叫一聲，他好像被人卡住了脖，窒息得已經再沒法忍受，或者好像抱起一團什麼東西憋足全力要從窗口摔出去。」〔註141〕

〔註139〕黃翔：《並非失敗者的自述》，見王強主編：《大騷動》，1993年第3期，第67頁。

〔註140〕黃翔：《總是寂寞》，臺北：桂冠圖書有限公司，2002年，第25頁。

〔註141〕黃翔：《總是寂寞》，臺北：桂冠圖書有限公司，2002年，第25頁。

　　為此啞默曾即興作詩一首，並將詩人黃翔稱為詩歌暴徒，「一個人的血墨，寫下人類渴望的永恆」〔註142〕。而黃翔的胞弟黃杰當時也情不自禁地吟誦著：「火炬百行詩朗誦完了，而眼淚卻還在流著」〔註143〕。啞默的朋友歐陽元華至今仍記得第一次到啞默鄉居的那個午後，啞默為她接風洗塵的方式頗為獨特，為她播放了鋼琴曲《秋日私語》，然後便將黃翔的詩歌朗誦的錄音放給她聽。當時歐陽元華與黃翔未曾謀面，儘管啞默播放的是磁帶錄音，但歐陽元華卻在一個渾厚、沙啞、熾烈的貴陽腔男中音裏感受到了一種生命的震顫：「在遠遠的天邊移動／在暗藍色的天幕上搖晃／是一支發光的隊伍／是靜靜流動的火河……／呵，火炬你用光明的手指／叩開了每間心靈的暗室／讓陌生的互相能夠瞭解／彼此疏遠的變得熟悉／……／人類在烈火中接受洗禮／地球在烈火中重新鑄造／火光中一箇舊的衰老的正在解體／一個新的流血的跳出襁褓……」（黃翔《火炬之歌》）。

　　「我一下震驚了，接著又屏著氣息，淚眼朦朧，像是死去一般，後又在火光中蘇醒、重生，完《火炬之歌》中黃翔的吶喊、咆哮，我已是大汗淋漓了……我有生以來還沒有這樣投入地過這樣深沉、雄偉、爆炸性的詩朗誦。黃翔是在用生命、用血和火朗誦自己的詩。」〔註144〕詩人的聲音之所以帶著可怕的、不息的震顫，皆源於詩人在大風大雨中沐浴著的不安的靈魂，這份不安不是膽怯、害怕，而是當愛恨充盈在血管中時所引發的熱血的沸騰和迫切。在這震顫的靈魂之音中，朗誦時發出的聲音已不僅僅只是一種詩歌表現的方式，更是詩人的個性意識和精神想像所產生的一種強力衝擊。有學者曾這樣評價：「他的詩歌其實就是時代曠野裏一隻『詩獸』發出的野性、孤獨、異質的吶喊，也是『革命鐵屋』中早醒者不遺餘力叫醒昏昏沉睡者的吶喊。在他的詩中，情感的狂暴夾雜在語言的冷峻中，悲劇性的預言蘊涵著思想的穿透力。這樣的詩句，也許只有經歷了痛苦的精神洗劫後，才會萌發。」〔註145〕

　　的確，朗誦之於「貴州詩人群」而言，是對生命知覺的喚醒與激活。不

〔註142〕黃翔：《末世啞默》，見《牆裏化石》，北京：中國致公出版社，1999年，第878頁。

〔註143〕黃翔：《總是寂寞》，臺北：桂冠圖書有限公司，2002年，第25頁。

〔註144〕歐陽元華：《塵埃落定現光華》，見啞默：《世紀的守靈人・文脈潛行》（卷九），四川大學劉福春中國新詩文獻館提供未刊稿，第299頁。

〔註145〕李潤霞：《從歷史深處走來的詩歌——論黃翔文革時期的地下詩歌創作》，〔日〕《BLUE》文學雜誌，2004年第2期。

管詩歌在現實中有多無力和卑微,「貴州詩人群」通過「朗誦」喚醒並激活乾枯已久的心靈對於詩歌、節奏、生命律動的知覺,並讓其詩歌創作成為一種向生命致敬的儀式〔註146〕。朗誦賦予了詩歌生命的激情,為詩歌注入了生命原力。「貴州詩人群」試圖通過詩歌朗誦努力「把詩從完全淹沒它的、僅僅只能閱讀的、供讀者以冥思或想像填充『跳躍的空間』的視覺藝術中解脫出來」〔註147〕,讓詩歌不再僅限於冥思苦想,不再只屬於案頭書齋,為愈加貧弱、愈加模糊且麻木的視覺社會平添繁亂的色彩,詩歌理應激活人類的耳朵,「交還給人類的全感覺、全生命!」〔註148〕詩歌創作者和欣賞者所要調動的不只是一雙眼睛,他們還應該激活「交通世界的雙耳和富於嗅覺呼吸的心靈」〔註149〕。詩歌應該是任何時代的大激動和大熱情的生命載體,它絕不是瞬間的「短促」和「跳躍」〔註150〕,因為熱情和激情不僅需要可以自由舒展的生命個體,同時還需要可以全方位表現和創造的詩性空間。「本色詩人的詩歌,天然地單純、清澈而又豐饒。它如水,溶解一切;如湖,鏡照一切;如海,融匯萬物。」〔註151〕在詩人看來,將精神的豐富性、多樣性和複雜性融為一體的詩歌理應被稱為「大詩」或「綜合的詩」,一如詩人筆下所描繪的聶魯達:「他張開嘴。水量豐富的大河從他的胸腔中奪路而出。他的濁重的喉音的波浪翻滾太平洋的歌聲,攪動整個世界寂靜的深潭。……轟擊陰影和沉悶。用強音灌注每一雙人類的耳朵。」〔註152〕

〔註146〕參見〔愛爾蘭〕謝默斯希尼(Seamus Heaney):《希尼三十年文選》,黃燦然譯,杭州:浙江文藝出版社,2018 年,第 16 頁。

〔註147〕王強主編:《大騷動》,1993 年第 3 期,第 100 頁。

〔註148〕王強主編:《大騷動》,1993 年第 3 期,第 100 頁。

〔註149〕張嘉諺:《本色詩人——黃翔》,《裸隱體與大動脈》,臺北:唐山出版社,2002 年,第 97~98 頁。

〔註150〕張嘉諺:《本色詩人——黃翔》,《裸隱體與大動脈》,臺北:唐山出版社,2002 年,第 97~98 頁。

〔註151〕張嘉諺:《本色詩人——黃翔》,《裸隱體與大動脈》,臺北:唐山出版社,2002 年,第 97~98 頁。

〔註152〕張嘉諺:《本色詩人——黃翔》,《裸隱體與大動脈》,臺北:唐山出版社,2002 年,第 98 頁。

第三章 「貴州詩人群」的精神追求

「貴州詩人群」在其詩歌創作及一系列文學活動中皆流露出濃厚的英雄情結，雖立足於邊緣地帶卻呈現出鮮明的中心意識和世界眼光，他們不斷通過其詩歌創作和文學行動突圍邊緣化的人生困境，採取去貴州化的別樣的詩歌抒寫，著力對民族歷史文化進行痛感的挖掘和文學呈現。更為重要的是，「貴州詩人群」在其自覺的詩學思考中提倡詩歌就是要抒寫「敞亮的生命」，實現「情感的革命」訴求，他們大力推崇文學尤其是詩歌對人的精神發現的重要價值，種種跡象皆指向「貴州詩人群」的啟蒙精神特質。為了更好地考察「貴州詩人群」的詩歌創作及精神追求，我們需回到當代中國文化與文學發展的脈動中去，在具體的歷史情態中探詢這一詩群特質的萌生、發展乃至成熟的印跡。

第一節　無名時代的英雄情結

一、我：英雄情懷的個人抒寫

對英雄主義的張揚曾一度是 1949 年之後中國文藝的主旋律，受革命話語不斷薰陶長成的一代人，不可避免地受到時代英雄精神潛移默化的影響，並在內心深處埋下英雄主義的種子，社會責任感及民族使命感自然成為其內在的驅動力。值得注意的是，上述英雄主義及時代精神形塑的多為集體式的英雄，是遠離個人真實的「神」一般的存在。在貧乏枯燥的時代，鮮活的個性思想沒有立足之地，那個時代風行著以「我們」的口吻豪言壯語地高唱「頌

歌」和「戰歌」。然而,「貴州詩人群」卻大聲吶喊出驚世駭俗的異質之音,他們要譜寫的是屬於「我」的個人英雄情懷。

　　「貴州詩人群」對自己的詩人身份和詩歌行為有著異常清醒的認識,那是憑藉「智慧的語言砌成詩人永久的墳墓」〔註1〕,詩人黃翔說這句話時疲倦且痛苦的表情、神經性顫慄著的雙手讓好友啞默始終難以忘懷。他們面對著那擺滿書架且早已爛熟於心的書,悵然地發現竟沒有一本是他們創作的。更確切地說,他們的作品被人為地排擠在了書架之外,儘管這一切早已在他們的意料之中,卻仍然敵不過那始終不滅的絲絲希望被現實的冰水一次次澆滅之後帶來的心驚和顫慄。當心情無可奈何地被暫時平復下來,胸腔中、口鼻中都還殘留著苦澀的味道,「老得眼睛都快褪色」的詩人再一次沉浸在對一小本軟面精裝書的遐想中:「如果我們的詩集,能裝成這種(十六)開本,還窄一點、長一點,配上淡淡的現代插畫……噢,走在街上,看見青年的大學生們人手一本……那才是!」〔註2〕身份被抹黑的詩人,「肩住了黑暗的閘門」〔註3〕,寫著「給未來的年輕的大學生們的」〔註4〕詩。詩人亦如一顆「彗星」,「你以熾烈的瞬息劃破無垠／在記憶的黑幕上／留下一道發光的軌跡」(啞默《彗星》)。

> 以最後的詩章奉獻於你的像前,
> 讓它永示著道別的傷痛哀念。
> 我將在茫茫的人世徘徊,
> 懷著浩劫後孤魂的悲哀。
> ……
> 直視著人間吃人的渾噩與兇狠,
> 我將用血和肉　陳鋪道途去前行。
> 承負著孤身奮鬥的使命
> 是對你的記憶

〔註1〕啞默:《「在智利海岬上」》,見《世紀的守靈人・見證》(卷三),四川大學劉福春中國新詩文獻館提供未刊稿,第39頁。

〔註2〕啞默:《「在智利海岬上」》,見《世紀的守靈人・見證》(卷三),四川大學劉福春中國新詩文獻館提供未刊稿第39頁。

〔註3〕魯迅:《墳・我們現在怎樣做父親》,《魯迅全集》(第1卷),北京:人民文學出版社,1981年,第140頁。

〔註4〕啞默:《「在智利海岬上」》,見《世紀的守靈人・見證》(卷三),四川大學劉福春中國新詩文獻館提供未刊稿,第39頁。

使我在黎明前一次又一次地被催醒。

——啞默《哀離》

詩人的「傷痛」是那個特殊時代的年輕人共同擁有的人生創傷體驗，裏面如「幽靈」般存在的「我」「在人世徘徊」，滿懷著人類浩劫之後深沉的悲哀，卻仍然「直視著人間吃人的渾噩與兇狠」，詩人對現實及人性的詮釋不可謂不尖銳和深刻。然而，詩人並沒有僅僅停留在對人生傷痛的揭示層面，他清醒地意識到作為詩人的人生早已遠離風花雪月的浪漫書寫，未來要面臨的是「用血和肉陳鋪」的道途，是滿含血淚孤身奮鬥的圖景，這種對現實人生的構想和選擇昭示著自覺承擔苦痛的個人英雄精神。

「我不是我的母親的兒子，／但我的母親孕育了我……／／我的母親很古老，很醜惡，／她被世界強姦了，／於是——／生下了我。／／我深情地愛這個／母親——古老而醜惡；／我痛疾也恨這個／母親——古老而醜惡……」（啞默《兒子和母親》）詩中的「母親」是詩人深愛著的孕育了「我」的「民族」，歷史因襲的負重和時代語境的逼迫使得民族「母親」在歷史的座標軸中被定格為「古老而醜惡」的形象。然而，她卻「孕育了我」，面對這個讓我「深情地愛」同時「痛疾也恨」的母親，「我」的情感是矛盾且掙扎的，一段不願承認卻又無法割捨的關係交織著最深的愛與最痛的恨，頗有魯迅「哀其不幸，怒其不爭」情感特質，從本質上而言，他們的情感同源於一種對於自己的「民族」最深切的愛，愛得深沉才會恨的痛切，這既是啞默基於現實人生所產生的對於民族母親的個人情感，同時又代表了當時相當一部分知識者的民族情感。

在民族情感史詩《飄散的土地》中，「孤寂的沙漠呼嘯／和大海一起喧鬧／我被甩出軌道／在天穹的束縛裏／找不到歸宿／荒灘收揀了我的人生／勉強地拼湊每一塊理智／情感在縫際中出土／從我的頭頂／轉向大地／鋪滿時間和一叢叢苦蒿／死去的思想散發寒光／壓著額頭／視力變得突凸」，詩中的「我」被無情地拋棄在荒灘上，成了「石頭的私生子」，在無愛的世界中痛苦掙扎，「石縫長長地、深深地裂張／告訴我／失落的聲音和一個個黑夢／我是石頭的私生子／鑲進苦難的進化史／喊聲，汗滴和血跡／構成一片片嶙峋／高高地爬過頭頂／爬向天空、爬滿記憶的每一個角落」（啞默《飄散的土地》）。「我」被定格在歷史的荒野中，「鑄下骨架／和神聖的史詩」，「我在每一陣寒潮裏縮瑟／蜷曲在歷史的荒野上／哀傷，浸透孤寂的日子／血液硬化／難看

的形象／埋在深深的白雪下／幽深、古遠、迷茫……嚎叫遺傳給石頭／遺傳給冷清的黎明／大地思索著在等待／我默默地回到焦黑中」（啞默《飄散的土地》）。然而，「我」立足於孤寂荒涼的天地間卻仍不屈不撓地譜寫著自己內心的英雄篇章，「斷裂的意志把遺恨／刻在額頭的崢嶸上／召喚著陽光、星光、目光」，同時又不忘時刻警惕著歷史的傷痛，「即便童年在歡笑，該有金子般的回憶／荊棘，鮮明、透紅／頭蓋骨，罩著一個空虛的夢」，「在濛濛的沙霧中走著」的「我」，「仿若一支遊動的古歌」，又好似「星月被埋下」的「陶俑」，擁有「幾千年不變的面孔」歷經「歲月黴鏽」。無懼無畏的英雄，裹挾著一股發人深省的氣勢迎面撲來，「請給我一張活人的臉／痛苦或歡笑中一個寶貴的瞬間／我將從渾濁和漩渦中升起／向藍天祝禱／枯草呼喊和哭叫，沒入荒寂／我聽見大地顫慄的、疲乏的聲音／從歷史的每一個角落傳來」（啞默《飄散的土地》），最後，「我」幻化成「詩裏的每一行字」，只有「時間的河流灌溉」我的心靈。儘管如此，詩人仍在英雄主義情懷的內在驅動下，深情熱切地呼喚著民族的新生，召喚著「曾苦死於黑暗」卻「將優生於黎明的母親」。個人的英雄史詩既有立足蒼茫天地間的昂揚鬥志，雄渾悲壯的英雄氣慨，同時還有屬於血肉之軀心靈的對未來的猶疑以及不確定。於是，詩人在《黎明的晨光啊，你何時到來？》中詢問「漫長的黑夜啊／你可有盡頭？／黎明的晨光啊／你何時到來」。同時詩人還在《紅帆》中表達了自己對未來的不可把捉：「我們的船會不會被水浪掀翻，／花瓣／會不會被風吹散」。詩人情緒中這種猶疑以及不確定的真實存在，不但無損於「我」的英雄形象，反而彰顯出鮮活生命的真誠，是英雄的更是個人的。

魯迅曾說，「中國一向就少有失敗的英雄，少有韌性的反抗，少有敢單身鏖戰的武人」〔註5〕，因為這樣的英雄首先必須是「不恥最後」的。然而，個人式的英雄注定是失敗的悲劇結局，是跋涉在人類荒野的一個個「苦行者」：

> 我負著沉重的背囊，跋涉在當代人類的荒野。
> 「你背的是什麼？行者。」異域的人問我。
> 「一個國家、一個民族、一個時代，一部歷史和無數顆心靈。」
> 我艱難地走著，在我足跡走過的地方，留下一條小徑的雛型。
>
> ——啞默《苦行者·苦役》

〔註5〕魯迅：《華蓋集·這個與那個》，《魯迅全集》（第3卷），北京：人民文學出版社，1981年，第145頁。

不僅如此,詩人啞默還在《最後的歌》中寫出了「詩人的墓誌銘:／『他把自己完全獻給世界,／並為人類真誠地歌唱過』」。無論是無畏無懼、鬥志昂揚,還是淺吟低徊、猶疑不定,這種英雄史詩中的「我」都足以讓所有苟活者失去生命和歷史的重量。

二、火:英雄精神的詩性表達

> 人們輕聲慰藉著
> 埋藏在冬日灰爐下的
> 這顆暗火似的心,
> 它正在燃燒、歌唱。

——圖蘭之歌〔註6〕

暗夜裏的人們,熱切地期盼著光明的出現,他們呼喚著火神的降臨。於是,心懷火光的詩人在暗夜裏舉起了火把,「從宇宙的黑暗的深處／從那些迷失了的無盡的年代的後面／從那些萬古悠悠的無窮的時間的盡頭／你揭開太空久久不肯揭去的黑色的披紗」(黃翔《火炬之歌》)。

「火」是人類社會極為原始的一種現象,古希臘哲人恩培多克勒「曾把火想像為從眼睛薄膜上細孔穿過的火,火與外面的火交流,流射到眼睛,產生面對世界的視覺」。〔註7〕詩歌中的「火」、「火把」、「火炬」乃至「火神」都是光明的使者,日常生活經驗讓我們相信,火光所到之處,暗夜會被照亮。因此,火的存在不僅象徵著光的傳播和擴散,更象徵著對暗夜與蒙昧的驅散。在《論火和火的幾種主要效應》一文中雷尼耶曾說:「火是一種使一切富有活力的元素,一切全虧火才得以存在;火是生與死的原則,火通過自身在行動,火自身包含著行動的力。」〔註8〕「火」在《火炬之歌》中帶有濃烈的隱喻色彩,它既是一種實體的存在,同時又是某種虛化之物的象徵,「火呈擴散型可能變得迅猛起來;呈集中型可能變得深刻而持久」〔註9〕,詩歌中「火」的擴

〔註6〕 轉引自〔法〕加斯東・巴什拉(Gaston Bachelard):《火的精神分析》,杜小真、顧嘉琛譯,鄭州:河南大學出版社,2016年,第9頁。

〔註7〕 〔法〕加斯東・巴什拉(Gaston Bachelard):《火的精神分析》,杜小真、顧嘉琛譯,鄭州:河南大學出版社,2016年,第3~4頁。

〔註8〕 轉引自〔法〕加斯東・巴什拉(Gaston Bachelard):《火的精神分析》,杜小真、顧嘉琛譯,鄭州:河南大學出版社,2016年,第86頁。

〔註9〕 〔法〕加斯東・巴什拉(Gaston Bachelard):《火的精神分析》,杜小真、顧嘉琛譯,鄭州:河南大學出版社,2016年,第75頁。

散傳播預示著對某種精神理念的召喚，一如「貴州詩人群」《啟蒙》的火炬在1978 年的北京點燃一樣，照亮了暗夜也感染了同時代人對光明的追尋。在此意義上，誕生於 1960 年代的《火炬之歌》可謂是那個時代的「光的讚歌」，而詩人則理所當然成為那個時代的早醒者，一如詩人高準所評價的「60 年代大陸新詩的壓卷之作」〔註 10〕。詩人邵燕祥也曾贊許道：

> 「這首詩不但置於 60 年代『文革』時期是不可多得的好詩，即以今天公認的尺度來衡量，也仍然是一首閃耀著激情、理性和藝術光芒的好詩。這是艾青《火把》和他一系列歌唱太陽與光明的詩在幾十年後的回聲……」〔註 11〕。

火光的到來，讓一切虛偽的、欺瞞的無處可逃，「人們從一接觸火時就不但懷有對火的本能的熱愛，還有對火本能的敬畏」〔註 12〕，而「皇帝的新裝」則毫無保留地暴露在世人眼前。「千萬支火炬的隊伍流動著／像倒翻的熔爐　像燃燒的海／火光照亮了一個龐然大物／那是主宰的主宰　帝王的帝王／那是一座偶像　權力的象徵／一切災難的結果和原因」〔註 13〕。詩人不遺餘力地對偶像崇拜、革命神話等現代迷信進行揭露、拆穿，正如悉尼・胡克（Sidney Hook）所言：「偶像作為仁慈的上帝被人稱頌，但是，所有殘忍的罪行都是以他的名義犯下的。」〔註 14〕在特殊的時代語境下，個人崇拜泛濫成災，對偶像的迷戀幾乎變成了一種宗教般的信仰，偶像人物不斷地被神聖化，成為壓抑個人主體性的神化對象物。狂熱的迷信取代了理性的崇敬和信仰，最終演變成一種不容辯駁的規則。在為偶像歡呼吶喊的聲浪中，在隨處可見的「標語」裏，詩人敏銳地發現了偶像的「仁慈」背後所隱匿的「殘酷」。詩人冒險追尋火的光芒，而當火光照亮黑夜時，火的光明不

〔註 10〕 高準在《中國大陸新詩評析（1916～1979）》一書中把黃翔寫於 1969 年的《火炬之歌》等兩首作品置於 60 年代部分，並作出概括評價，臺北文史哲出版社，1988 年，第 527 頁。

〔註 11〕 邵燕祥：《〈中國大陸新詩評析〉讀後》，載《文藝報》1989 年 2 月 25 日。邵文稱黃翔為「大陸無名詩人、貴陽市工人」，還說「關於黃翔的詩，應該由詩評家們研究，寫出專文，這裡只是聯想所及，提請讀者注意。」

〔註 12〕 〔法〕加斯東・巴什拉（Gaston Bachelard）：《火的精神分析》，杜小真、顧嘉琛譯，鄭州：河南大學出版社，2016 年，第 3～4 頁。

〔註 13〕 黃翔：《火炬之歌》，見《狂飲不醉的獸形》，紐約：天下華人出版社，1998 年，第 10 頁。

〔註 14〕 〔美〕悉尼・胡克（Hook, S.）：《理性、社會神話和民主》，金克、徐崇溫譯，上海：上海人民出版社，2006 年，第 49 頁。

再是「具體的、物質的光明」，而是「從物質出發迸發出來的精神光輝」〔註15〕，恰如普羅米修斯情結所昭示的，「衝破火的禁忌，把火看作熱情的理性召喚」〔註16〕。

　　在火光的理性召喚下，詩人揭開了偶像的神秘面紗：「為什麼一個人能駕馭千萬人的意志／為什麼一個人能支配普遍的生亡／／為什麼我們要對偶像頂禮膜拜／被迷信　囚禁我們活的意念、情愫和思想／／難道說，偶像能比詩和生活更美／難道說　偶像能遮住真理和智慧的光輝／難道說，偶像能窒息愛的渴望、心的呼喚／難道說，偶像就是宇宙和全部的生活……」（黃翔《火炬之歌》）。在當時一片含蓄晦暗的文學表達中，這樣的質疑、籲請和呼喊可謂是個例外，正如有學者所指出，「貴州詩人群」的這些詩歌「以氣壯山河之勢，黃鐘大呂之聲」〔註17〕，喊出了「啟蒙」的最強音，不僅早於「朦朧詩」以及傷痕文學道出的關於「人」的主題，而且絕沒有扭捏、羞澀甚至遮掩之態〔註18〕。磅礴的氣勢、直白的語言以及沉重的質疑背後是被壓抑已久的炎熱濃烈的情感湧動，句式相同的鋪陳在不斷強化情緒的同時，更能引起讀者和聽者強烈的情感共鳴，整首詩歌遵循的是詩人的情緒節奏，沒有固定的韻律和格式的束縛。詩人發出了個人的疑問，卻道出了那一代青年對荒謬現實的不滿和詰難，沒有唯唯諾諾的頌揚稱讚，沒有泯滅自我的點頭哈腰，也沒有曖昧不明的莫衷一是，這是屬於思想覺醒者的精神抗爭，是一個獨立的個體毫不屈服的質疑姿態。此時的詩人正如暗夜裏的舉火者，點燃了自己，也照亮了周圍的一切。古希臘哲人恩培多克勒的精神情結將對火的熱愛與尊重及生與死的本能緊密結合，當人面對火時，會幻想、會激動，於是，火的召喚成為詩歌永恆的主題，它讓詩人得以在無意識狀態下產生無盡的遐想。與此同時，火引發人類的精神震撼，並極大地強化了人類由火而產生的憧憬和遐想。詩人化身為「一個教堂的焚燒者，一座焚燒的教堂，驚嚇和激怒了所有的教徒。」〔註19〕此時的火把彷彿是人性最高的審判官，是「宇宙法的化

〔註15〕〔法〕加斯東·巴什拉（Gaston Bachelard）：《火的精神分析》，杜小真、顧嘉琛譯，鄭州：河南大學出版社，2016年，第3～4頁。
〔註16〕〔法〕加斯東·巴什拉（Gaston Bachelard）：《火的精神分析》，杜小真、顧嘉琛譯，鄭州：河南大學出版社，2016年，第3～4頁。
〔註17〕黃翔：《火炬之歌》，見《狂飲不醉的獸形》，紐約：天下華人出版社，1998年，第10頁。
〔註18〕參見張清華：《從啟蒙主義到存在主義》，《中國社會科學》，1997年第6期。
〔註19〕黃翔：《並非失敗者的自述》，載《大騷動》，1993年第3期。

身」〔註20〕，嚴肅公正地審判著被顛倒的一切：「昔日的偶像被你綁縛在你的火刑柱上／萬古的迷誤和錯覺中激起懷疑的聲浪／太空響徹著你威震廣宇的莊嚴的判詞／把所有被顛倒的一切重新顛倒」（黃翔《火炬之歌》）。此時的詩不再只是詩，詩人也不僅僅只是詩人，詩人彷彿化身為火神，如暗夜裏突然降臨的普羅米修斯，試圖讓一場熊熊燃燒的漫天的火光拯救蒙昧的人類世界。火神的到來，震撼人間的正是一場關於人性的公正審判，要摧毀的正是人工搭建起來的狂熱的現代迷信宮殿，為人們「披露一個光明的境界，一種理想的人類社會」〔註21〕，而詩人的武器正是以詩為名的火炬。

既往研究已充分關注《火炬之歌》中「火」的意象，認為「火」作為光明的使者，能驅除黑暗，帶來光明，因而將詩人及其詩歌稱為「黑暗中的第一縷火光」。〔註22〕「啊火炬，你伸出了一千隻發光的手／張大了一萬條發光的喉嚨／啊火炬，你用光明的手指／叩開了每間心靈的暗室」（黃翔《火炬之歌》）。事實上，詩人的理想遠遠不止對光明的渴求。在詩人看來，以火的破壞力讓現代偶像的神龕坍塌為一片廢墟只是實現了「破」的目標，更為重要的是，在一片廢墟中如何打掃信仰的斷壁殘垣才是「立」的關鍵所在。當我們對的火的精神認識俞深，就會發現火不僅代表了光明，更象徵著熱的出現。這裡的「熱」並不是指通常情況下人體可感的生理性的熱，而是一種身心「內在的熱的意識」，「這種意識是優於關於光的完全的視覺的科學。」〔註23〕顯然，詩人並不滿足於光在事物表面所給予的閃耀和明亮，而是希望有熱能的滲透，深入人們的內在意識，甚至是深入人們的靈魂深處，將麻木的心溫暖成炙熱的心靈和赤誠的愛意，由此爆發出無與倫比的精神創造力。正如詩人所言：「無論周圍的人怎樣說謊，我必須說自己想說的真話；無論政治怎樣強姦藝術，我必須保衛自己的社會理想，保衛詩歌的純潔。」〔註24〕的確，火在點燃愛恨的同時，人也就經歷了一次鳳凰涅槃般的脫胎換骨，污濁燃盡，重獲新生，因而，「火昇華的

〔註20〕 李潤霞：《從歷史深處走來的詩歌——論黃翔文革時期的地下詩歌創作》，〔日〕《BLUE》文學雜誌，2004 年第 2 期。

〔註21〕 黃翔：《並非失敗者的自述》，載《大騷動》，1993 年第 3 期。

〔註22〕 持這類觀點的有：張清華：《中國當代先鋒文學思潮論》，南京：江蘇文藝出版社，1997 年版，第 38 頁。李潤霞：《從歷史深處走來的詩歌——論黃翔文革時期的地下詩歌創作》，〔日〕《BLUE》文學雜誌，2004 年第 2 期。

〔註23〕 〔法〕加斯東・巴什拉（Gaston Bachelard）：《火的精神分析》，杜小真、顧嘉琛譯，鄭州：河南大學出版社，2016 年，第 4 頁。

〔註24〕 黃翔：《並非失敗者的自述》，載《大騷動》第 3 期，1993 年 7 月，北京。

最高點就是純潔化」〔註25〕。經歷了火的純化，人類的情感才能恢復高尚，同樣，只有經過火淬煉的愛情才能找到純真的感覺，人類之愛才能得以昇華。於是，詩人呼籲：「讓人恢復人的尊嚴吧／讓生活重新成為生活吧」〔註26〕。詩人試圖在喚醒昏睡的人群時，召喚著個人的知覺和尊嚴，期盼著獨立的個人主體的復歸，恢復人的感知力、判斷力以及自由意志的存在。「那些被人騙取信賴的／因了你而收回自己的信賴／那些長久失去表露的希望的／因了你而開始勇敢地表露……把真理的洪鐘撞響吧／——火炬說／／把科學的明燈點亮吧／——火炬說／／把人的面目還給人吧／——火炬說／／把暴力和集權交給死亡吧／——火炬說」（黃翔《火炬之歌》）。可貴的是，詩歌滿溢出「五四」傳統中久違的撕裂黑暗的豪氣，為個人和真理獻身的勇氣和膽識，詩人一破一立的詩思中表現出強烈的批判色彩。《火炬之歌》所抵達的思想高度，恰恰接續了「五四」的精神傳統，借由對「科學」與「民主」旗幟的高揚，讓曾經被神化的人和被踐踏的人恢復到正常的人的狀態。

火不僅是光明的使者，其熊熊燃燒的形象更象徵了旺盛的生命力。在詩人的眼裏，火的形象佔據著非常重要和獨特的精神位置，它擁有的是一種被嚮往、被迷戀的形而上的意味，無論是火帶來的光明、熱度還是火的純潔化，都是生命重生的象徵，而這種被純化的生命力擁有強硬的、堅韌的、不屈不撓的反抗力和正義性，新生的力量孕育其中，那是詩人對新生的社會氣象的期盼：「火光中／一箇舊的衰老的正在解體／一個新的啼哭的跳出襁褓」〔註27〕，這是詩人對「去舊迎新」的新氣象的憧憬，然而，即使是滿懷希望之時，詩人仍感歎道：「你將生於永生之中／你將死於不死之中」〔註28〕，詩人對火的精神的訴說，仍保持著一種關於新生在生與死中的悖論與張力的思考，唯有如此，才能出現「鳳凰涅槃」的新世界：「像日出一般新鮮和壯麗／世界在大風大雨中出浴」〔註29〕，激揚情感的字裏行間承載著詩人對新生變革的強

〔註25〕〔法〕加斯東・巴什拉（Gaston Bachelard）：《火的精神分析》，杜小真、顧嘉琛譯，鄭州：河南大學出版社，2016年，第4頁。

〔註26〕黃翔：《火炬之歌》，見《狂飲不醉的獸形》，紐約：天下華人出版社，1998年，第10頁。

〔註27〕黃翔：《火炬之歌》，見《狂飲不醉的獸形》，紐約：天下華人出版社，1998年，第10頁。

〔註28〕黃翔：《火炬之歌》，見《狂飲不醉的獸形》，紐約：天下華人出版社，1998年，第10頁。

〔註29〕黃翔：《火炬之歌》，見《狂飲不醉的獸形》，紐約：天下華人出版社，1998年，第10頁。

烈渴望，詩人質疑、叛逆以及批判的目的是為了告別陳舊的世界和腐朽的力量，召喚新生世界和生命激情的到來。因此，《火神交響曲》不僅以摧枯拉朽之勢宣告舊世界的衰亡，更以昂揚激越之情呼喚著新的生命力的誕生，彰顯了一個貧弱時代所稀缺的「力」的美學和詩情。

第二節　邊緣地帶的中心意識

通常的文學史敘述及文學研究認為，關於「民族」、「國家」、「革命」、「啟蒙」等宏大主題的思考和探討，乃是來自中心區域的作家責無旁貸的文學表達和理所當然的話語實踐。在筆者看來，這樣的創作思考和話語實踐便是來自中心區域作家關於文化與文學的中心意識。相比較而言，來自邊緣地帶的文學書寫者由於受到生存環境和文化語境的限制，似乎天然地與這樣的文化和文學中心意識無緣。然而，筆者發現「貴州詩人群」成員雖身處邊遠山區，目光所及卻從不受大山的阻礙，加上他們具有與「白洋淀詩群」成員不同的成長背景、人生經歷和痛感意識，他們通過對人生體驗及痛感的攝取，進行著與身處中心區域的詩人同樣層面的創作和思考。身處「邊緣」的他們在持續不斷的創作和思考中雖立足於「邊緣」卻放眼整個世界，他們有意無意地調整著自己審視歷史、觀察現實的視點，進而引發其「視野的伸縮變化」，實現了「中心」與「邊緣」在思想空間層面的倒置，最終他們以獨特的文學姿態打破「邊緣」總是被中心啟蒙的歷史魔咒。甚至到了 20 世紀 80 年代以後，文學去大敘事的傾向、對個人慾求及內在本能釋放的推崇都無法動搖他們始終堅持著的對社會轉型、歷史發展、人類命運的宏觀思考和「詩史性」的文學敘述。正是「貴州詩人群」的驚世駭俗的詩歌活動與不合時宜的文學主張，使得他們成為身處「邊緣」卻極具中心意識和世界眼光的求索者。儘管這一切仍然無法改變事實上的政治、經濟、文化、地理層面的「邊緣」狀態，然而，「走出去」的精神心態和「走不出去」的生存現實之間構成了相互角力的矛盾因素，從而形成其文化思想的內蘊生機和人文張力。社會身份的過度壓抑和逼迫，在這些獨立思考的靈魂深處催生出一種對於現實人生飽含質疑與批判的意識，而這樣的批判意識又促使詩人們在傷痛中走向覺醒，於是，苦難及其創傷遂成為詩人精神創造的養料。在不被官方認可的年代，他們仍堅持排除萬難以自辦的刊物作為自己的發言「陣地」，像煉獄中的野草與魯迅「地獄邊沿慘白色的小花」遙相呼應，氣若游絲卻延續了以魯迅為

代表的「五四」思想傳統和精神血脈。當面對時代、社會、邊緣帶來的人生困境時，他們選擇直面現實而沒有迴避和自欺欺人的姿態不能不讓人為之動容。

一、邊緣化的人生困境

由於歷史、地理、政治、經濟、文化等諸多方面的原因，平心而論，貴州文學或者說貴州作家想要走出去、進入中心腹地是相當艱難的。學界所公認的描寫邊地的鄉土文學，大多數情況下都是立足於中心立場和情感狀態中，以中心視角、中心語境為主體，而與中心具有時空距離的地域則被視為邊地，或者說，來自中心區域的人以及自認為處於中心的人，當他們面對邊地時，都或深或淺地帶有某種天然的、先驗的霸權意識和獵奇審視的眼光，那麼，邊地便理所當然地成為「被看」的對象。同理，「被看」的結果只能根據看者的眼光和標準來定，即便是「被看」的過程發生了誤讀、誤解的變形或扭曲，似乎「被看」的對象也沒有參與糾正被誤讀的可能。顯而易見，中心對邊地的情感意識流露主要表現為一種高屋建瓴的優越感。

對於身處西南一隅的「貴州詩人群」而言，其邊緣化的處境可從以下幾個層面來把握：

一是地理意義上的邊緣化。

二是文化生態層面的邊緣化。眾所周知，中原及東部地區一直以來都是中國政治、經濟和文化中心所在區域，相比之下，雖然西部地區的文化紛繁多樣、獨具個性，卻始終無法擁有與中原和東部地區文化相抗衡的整體實力和影響力，因而，在相當長的一段時期都無法擺脫文化邊緣的身份，這是邊緣地帶所必須正視的歷史和現實。儘管年輕活力是邊緣地帶的優勢，但隨之產生的弱勢便是歷史文化積澱的薄弱甚至匱乏。

三是 1960、1970 年代文學生態意義上的邊緣化體驗。1960、1970 年代「貴州詩人群」創作和思考的背景主要是以政治意識為主導的文學生態，其主要特徵即為生產生活、文學藝術皆政治化。主流文學憑藉政治的力量獲得前所未有的統攝力和表現力，當時的主流文學從藝術取向到人物形象再到敘事模式，均採取的是單一向度，從「三突出原則」〔註30〕對「高大全」、「偉光正」

〔註30〕上海京劇團《智取威虎山》劇組：《努力塑造無產階級英雄人物的光輝形象》，《紅旗》雜誌，1969 年第 11 期。

革命英雄形象的確立到革命現實主義與革命浪漫主義「兩結合」的創作方針，奠定了那個特殊時代詩歌藝術的本質特點，即「一種宏大的主旨敘事形態、誇張的修辭方式以及浪漫的烏托邦激情」〔註31〕，於是，「古典加民歌」式的工農兵詩歌遂成為當時新詩堅定不移的發展方向。「粗鄙、誇飾、驕橫和單一化」〔註32〕成為 1960 至 1970 年代新詩的主導美學傾向，這也就不可避免地排斥、否定具有不同聲音和色彩的文學存在。書寫個人心緒的詩歌就這樣被否定禁止：

> 「讓所有的魚離開水，／住到樹上，沐浴神聖陽光，／誰也不許可逃避，／偷偷在水下潛藏！／讓花兒都改變習性／要不，它們就不要開放，／是花朵必需一概紅色，／並散發藥味的芳香。／讓森林老老實實，／訂出計劃，統一步伐生長，／應該有標準尺度，／瘋長遲早要帶來災殃！／雷聲應響徹漫長冬夜，／讓有罪的靈魂懺悔、驚惶；／……不要讓彩虹高掛天邊，／誰同意白雲自由飄蕩？／這些都是魔鬼的誘惑，會引起有害的幻想。／傳令攻擊那廝閉上嘴巴，／亂啼者死，在黎明時光！／司晨從此由母雞負責，／她將奏響新時代的樂章。」〔註33〕

從對人的行為方式的規範到對其精神思維的主導，最後一步步深入人的日常生活，使這樣的命令成為深入人心的習慣性思維，目的在於統一顏色、統一步調。

四是「原罪」式身份帶來的邊緣困境。在 20 世紀 60 至 80 年代的詩人中，黃翔、啞默等貴州詩人的社會身份是極為特殊的，他們被社會視為有罪之人。歷史的車輪駛入 1960 年代，當時的貴陽「山雨欲來風滿樓」，整個城市陷入了全面的社會清理中，而出身的原罪效應仍在繼續。1963 年之於「貴州詩人群」成員而言，注定是不平靜的一年。創作了《獨唱》的黃翔再次因身份問題流落到貴州深山峻嶺中的一個茶場，此時的黃翔不斷錯過繼續求學的機會。事實上，在那個茶場中，聚集著諸如熊慶裳、蘇小乙、梁泰彬、朱炎等因出

〔註31〕孫基林：《隱秘的成長——新潮詩崛起前幾個必要的歷史節點》，《理論學刊》，2004 年第 12 期。

〔註32〕孫基林：《隱秘的成長——新潮詩崛起前幾個必要的歷史節點》，《理論學刊》，2004 年第 12 期。

〔註33〕錢玉林：《命令》，見《記憶之樹》，上海：上海遠東出版社，1998 年，第 38 ～39 頁。

身問題而被發配至此的飽讀詩書者〔註34〕，這些從各個地方流落到茶場的知識青年們只能經常聚在一起做著文學的美夢。同樣在 1963 年，早已從高中畢業的啞默因大資本家子弟的問題身份而不斷錯失考取大學的機會。1957 年啞默第一次錯過高考，1963 年他再次與高考無緣，在求學無望的情況下只能選擇自我放逐，後來在親戚朋友的幫助下得以到貴陽市郊區的野鴨塘小學謀得代課教師一職。還是 1963 年，年僅 17 歲、懷揣著音樂夢的路茫決定報考四川音樂專科學校小提琴專業，然而，家庭情況及父親的身份問題〔註35〕讓他繼續求學的生涯就此終止。從此以後，路茫的人生不斷地與身份問題糾纏在一起，將他捲入各種人生的漩渦中，路茫只能在緊張不安的時代環境裏與遭遇相似的朋友無可奈何地消磨青春，彷彿一直在尋覓著等待著什麼。

重提黃翔、啞默、路茫等詩人的創傷體驗，目的不在於展示其命運的多舛和傳奇以博人眼球，而是為了讓我們盡可能真切地體察到「貴州詩人群」成員在那個時代的情感邏輯、精神脈動與思想走向。對於「貴州詩人群」而言，儘管社會給予的各種幻象與自我真實的歷史境遇之間發生了嚴重的錯位並撕開巨大的裂縫，大多數人彷彿是無意識地選擇了忽略抑或沉默。然而，這樣的錯位和裂縫卻激活了黃翔等貴州詩人文學創作的基因，並以此作為抗爭精神壓抑的利器。黃翔、啞默、路茫因出身原罪遭遇「創傷」，而創傷的痛感給了他們直面現實、洞察真相的勇氣和能力，他們在詩歌創作中求真、祛魅，不斷開掘人生創傷的疼痛，而這種痛感又不斷地強化著他們作為知識分子對歷史現實的敏感和警惕。曾經傾心閱讀的書籍和被書籍滋養的內心就快要被殘酷的現實蒙上浮塵與偏見，他們選擇不再沉默，開始在詩歌的寫作和思考中堅持不懈地擦拭著塵灰，哪怕剛擦拭掉又被覆上，但至少這擦拭的動作和姿態讓他們從未遠離自己的初心。黑格爾曾斷言：「詩的出發點就是詩人的內心和靈魂。」〔註36〕黃翔、啞默等貴州詩人們開始在詩歌中揭示真相、尋覓美善、叩問心靈。或許，在很多人看來，他們對自我意識的堅守、對痛感的持續開掘都是在自尋煩惱，而恰恰是他們的自尋煩惱，讓他們成為真正

〔註34〕黃翔：《回顧和思考》，原載於〔美國〕《世界週刊》，1998 年 2 月 8 日～14 日，轉引自啞默：《世紀的守靈人‧文脈潛行》（卷九），四川大學劉福春中國新詩文獻館提供未刊稿，第 8～10 頁。

〔註35〕路茫的父親周念夫曾做過商人和國民黨軍官。

〔註36〕〔德〕黑格爾（Georg Wilhelm Friedrich Hegel）：《美學》（第 3 卷）下冊，朱光潛譯，北京：商務印書館，1997 年，第 191～192 頁。

獨立的精神創造者。正如魯迅曾說的：「穿掘著靈魂的深處，使人受了精神底苦刑而得到創傷，又即從這得傷和養傷和癒合中，得到苦的滌除，而上了蘇生的路。」〔註37〕

　　特殊語境下的出身原罪，對人的階級身份的否定始終像鬼魅一般如影隨形，並最終成為踐踏他人尊嚴、剝奪他人權利、操控他人命運的手段。黃翔、啞默等詩人自童年起所經歷的創傷根本還來不及癒合，傷口便又在逃無可逃的逼仄境遇中不斷發炎、潰爛、化膿、結痂，詩人只能咀嚼苦痛、攝取痛感、反芻人生，覺醒、衝動的詩從詩人心中噴湧而出。這樣的生存困境使得他們能較早地認清現實、發現自我，探尋到極具個人性的詩性表達。

二、「去貴州化」的別樣抒寫

　　對於「貴州詩人群」這樣被冠以地域名稱的創作群體，學界通常更關注的是其詩歌創作的地域特色。事實上，每一個具體時空下產生的文學現象，必然與該地域的社會文化、人情風俗有著千絲萬縷的關聯。然而，地域文化對作家群體的影響並不意味著作家就一定會將具有地域特色的社會情態和人文景觀納入自己的創作視野。通過對相關史料的考察可知，「貴州詩人群」屬於上述一類的創作群體。所謂「去貴州化」，指的是「貴州詩人群」在詩歌的題材內容、創作視角等方面有意無意地避開了具有貴州特色的抒寫。考察其創作中蘊含的「去貴州化」的文學策略，將使我們更為有效地把握「貴州詩人群」的創作思想和精神脈絡。

　　據相關資料表明，1949 年新中國成立後的貴州帶給世人的印象基本可概括為：「一棵樹、一壺酒、一幢樓」，即黃果樹大瀑布、茅臺酒和紅軍長征時的遵義會議會址。當然，這些自然環境和人文景觀遠不能囊括貴州地域文化特色的全貌，但卻不可避免地成為文學創作者所青睞的題材，似乎唯有與之產生關聯才能彰顯出自身創作的貴州特色。換言之，將貴州的自然風光、人文風俗及文化景觀作為詩歌創作的題材內容的抒寫，事實上是延續了「五四」之後由蹇先艾等貴州作家所開創的貴州鄉土文學創作一脈。1949 年之後的貴州詩壇，活躍著的是諸如張克、廖公弦、石永言、廖濤聲、梅翁、張子原、羅紹書、葉笛等詩人，他們紛紛將自己面對新生活時的興奮之情訴諸於

〔註37〕魯迅：《集外集·〈窮人〉小引》，《魯迅全集》（第 7 卷），北京：人民文學出版社，1981 年，第 105 頁。

詩歌中，或描繪貴州農村的新人新事，或記錄城鎮生活的新風新貌，或歌頌工農兵生活的嶄新氣象，或吟詠遵義、婁山關等地的革命事蹟，這樣的詩歌書寫一直持續到了 1960 年代。1960 年代，貴州詩人在彈奏頌歌和讚歌的琴弦之外，更加鍾情於對地域風情、自然風光和人文景觀的挖掘與描繪，如詩人廖公弦的《山中月》、《望煙雨》、《深山笛聲》，通過對大山深處田園牧歌情調的書寫，呈現出貴州山民熱誠、質樸、靜默的性格品質；張克的《黃果樹觀瀑》、《貴州鄉情》、《腳踏貴州道》、《貴州的山》、《飲馬烏江河》，將濃鬱的鄉土風情、質樸清新的地域風景畫與詩人的革命情懷相結合，表達了詩人所崇尚的革命志向；廖濤聲的《苗嶺春曉》、《侗村短笛》等詩歌則以侗族鄉親的行歌、坐夜和勞動生活為主要表現內容；寒星的組詩《笑浪凝成的苗嶺》、《馬郎坡上》等繪聲繪色地描摹了苗家的農耕及生動的婚戀生活。諸如此類的詩歌還有《桐花魂》《田間午睡》（杜若）、《烏江圍堰》（陳佩芸）、《踏月》（沈耕）、《剪花》（羅紹書）、《河邊月色》（石永言）、《苗家寨》（張顯華）、《江上》（喬大學）等都充滿了濃鬱的貴州鄉土氣息。

值得注意的是，上述提及的貴州地域文化風情和自然人文景觀卻並未能引起「貴州詩人群」成員的悉心關注。在「貴州詩人群」的詩歌中，涉及到貴州地域景觀的作品寥寥無幾，諸如黃翔的《獨唱》、《人體瀑布》和啞默的《瀑布》，與其說他們對於「瀑布」的描繪是取材於貴州的自然景觀，還不如說是詩人心中對全人類共有景觀的提煉，是詩人自我構建出來的人文景觀。將「貴州詩人群」關於「瀑布」的抒寫與貴州其他詩人筆下的「瀑布」進行對比，便不難發現，「貴州詩人群」對「瀑布」的獨特闡釋使得他們脫離了同時期貴州詩壇的頌歌、讚歌和鄉土詩歌的行列，表現出一種去貴州化的抒寫策略。

1978 年 9 月，啞默等人收到詩人艾青給他們的回信，艾青在信中談到：

> 「你們都是長期從事文學創作活動的，已經具備了很好的藝術修養。我很希望你們反映當地的風土人情，這對外省人很有必要……」〔註38〕。

艾青此處的建議可謂是詩壇前輩對後生的一種充滿善意的期待，同時也道出

〔註38〕1978 年 9 月艾青致信啞默與黃翔，見啞默：《世紀的守靈人‧文脈潛行》（卷九），四川大學劉福春中國新詩文獻館提供未刊稿，第 23 頁。

了這樣一個事實，即描寫貴州的山水風光及風土人情對於貴州詩人而言是極容易出彩的創作路徑，前述詩人鍾華、張克、廖公弦等詩人的創作便是最好的證明。然而，「貴州詩人群」成員卻放棄了這條極其安全且容易的創作之路，是無意為之還是有著自己獨特的創作規劃呢？就在啞默等人收到艾青來信後不久，黃翔寫下了關於「茅臺酒」、「黃果樹」和「黔靈山」的幾篇散文〔註39〕寄給了艾青，可以說，這些不過是貴州詩人對艾青的善意回覆，事實上，他們有著獨屬於個人的文學思考和創作理想。在「貴州詩人群」成員看來，黃果樹瀑布氣勢恢宏，然而，置身於雲貴高原的延綿群山中，瀑布雷聲隆隆卻仍然被高山峻嶺所阻隔。於是，詩人黃翔的《獨唱》中便有這樣一句描寫：「我是瀑布的孤魂／一首永久離群索居的／詩」。在那個時代連綿不絕的戰歌和頌歌中，詩人感受到的是前所未有的孤獨和寂寞，內心的歌聲好似被群山所阻隔的黃果樹瀑布，激情澎湃卻被封閉於深山中。正如詩人曾祖露的，「瀑佈在荒蠻中可天然呼嘯，而我及我的不敢坦露人前的心音，唯有在人群中自生自滅。」〔註40〕後來，黃翔曾創作一首《人體瀑布》：「頃刻／我有一種感覺／其實／我是在無瀑布中看瀑布／無瀑布聲中聽瀑聲／我置身在無聲的瀑布聲中／瀑布就在我的腳下／在我的頭頂／在我的左側／在我的右旁／瀑布從上下左右、四面八方面對我／我柱立瀑布／渾身有一種潤濕的感覺／原來瀑聲來自體內／生命霎時漲水／一掛人體飛瀑／懸垂虛無的背景上／什麼也引不起我的激動／我自身就瀑瀉激動」。顯然，在那個看似眾聲喧嘩實則同聲同調的「合唱」時代，詩人希望自己成為一個鮮活的「人體瀑布」，於眾聲喧嘩之外縱情地「獨唱」。〔註41〕

　　再來看啞默於 1977 年寫下的「瀑布」：「……平靜而迂緩地／開始了自己的行進……／你帶著／大地的內能，／植物的豔彩，／夜晚的星光月影，／自身虔誠的祈望，／或難於解脫的苦悶，……／一直向未知的遠途流去……／你何嘗意識到／那恒久的生存，／傳世不朽的盛名？／但你這尋常的水流啊，／卻在猛然間／以生命的落差／出示瞬息的偉大！／啊，瀑布，／你把曠日長久的憂鬱／在剎那間傾注，／如積電的陰雲／猛烈撞燃生命的火星！／你在峭壁

〔註39〕由於筆者目前未能獲得關於這幾篇散文的詳細資料，只能在此一筆帶過。

〔註40〕轉引自韓慶成：《黃翔：先行者與一個並未走遠的時代》，《詩歌週刊》，2014年 4 月 5 日。

〔註41〕韓慶成：《黃翔：先行者與一個並未走遠的時代》，《詩歌週刊》，2014 年 4 月 5 日。

陡崖間／驚湍急奔，／用迴旋的雷霆／伴奏無拘的腳步！／你是否因負著太多的苦痛，／才這樣狂暴地／捶打著大地的心胸！／啊，瀑布，／你從懸崖萬仞／用自己豐沛的精力，／擂出轟鳴的巨響，／連微小的塵埃，水珠，／都激昂得高天飛揚！／這深寂的山谷啊，／因你奔踏急過，／把你的呼喚／傳給昂首千年的巨嶺，／震撼那堅厚的地層！／……／啊，瀑布，／請讓我與你／同唱著自由的歌，／奔出深窄的壑谷，／去探尋明天的路……」（啞默《瀑布》）。瀑布聲勢大，氣勢足，它的聲音和造型皆源於自然界的運動本身，是一種生命本真狀態的呈現。沒有世俗的噱頭和花梢的姿態，看似躁動、喧囂的瀑布內含一種「超越嘰喳／聒噪的純潔的靜穆和單一的原色」，不同於自我標榜的咋咋呼呼的追隨者。在異常壓抑的時代，「貴州詩人群」成員因其決不妥協的姿態和骨氣而被埋沒，這恰恰證明了他們的特立獨行，其可貴之處就在於，他們並沒有掛著一張深思冷酷的臉並做出對某種趣味的迎合。在平庸「不作惡」的時代堅持求真，在刺耳的時代共鳴中堅持「獨唱」，哪怕是那暗啞在喉頭的歌，只剩下吞吐的氣息也足夠令人震顫，他們的堅守為後來者留下了令人刮目相看的詩篇。

　　不知不覺中，邊緣的「被看者」已不再甘於「被看」的境遇，他們帶著來自邊緣真實可感的獨特領悟和體驗，以及來自邊緣的真切的心理感受，試圖步入「看者」的行列，呈現出「我看」的人文姿態和精神景觀。「誰在看」、「看什麼」以及「怎麼看」不僅僅只是「看」的問題，事實上，「看」的一系列問題在根本上涉及的是「說」的問題，「看者」的立場和姿態的轉換本質上是「說者」的悄然轉變，是言說主體的變換，更是文化權利主動性的轉移。換言之，「看者」與「說者」的系列問題不在於誰「看」的效果更好，誰「說」得更動聽，關鍵還在於「誰」掌握了「看」與「說」的主動權。「貴州詩人群」根植於貴州文化的詩性衝動，實際上是根植於貴州地域特質的文化自覺，他們將貴州文化特性中更有爆發力和影響價值的詩歌元素充分開掘出來，正是憑藉這種立足於地域文化特質的根基性存在，其詩歌呈現出與大多數地域性詩歌或者說邊地詩歌所大為不同的詩性特質及精神氣象，這就是一種來自於邊緣地帶的中心意識或中心衝動。正是這份來自邊緣卻指向中心的詩性衝動，使得「貴州詩人群」的詩歌不僅擁有貴州文化本身的異質性元素，同時還有對主流文化或其他異域文化的兼容品質，更有一種身在其中又出乎其外的獨特視角，使得他們對歷史、時代和現實能時刻保持一種警覺意識。如前所述，

艾青對青年詩人的關心是實實在在的，難道貴州詩人不理解這一點嗎？事實上，他們自己也很明白，如果將貴州的地域特色和民俗風情作為自己的創作資源便意味著他們將延續「五四」以來蹇先艾所開創的貴州鄉土文學的脈絡，這自然也是一條更容易出成績也更安全的詩歌創作之路。然而，哪怕是自己最崇拜的詩人艾青為他們明確指出的創作捷徑，他們仍然堅持著自己的判斷和主張。在不佔據天時地利的情況下，「貴州詩人群」成員為何放棄更容易出彩的鄉土文學道路呢？這樣的堅持到底是否有獨屬於他們的「意義追求」？在這條以邊緣向中心突圍的創作道路中，到底隱藏著他們怎樣的文學訴求？他們又是通過怎樣的言說方式來實現自身的文學訴求的呢？上述問題都有待進一步的辨析。

三、開掘民族歷史文化痛感的詩性言說

在詩人路茫看來，「由低級的灼肌之痛演變為內在的悲歌，是人類感應自身和世界的一大飛躍；由肉眼的直觀登上靈魂的靜照，更是人類審美力的一大昇華。」〔註42〕啞默在給《華聲報》的信中說：

> 「人們是『懷著一種鄉愁的衝動，到處去尋找自己的家園。』
> 而我們是懷著時故土深沉的眷念，走向遙遠！……一個不知道建樹
> 自己、大力張揚自己的民族，是因為自卑無法被超越。一個不敢揭
> 示、亮出自己『陰私』的民族，它絕不敢赤裸全身、面對日光！沒
> 有這種靈魂上的大起大落、大徹大悟，精神上的大沖大淘，中國，
> 在當今的世界上仍不會有自己獨特的聲音！」〔註43〕

既往學界認為，邊緣有屬於邊緣的言說內容，而關於民族歷史文化的言說則理所當然由中心區域的文學來完成。當我們對「貴州詩人群」的詩歌作品及文學活動稍作梳理便不難發現，「貴州詩人群」成員對周遭環境乃至世界的描述，已不再是鄉土文學中的「被看」，而直接轉變成了「我看」的狀態。曾經在中心視野下「被看」的客體變身成了「貴州詩人群」筆下「我看」的主體，而這一狀態則非常恰切地表達了來自邊緣的詩人們久藏於內心的那份中心衝動。身處多重「邊緣」困境的詩人，始終懷有一種衝向中心，擺脫邊緣被動、尷尬的抒寫境遇，並熱切地渴望且不懈地爭取與主流文化及中心區

〔註42〕路茫：《詩學隨筆》，《山花》，1986 年第 12 期。
〔註43〕啞默：《長歌如夢》，《牆裏化石》，北京：中國致公出版社，1999 年，第 8 頁。

域相對等的話語權。學界在關於 1960 至 1970 年代的「地下詩歌」的研究中，常常將詩人食指、「白洋淀詩群」和以黃翔為代表的「貴州詩人群」視為時代的代言人，而這樣的看法極容易將「白洋淀詩群」與「貴州詩人群」之間的差異性抹掉。事實上，詩人食指及受其影響較深的「白洋淀詩群」包括後來的北島等詩人的詩歌創作衝動，首先是基於那一代人的集體性經驗的個人化表達，因而極容易引起同時代人的情感共鳴。不知不覺中其詩歌中的「小我」逐漸演變成那個時代的「大我」，儘管詩人食指常常會選取「綴扣子的針線」、「四點零八分的北京」以及「煙」或「酒」這類具體可感的日常性生活意象，但其仍然是塗染了個人經驗的、略帶感傷和些許溫情的、屬於那一代人的情感載體。相比較而言，「貴州詩人群」創作的詩歌看似更傾向於對社會宏大問題的外在表達，實際上，其直接訴諸於時代的宏大主題乃是根源於個人對民族歷史和現實人生更精微細膩的深切感悟，是憑藉極為清醒的歷史感發出最具歷史洞察力的詩性之音。「野獸」、「瀑布」、「火炬」、「長城」、「戰爭」等一系列意象儘管滿含了宏大的歷史感和時代性，遠離了日常的生活場景，然而，其根基卻是獨屬於詩人更具個體性的人生經驗和歷史感悟，其創作衝動乃是基於個人現實體驗的對民族歷史文化痛感的開掘和詩性言說。「貴州詩人群」成員就曾將自己視為拆「長城」的人：

> 新世界土地上生長的草葉
> 給人類留下了永存的紀念；
> 古國度長城上拆下來的磚石
> 將給開拓新時代的詩人
> 豎起不朽的碑銘。〔註44〕

因著對人生創傷的提煉和痛感的開掘，而得以向生命的更深處掘進，對個體生命開掘的深度影響著他們對於現實社會和民族歷史的感知力和洞悉力。

> 我孑然的身子，
> 彳亍在萬里長城
> 飢餓
> 侮辱著我的尊嚴
> 我向我的民族伸出了手

〔註44〕啞默在贈送給黃翔的惠特曼《草葉集》扉頁上寫下的詩，見啞默：《世紀的守靈人·見證》（卷三），四川大學劉福春中國新詩文獻館提供未刊稿，第 42 頁。

　　巴掌打在我的臉上

　　指印烙在我的心上

　　我捶著這悠久歷史的遺骨

　　為昨天流淚

　　為今天號哭

——黃翔《長城》

長城作為世界四大奇蹟之一、中華民族智慧的結晶，早已深入我們這個民族的骨髓。在歷經滄桑的時代更迭中，長城不再只是古舊斑駁的城牆，而成為中華民族的歷史記憶和權威化身。面對長城，我們習慣於仰視它、崇拜它，哪怕觸摸它時，也仍然懷著無比崇敬的心情，彷彿觸及到的是一個偉大民族智慧的密碼。然而，此時處於「飢餓」狀態的「我」，不再意氣風發地以適當的距離仰望長城，而是拖著孑然的身子毫無尊嚴地彳亍在這民族的脊骨之上，乞討著、哀求著、號哭著。魯迅就曾這樣談論過「偉大的長城」：

> 「這工程，雖在地圖上也還有它的小像，凡是世界上稍有知識的人們，大概都知道的罷。其實，從來不過徒然役死許多工人而已。胡人何嘗擋得住。現在不過一種古蹟了，但一時也不會滅盡，或者還要保存它。我總覺得周圍有長城圍繞。這長城的構成材料，是舊有的古磚和補添的新磚。兩種東西聯為一氣造成了城壁，將人們包圍。何時才不給長城添新磚呢？這偉大而可詛咒的長城！」〔註45〕

中國文化自古以來就不缺為之驕傲、為之歌頌的文人，即使大有不滿意之人在，恐怕多半也只會停留在腹誹的狀態。即使有「孟姜女哭長城」的悲劇故事，大多數情況下，「長城」仍然是中華民族最值得驕傲和自豪的智慧的奇蹟。像上述詩歌中的「我」那樣捶著長城、流淚號哭的，勢必會被周遭視為異端。然而，中國最欠缺的恰恰就是能為之號哭的異端之人。詩人路茫曾對「長城」做過如下解讀：

> 「在我國歷史上，有兩道一長城：前一道是由於需要防止外來侵略而建築起來的磚石長城——萬里長城，後一道是秦始皇和他的繼承者為了維護他們的統治而建立起來的精神長城。今天，我們要

〔註45〕魯迅：《華蓋集·長城》，《魯迅全集》（第3卷），北京：人民文學出版社，1981年，第58頁。

拆除的是後者而不是前者。」〔註46〕

就中國人的民族文化認同和民族心理而言，拆毀長城無異於拆毀自身的民族文化祖廟，是一種極具顛覆性的、讓人難以接受的文化行為。然而，這樣的拆毀行為卻又意味著詩人試圖戳破民族自我迷醉的幻夢。詩人首先將被頂禮膜拜的「長城」視為地球表面的「一道裂痕」，在被歲月風暴的摧殘下早已面目全非，「那風雨剝蝕的痕跡／是我臉上年老的黑斑／那崩潰的磚石／是我掉落的牙齒／那殘剩的土墩和牆垣／是我正在肢解的肌體和骨骼」（黃翔《長城的自白》）。「長城」幻化為民族歷史與社會現實痼疾的徵兆，與其沉滯老邁、封閉自大的形象相比，詩人則化身為積極活躍、朝氣蓬勃的「年輕的子孫」的代言人，滿身都是叛逆、質疑、拆毀的基因，在科學與民主的精神召喚下，詩人擁有了破舊立新的信心和勇氣。在《長城的自白》中，「長城」以「我」的口吻代表老人與年輕的「他們」展開了關於過去與未來、新與舊的對話：

　　「我老了／我的年輕的子孫不喜歡我／像不喜歡他們脾氣乖戾的老祖父／他們看見我就轉過臉去／不願意看見我身上穿著的黑得發綠的衣衫／我的張著黑窟窿的嘴／我臉上晃動著的油燈的昏黃的光亮／照明的葵花杆的火光／／他們這樣厭惡我／甚至聞不慣我身上的那種古怪的氣味／他們用一種憎惡的眼光斜視著我／像看見一具沒有殮屍的木乃伊／他們對我瞪著眼睛／在我面前喘著粗氣／捶著我　推著我／揭去我身上披著的棕製的蓑衣／我戴在頭頂上的又大又圓的斗笠／他們動手了／奪下我手裏的彎月形的鐮刀／古老而沉重的五齒釘耙／憤怒地把他們扔在一邊／踩在腳下」（黃翔《長城的自白》）。

「一具沒有殮屍的木乃伊」拆穿的是長城「守舊、中庸、狹隘、保守的傳統屍衣」〔註47〕的圖騰形象，詩人不再將「長城」視為刻度民族意志和文化精髓的「尺子」，因為它已成為束縛、鞭笞民族個性的「鞭子」，詩中的「我」對自身的文化痼疾有著異常清醒的認識和預見：「我走了　我已經死了／一代子孫正把我抬進博物館／和古老的恐龍化石放在一起」〔註48〕。這裡年輕的

〔註46〕路茫（李家華）：《評〈火神交響詩〉》，見《啟蒙》，1978年第2期。

〔註47〕黃翔：《長城的自白》，見《狂飲不醉的獸形》，紐約：天下華人出版社，1998年，第30頁。

〔註48〕黃翔：《長城的自白》，見《狂飲不醉的獸形》，紐約：天下華人出版社，1998年，第30頁。

「子孫」與年邁的「我」已不再是新與舊的截然對立，而是詩人對精神的奴役、「瞞與騙」的現實以及文化思想的戕害的堅決擯棄和抵制。「長城的自白」意在呼喚科學、自由、啟蒙等文化理想和現代精神，古舊的「長城」因此而煥發出嶄新的氣象，召喚著時代覺醒者的到來。難能可貴的是，煥發新意的「我」和「他們」超越了一個民族狹隘的「自我」情緒，所要追尋的是更為寬廣博大的人與人之間和平共處的現代意識。詩人並沒有將筆觸僅僅停留在批判時代社會現實的表層，而是將思考和反省的觸角延伸到民族歷史文化的深層心理創傷與痛感的層面，由此，其詩歌對於歷史的反思和痛感的開掘早已超越 1980 年代的朦朧詩以及傷痕文學、反思文學的力度和深度。

黃翔曾說，「在一個慣於備受『詩』讚揚自己的世界裏，我的詩以犧牲一個世界的讚揚獨立自存。」〔註 49〕這一表述的價值和意義並不僅僅在於呈現了詩人「不和眾囂，獨具我見」的人生姿態，更為重要的是它還透露出一個以生命寫詩的人實現了一場人與現實關係的詩性革命。詩歌及其語言不再成為現實歷史與時代社會的附庸，它已成為個人的生命表達，並以此實現了對詩的尊嚴、生命的尊嚴的維護。「貴州詩人群」的詩歌常常以「憤怒的靈魂」發出「憤怒的哀吼」，一如臺灣學者鄭義所言，「他不僅僅是一頭咆哮的野獸，在他瘋狂的咆哮聲中，我們看到的是深邃的智慧、優美的音節、流動的意象，我們觸摸到的是禪宗的無言『象形』。」〔註 50〕詩人的內裏是一個叛逆的、抗爭的、騷動不安的、九死無悔的魂靈，常常拋出「掰碎」、「劈毀」、「搖撼」、「猛擊」、「撞破」、「砸爛」、「炸吧」、「砍吧」等一類粗糙且極具感官衝擊力的詞語，讓並不艱澀的詩歌語言噴射出震撼力極強的思想鋒芒，淺顯直白的字裏行間孕育了詩人對於歷史與時代命運石破天驚的訴說和讖語。在他們的詩歌中，充滿生命抗爭意志和自由精神的個人情感始終與民族歷史文化的痛感交織紐結在一起，其「野獸」般的怒吼彷彿是「鐵屋中的吶喊」一般的歷史回音，成為「五四」精神不絕如縷的當代血脈。

在特殊的時代氛圍中，」貴州詩人群」成員因其堅守「自我」的個性姿態和傲然骨氣而被埋沒，這恰恰證明了他們的特立獨行，其可貴之處就在於，他們並沒有掛著一張深思冷酷的臉卻做出某種趣味的迎合；在平庸「不作惡」

〔註 49〕黃翔：《自由寫作的堅守》，見稚夫選編：《詩歌蹤跡》（中文版），澳大利亞原鄉出版社，2012 年，第 357 頁。

〔註 50〕鄭義：《在精神荒原上咆哮不休的詩歌——在黃翔詩文選集首發式上的致詞》，見《我在黑暗中搖滾喧嘩》，臺北：唐山出版社，2002 年，第 52 頁。

的時代堅持求真，在刺耳的時代共鳴中堅持「獨唱」，哪怕是那喑啞在喉頭的歌，只剩下吞吐的氣息也足夠令人震顫，他們的堅守為後來者留下了令人刮目相看的詩篇。

第三節　啟蒙的精魂

在啟蒙告退的今天〔註 51〕，重提啟蒙的話題多少顯得有些沉重。在現代中國異彩紛呈的時代語境中，啟蒙——這一現代性的神話儘管引無數知識分子前赴後繼、上下求索，甚至付出悲壯的努力，但它仍然是一個未完成的命題。「五四」一代作家的啟蒙精神是在作家自我與文學關注對象之間的批判性對話中建立起來的，這是一個在文學中不斷自我啟蒙的過程。「啟蒙」在這裡的最大價值就是它作為一種態度不斷地激活現代人的批判性思維，在持續不斷的反思中反省自我、充實自我。如果說西方啟蒙知識分子在啟蒙與被啟蒙的關係項中有一種「眾人皆醉我獨醒」的姿態的話，那麼，回到現代中國語境下，啟蒙之於中國知識分子而言則是「自在暗中，看一切暗」，這「暗」自然就包含了思索者自身，換言之，直面現實本身就包含著對自我的不斷反省。康德在其論述「啟蒙」的經典文本《答覆這個問題：「什麼是啟蒙運動？」》中談到：

> 啟蒙「就是人類脫離自己所加之於自己的不成熟的狀態。不成熟狀態就是不經別人的引導，就對運用自己的理智無能為力。當其原因不在於缺乏理智，而在於不經別人的引導就缺乏勇氣與決心去加以運用時，那麼這種不成熟狀態就是自己所加之於自己的了。」〔註 52〕

那麼，當「啟蒙」來到了現代語境下的中國時，它面對的又是現代中國人怎樣不成熟的狀態呢？又將如何幫助我們擺脫這一不成熟狀態？魯迅曾說過，以前是奴隸，結果後來還是成為奴隸的奴隸。這樣的觀點與上面的論述有著異曲同工之妙，魯迅的說法是為了表明，自省與批判的思維必須隨時保持，才能實現真正的「立人」，換言之，「啟蒙」和「立人」是一個始終處於正在進行的狀態。對自由、人性、真善美的呼喚，其價值和意義並不在於他們認

〔註 51〕 參見李怡：《啟蒙告退的今天，我們如何閱讀王富仁》，《漢語言文學研究》，2017 年第 3 期。

〔註 52〕 〔德〕康德（Immanuel Kant）：《答覆這個問題：「什麼是啟蒙運動？」》，何兆武譯，見《歷史理性批判文集》，北京：商務印書館，2009 年，第 23 頁。

識到這些普世價值之於人的重要意義，而在於其呼喚這一行為本身，通過對這些價值觀念的召喚讓人重拾對生命美好本真狀態的尊重，讓人重新回到人之為人的位置。相比較於「啟蒙」的結果而言，「啟蒙」這一行為本身以及由此激活的新視角、新思維與新觀念更具有重要價值和意義。當然，最重要的還是「啟蒙」對於個人存在的價值和意義的強調，正如王富仁先生所言：「只有作為一個『人』，一個社會合法的『公民』，他們的價值才是不容忽視的、他們的生命才有必須尊重的理由。」〔註53〕

關於「貴州詩人群」的啟蒙精神，學界已有部分學者給予了相當的關注。有學者認為，在封閉的地域空間中成長起來的「貴州詩人群」呈現出鮮明的啟蒙主義的創作思想和精神特質〔註54〕。在對 1960 至 1970 年代「地下詩歌」的研究中，詩人黃翔的「啟蒙」精神已獲得了一部分學者的關注，但仍是被置放在對詩人食指、「白洋淀詩群」以及朦朧詩人的整體研究框架下進行探討的，這不可避免地遮蔽了黃翔及「貴州詩人群」的「啟蒙」精神的獨特性。事實上，「貴州詩人群」的啟蒙精神，來源於他們對個人生存圖景的探究，對自身生存體驗的審視，因此，他們的啟蒙精神不是對抽象的理想概念的憧憬，而是對堅實的生命體驗的感悟和哲思。曾經他們頂著有問題的社會身份始終堅持用文學來思考社會歷史和現實人生，黃翔和啞默是其中的代表。儘管目前這些詩人在海內外已獲得一定的關注，但仍未能有效地呈現出這些詩人在當代中國的時代語境下對自我創傷體驗的提煉及其上下求索的思想價值和精神意義。曾經，為了實現「五四」與「新時期」的首尾呼應以確立「新時期」文學的合法性，在「二十世紀中國文學」這樣一個連續的、整體的敘述框架下，「地下詩歌」是屬於 20 世紀 50 至 70 年代的「非文學」而被遮蔽的。此後，在一系列「重寫文學史」的活動中，曾經被遮蔽、遺漏的詩人及詩人群體尤其是詩人食指、「白洋淀詩群」則是從「邊緣」步入了「經典」的殿堂。當「白洋淀詩群」以及後來的朦朧詩順利進入現代主義詩歌史序列中時，「貴州詩人群」的詩歌因其不夠「現代」而無法立足，於是研究者離開了現代主義的詩歌線索轉而將視角投向「啟蒙」。黃翔、啞默等貴州詩人憑藉其詩歌極具個人化的反叛精神以及對人的重新發掘和闡釋而得以被納入「啟蒙」的隊

〔註53〕王富仁：《中國文化的守夜人──魯迅》，北京：人民文學出版社，2002 年，第 121 頁。

〔註54〕張清華：《20 世紀60 年代～70 年代的非主流詩歌思潮研究》，《中北大學學報》，2011 年第 5 期。

伍。值得注意的是，「啟蒙」的框架確實賦予了「貴州詩人群」進入文學史的合法性，但這一標籤也極容易導致問題的被簡化，影響這一詩群被繼續深挖的可能。儘管文學、啟蒙有了「為人生」的前綴，但無論是面對魯迅「自在暗中」對暗的體驗與痛感的攝取，還是在血與淚的文學中求真問道，這樣的概念仍顯得有些單薄，這些知識分子透過文學所呈現出來的疼痛感和求索感恰恰是被簡化的「啟蒙」範式所容易忽略的，也正是在知識分子所呈現的疼痛感和求索感這一層面上，以黃翔、啞默為代表的貴州詩人與魯迅所開創的知識分子傳統實現了在思想和精神上的歷史對話。「啟蒙」不再是一種被概念化的、放之四海而皆準的真理性定義，而更應該是一種具有批判性、開放性的思維方式。

文學現象的豐富多樣源於創作主體的精神狀態和心理感受的千差萬別，在此意義上，充分考察並著力發掘作家在特定時空情境下的個人感受和生存體驗以及在此基礎上的文化選擇和思想走向，才能盡可能地呈現出文學的豐富性。否則，我們何以解釋，無論是政治還是地理都處於邊緣的貴州，在 20世紀 60 年代就已經出現極具現代意識和啟蒙思想的知識分子，那麼，他們的思想資源是什麼？又從何而來？當學科發展越來越制度化、規範化，所接受的知識也更加專業、系統，或許我們常常意識不到自己早已習慣於被一些固有認知、既定概念和理性邏輯所糾纏，並認為只要能將研究對象合理地納入到這些一一對應的關係項中，似乎就能有效地呈現研究對象的價值和意義，事實上，這樣的研究理路恰恰遮蔽了研究對象的獨特性，大大限縮了其研究的可闡釋空間，因為它忽略了作家最個人、最具體的生存體驗和感受。文學的鮮活就在於其創作主體生命的鮮活，它來源於不可複製的、千差萬別的生存體驗和個人感悟。

一、敞亮的生命：擊碎各式「護心鏡」〔註55〕

「他是個孤獨的鬼魂，說了一句沒有人會聽到的真話。但是

〔註55〕「護心鏡」意象，出自魯迅《這樣的戰士》。一些頭上「繡出各樣好名稱：慈善家，學者，文士，一長者，青年，雅人，君子……。頭下有各樣外套，繡出各式好花樣：學問，道德，國粹，民意，邏輯，公義，東方文明……」的人，他們謊稱他們的公正之心「在胸膛的中央，和別的偏心的人類兩樣。他們都在胸前放著護心鏡，就為自己也深信心在胸膛中央的事作證」。這樣的戰士不被迷惑，「他舉起了投槍。他微笑，偏側一擲，卻正中了他們的心窩」。

只要他說出來了，不知怎的，連續性就沒有打斷。不是由於你的
話有人聽到了，而是由於你保持清醒的理智，你就繼承了人類的
傳統。」〔註 56〕

　　九十多年前，魯迅曾不無期盼地說，這「世上如果還有真要活下去的人
們，就先該敢說，敢笑，敢哭，敢怒，敢打，在這可詛咒的地方擊退了可詛
咒的時代！」〔註 57〕多少年後，一個被誣為「黑狗崽子」、「偷越國境分子」、
「社會渣滓」的青年面對非人時代喊出：「我是一隻被追捕的野獸／我是一隻
剛捕獲的野獸／我是被野獸踐踏的野獸／我是踐踏野獸的野獸……／即使我
只僅僅剩下一根骨頭／我也要哽住一個可憎年代的咽喉」（黃翔《野獸》）。「億
萬年以後／億萬年的地層裏／也許會有人／發掘出我的／屍骨……就是這堆
白骨／曾經在地球上做過聲／愛過恨過／哭過／喊過／激動過……就是這堆
白骨／曾經有過一張扭歪痛苦的臉／曾經有過一雙無聲地詛咒的眼睛……這
是一個詩人的白骨／這是一個在希望中失望過和絕望過的／人的白骨／這是
瘋狂地搏鬥過的白骨／這是在世界上走過／闖過／撞過的／人的白骨這是骨
架被打散過／又重新支起／被打散的骨架的人的白骨／這是因憎恨而磨響過
牙床的白骨／這是因抗爭而錚錚繃響過的白骨……」（黃翔《白骨》）。

　　在現代中國的歷史發展進程中，正是這些「真要活下去的人們」以他們
真實、鮮活、有力的靈肉之軀艱難跋涉在思想的荒原和人性的荊棘叢林中，「像
一頭受傷的野獸／撞破欺詐和蒙蔽編織的羅網」，「像一頭震怒的獅子／猛擊
大地久久沈寂的心弦／搖撼支撐世界根基的大柱……」〔註 58〕。無論是先行
者們的出走、流浪，還是黃翔的情緒哲學、詩歌行為藝術，啞默的真與美，
抑或是唐亞平在「黑色沙漠」中搜尋「有血有肉的影子」，王強等人掛著酒囊
飯袋流浪到死亡。無不都在尋找著自我，一個有血有肉的真實的獨立的自我。
黃翔曾坦言，他的「身上集中著浩瀚的追求、瘋狂的絕望、無法擺脫的愛欲
與愁苦。」〔註 59〕這樣的「我」顯然不同於康德等西方啟蒙哲學家所設想的

〔註 56〕〔英〕喬治・奧威爾（George Orwel）：《一九八四》，董樂山譯，廣州：花城
　　　　出版社，1988 年，第 9 頁。

〔註 57〕魯迅：《華蓋集・忽然想到》，《魯迅全集》（第 3 卷），北京：人民文學出版社，
　　　　1981 年，第 270 頁。

〔註 58〕黃翔：《狂飲不醉的獸形》，見王強主編：《大騷動》，1993 年第 3 期，第 76
　　　　頁。

〔註 59〕黃翔：《狂飲不醉的獸形》，見王強主編：《大騷動》，1993 年第 3 期，第 76
　　　　頁。

主體「自我」，康德說：「有兩樣東西，我愈經常愈持久地加以思索，它們就愈使心靈充滿始終新鮮不斷增長的景仰和敬畏：在我之上的星空和居我心中的道德法則。」〔註60〕

根據康德的設想，這裡的「我」頂天立地，是自由、自主、自決的主體，是天地間的立法者。他可以獲取自然的真知，可以自由地設立理想，並且有能力讓自由的理想在自然世界中實現。對於這樣的主體而言，似乎一切皆在「我」的掌控之中，外界的干擾也不能從根本上影響主體實現自由自主的狀態。這樣的「我」就曾出現在北島的《結局或開始》（1975年）以及《回答》（1976年）中。這裡的「自我」能自在自維地追求普世價值的實現，似乎更具有一種消除蒙昧抵達真理的自豪感與感染力，也頗有一種「眾人皆醉我獨醒」的姿態。熟不知這樣的「自我」也極容易讓自己再次滑入由自我編織的抵達真理、唯我獨醒的幻象中。想要實現人的自主，構建一個鮮活、真實、獨立的自我，就必須正視自身所處的黑暗，而不是以啟蒙知識分子自居，站在制高點上俯視大眾、批判現實。恰如魯迅面對阿Q無所不在的社會現實，首先採取的態度不是「批判」而是「正視」，「直面慘淡的人生，正視淋漓的鮮血」，然而，如何「直面」現實？如何「正視」自身所處的黑暗？這無疑將直接影響著「自在暗中，看一切暗」的中國知識分子的思想訴求、精神氣質以及人生道路的選擇。是以「廉價的光明」來自欺欺人，讓自我麻痺在虛妄的幻象中，「難見真的人」？還是寧願如「地獄邊沿上慘白色的小花」，孤獨、悲愴甚至絕望，但活得足夠真實？顯然，黃翔、啞默等人毫無疑問地選擇了後者，只不過他們的詩和人生並不慘白，反而因為活得真實，擁有了鮮活的生命應有的溫度、質感和色彩。

黃翔以詩和人生表明，「生命的存在就是敞亮生命」，它「突破於無窮世代的蒙蔽和束縛」〔註61〕。即使「漫無邊際的黑暗的宇宙沒有釋放我；我的心早已跳出生的諸多痛苦和存在表象的樊籠。」〔註62〕生命「因為真實，所以也有力。」〔註63〕「詩獸」黃翔一面驚恍地四處逃竄，一面「隱伏於黑暗

〔註60〕〔德〕康德（Immanuel Kant）：《實踐理性批判》，韓水法譯，北京：商務印書館，1999年，第177頁。

〔註61〕黃翔：《狂飲不醉的獸形》，見王強主編：《大騷動》，1993年第3期，第76頁。

〔註62〕黃翔：《並非失敗者的自述》，見王強主編：《大騷動》，1993年第3期，第70頁。

〔註63〕魯迅：《且介亭雜文二集·漫談「漫畫」》，《魯迅全集》（第6卷），北京：人民文學出版社，1981年，第234頁。

中」,「弓箭敵視著它,白晝追逐著它」〔註64〕,試圖以「乞憐、討好、撒謊、騙人、吹牛、搗鬼的夜氣,形成一個燦爛的金色的光圈」〔註65〕籠罩在「詩獸」的頭上,然而「沒有一隻能臨近它的利箭,沒有一個能咬噬它的白晝」〔註66〕,因為它始終忠實於自身的情緒感受,真誠、大膽地面對自我、看取人生、審視他人,即魯迅所說的「思聆知者之心聲而相觀其內曜。內曜者,破黮暗者也;心聲者,離偽詐者也。」〔註67〕它就「是自己燭照自己的黑暗」〔註68〕。在詩人路茫看來,「黑暗比光明更能激發起生的渴念,荒涼比繁榮更能推進詩人的遐想」〔註69〕,而「懷疑是變化的前奏。整個人類的精神自傳,都是在懷疑中寫成的」〔註70〕。「自在暗中,看一切暗」,不僅意味著能真誠地對待自我的「內曜」與「心聲」,而且還要擁有「聽夜的耳朵和看夜的眼睛」,能看破這「光天化日,熙來攘往」不過「就是這黑暗的裝飾,是人肉醬缸上的金蓋,是鬼臉上的雪花膏」〔註71〕,從而賦予自我「敢說,敢笑,敢哭,敢怒,敢罵,敢打」〔註72〕的能力和勇氣,成為「不和眾囂,獨具我見之士」〔註73〕。事實上,他們所具有的並不是形而上的思想的痛苦,而是源於自身思想與所處現實之間的對抗所帶來的形而下的人生的困頓。作為現代中國語境下的知識分子,他們不可能像康德等西方哲人那樣在形而上的思想宮殿中馳騁,同時也無法讓自己沉迷在純粹的「藝術之宮」內覓得遠離現實的世外桃源,

---

〔註64〕黃翔:《自己燭照自己的黑暗》,見《狂飲不醉的獸形》,紐約:天下華人出版社,1998 年,第 389 頁。

〔註65〕魯迅:《夜頌》,《魯迅全集》(第 5 卷),北京:人民文學出版社,1981 年,第 193～194 頁。

〔註66〕黃翔:《自己燭照自己的黑暗》,見《狂飲不醉的獸形》,紐約:天下華人出版社,1998 年,第 389 頁。

〔註67〕魯迅:《集外集抬遺補編·破惡聲論》,《魯迅全集》(第 8 卷),北京:人民文學出版社,1981 年,第 23～25 頁。

〔註68〕黃翔:《自己燭照自己的黑暗》,見《狂飲不醉的獸形》,紐約:天下華人出版社,1998 年,第 389 頁。

〔註69〕路茫:《詩學隨筆》,《山花》,1986 年第 12 期。

〔註70〕路茫:《詩學隨筆》,《山花》,1986 年第 12 期。

〔註71〕魯迅:《夜頌》,《魯迅全集》(第 5 卷),北京:人民文學出版社,1981 年,第 193～194 頁。

〔註72〕魯迅:《華蓋集·忽然想到》,《魯迅全集》(第 3 卷),北京:人民文學出版社,1981 年,第 270 頁。

〔註73〕魯迅:《夜頌》,《魯迅全集》(第 5 卷),北京:人民文學出版社,1981 年,第 193～194 頁。

而是不得不應對現實人生中各種問題、各種名目的糾纏。於是，詩人在各種觀念、主義的框架之外尋覓到了更寬廣、本色、鮮活的人體情緒空間，充盈著「宇宙情緒」的詩歌一如靈魂的「清洗劑」，不僅能「清除理性的偏狹，蕩滌心靈觀念的污垢」〔註74〕，而且還能恢復生命「存在一言不發的單純」，進入纖塵不染的「人之鏡即世界之鏡」，儘管這纖塵不染的「人之鏡」只能存在於「情緒哲學」的理論探討層面，但不得不承認的是，它可以幫助個體生命超越「知識」和「觀念」的束縛實現對自我本真狀態的呈現，「是擺脫觀念專制禁錮的『大實在』」。〔註75〕

　　「詩來自身外，也來自心內——它是『生活』的，又並非總是生活的；它寄居在『形象』裏，又遷徙於非形象的朦朧的意象中；它蝸藏在『典型』裏，又是非典型的，非現實主義的。那種在多層次中表現出『渾然一體』的詩就是敘事的。今天，敘事詩的本質在於非敘事。它搗毀自己的舊巢；它朝向事件、情節、結構的暴君吐唾沫。這裡只有情緒，一下子把許多眼睛全張開的情緒。是瞬間的閃念，是偶然的印象。是一團旋轉不息的風暴；一場騷亂不安的運動。是一次大地上的約會，一個從天外降落的微塵中傳出的信息。」〔註76〕詩人始終認為，「詩是一道具有穿透力的極光，是一次瞬間凝聚全部生命猛烈朝向天宇的撞擊」〔註77〕，「只有『詩』擦抹黑暗，吹熄虛妄，不可闡釋，卻輻射無限多元的自釋的光芒」〔註78〕。因為「宇宙情緒」「瞬間觸通生命的『詩化感應』」，「是以詩的鏡頭長驅直入翻拍的『心靈全景』」〔註79〕，是「個體生命的全宇宙的胎動」，是「詩化的、感應的人身全體靈動」，是「心靈寂寥的雷鳴」，總之，「宇宙情緒」才是詩人所堅持的「詩的本來面目」〔註80〕。詩人在詩歌創作中

〔註74〕黃翔：《人體深淵體驗：宇宙情緒》，見王強主編：《大騷動》，1993 年第 3 期，第 154 頁。

〔註75〕黃翔：《人體深淵體驗：宇宙情緒》，見王強主編：《大騷動》，1993 年第 3 期，第 154 頁。

〔註76〕黃翔：《留在星球上的箚記》，引自《崛起的一代》，1980 年第 2 期。

〔註77〕黃翔：《人體深淵體驗：宇宙情緒》，見王強主編：《大騷動》，1993 年第 3 期，第 152～153 頁。

〔註78〕黃翔：《人體深淵體驗：宇宙情緒》，見王強主編：《大騷動》，1993 年第 3 期，第 152～153 頁。

〔註79〕黃翔：《人體深淵體驗：宇宙情緒》，見王強主編：《大騷動》，1993 年第 3 期，第 152～153 頁。

〔註80〕黃翔：《人體深淵體驗：宇宙情緒》，見王強主編：《大騷動》，1993 年第 3 期，第 152～153 頁。

通過對人體「宇宙情緒」的調動，以此來「披露一個光明的境界，一種理想
的人類社會」〔註81〕，無論周圍的世界是否充滿謊言和欺騙，詩人都得以忠
誠於自身的情緒感受，「保衛自己的社會理想，保衛詩歌的純潔。」〔註82〕正
如詩人葉芝所宣稱的：「沒有任何工作比得上清潔人類的劣跡偉大。」〔註83〕
由此，擊碎各式「護心鏡」，讓生命更加敞亮成為「貴州詩人群」成員所追求
的詩學目標之一，「創作，就是用心去打擊困惑我們的各種假象，讓那封閉『漏
氣』，並且振翼從那微微透亮的『窗口』飛出去」〔註84〕，每一次詩歌創作都
應該是詩人「從內部轟開的巨響，都在拆鬆心靈的圍牆」。〔註85〕

二、情感的革命：彰顯人之為人的奧義

> 「愛情就是愛情，就是情愛本身。愛情應該是每一個人的生命
> 的旋舞。我們不僅要在思想領域而且應該在情感領域向一切陳腐的
> 觀念宣戰；我們應該去探索和尋找新的愛情的價值觀念，敲響情感
> 革命的『鐘』──來一場靜悄悄的情感革命。」〔註86〕

「貴州詩人群」在 1960 至 1970 年代對愛情禁區進行了大膽的歌頌，在
貶斥「自我」、談愛色變的特殊時代裏無異於「一場靜悄悄的情感革命」〔註
87〕。到了 1980 年代，他們對於詩人個體情緒的極力張揚，清晰地勾勒出「貴
州詩人群」關於情感的革命始終是他們所堅持的追尋人的完整存在、彰顯人
之為人的尊嚴和奧義的思想路徑和精神指向。在「貴州詩人群」看來，「詩並
不遵守任何社會的最高準則和思想秩序──它看見遠比邏輯理論和倫理規範
更本質的生活；它看見大自然物質盲目地運轉和毫無目的地移動；它看見愛
情在宇宙的背景上就是一個男人和一個女人。」〔註88〕

〔註81〕黃翔：《人體深淵體驗：宇宙情緒》，見王強主編：《大騷動》，1993 年第 3 期，
　　　　第 152～153 頁。
〔註82〕黃翔：《並非失敗者的自述》，見王強主編：《大騷動》，1993 年第 3 期，第 67
　　　　頁。
〔註83〕〔愛爾蘭〕謝默斯希尼（Seamus Heaney）：《希尼三十年文選》，黃燦然譯，
　　　　杭州：浙江文藝出版社，2018 年，第 546 頁。
〔註84〕黃翔：《人體深淵體驗：宇宙情緒》，見王強主編：《大騷動》，1993 年第 3 期，
　　　　第 152～153 頁。
〔註85〕路茫：《詩學隨筆》，《山花》，1986 年第 12 期。
〔註86〕黃翔：《來一場靜悄悄的情感革命》，載《啟蒙》，1979 年第 5 期（愛情詩專輯）。
〔註87〕黃翔：《來一場靜悄悄的情感革命》，載《啟蒙》，1979 年第 5 期（愛情詩專輯）。
〔註88〕稚夫選編：《詩歌蹤跡》（中文版），澳大利亞原鄉出版社，2012 年，第 198 頁。

　　從古至今，在中華民族浩如煙海的詩歌畫卷中，最不缺乏的便是對自然和愛情的抒寫。如今重提貴州詩人對大自然和愛情的描繪，並非因為他們對這些古老話題的抒寫取得了多大的思想突破或多高的藝術成就，而是在於這些詩人的筆下對大自然和愛情的抒寫寄予了他們對人性真善美和生命尊嚴的執著守候，尤其是在人的個體生命和尊嚴遭到無情漠視甚至極端壓制的歷史語境下，當越來越多的人在不知不覺或是隱忍苟且中被磨平了棱角，抽掉了個體生命的訴求時，這份執著的守候便具有了毋庸置疑的思想價值和歷史意義，哪怕在當時只是重提情感的「真」與「美」，也已然道盡做人的尊嚴和奧義。古希臘哲人柏拉圖（Platon）曾借阿里斯托芬之口在《會飲篇》中談到「人的本性」及其人生變遷的所有經歷與「愛情」的產生有著十分密切的關聯〔註89〕。在柏拉圖看來，現世的人都是「半人」，是從前「全人」的一半，從前的「全人」具有現世「半人」兩倍的器官，有雙口四眼和四手，極其強壯，敢於反抗天神，宙斯在其權威被觸動之後，將「全人」劈成了兩半，以此削弱「全人」的力量。柏拉圖認為，「半人」因為前世留存的記憶，無時無刻不在想念著被分開的另一半，愛情就這樣產生了。「這一切原因就在於人類本來的性格是如我向你們所說的，我們本來是完整的，對於那種完整的希冀和追求就是所謂的愛情。」〔註90〕這一神話或者說文學原型昭示著一個關於愛情的信仰，即人之所以執著地追尋愛情，恰恰在於人對自身完整性的渴求，兩者是合二為一的。「儘管精神世界和情感活動是紛繁複雜的，古往今來的愛情故事對我們揭示了人類內心世界的無窮的變化，沒有一個愛情故事是雷同的。愛情是男女之間天經地義的事情，它並不總是如此嚴肅的、枯燥的；它的語言也不純粹是『政治對白』式的。它並不總是非要和機器、和生產指標、和勞動競賽聯繫在一起的，任何想使人類情感活動僵死化、單一化、規範化、純政治化的企圖都是違反人類的自然天性的，這樣的意圖已開始為一代人的生活所否定。」〔註91〕

　　詩人在組詩《愛情的形象》中大膽地突破情愛的題材禁區，將初戀的唯美、愛情的真摯直白地呈現於世人面前，「當你出現在我的面前，／我不敢抬

〔註89〕〔希臘〕柏拉圖（Platon）：《文藝對話集》，朱光潛譯，北京：人民文學出版社，1980 年，第 238 頁。

〔註90〕〔希臘〕柏拉圖（Platon）：《文藝對話集》，朱光潛譯，北京：人民文學出版社，1980 年，第 242 頁。

〔註91〕黃翔：《來一場靜悄悄的情感革命》，載《啟蒙》，1979 年第 5 期（愛情詩專輯）。

起我的眼睛——／羞澀的愛情像一朵小花，／悄悄地在心靈的夢谷裏躲藏，／走近它，找不到它的蹤跡，／遠離它，透出淡淡的馨香。」（黃翔《初戀——青春的獨白》）「愛情是一面金色的網，／在晴空的大海裏撒開——／打撈心靈晶瑩的珠貝，／漏去邪惡情感的泥沙」（黃翔《愛情是一面金色的網》）。雖然詩人的愛情屬於純粹的個人情感的抒發，但對於一個禁錮愛情、貶抑「自我」的社會，個人的內心情緒恰恰亦是那一代人的失落與渴求。事實上，詩人對於情愛題材禁區的衝破同樣意味著詩人對於當時思想禁地的衝闖，詩人不僅大膽地呼喚愛情，赤誠地告白，還勇於道出怯愛背後靈魂的無奈與掙扎。在愛情組詩《我的奏鳴曲》中，黃翔寫道：「為什麼我的愛情不敢向你走近？／只因為它將被你的光焰焚為一堆灰燼；／為什麼它在你的世界裏顫顫驚驚？／只因為那羞怯的欲望失去了遮蔽的陰影。」（黃翔《你是我的光明》）「我從你的形態知曉人生的千變萬化，／一切都趨於成形，一切都不穩定，／熾熱，冷卻，溶合，衝撞，生命有如星雲，／生中死，死中生，生無窮盡，死無止境。」（黃翔《冷卻吧　痛苦的熱情》）坦率真摯的情感抒發、細膩深邃的個人心緒，表現了詩人對人性的真實和生命的敞亮的追尋，憂鬱感傷之餘更多的是一份對人生的感悟和執著。在特殊的時代中，詩歌的異質感、孤獨感溢於言表，同時，字裏行間躍然跳動的生命感使得這些愛情詩完全擺脫了當時主流詩歌中粗鄙化的情感呈現、模式化的構思布局以及概念化的語言束縛，而呈現出獨具個性的文學價值和藝術特質。這些詩歌在當時的出現可謂不合時宜，卻留下了濃墨重彩的一筆。對於在 1950、1960 年代開始詩歌創作的詩人來說，其青春幾乎都是「殘酷」的，春心勃發之時，他們正經歷談愛色變的壓抑。然而，每一個人的青春階段在整個人生階段中都有著最為鮮明的生理和心理特徵，而青春期的人生體驗又是雙向的行為過程，即人在現實生活中體驗青春，同時又在對青春的感悟中體驗著生活，由此產生的青春體驗才是完整的。「內心的創傷像千仞萬壑，／留下了多少斑斑的淚痕，／愛情在最高的峰頂上呼喚，／孤獨的心靈聽不見回聲……」（黃翔《愛情的形象·孤獨》），作為一個被社會唾棄的問題人士，壓抑的精神生活、失落的青春年華讓滿是荒蕪的年輕的心更加渴求人性人情中一切美好情感。「每天晨出與晚歸／我不關門也不上鎖——／太多的人在這裡進·出／一個世界在這裡居住／懸弔半空的閣樓／風塵不染的一隅／我明白／我不是一個居室的主人／我是人類智慧的侍從／詩的純潔的嫡子」（黃翔《詩人的家居》），單調乏味的世界裏沒有

美好可言，但詩人卻以對美的想像來對抗世界的壓抑乏味，人性純真的記憶、真摯的友情、溫情的人世於冷酷的時代氛圍中透出一抹溫情的亮色，讓人擁有了尋覓美好的勇氣和信念。「藝術向現存現實的壟斷性宣戰，以便去確定什麼東西是『真實的』。藝術是通過創造一個虛構的世界，即一個『比現實本身更真實』的世界，去達到這個目的的。」〔註92〕在貴州詩人眼裏，「詩是一部世界史，一部地球史，一部人類史。世世代代窸窸窣窣地翻捲著。詩並不遵守任何社會的最高準則和思想秩序——它看見遠比邏輯理論和倫理規範更本質的生活；它看見大自然物質盲目地運轉和毫無目的地移動；它看見愛情在宇宙的背景上就是一個男人和一個女人。」〔註93〕

　　王富仁先生曾在給啞默的回信中談到黃翔的愛情詩，「真正屬於黃翔的詩，我認為比徐志摩、聞一多的要好，它們使我更受震動，更愛讀。」〔註94〕這裡所說的「真正屬於黃翔的詩」是指詩人黃翔於 1980 年代初期所創作的一系列關於「愛情」題材的詩歌，諸如《我相信》、《出生》、《裸女》、《母性》以及《叫我不等　我不能》等，後來結集為《血嘯》。詩人在《血嘯》開篇就寫道：「這是一部我獲於夢的啟示的獻詩，我奉獻的對象是我的愛情，它寫於 1983 年 6 月狂嘯的血的炎熱中。……我心痛欲裂，捶頭，撞牆，哭著叫喊著那些再也聽不見我的喊聲的詩，那些失而不復的瞬間美麗的閃念，我真準備殉詩了。」〔註95〕進入 1980 年代之後，伴隨著詩人愛情詩創作的是他現實人生中的愛情狂潮〔註96〕。在當時那段驚世駭俗的愛情故事中，詩人迎來了一種前所未有的生命勃發狀態，對詩人而言宛若經歷了一次新生：「我蕩漾著／太陽金黃的皮膚／我在樹幹上脹開／慢慢擴大的／裂罅／從那兒／流出乳汁／／我從地面上／支撐起／綠色的火焰／從樹根躥上樹梢／我毛蓬蓬地／蠕動黑暗／千萬個黑夜／從我的觸覺／脫落／／我漸漸鬆開我自己／／結果／

〔註92〕〔美〕赫伯特・馬爾庫塞（Herbert Marcuse）：《審美之維》，李小兵譯，南寧：廣西師範大學出版社，2001 年，第 205 頁。

〔註93〕稚夫選編：《詩歌蹤跡》（中文版），澳大利亞原鄉出版社，2012 年，第 202 頁。

〔註94〕王富仁 1986 年 8 月 31 日致啞默的信，引自《大騷動》，1993 年第 2 期。

〔註95〕稚夫編選：《詩歌蹤跡》（中文版），澳大利亞原鄉出版社，2012 年，第 237 頁。

〔註96〕1983 年黃翔與年僅 17 歲的貴州大學中文系學生秋瀟雨蘭（原名張玲）戀愛，引發了一場驚天動地的「戀愛事件」，黃翔因此蒙冤入獄，這段經歷也給黃翔帶來了詩歌創作的第二個高峰期。

被流雲發覺／我只是簡單的／一個荒丘／一泓清泉／你們聞到我了嗎／我是腐葉死獸和淤泥的／腥味／一頁水母沉積的古岩石／一隻狼／或者一條扭動著的／時間曲線的／蛇／我蟄伏在每一種事物中／以千百種嬰孩的形象／出生／我不再隱瞞你們／我／不是我」（黃翔《出生》）。這是有著血與淚的生命溫度的愛情，一如魯迅曾對愛情的渴求：「這是血的蒸氣，醒過來的人的真聲音。」〔註97〕

三、崇尚精神發現：激活人的主體創造性

「貴州詩人群」曾提出：「詩發掘人的情感，測量它的深度，它是人類精神的最高標誌。是富於表情的藝術，是形象哲學的花朵，是人類智慧的乳汁。」〔註98〕因此，在他們看來，「沒有『精神發現』的詩不是創造性的詩；沒有『精神發現』的詩人不是真正的詩人」〔註99〕。那麼，沉迷於玩弄語言技巧的詩人是不可能觸及個人的「精神發現」的，因為純粹的詩歌技巧只能算是雕蟲小技，想要詩歌成為書寫人類精神的傑作，詩歌就必須具有獨立自存的「精神容量」，唯有如此，詩才能「在人的精神的礦井裏，執著地挖掘火焰與光明」〔註100〕。近年來，在關於「白洋淀詩群」等「地下詩歌」創作活動的研究中，無論是對黃皮書、手抄本以及「內部刊物」的發掘，還是對文學沙龍中各種文化思想傳播的關注，都有效地推進了我們對於特殊時代語境下詩人思想資源的探討，然而，這種在中與西、傳統與現代的文化脈絡和邏輯框架下探討作家思想資源的研究思路，常常會使研究者陶醉在對理性概念的闡發和演繹中，「都事先為中國近、現、當代的知識分子規定了一種不可違反的文化選擇原則，有的要求他們必須從西方文化中獲取自己的文化原料，有的要求他們必須從中國古代的文化中獲取這種原料，有的則要求他們必須按照他們的標準首先分清精華和糟粕，然後再接觸它、瞭解它。他們所忽視的卻恰恰是每一個具體的人在自己的條件下需要做出怎樣的選擇以及這種選擇本身對他自

〔註97〕魯迅：《隨感錄四十》，《魯迅全集》（第1卷），北京：人民文學出版社，1981年，第320頁。

〔註98〕稚夫選編：《詩歌蹤跡》（中文版），澳大利亞原鄉出版社，2012年，第198頁。

〔註99〕黃翔：《留在星球上的箚記》，引自《崛起的一代》，1980年第2期。

〔註100〕稚夫選編：《詩歌蹤跡》（中文版），澳大利亞原鄉出版社，2012年，第199頁。

己的生存和發展具有什麼樣的意義。」〔註101〕換言之，當個人面對人類一切
文化成果時是具有自由性的，每個人都可以根據個人感受和生存發展需要做
出相應的文化選擇。上述研究思路往往忽略的是作為文化主體的人的獨特感
受。現實人生的諸多悲劇往往源於人對主體自我的遺忘，其導致的嚴重後果
就是群體對社會上某些既成事物報以一種神話般的崇拜，而這些既成事物則
慢慢演變成一個可以自明的概念被懸置起來，與此同時帶來的便是思想的僵
化。為了抵抗黑暗對自我的吞噬，警惕將自我遺失在虛妄的光明中，就勢必
需要不斷地審視自我、強化自我意識，以鮮活、真實的生命之力重建個人自
我與真理之間的關聯。

　　當新詩借著各色名目、踩著各種「主義」，乘著西方的春風活躍之時，創
新似乎已成為一種文化時髦，卻鮮少有對「創新」的追問，所謂的「創新」
旗幟下掩蓋的到底是什麼？「這世界，舊的並非絕對是舊的，新的並非絕對
是新的，這只是流於現象的浮面的認識，這只是各式人為的觀念對事物包括
對感知本身的割裂。」〔註102〕王富仁先生曾對「新」與「舊」做出過相當精
到的分析：「『新』即受到西方文化影響的，『舊』即傳統中固有的。大概存在
三種模式：文化進化論者或曰文化激進主義者的文化模式、文化保守主義或
曰文化復古主義的文化模式以及在這兩個模式之間的中立模式」。〔註103〕而我
們之所以會忽略掉人的主體性存在，主要是因為「中西二元對立」的慣性思
維在作祟。事實上，很多情況下所謂的「創新」往往是對西方各種理論權威
的頂禮膜拜，是對西方文化與文學中形形色色的「主義」和概念的模仿，而
所謂的「創新」者們也早已習慣於「匍匐在西方各式學說的陰影中」，產生的
不過是「精神內涵缺失、生命底氣不足的『純形式』的『創新』」。〔註104〕其
根源在於精神創造過程中「人」的主體性的缺失。王富仁先生曾指出「人」
的主體創造性就體現在對文學資源的選擇和作家的創作中，而中國現代文學
的發展事實也早已印證了這一點。在動盪不已、濁浪不斷的中國，現代作家

〔註101〕王富仁：《對一種研究模式的置疑》，《佛山大學學報》，1996 年第 2 期。
〔註102〕黃翔：《留在星球上的箚記》，見張嘉諺等主編：《崛起的一代》，1980 年第 2
　　　　期。
〔註103〕王富仁：《對一種研究模式的置疑》，《佛山大學學報》，1996 年第 2 期。
〔註104〕黃翔：《直面當代中國文化——1986 年北京大學首屆文學藝術節上被取消的
　　　　文學講座稿》，見《狂飲不醉的獸形》，紐約：天下華人出版社，1998 年，第
　　　　470 頁。

無論是對「文以載道」傳統的繼承，還是對現實人生的文學表達，都難以在困擾的人生境遇中覓得一方純粹的藝術真空。從 20 世紀初開始，中國作家對異域思潮和文藝觀念的擇取及創造性的使用，無不摻雜著強烈的個人現實因素，不論是「為人生」的文學訴求，還是「為藝術而藝術」的文學觀，亦或是兩者之間的不斷撕扯，都昭示了這樣一個事實，在面對中西的文藝傳統和既有資源時，中國現代作家都是基於自己的生命體驗和生存感受做出屬於自己的選擇和創造。換言之，無論是出於時代社會對文學的激情需求，還是個人認識對文學訴求的變化，中國現代文學的發生發展不可避免地加入了「人」的痕跡，並注入了「各不相同的個人因素」。準確地說，「人的文學」強調的是具體時空下的人基於自身的體驗所作出的選擇和創作對文學發展的動態影響。正如路茫對「好」詩人的理解：「在一個好的詩人那裡，表現與洞見是交織在一起的，理性與悟性也是交織在一起的。那裡沒有人工的劃分，只有內部與外部親密的契合，只有來自詩人肺腑的水靈靈的感受。」〔註 105〕

因此，當「人的文學」脫離了具體的歷史情境後，「人」的主觀能動性被僵化為一個抽象的存在，成為一個觀念或主義。「一個真正的詩人總是有自己的哲學、政治傾向和社會理想的。完全脫離和迴避自己時代的大政治和社會潛在情慾的詩人是十分單薄的」〔註 106〕，畢竟我們「無法從蛀蟲似的純書卷詩人見出超出書卷的活生生的生命，以及生命同宇宙的生機勃勃的非書卷關係。也無法通過他見出民族的喜怒哀樂和他同自己時代的深刻關係。」〔註 107〕詩人黃翔曾一針見血地指出：「現當代的中國文化仍然是自覺或不自覺地從屬於不同時期的不同上帝意向的文化，還沒有可能出現從外部和內部徹底擺脫對『上帝』的依附，真正直面廣闊而真實的人生、獨立形成包孕作家自身巍然獨存的政治、哲學、宗教、藝術觀於其中的個體精神文化，面向整個人類的創造性文化」〔註 108〕。正如學者錢理群所提醒的，「貴州詩人群」成員在其

〔註 105〕路茫：《詩學隨筆》，《山花》，1986 年第 12 期。

〔註 106〕黃翔：《狂飲不醉的獸形》，見王強主編：《大騷動》，1993 年第 3 期，第 75 頁。

〔註 107〕黃翔：《狂飲不醉的獸形》，見王強主編：《大騷動》，1993 年第 3 期，第 75 頁。

〔註 108〕黃翔：《直面當代中國文化——1986 年北京大學首屆文學藝術節上被取消的文學講座稿》，見《狂飲不醉的獸形》，紐約：天下華人出版社，1998 年，第 470 頁。

詩歌創作與文學實踐中所引發的「世界文化觀」理應獲得學界的重視,「世界文化是由各個不同的民族組合而成的,雖然並不排斥各民族之間文化的漿液彼此滲透,從而產生變異,孕育出新的民族文化。但絕沒有一種凌駕於各民族之上、完全消除各民族特色的『大一統』世界文化。如果是那樣的話,各民族之間各各相異的富有創造個性的天才也就泯滅了」〔註109〕,屆時人類恐怕將面臨真正的世界文化危機。時至今日,當我們反顧「貴州詩人群」關於中國當代文化「貴州詩人群」的詩學取向於當時乃至當下的詩壇而言都極具衝擊力,同時,其詩學養成這一行為本身就存在著極為重要的啟示意義。

首先,「貴州詩人群」的詩學主張凸顯人的主體性價值和意義,強調詩歌必須基於個人最切實的生存感受,並忠實於自我的切身體驗敢於質疑一切。顯然,他們將自身的詩歌創作和詩學思考立足於個人和精神的文化標尺中,如王富仁先生所強調,「除通透『在廣泛的世界性聯繫中的中國社會』這個基礎,中國現代文化之巨製,必須根於文化主體性」〔註110〕,而想要「挺立於中國社會的中國現代文化生長與突圍」,就必須「重視精神文化、重視個性獨立」。〔註111〕

第二,「貴州詩人群」自1960年代起從未只停留在詩歌創作的層面上,他們始終有著相當獨立自覺的詩學取向的養成。這恰恰體現了詩人作為「文化主體性」的自覺。在既往的文學研究中,「人的文學」的傳統似乎並沒有掀起太大的波瀾。熟不知,具有主體創造性的「人」才是文學發生發展最主要的力量。

〔註109〕黃翔:《直面當代中國文化——1986年北京大學首屆文學藝術節上被取消的文學講座稿》,見《狂飲不醉的獸形》,紐約:天下華人出版社,1998年,第472頁。

〔註110〕王富仁:《從「興業」到「立人」》,見王富仁:《靈魂的掙扎——文化的變遷與文學的變遷》,長春:時代文藝出版社,1993年,第156頁。

〔註111〕王富仁:《從「興業」到「立人」》,見王富仁:《靈魂的掙扎——文化的變遷與文學的變遷》,長春:時代文藝出版社,1993年,第156頁。

第四章　「貴州詩人群」生成的文化
　　　　　資源考察

　　在 1960 至 1980 年代的中國詩壇,「地下詩歌」創作及其從「地下」浮出地表的文學現象是極為普遍的,這就意味著「貴州詩人群」在 1960 至 1980 年代的詩歌創作同樣是那個特殊時代的產物,具有當時「地下詩歌」現象的普遍性特徵,換言之,貴州的地域性特徵並非「貴州詩人群」生成的決定性因素。正因如此,「貴州詩人群」並不具備貴州文學一般意義上的地域特色,貴州的地方風情、民俗文化都不是他們描述的對象,他們忙於對現實人生、社會歷史進行痛感的提煉和開掘。貴州文學自「五四」以來更為外界所熟悉的是以蹇先艾為代表的鄉土文學一派,到 1949 年以後,這樣的情況並沒有多大的改觀,更偏向於弱者和被拯救者的聲音,壓抑沉悶的調子彷彿在召喚著英雄敘事〔註 1〕的到來。因此,「貴州詩人群」成員相對於當時的貴州文壇而言,同樣是一個相當特別的存在。不可忽視的是,貴州地域的某些特質在「貴州詩人群」的生成發展過程中仍然是不可或缺的重要影響因素。可以說,貴州對這一詩人群的影響並不是創作題材、風土人情等器物層面的,而是精神氣質層面的形塑。那麼,貴州怎樣的社會歷史情狀促成了這一詩群的發生與出現?貴州怎樣的地域特性剛好與這群詩人的某些心理狀態或精神情緒相契合?使得「貴州詩人群」之所以成為「貴州詩人群」,而不僅僅只是某一個時期的「地下詩歌」創作群體,否則也不會成為與當時的「白洋淀詩群」和上

〔註 1〕 參見朱德發:《現代中國文學英雄敘事論稿》,濟南:山東教育出版社,2006
　　　　年,第 302~317 頁。

海詩人群並舉的三個孤島之一。這群詩人的創作讓貴州的地域特性有了更具體細微生動的文學形態的呈現，是貴州這片貧瘠的文化山地對「貴州詩人群」的召喚。

因此，在地域文化與文學關係的視角下打量「貴州詩人群」的詩歌創作及相關文學活動，能夠對現代詩歌中心區域發生發展的認知模式及研究思維進行一定程度的糾偏。將「貴州詩人群」的詩歌創作與相關的文學活動置於具體的歷史語境和文化空間進行考察，其意義在於摒棄了「文學性」、「現代性」的固有評價思維，避免將」貴州詩人群」置於具有線性進化論色彩的現代主義詩歌史發展脈絡中，與「朦朧詩」進行「捆綁式」研究。同時打破了「中心／邊緣」、「先進／落後」等先入為主的、二元對立的文學史觀念，盡可能地逼近當時的歷史語境，以期呈現出詩人當年創作的動機、情景和過程，以及他們此後處於不斷動態發展中的詩歌創作和思考歷程，在詩歌文本、歷史情境以及當下生存語境之間構成多重對話的關係，充分挖掘出」貴州詩人群」背後的文化、文學和思想資源。

第一節　邊緣時空下的「文學」基因

在歷史與現實多種因素合力作用的地域空間中考察「貴州詩人群」的生成和發展，以期對這一詩人群所處的歷史語境和文化氛圍以及文化資源進行有效地梳理和把握。這將有助於深入開掘「貴州詩人群」成員的創作心態及精神特質中豐富斑斕的層次和內涵，在具體的歷史情態中凸顯這一詩人群的形成所帶來的文化啟示意義。

一、現代轉型期的貴州人文生態

自晚清以來，貴州的人文生態環境得到了極大的改善。在維新思想滋生、蔓延並演變成思潮的數十年間，近代貴州經歷了維新思潮的啟蒙和洗禮。1884年，時任貴州學政的嚴修憑藉發表文章、創辦書館學校、引進新書刊等舉措大力宣傳維新思想。當時貴州的資善堂書局購入了大量的維新思想著作，康有為的《公車上書記》、馮桂芬的《校邠廬抗議》以及鄭觀應的《盛世危言》等書籍由此被引入貴州知識界。同時，資善堂書局與梁啟超合作創辦了《時務報》的發行處，並將其設立在貴陽，由梁啟超主持。貴陽的舊書院諸如學左書院等被徹底改造成傳播新學和新思想的重要陣地。嚴修曾在其文章《勸

學示諭》中透徹地分析了當時貴州教育的時弊：

> 「方今士習之弊，大要有二：朝而時文，夕而試律，迂道德而
> 不談，束經史而不觀，所用非所學，所習非所用、其弊一也；口則
> 詩書，心則貨利，身則庠序，行則穿窬，言不能顧行，行不能顧言，
> 其弊二也。」〔註2〕

此番論述表明，在嚴修看來，改革貴州教育需遵循「行重於言、學以致用」兩個原則。同時貴州籍滿清大員李端棻因參與維新變法被貶後輾轉回到貴州，在貴陽的經世學堂及其私人府宅中講授西方啟蒙思想主張。這一系列的舉措和新思想的宣傳讓當時貴州的地方官員頭疼恐慌，貴州官員在 1902 到 1906 年間就曾先後上書朝廷表示：「風氣初開，新書支出，民權謬說，感世誣民。」〔註3〕並強烈地要求當時的清廷能採取有效措施，「嚴定限制，妥定章程，以防流弊。」〔註4〕由此可知，新思想在當時貴州的傳播及影響的力度之大。1902 至 1910 年八年間，貴州全省各類新式學堂如雨後春筍般多達 685 家。同時，大量進步報刊諸如《西南日報》、《黔報》、《自治學刊》等相繼出現，並將宣傳改良及革命思想、傳播西學及科學技術作為其辦刊的主要內容。而在貴州影響極大的各式進步團體紛呈迭出，維新改良思想成為當時貴州的時代先聲，對當時貴州的有識之士以及廣大民眾的思想啟蒙作用不可小覷。換言之，維新思想的大量傳入不僅喚醒了貴州的進步人士，更重要的是改變了曾經落後封閉的貴州社會風氣，為接下來的辛亥革命在貴州的爆發打下了堅實的群眾基礎，營造了良好的輿論氛圍，培養了一批仁人志士，諸如張百麟、楊藎城、鍾振玉等等皆從維新人士轉變為辛亥革命志士。基於上述緣由，當辛亥革命在武昌打響了第一炮之後，未及一月辛亥革命就在貴州爆發並非偶然之事。1940 年代，啞默的父親伍效高身為貴州非常有名的實業家，就曾一次性從國外購買大量的卡車和轎車，並投入七千多兩黃金在家鄉創辦私立中學，從外省名校聘請教員，一時間鄉親族人中從文從學之風大盛〔註5〕。那一代的貴州商家不僅致力於經商辦廠，同

〔註2〕轉引自龐思純：《明清 600 年入黔官員》，貴陽：貴州人民出版社，2008 年，第 216 頁。

〔註3〕《清實錄》（第 58 冊），北京：中華書局，1987 年，第 687～688 頁。

〔註4〕《清實錄》（第 59 冊），北京：中華書局，1987 年，第 412 頁。

〔註5〕參見貴陽市地方志編纂委員會辦公室編：《貴陽市志·人物志》，北京：方志出版社，2011 年；以及啞默：《世紀的守靈人·昨日不必重現》（卷六）四川大學劉福春中國新詩文獻館提供未刊稿。

時還致力於舉學，他們不僅思想開明且目光長遠。

　　抗日戰爭爆發期間，相較於東北、華北以及華中、東南各省紛紛淪陷，貴陽是少有的沒有被戰火硝煙騷擾太多的城市。1938 年，重慶成為國民政府的落腳之處，國家政治、經濟和文化重心向西轉移，貴陽成為通往重慶的必經中轉地。〔註 6〕1941 年，太平洋戰爭的爆發促使滇緬公路開通，貴州成為大後方重要的海外通道。此時的貴州在抗戰的城市格局中佔有極為有利的條件，這些都極大地推動了貴州政治、經濟、文化等各方面的發展。

　　1937 至 1943 年間，上海私立大夏大學、國立浙江大學、私立湘雅醫學院、陸軍大學等高校紛紛遷至貴陽；同時，國立貴陽醫學院、國立貴陽師範學院、國立貴州大學三所大學分別於 1938 年、1941 年成立。當時國立浙江大學遷至貴州後設有文、理、工、農、師等學院，在此 6 年間秉承「求是」的校訓精神，「每日按時上課……，學院學系逐年擴充，發榮滋長，致有長足之進步，而師生教學之勤奮，尤為地方人人所樂道。」〔註 7〕國立浙江大學在貴州期間培養的畢業生多達 1700 多名〔註 8〕，為國家和當時貴州的文化教育發展作出了極大的貢獻。1944 年，《中國科學技術史》的作者李約瑟博士在訪問國立浙江大學時就曾盛讚浙江大學是抗日烽火中的「東方劍橋」。〔註 9〕值得一提的是，1911 年貴州商人華之鴻創辦的文通書局正式開業，被譽為是「貴陽有現代方法經營印刷所之嚆矢」，這正是「由於該局資力之雄偉，設備之新穎，於當時一切落後之貴陽，自不得不視為驚人之偉舉」。〔註 10〕到了 1941 年，文通書局邀請馬宗榮和謝六逸兩位先生掌管書局的編輯所，並聘請了諸如竺可楨、蘇步青、張孝騫、張奚若以及蹇先艾、李青崖等科學文化人士成立編審委員會，隨後有《大學叢書》以及醫學、數學、天文、理化、詩詞、小說和戲劇等數百部著作的出版，數量多且水平高，可謂是貴州近現代文化史上的一大壯舉。後來，文通書局更是發展成為與中華書局、商務印書館、開明書局、世界書局、大東書局和正中書局並列的專供全國中小學教材出版的「七

〔註 6〕參見周勇編：《西南抗戰史》，重慶：重慶出版社，2013 年，第 440 頁。

〔註 7〕祝文白：《抗戰時期的浙江大學》，見惠世如主編：《抗戰時期內遷西南的高等院校》，貴陽：貴州民族出版社，1988 年，第 123 頁。

〔註 8〕周春元等主編：《貴州近代史》，貴陽：貴州人民出版社，1987 年，第 408 頁。

〔註 9〕周春元等主編：《貴州近代史》，貴陽：貴州人民出版社，1987 年，第 426 頁。

〔註 10〕馮祖貽，曹維瓊，敖以深主編：《辛亥革命貴州事典》，貴陽：貴州人民出版社，2011 年，第 9 頁。

大書局」，在國內出版史上具有極為重要的一席之地〔註11〕。書店書局的開設無疑使得山城貴陽的文化得到了前所未有的發展，同時，也改變了貴陽這一偏遠之地的社會文化知識構成。

當時眾多的文化機構從淪陷區紛紛遷至貴陽，隨之便是大批文化人抵築，諸如巴金、茅盾、葉聖陶、田漢、熊佛西、安娥、徐悲鴻、豐子愷、關山月、馬思聰、王人藝、陳寅恪等，更有貴州籍作家蹇先艾、謝六逸以及教育家馬宗榮等返回貴陽開展教育教學、從事編輯工作。開明書店、生活書店、上海新亞書店、讀書出版社以及新知書店等等都在貴陽開設分店。從報刊雜誌方面來看，《武漢日報》1938 年從漢口遷至貴陽，並更名為《中央日報》（貴陽版）；接著《力報》《大華晚報》《大剛報》《朝報》等也從湖南和江蘇遷至貴陽。僅 1944 年，貴陽發行的報紙種類就是抗戰前的 3 倍多。據不完全統計，當時貴陽出版的文藝刊物就有《世光雜誌》、《清白週報》、《知識》（雙月刊），《文訊》、《十日旬刊》、《大風》、《中國詩藝》、《勵行月刊》、《時代論壇》、《貴州文獻彙刊》、《貴州青年》、《新大夏》、《新時代》、《新流》、《黔靈》（月刊），《文風雜誌》、《七七》、《抗建》、《抗建文藝》、《學而》、《新軌道》、《狼火》（半月刊），以及《聞書》、《民族正氣》、《西南風》、《戰時畫刊》、《逸文》、《星期》（週刊）等 34 種。1944 年的貴陽人口差不多 30 餘萬，倘若按人口平均數計算雜誌比例的話，就算以今日眼光來看，也仍然是令人歎服的。〔註 12〕在文學方面，當時的貴陽活躍著眾多的報紙文藝副刊，如《革命日報》先後開設《晴嵐》、《革命軍》、《新壘》等副刊；《中央日報》（貴陽版）開闢有《前路》、《文藝週刊》等副刊；《貴州晨報》、《貴州日報》以及《力報》、《大剛報》皆闢有自己的文藝副刊，且多為兩個以上。不僅如此，1940 年代的貴陽文學成果迭出，先有謝六逸的《日本之文學》，後有蹇先艾的《鄉談集》以及著名詞學家吳梅的《霜崖詩錄》、《霜崖詞錄》、《霜崖曲錄》和《南北詞間譜》，陳安仁的《中國文化演進史觀》出版。與此同時，全國各地的稿件紛至沓來，其中就有茅盾、向培良等作家的作品。〔註 13〕

自晚清以來，貴州社會人文生態環境的改變，使得貴州文化思想空間的封閉性得以打破，在堅守了自身的文化特質和精神傳統的同時，新的思想和

〔註11〕周勇編：《西南抗戰史》，重慶：重慶出版社，2013 年，第 444 頁。
〔註12〕周勇編：《西南抗戰史》，重慶：重慶出版社，2013 年，第 442 頁。
〔註13〕周勇編：《西南抗戰史》，重慶：重慶出版社，2013 年，第 443 頁。

精神思潮逐漸開拓了人們看取世界的視野，原本保守封閉的個體的「人」在新思想新文化的感召下得以掙脫固有的民族傳統和思維習慣的束縛，這就為個人的精神空間和思想世界的延展，為文化與文學空間的開拓提供了更大的契機，為後來貴州文學的發展及作家群體的出現打開了全新的局面。

二、來自邊緣的先鋒傳統

先鋒的本質實乃對精神的邊緣和自由的堅守。貴州歷代文化與文學的精神先鋒在積極的艱辛探索中不斷地向自由挺進，在邊緣執著堅守，作為先行者，他們曾屢次遭受質疑、忽略甚至遺忘，然而在不斷被質疑和遺忘的過程中，貴州文學及作家擁有了一份純粹的對自我的執守和可貴的先鋒氣質。

既往史學界認為貴州文化是不具典型性的，與中原地區相比，貴州文化的漢文化特徵並不典型；而與青藏高原等地域相比較，又缺乏濃鬱的民族特色；貴州文化中既有漢文化的因素，又有苗瑤、百越、氐羌、濮僚等文化特質，然而，這些少數民族文化特徵又不具備典型意義〔註 14〕。於是，學界關於何為貴州文化的特質眾說紛紜，有人認為夜郎文化最能體現貴州文化特質，但關於夜郎文化的精髓是什麼卻並沒有明確的闡釋；有人又根據自然地理環境與人文生態之間的緊密關聯這一理念，提出貴州文化的典型特質實乃喀斯特地貌所形成的文化形態;同時還有人主張從人與自然之間和諧共生的角度來考察貴州文化，認為山地文化最能呈現貴州的文化特色。值得注意的是，學界關於貴州文化特色林林種種的說法，關鍵還不在於其是否恰切地把握了貴州文化的特質，最重要的還在於種種說法的出現道出了貴州文化難以界定和把握的特殊性。各種關於「貴州文化」莫衷一是的說法恰恰表明了「貴州文化」的「雜」，這意味著貴州文化不僅來源廣泛，且各種文化在進入貴州之後仍保留了它本身的特質，正如貴州史學家史繼忠所言，貴州文化是多民族文化彼此「同化」和「異化」的結果，共性與個性同在，是中國「多元文化」的縮影〔註 15〕。作為一種地域文化，貴州文化乃是漢族與少數民族文化相混合的文化，其主體仍是漢文化。

秦漢以降，中國的社會發展以長江、黃河為橫向主軸，以華北、華東、華南包括中東部在內為縱向發展脈絡，這一橫一縱的十字形歷史主航道正是

〔註 14〕申滿秀主編：《貴州歷史與文化》，成都：西南交通大學出版社，2015 年，第 128 頁。
〔註 15〕史繼忠：《貴州文化解讀》，貴陽：貴州教育出版社，2000 年，第 56 頁。

中國社會政治經濟結構的重心所在，這一認識已成為學界共識。而貴州則始終處於這一十字形發展格局的左下角區域，始終未能進入中國社會歷史發展主流區位〔註16〕的隊列中。可以說，正是這種區位的弱勢在很大程度上造成了貴州文化發展的邊緣化，導致貴州在面對主流文化話語時的文化「失語」狀態〔註17〕。事實上，貴州文化的「失語」狀態是由多種因素造成的，當然，地緣因素是其中的關鍵所在。以外省人的眼光來看，距離京城山高皇帝遠的貴州，少了皇城高牆種種人為的圍困和束縛，有的只是巍峨挺立的高山峽谷和奔湧呼嘯的瀑布與河流，這樣的自然地理生態賦予了大山裏的人們一種天不怕地不怕的行為方式和果敢決絕的心態。

　　「天下之山，萃於雲貴；連亙萬里，際天無極。行李之往來，日攀援下上於窮崖絕壑之間。」〔註18〕貴州的山地名副其實，可以說，貴州文化在很大程度上仍受制於其自然地理因素。目前的科學資料表明，貴州的喀斯特地貌發育相當成熟且極具典型性，地形複雜、山高谷深是其主要特徵。貴州的喀斯特山脈在千萬年大風大雨的塑造中形成鋸齒狀，可謂關山萬千重。山巒起伏的黔地中露出一道道裂谷深塹，好似地球上大大小小的傷口都集中在這17.6萬平方公里的山地上，這使得貴州成為中國唯一一個沒有平原支撐的省份。自古言「蜀道難，難於上青天」，然而，黔道比之恐怕只會有過之而無不及，天下文人雅士似乎皆紛紛止步於十萬黔山，哪怕是被官府流放的落魄之人也試圖繞開這「地無三尺平」的土地，於是，貴州成為化外之地，不僅內含著萬千風情的山水美景，還有山外之人對貴州的各種奇思遐想，內蘊於這片昌盛文明的放逐之地。特殊的喀斯特自然地貌造成了貴州的交通閉塞，一座座大山恰有一夫當關萬夫莫開之勢，一面是懸崖峭壁，轉身又是萬丈深谷。惡劣的自然條件養成了山民堅毅頑強的性格，但也生生阻隔了人們放眼遠望的視線，限制了人們的視野和開放的心態。儘管自然地理決定論或許有失偏頗，然而，「愚公移山」的精神以及「人定勝天」的信仰如果落在貴州的高山深谷之中卻難免顯得有些荒謬。貴州群山的阻隔，使得世居在山裏的各民族得以在較長時間裏恪守自身的文化傳統和民族習慣，由此產生了一種「文化

〔註16〕參見馬駿驥：《貴州文化六百年》，貴陽：貴州人民出版社，2014年，第7頁。
〔註17〕馬駿驥：《貴州文化六百年》，貴陽：貴州人民出版社，2014年，第7頁。
〔註18〕王陽明：《月潭寺公館記》，見趙平略譯注：《貴州古代紀遊詩文譯注》，貴陽：貴州人民出版社，2006年，第22頁。

千島」的現象,即「十里不同風」、「百里不同俗」的文化景觀〔註 19〕,且這「文化千島」中的每一座孤島又是獨立自存的,遂「文化千島」的景觀中蘊含出一個個「文化孤島」。綿延不絕的「崇山峻嶺」用來形容青藏山脈是合適的,可用來形容貴州的大山就不太可行了,因為貴州的山與山之間看似很近實則彼此獨立,這似乎為貴州人好自立山頭的說法找到了一個恰切的解釋。作為一個充滿矛盾張力的存在,其中兼具包容性與封閉性,既求新求變又容易急功近利,相對滯後的文化自覺伴隨著後繼乏力的困頓局面,置身於「文化千島」與「文化孤島」對峙交織的矛盾狀態,常常會陷入「夜郎自大」與自卑的游移尷尬中〔註 20〕。然而,正是這種文化「失語」狀態下無力示強卻又不甘示弱的心態,讓貴州人頗有一種敢為人先的魄力和說幹就幹的勇氣。

據現有史料表明,貴州的世居少數民族至少有 17 個,正因如此,貴州常常被冠以多民族省份的稱謂。事實上,貴州不僅是一個多民族聚集的省份,還是一個典型的移民大省。在貴州文化從古至今的歷史流變過程中,貴州的移民史和開發史與貴州文化發展有著十分密切的關聯,綿延不絕的移民潮伴隨著貴州從古代步入了現代。〔註 21〕相關史料顯示,貴州的移民潮可追溯到春秋戰國時期,「移民潮是衝破貴州封閉落後的源頭活水,也是造成貴州多民族文化共生互補的主因。」〔註 22〕由於自身不可主宰的原因,移民們從落戶貴州起甚至是還未抵達貴州就已萌生「走出大山」的決心,哪怕自己在有生之年受主客觀條件的限制並未能如願,但「走出去」的決心卻在家族的長輩們對家族移民經歷一次又一次的追憶和敘述中得以保留下來。可以說,各族文化在移民潮的推動下彼此交融不分你我,相互於不經意間都留下了彼此的文化印跡。在一波又一波的移民潮中,文化之間的保守、遠嫁、變異、交融在相同時空下不期而遇。在文化的碰撞與交融中,漢夷之間的文化顯然不是一方壓倒另一方或一方衍生了另一方這麼簡單的思維邏輯發展線索,由此,便不可能出現民族文化上非此即彼的思維格局。在貴州文化發展進程中,許多文化大儒諸如尹珍、鄭珍、莫友芝、周漁璜還有哲學大儒王陽明,就是在這樣的黔地民族文化格局中發展壯大起來的。

〔註 19〕 謝廷秋:《文化孤島與文化千島——貴州民族民間文化與社會發展研究》,濟南:齊魯書社,2011 年,第 146 頁。

〔註 20〕 參見馬駿騏:《貴州文化六百年》,貴陽:貴州人民出版社,2014 年,第 7 頁。

〔註 21〕 馬駿騏:《貴州文化六百年》,貴陽:貴州人民出版社,2014 年,第 17～21 頁。

〔註 22〕 馬駿騏:《貴州文化六百年》,貴陽:貴州人民出版社,2014 年,第 28 頁。

　　1895 年（清光緒二十一年）4 月，中日甲午海戰中清廷一方失敗，喪權辱國的《馬關條約》簽訂，全國一片譁然。康有為四方奔走，聯合在北京會試的各省舉人聯名上書，要求拒簽和約、遷都抗戰以及變法圖強，是為「公車上書」。據相關史料顯示，當時康有為、梁啟超等人召集約 18 省 1200 多位舉人相聚於松筠庵議事，最終參與上書的舉人只有 600 多人，其中不畏皇權、冒死簽名的貴州籍人士就有 95 人之多，其所佔比例之大自不待言。〔註 23〕這主要得益於當時的貴州籍滿清大員、京師大學堂的倡導者之一李端棻及其另外三位端字輩兄弟在貴州有識之士中的影響。與此同時，貴州黃平籍舉人樂嘉藻也曾單獨向清廷上書，要求廢除讀古書的舊制，提倡向西方學習科學興國的教育制度。李端棻、樂嘉藻回到貴州之後，於 1902 年與於德楷、李裕增等人創建了公立師範學堂（今貴陽師範學院前身），此乃貴州開風氣之先的第一所新式師範院校。1905 年，李端棻、樂嘉藻、於德楷、任可澄以及唐爾鏞、華之鴻等人經過協商創辦貴州中學堂，1906 年更名為貴州通省公立中學堂，此乃今天貴陽一中的前身，直到今天貴陽一中仍是貴州省名列前茅的中學。正是諸如李端棻、樂嘉藻等貴州早期的開明知識分子回到家鄉傳播維新思想，極大地影響了當時貴州的整個社會風氣，改善了當時貴州的人文生態環境。

　　清末民初，在中國學生留學日本的熱潮中就已活躍著大量貴州人的身影〔註 24〕。林紹年擔任貴州巡撫之後，大力興辦教育，將「興學育才」視為振興貴州的「本中之本」，並將此列入奏章《籌辦黔省事宜》中，突出「特辦事需人，儲才為急」，強調此乃「興學握庶務之全綱」。〔註 25〕僅 1905 年，林紹年在向清廷呈上奏摺《選派學生出洋摺》之後，緊接著又分別向清廷遞交了《黔省秋冬兩季諮送學生出洋片》及《奏請高等學堂設立預備科並派員出洋考察摺》兩道奏摺，貴州巡撫接連不斷地向清廷遞交關於振興貴州教育的奏摺，明確地突出其「振興庶務，全賴人才，而培養人才，必先預儲教習」的

〔註 23〕參見貴陽市地方志編纂委員會辦公室編：《貴陽市志·人物志》，北京：方志出版社，2011 年，第 393 頁。

〔註 24〕參見陳學恂，田正平：《日本留學生調查錄》（1902 年），見《中國近代教育史資料彙編·留學教育》，上海：上海教育出版社，2007 年，第 388 頁；陳學恂，田正平：《留日中國學生之總數》，見《中國近代教育史資料彙編·留學教育》，上海：上海教育出版社，2007 年，第 389 頁；張海鵬，李細珠：《中國近代通史》（第五卷新政、立憲與辛亥革命 1901～1912），南京：江蘇人民出版社，2006 年，第 114～118 頁。

〔註 25〕林紹年：《籌辦黔省事宜》，見貴州省文史館校勘：《貴州通志·前事志》（第四冊），貴陽：貴州人民出版社，1991 年，第 905～907 頁。

理念主張。〔註26〕此時，貴州當地也湧現出一批頗有見地的地方官員，如都勻知府王玉麟變更施政方式，「創設自治研究會師範講習所……每日率僚屬至自治會聽講……於學堂課程考察尤嚴，於是民間知新政之益。」〔註27〕進士出身的遵義知府袁玉錫「創辦中學堂及師範學堂、高等小學堂、蠶桑學堂，工程浩大，非數萬元不足以竣事」，「玉錫竟以七千金竟其功，蓋由於善於用人，人亦樂為之用；又以餘力開辦官書局，建築百藝廠於湘山後，樓房數百間。」〔註28〕還有大定府知府吳嘉瑞在擔任知府前的 1905 年，曾赴日本「考察學務、工藝、警察、監獄諸政」，1907 年吳嘉瑞回貴州後廣開學校，先後創辦了師範傳習所、第一女子初高等小學以及第四和第五初高等級小學堂〔註29〕。可以說，貴州地方官紳的開明遠見和積極參與極大地推動了當時貴州文化教育事業的發展。

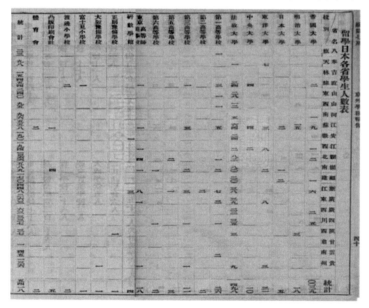

《留學日本各省學生人數表》1906 年

〔註26〕林紹年：《奏請高等學堂設立預備科並派員出洋考察摺》，見貴州省文史館校勘：《貴州通志・前事志》（第四冊），貴陽：貴州人民出版社，1991 年，第 893 至 896 頁。林紹年：《黔省秋冬兩季諮送學生出洋片》，見貴州省文史館校勘：《貴州通志・前事志》（第四冊），貴陽：貴州人民出版社，1991 年，第 897 頁。

〔註27〕竇全曾修，陳矩纂：《都勻縣志稿》，轉引自林芊：《辛亥革命前後的貴州社會變革》，貴陽：貴州大學出版社，2012 年，第 243 頁。

〔註28〕周恭壽修，趙愷、楊恩元纂：《續遵義府志》，轉引自林芊：《辛亥革命前後的貴州社會變革》，貴陽：貴州大學出版社，2012 年，第 244 頁。

〔註29〕凌霄：《平越各縣之變亂記》，轉引自貴州省社會科學歷史所編：《貴州辛亥革命資料選編》，貴陽：貴州人民出版社，1981 年，第 370 頁。

　　僅 1905 年，貴州派遣的官費、公費和自費留學生達 151 名〔註30〕，不僅開創了貴州留學史上的一大壯舉，更反映出當時貴州官員的思想開明和人文環境的改善，掀起了貴州的留學高潮。據相關史料《學部官報》〔註31〕顯示，貴州在 1906 的留日學生達 136 人，在當時的西南三省中，四川派遣留日學生為 337 人，雲南派遣 45 人。

　　1916 年由留日學生陳啟修、周昌壽、吳永權、鄭貞文等 47 人組織成立了中華學藝社，因 1916 年屬丙辰年，遂又名為丙辰學社，將事務所設立在東京小石川原町。該社的宗旨為研習真理、昌明學術、交流智識。中華學藝社的活動一直持續到 1949 年新中國成立之後，且始終扮演著極為重要的學術團體角色，對當時中國的科學、教育、文化出版等各項事業產生了巨大的影響。而加入中華學藝社的成員中前後就有 50 多名貴州籍人士，其中更有為中華學藝社和中國科學事業做出重要貢獻的周昌壽先生〔註32〕。還有諸如以柳亞子領銜成立的南社，文學研究會、語絲社、開明同人等團體，都活躍著貴州人的身影。僅以文學研究會為例，當時加入該團體的貴州籍會員就有 4 位，分別是蹇先艾、謝六逸、李君毅和楊敬慈。在各省入社會員人數排名中，除卻幾乎過半的江浙兩省會員，貴州位列第七已屬於前列。〔註33〕「五四」之後，貴州走出去了一批頗有文學成就的作家，然而，由於各種複雜的原因導致目前學界將關注的目光更多地放在蹇先艾、壽生、謝六逸等作家身上，而貴州在「五四」期間成長起來的其他作家則被淹沒在「主流」敘述之外，諸如張道藩、姚茫父、黃宇人、孫如陵、傅啟學、任時燮等人。曾經在貴州生活過的聞一多、茅盾、李長之、林濟同等人對貴州的文化精神有著獨到的體悟和發現。在林濟同看來，平原文明的精神可謂「博大有餘、崇高不逮」〔註34〕，而貴州的山地文明帶來的是一種崇高奇險的精神氣魄。聞一多更是在貴州山野民歌中嗅到了一股久違了的能

〔註30〕貴州省地方志編纂委員會：《貴州省志·教育志》，貴州：貴州人民出版社，1990 年，第 384～386 頁。

〔註31〕《留學日本各省學生人數表》，見《學部官報》，1906 年第 8 期，第 40～42 頁。

〔註32〕參見何志平等主編：《中國科學技術團體》，上海：上海科學普及出版社，1990 年。貴陽市地方編纂委員會編：《貴陽通史》（中），貴陽：貴州人民出版社，2011 年。侯清泉：《貴州近現代人物資料續集》，貴陽：中國近現代史史料學學會貴陽市會員聯絡處，2001 年。

〔註33〕參見杜國景：《顧彭年：文學研究會中的半個貴州人——兼及其他貴州籍會員》，《貴州文史叢刊》，2014 年第 2 期。

〔註34〕林同濟：《千山萬嶺我歸來》，施康強編：《征程與規程》，北京：中央編譯出版社，2001 年，第 229、228 頁。

盡情釋放精神能量的原始生命活力,正如他曾評價道:「你說這是原始,是野
蠻。對了,如今我們需要的正是它。我們文明得太久了,如今逼得我們沒有路
走,我們該拿人性中最後最神聖的一張牌來,讓我們那在人性的幽暗角落蟄伏
了數千年的獸形跳出來反噬他一口。」〔註35〕

　　處於「邊緣」的貴州常常感到來自「中心」和周圍的壓力或者漠視,正
如王富仁先生所言:「外部的不平衡,又會影響內部的平衡態的破壞。所以,
這仍是一個異常痛苦的過程。這裡不僅是政治的關係,同時也是普遍的文化
關係。」〔註36〕相比於中心和周圍的關注所帶來的自我滿足感,貴州只有對
自身文化的痛苦意識,才會真正獨立且更加敏銳。到了「希求瞭解而不被瞭
解的痛苦意識中,你才會不斷為自己尋找一種獨立的價值標準,逐漸加強自
己的獨立性,豐富自己、發展自己」〔註37〕,這恰好正是「貴州詩人群」獲
取、消化其思想文化資源的內在動力,也呈現出其堅持獨立思考、建立文化
自信的啟示意義。

三、思想的縫隙與盲點

　　　　「黑暗比光明更能激發起生的渴念,荒涼比繁榮更能推進詩人

　　的遐想。」〔註38〕

　　即使是在社會文化控制最嚴密的時期,「人」的情緒、「人」的精神、「人」
的思想」因其巨大的自主性和能動性成為最不可能被完全掌控的領域,人的感
性情緒最不可能被理性規則約束為整齊有序的條條框框,更何況還存在著思想
的縫隙和盲點。恰恰因為這樣的縫隙和盲點的存在,思想精神的異質因素往往
更容易被激活、滋長,就好似被封閉已久的密閉空間裏,思想情緒在持續發酵,
突然遭遇哪怕只是一點點外部力量的刺激,也極容易發生思想情緒的噴發且威
力不小。事實上,像「貴州詩人群」這樣的詩人圈子現象在新文學發生發展的
初期是極為普遍的,如「新青年」群體、文學研究會、創造社、新月派、現代
派以及七月派、九葉派、中國新詩派等等比比皆是。如前所述,作家同人群體
的「少見」正是由於1949年新中國成立後社會意識形態的確立和社會「一體化」
進程的加速,不再擁有自由存在的活動空間。然而,在1960至1970年代的中

〔註35〕劉兆吉:《西南采風錄・聞序》,上海:商務印書館,1946年,第56頁。
〔註36〕王富仁:《王富仁自選集》,南寧:廣西師範大學出版社,1999年,第66頁。
〔註37〕王富仁:《王富仁自選集》,南寧:廣西師範大學出版社,1999年,第66頁。
〔註38〕路茫:《詩學隨筆》,《山花》,1986年第12期。

國，看似高度「一體化」的思想空間並非鐵板一塊。在那樣一個非文學的政治時代，「紅衛兵」潮流的掀起，似乎讓當時的青年學生們感受到了一種前所未有的「民主」與「自由」，而事實上，這樣的「自由」、「民主」不僅是非理性的，更是缺乏正當性和正義性的。似乎所有的青年學子都可以隨意審判他人的思想、言論甚至是生命。人人自危的同時也極容易陷入一種非理性的權力癲狂狀態，盲目、無序、混亂的鬥爭氛圍不斷侵蝕著每一個人的身心和感官。「紅衛兵」熱潮才剛剛如火如荼地展開，「上山下鄉」的運動已開始席捲全國。然而，無論世界被攪得如何天翻地覆，帶有出身原罪的社會問題成員始終無法進入這些熱潮和運動的中心，儘管在大多數情況下他們無法參與到「上山下鄉」等各種運動中，但正因如此，他們在某種意義上得以遠離熱潮，得以「沉靜」下來在相對獨立的位置冷靜地、有距離地審視和觀察世界，反思現實人生，感悟屬於「個人」的自我，讓自我更貼近內心和人性。在此意義上，這些帶著社會問題身份的人反而成為了社會思想管控下的縫隙和盲點，換言之，他們似乎距離屬於「個人」的文學也就更近了，文學為這些「傷痕累累」的青年提供了另一種看取人生和世界的方式。正如詩人啞默所言：

> 「失學的那一年，除了用歪歪斜斜的字幫大人謄寫寫不盡的檢查、交代、供狀、自白書、反省材料、交心報告外，我只好到傳統文化中去尋夢了」〔註39〕。

> 「在一片大孤寂中，我埋下頭去鑽研手邊僅有的、竭盡全力所能弄到的所有書籍、資料……我知道必須最大限度地完成自我教育，不斷地充實、堅固自己……我在俄羅斯和西方的文、音、美、哲、美學、心理學大師們的世界中混迹過。但我總覺得那都不完全是我自己的世界，心裏隨時都冒出濃烈的想言說自身的感覺。」〔註40〕

值得注意的是，談論 1960 至 1970 年代中國社會文化思想的「一體化」，是從社會整體性的角度出發的思維，實際上，決策思想的時效性和強弱程度在從中心傳遞到各個地方上時，不可避免地會產生一種空間性位移的變化和差異。如果說貴州政治經濟文化的「失語」狀態使得貴州常常陷入發不出「強音」的尷尬境地，那麼，不能忽視的是，也正是這樣的尷尬和「失語」給了貴州

〔註39〕啞默：《長歌如夢》，《牆裏化石》，北京：中國致公出版社，1999 年，第 2 頁。
〔註40〕啞默：《長歌如夢》，《牆裏化石》，北京：中國致公出版社，1999 年，第 4～5頁。

產生異質思想的緩衝和蓄積的契機。

　　群山環繞的貴州集中了一批晚清民國時期的官員和商人的遺民後裔，相對封閉且安寧的生活使得其西化的家學淵源得以保留，同時也助長了其叛逆的性格和個性的意識，而這些都極為有助於文學藝術的醞釀。譬如 1950 年代在貴陽出現的「裴多菲俱樂部」，黃翔、啞默等詩人以及詩評家張嘉諺在對其文學人生的追憶中都曾不約而同地提到一個叫伍汶憲的世家子弟以及與他相關的「裴多菲俱樂部」。黃翔在 1998 年發表的自述《回顧和思考》中就談到，「貴州地下文學現象可以追溯到五十年代末和六十年代初，甚至更早」〔註41〕，其中就有他的朋友啞默的哥哥伍汶憲，讓黃翔印象極為深刻的不僅僅是伍汶憲早在 20 世紀 50 年代初就已開始的充滿自由主義精神的詩歌創作〔註42〕，更讓黃翔心心相惜的還是伍汶憲面對無法承受的精神壓抑和青春苦悶時所做出的衝闖、流浪直至被打入黑牢的悲劇。黃翔曾感慨萬分地回憶道：「他在五十年代初期，就開始充滿自由主義精神的詩歌寫作，以宣洩意識形態專制下精神的壓抑和苦悶，詛咒黑暗，追求光明。後來他冒險偷越國境，被狼狗咬住一條腿拖了回來，結果被丟進黑牢，一泡十多年，黑髮泡成了白髮，被迫放棄了文學，一生什麼也沒有留下。」〔註43〕

　　事實上，要不是被逼仄的現實環境所迫，像伍汶憲這樣的世家子弟是不可能選擇背井離鄉的生活甚至還為此差點付出生命的代價。對此，伍汶憲的胞弟啞默（原名伍立憲）感觸頗深。伍汶憲與伍立憲的父親伍效高（1894～1984）在「1949 年以前是西南地區有名的工商實業家，民國 20 年（1931 年），伍效高赴廣西洪江處理恒興益留存鴉片數百擔，並於次年在漢口開設陸大公司和廣州大東公司，自任經理。兩公司都以做鴉片為主，兼辦匯兌業務，生意遠及上海、香港等地。」〔註44〕彼時的伍家可謂貴州當地的名門望族。無

〔註41〕黃翔：《回顧和思考》，原載於〔美〕《世界週刊》，1998 年 2 月 8 日～14 日，轉引自啞默：《世紀的守靈人・文脈潛行》（卷九），四川大學劉福春中國新詩文獻館提供未刊稿，第 8～10 頁。

〔註42〕黃翔：《回顧和思考》，原載於〔美〕《世界週刊》，1998 年 2 月 8 日～14 日，轉引自啞默：《世紀的守靈人・文脈潛行》（卷九），四川大學劉福春中國新詩文獻館提供未刊稿，第 8～10 頁。

〔註43〕黃翔：《回顧和思考》，原載於〔美〕《世界週刊》，1998 年 2 月 8 日～14 日，轉引自啞默：《世紀的守靈人・文脈潛行》（卷九），四川大學劉福春中國新詩文獻館提供未刊稿，第 8～10 頁。

〔註44〕貴陽市地方志編纂委員會辦公室編：《貴陽市志・人物志》，北京：方志出版社，2011 年，第 107 頁。

論是 1935 年出生的伍汶憲，還是 1942 年降生於這個家庭的啞默，都曾享有富足的物質生活和優越的成長環境。

伍汶憲在貴陽志道小學畢業後，就赴廣州開始了他的初中生涯，1949 年回到貴陽一中就讀。在啞默的記憶中：

> 「遠在高中時代，其（伍汶憲）一夥同學宋子榮、宋子祥、宋香（三兄妹）、朱訓祥、朱訓謀（兄弟）、周澤先、黃尚倫、鄒鶴、何紀賢、褚智萍、袁承業、魏子晃、馬小英、曾繁驤、鄧傳奇等便經常在伍家大宅聚會，或奏小提琴、大提琴，或朗誦詩詞、放聲高歌，或品賞繪畫……而更多的時候則是高談闊論，自謂文化精英，並宣稱必獲諾貝爾文學獎云云？伍家收藏有大批古今名字畫、書、唱片……這些藏品促成了進出其宅的一代代人的人文薰陶。他曾與好友朱訓祥在花溪石頭寨租房蟄居，他寄情詩歌、小提琴和英語；朱訓祥則苦攻數理化。」〔註45〕

對於當時的生活境況，啞默介紹道：「十幾歲前基本上是西式的家居環境，令我對一切新奇、新興的事物都感興趣，其中可以說沒有一種是中國式、本土造的。這物質性的激發，很能產生雄心勃勃、橫跨當世的心理，而且不把身邊周遭的世界當作世界！」〔註46〕對於青年時代的伍汶憲而言，無論是他熱衷的西方文學、繪畫、音樂以及由此產生的對學習英語的濃厚興趣，還是曾讓他醉心不已的中國古典詩詞〔註47〕，不僅為他開啟了一扇通往外界的心靈之窗，更是直接形塑了這位世家子弟看取世界的視角和勇氣，且不斷地調整著他的人生旨趣。

第二節 民間思想群落的交互影響

民間思想群落之為「民間」，並不取決於這種非官方的精神思想表達與傳播的時間有多早，持續了多久，而是取決於極具個人自由度的精神特徵及表達。換言之，思想群落的民間質素及其起始的早晚以及持續的時長，並不與

〔註45〕啞默：《代際傳遞：貴州詩歌的潛在寫作》，《詩探索》（理論卷），2016 年第 3 期。

〔註46〕啞默：《寂寞梧桐》，《世紀的守靈人·啞默的自白》（卷八），四川大學劉福春中國新詩文獻館提供未刊稿，第 8 頁。

〔註47〕啞默：《代際傳遞：貴州詩歌的潛在寫作》，《詩探索》（理論卷），2016 年第 3 期。

其本身彰顯的人文精神的歷史性和現實性的飽和度成正比。此處的「自由」，也並不是全然針對被官方所規約的思想文化領域而存在的，更主要還是指一種精神思想創造的自由，其精神思想主要源於個人對現實人生和歷史語境的獨特感知，是基於鮮活生動的生存實感所生發、提煉出來的精神思想狀態。

一、「貴州詩人群」的沙龍生活

1960 至 1970 年代的北京沙龍活躍著的成員大多為高幹、學者、藝術家以及其他高級知識分子的後代，長輩「對官僚的蔑視，對文化界黨棍的鄙視和直言不諱」〔註 48〕都成為他們耳濡目染的人格風範，這深深影響了他們日後的思想言行，但這也使得他們從一開始就處於中心區域的政治文化生態中。相比之下，遠離中心區域的貴州的文學藝術思想群落，則更主要是基於其成員的文藝自修和自我提升，以此來彌補主流話語的單調匱乏。於是，一些帶有濃鬱的文藝色彩和情趣的小群體、小沙龍問世。儘管當時的貴州較為封閉落後，再加上歷史性地被邊緣化等原因，文化土壤稀薄，缺少深厚的文化積澱和人文傳承，同時也難以通過當時的體制教育有所突破、超越，然而，這似乎絲毫不影響一些文學藝術幼苗的倔強成長。

1969 年，一座位於貴陽市和平路的被廢棄的天主堂成為當時「破四舊」以及「清理階級隊伍」時被清理的「社會渣滓」的避難所，飢寒苦悶、孤獨壓抑的青年在天主堂裏，透過小禪房一扇扇老虎窗口驚悸惶惑地打量著窗外一片混亂的人世。就是這樣的環境，卻成了青年們難得的聚會場所。在這裡，詩人黃翔、啞默和路茫相遇相識，直接觸成了「貴州詩人群」的生成。在路茫的眼裏，這座廢置的天主堂被視為「上帝的家」，在這「上帝的家」中，路茫不僅結識了與他精神氣質十分相近的詩友，並開啟了他人生中極為重要的「西方」文化之旅。〔註 49〕

> 「由於互相傾吐的需要和人性的接近，也由於共同的人生苦悶、貧困、壓抑，共同的生活悲劇，他們常在夜晚爬到天主堂的天窗之外去看夜空彎彎的新月，談著羅曼·羅蘭、貝多芬、托爾斯泰、艾略特、

〔註 48〕張朗朗：《「太陽縱隊」傳說及其他》，見廖亦武主編：《沉淪的聖殿——中國 20 世紀 70 年代地下詩歌遺照》，烏魯木齊：新疆青少年出版社，1999 年，第 39 頁。

〔註 49〕啞默：《世紀的守靈人·見證》（卷三），四川大學劉福春中國新詩文獻館提供未刊稿，第 375～376 頁。

泰戈爾、惠特曼……談著一天天溜走的寶貴生命。有時，他們邀另一
位詩人啞默跑到社會管束不到的荒山野嶺去對天吶喊，以此來發洩內
心的憤怒和積壓的火山般的情感；有時躲進小樓的斗室裏，每人湊幾
毛錢買酒，以酒代火去抵抗身外和內心的寒冷……」〔註50〕

天主堂的聚會讓這些青年得以避開各種奪權鬥爭，他們在這裡或狂熱地探討
中西方文學、哲學經典，或迷醉地演奏小提琴、欣賞西方音樂，甚至通宵達
旦地暢談心聲、剖析彼此。

　　1970 年，聚會的重心從天主堂〔註51〕轉移到了「野鴨沙龍」。「野鴨沙龍」
位於當時貴陽市中心的公園南路 53 號，黃翔曾回憶道：「回到貴陽後，認識
了詩人啞默，他受他哥哥影響執著文學，六十年代就開始寫詩並自印民刊，
在小圈子內流傳。他家有一座深宅大院，有一個沙龍，每週定期聚會，來的
都是省城青年中出類拔萃的人物，有詩人、畫家、演員、音樂工作者，這個
沙龍被我取名為『野鴨沙龍』，重點在一個『野』字，不僅野，也帶野性的涵
義，而其主人在鄉下教書的地方也叫『野鴨塘』。」〔註52〕1970 年代發生了許
多讓「貴州詩人群」成員感到震撼無比的事情，這些都成為他們沙龍聚會時
熱烈談論的話題。肖承涇閱讀了 1969 年 1 月 27 日刊載在《人民日報》上的
譯文《美帝新頭目尼克松的「就職演說」》，他不僅在該篇譯文上做了非常詳
細的閱讀筆記，還將其剪下隨身攜帶，在各個沙龍聚會時便拿出來宣講、朗
讀，當時肖承涇極富激情和煽動性的言辭讓啞默難以忘懷。諸如此類的沙龍
聚會話題不僅形塑著他們看取世界的方式，也影響著他們對現實人生處境的
積極思考和探索。啞默至今還清晰地記得官方公告出基辛格秘密訪華的當天
晚上，朋友們不約而同地在非週末的時間裏相聚「野鴨沙龍」，就當時的國際
國內形勢進行徹夜暢談。後來，因擔心木結構房子隔音效果差會引來鄰院軍
區宿舍人們的舉報，於是，他們索性上街通宵遊走聊天，最危險的地方反而
是最安全的，因為當時的貴陽大街上隨時會出現巡夜的摩托車小分隊。啞默

〔註50〕 路茳：《作家自傳》，轉引自啞默：《世紀的守靈人‧文脈潛行》（卷九），四川
　　　　 大學劉福春中國新詩文獻館提供未刊稿，第 18 頁。
〔註51〕 啞默：《陽光白骨——綜觀詩人黃翔》，見《世紀的守靈人‧見證》（卷三），
　　　　 四川大學劉福春中國新詩文獻館提供未刊稿，第 360 頁。
〔註52〕 見黃翔於 1998 年 2 月 8 日至 14 日在美國《世界週刊》上發表的自述，轉引
　　　　 自啞默：《當代「潛在寫作」史料：關於啞默〈真與美〉的史料（一）》，毛迅，
　　　　 李怡主編：《現代中國文化與文學》（第 1 輯），成都：巴蜀書社 2005 年，第
　　　　 189～216 頁。

特意寫下了《走向黎明》的文章來紀念那一晚的情境，並在日記中留下了「野鴨沙龍」生活的足跡。不久後，沙龍中出現了《尼克松其人其事》的灰皮書內部讀物，以及不知從哪獲得的被刊載在《參考消息》上尼克松所寫的《走向和平的真正道路》的長文，一時之間，沙龍興起一股傳閱傳抄研讀這一類文章的風潮，在他們的眼前、筆下走過的是盧梭、伏爾泰、孟德斯鳩、華盛頓、羅斯福、丘吉爾、戴高樂、田中角榮、安東尼奧尼等歷史人物。正是在這樣的沙龍閱讀經歷中，啞默、黃翔、肖承溼等人自覺或不自覺地構建起屬於他們自己的關於現代世界的認識，並對「現代化」產生了自己獨特的思考，將從歷史中獲得的人文意識揉碎在自己的現實人生體驗中。〔註53〕

在「野鴨沙龍」的斜對面就是孫惟井的「芭蕉沙龍」（公園南路 50 號），而在轉過一條街的都司路上就有周渝生的音樂沙龍（公園南路附近的都司路 58 號），當時貴陽偏小的城市結構和居住方式使得「野鴨沙龍」、「芭蕉沙龍」和周渝生的音樂沙龍構成了一個三角形式的聚會場所，而文學、美術、音樂各執一端〔註54〕。孫惟井的「芭蕉沙龍」就在孫家小院子中進行，那裡有著異常茂盛的芭蕉葉，伸出牆外直到街上，美術愛好者孫唯井、高精靈、王天祿、龍景芳、龔家璜等常常在此進行畫藝切磋，探討各自對美術的看法。周渝生的「音樂沙龍」則是樂器愛好者的歡聚場所，瞿小松、馬建平、王良範、陳遠寧、陳德泉以及周渝生兄弟在此進行音樂藝術的探討，「他家幾兄弟都喜愛樂器，中學生小樂隊常聚在他家演奏，臨街圍觀者常擠得水泄不通？周的板胡拉得很好，而本人則酷愛西方音樂，收藏有『文革』劫後餘存的數套柴可夫斯基、門德爾松、貝多芬等的小提琴協奏曲唱片⋯⋯朋友們常在那兒用手搖唱機秘密放聽、唱歌，大談國內外要事⋯⋯其麼弟周培賢八十年代移居香港後，曾以手風琴一舉奪魁？」〔註55〕除此之外，還有由肖承溼、曹柳生、王青林、劉大明等人組織的「流動沙龍」，自主地進行關於電影話劇的探討。在當時的貴陽還有許許多多這樣的聚會場所，據啞默回憶，當時他們常常自帶樂器、火盆、蔬菜、木炭等等，浩浩蕩蕩「拖兒帶女」地前往一位

〔註53〕啞默：《世紀的守靈人・文脈潛行》（卷九），四川大學劉福春中國新詩文獻館提供未刊稿，第 57～58 頁。

〔註54〕啞默：《代際傳遞：貴州詩歌的潛在寫作》，《詩探索》（理論卷），2016 年第 3 期；同時見啞默：《世紀的守靈人・文脈潛行》（卷九）四川大學劉福春中國新詩文獻館提供未刊稿。

〔註55〕啞默：《代際傳遞：貴州詩歌的潛在寫作》，《詩探索》（理論卷），2016 年第 3 期。

叫陳新築女士的居所,在那裡搞詩歌朗誦、音樂演奏,順便再吃個火鍋,好不熱鬧。〔註56〕

活躍的沙龍生活催生了文學藝術愛好者的創作激情和向現實挺進的勇氣和決心。正因為有這些沙龍的存在,青年們得以在西南一隅獲得文化與藝術的薰陶,使得他們能從中更貼近外面的世界和異邦的文化。在這裡,文化、文學、藝術超越了時空的界限,照射出斑斕的靈光和巨大的能量,牽引、推動著一代青年走出大山、走向世界。這些詩歌、音樂、美術的沙龍就彷彿蟄伏在高原上的野獸,安靜卻潛藏著危險的氣息,如暗流湧動的活火山,蓄勢待發。

二、民間思想群落的互動交流

民間思想群落這一文化現象的產生和存在,是多種歷史和現實因素綜合作用的結果,但其中至為重要的一點是,必須具有滋生、傳播異質思想的精神土壤和文化氛圍,而遠離中心區域、地處西南一隅的貴州恰好能提供這樣的避世之所。唯有如此,在社會思想整體嚴密的情況下,思想者個人對人生理念與人性良知的堅守才得以實現。由此才能產生真正的「自由寫作」。因此,這裡的「自由」絕不是個人閉門造車就能實現的,它來源於思考和寫作的個體與周遭的人及其環境發生的密切關聯,在某種意義上,正是個人與世界、與現實人生積極的互動交流,才得以產生這獨立而不孤立的精神文化現象,成為一個時代的歷史文化現象的最佳見證者。在錢理群看來,1970年代活躍的民間思想群落恰恰是突破了當時的諸多禁區,「開始努力地全面尋求與吸取中國和世界文化資源,其立足點,又是思考與探索中國自己的問題」〔註57〕,「我們對外部思想資源的接受與吸取,又受到很多偶然因素的影響。……由於尋求文化資源重點的不同,就決定了後來民間思想者不同的走向。」〔註58〕地處邊緣地帶,又並非完全脫離中心漢文化的強勢影響,被視為內陸「蠻荒之地」的貴州似乎是最為合適的地緣環境。貴州沿著雲貴高原

〔註56〕啞默:《代際傳遞:貴州詩歌的潛在寫作》,《詩探索》(理論卷),2016年第3期。

〔註57〕錢理群:《1970年代民間思想村落研究》,見孫曉忠編:《生活在後美國時代——社會思想論壇》,上海:上海書店出版社,2012年,第228頁。

〔註58〕錢理群:《1970年代民間思想村落研究》,見孫曉忠編:《生活在後美國時代——社會思想論壇》,上海:上海書店出版社,2012年,第228頁。

的東部斜坡而形成，東接魚米之鄉湖南，南鄰沿海的廣西，西抵邊境重鎮雲南，北近天府之國川渝，夾在中間的貴州常常處於尷尬的狀態，沒有湖南貫通東西南北的交通優勢，享受不到兩廣經濟圈的惠利扶持，沒有雲南的邊境優勢和濃鬱的民族風情，無法融入深厚的巴蜀文化，同時也沒有依靠長江的地緣優勢，當貴州本土話語極容易被忽視被弱化之時，也就同時獲得一份難得的被遺忘的思想安寧。

　　1963 年的貴州「山雨欲來風滿樓」，社會陷入了全面徹底的清理中。在距離貴陽不算太遠的一個茶場裏，聚集了許多來自貴陽、遵義等地的知識青年，他們大多數都是文學迷，在被社會遺忘的歲月裏，彼此抱團取暖聚在一起，在相互接觸中形成了自己的小圈子，圈子雖小，卻從不影響他們做著文學的大美夢。其中就有後來的「貴州詩人群」成員黃翔等人，在這種自發性的沙龍圈子中，就有諸如朱炎、熊慶裳、梁泰彬、蘇小乙等飽讀詩書者，他們大多都是因出身不好而被發配至此的〔註 59〕。到了 1968 和 1969 年間，貴陽湧現出大大小小的思想群落。當時的貴陽滿大街都是糾察隊、各種宣傳隊以及「紅衛兵」等晝夜巡邏。令人膽寒的有因傳抄《少女的心》而獲罪的，可以說，思想群落的聚會在當時有著很大的風險，然而，這些都阻止不了想要認識世界、追求真理、愛好文學藝術的青年彼此瞭解交流的渴求。據啞默回憶，當時的權力人士們紛紛忙著派系奪權的鬥爭，根本無暇顧及這些遊走在權勢之外、出身有問題的「魚蟲蝦米」〔註 60〕，這就給青年們提供了喘息的機會和相聚的可能。事實上，這些青年們之所以冒著危險也不放棄聚會，並不僅僅只是一種想被瞭解的青春的衝動，更主要的是他們意識到，世界上所發生的一切或遠或近的大事小事都與他們的現實人生或者將來的生涯緊密相關，他們聚會時不僅談論他們喜愛的文學藝術，還密切地關心當時的政治、經濟以及時局和國際形勢等諸多問題〔註 61〕。正如錢理群曾坦言，1970 年代的他們「心想『中國何處去、世界何處去』這類大問題，卻過著『燒餅與清湯』

〔註 59〕黃翔：《回顧和思考》，原載於〔美〕《世界週刊》，1998 年 2 月 8 日～14 日，轉引自啞默：《世紀的守靈人‧文脈潛行》（卷九），四川大學劉福春中國新詩文獻館提供未刊稿，第 8～10 頁。

〔註 60〕啞默：《世紀的守靈人‧見證》（卷三），四川大學劉福春中國新詩文獻館提供未刊稿，第 378 頁。

〔註 61〕啞默：《世紀的守靈人‧文脈潛行》（卷九），四川大學劉福春中國新詩文獻館提供未刊稿，第 57～58 頁。

的清貧生活，我們這些胸懷大志的窮教師、窮工人、窮知青，當時都是以青年毛澤東的名言『身無半文，心憂天下』自勵的。」〔註62〕這再一次表明，中國的文學藝術從來都不可能是「藝術之宮」中的純粹之物，這不僅形塑了他們的文學藝術觀念，更彼此影響著他們看取世界和人生的經驗與眼光。

距貴陽市不遠的黃果樹瀑布所在地安順市，在1970年代就活躍著一個「民間思想文學村落」〔註63〕。後來在1980年代初期加入「貴州詩人群」的張嘉諺便是從這個思想村落中成長起來的。據張嘉諺回憶，當時這一文學思想群體有錢理群、杜應國、羅布龍、張嘉諺等十餘人，還有經常從外地趕來聚會的朱偉華和孫方明等人。錢理群也曾提到他在貴州省安順市當知青時，當時黃翔和啞默他們則在貴陽形成了一個詩人群，而他與杜應國等人則在當時的安順小城中形成了一個小的思想群體〔註64〕。「安順小城裏，我們另外有一群朋友，他們自覺不自覺地選擇西方的理論，如癡如醉地閱讀啟蒙主義著作，向西方的人文主義、人道主義、民主自由思潮靠攏」〔註65〕。他們不僅對當時的社會問題給予相當密切的關注，同時還對文學藝術實踐進行積極的思考和探索，產生了大量的習作式文學作品，如羅迎賢、張嘉諺的詩歌，劉丹倫和何銳的小說，還有龍超雲創作的劇本等等。後來從這一思想群落中走出了諸如錢理群等學者和各行業的知識精英。

詩人黃翔曾回憶道：「我們在一起談論政治、文學、哲學、藝術，對法國的啟蒙運動和《人權宣言》，以及貫穿人權宣言精神的美國的《獨立宣言》，包括美國歷屆總統的就職演說特感興趣……這種聚會我們持續了十年。」〔註66〕1977年3月26日，啞默在日記中曾記錄下當天慶祝偉大的音樂家貝多芬誕辰150週年的盛況。當時中央樂團不僅演奏了貝多芬的《第五交響曲——

〔註62〕錢理群：《1970年代民間思想村落研究》，見孫曉忠編：《生活在後美國時代——社會思想論壇》，上海：上海書店出版社，2012年，第223頁。
〔註63〕參見錢理群：《漂泊的家園》，貴陽：貴州教育出版社，2008年，第46頁。
〔註64〕錢理群：《1970年代民間思想村落研究》，見孫曉忠編：《生活在後美國時代——社會思想論壇》，上海：上海書店出版社，2012年，第220頁。
〔註65〕錢理群：《1970年代民間思想村落研究》，見孫曉忠編：《生活在後美國時代——社會思想論壇》，上海：上海書店出版社，2012年，第229頁。
〔註66〕原載於黃翔於1998年2月8日至14日在美國《世界週刊》上發表的自述，轉載自啞默：《當代「潛在寫作」史料：關於啞默〈真與美〉的史料（一）》，毛迅，李怡主編：《現代中國文化與文學》（第1輯），成都：巴蜀書社2005年，第189～216頁。

命運》，而且還作了現場直播。當天，一夥文學藝術愛好者像往常一樣聚在啞默位於公園南路的「野鴨沙龍」，沒有機殼的黑白電視機模模糊糊的銀光屏上突然跳出中央樂團演奏會的字幕，讓這些十幾年都沒有在國內的電臺和電視臺聽到西方音樂的青年們興奮不已。其中最為激動便是酷愛音樂的周渝生，他「激動得雙手搓個不停、不斷地扯自己的頭髮！……他冒著風險保留下幾套世界著名的小提琴協奏曲，那時他咬牙切齒地發過誓：『要扛著音符進棺材！』」〔註67〕這些文學藝術沙龍差不多從 1960 年代末一直持續到 1970 年代末，在近十年的時間裏，在這些思想群落聚會中進出、活躍的人就達 90 多人，除了「貴州詩人群」成員黃翔、啞默及路茫等人之外，這樣的聚會中還有郭廷基、江長庚、白自成、趙大鬍子、孫光宇、孫惟井四兄妹、周渝生、周培賢、伍廷憲、肖承涇、肖承清、曹柳生、曹秀清（南川林山）、李光濤、黃杰、王付、瞿小松、王良範、王六一、譚滌非等人。

　　繼「貴州詩人群」攜自辦刊物《啟蒙》出現在北京之後，從這裡走出去的畫家、詩人尹光中、曠洋、劉建一、王六一等人於 1979 年 8 月率先到北京自辦「六人畫展」，創辦《藝術小辭典》等刊物，畫展從 1979 年 8 月 28 日一直到 1979 年 9 月 5 日，其間共展出 110 幅繪畫作品，涉及政治、文化、思想等方面的內容以及當時中國人的生存狀況。他們的畫作以對風景人物的探索表現出對現實人生極強的衝擊力，而其中尤為引人注目的是尹光中創作的以《昨天‧今天‧明天》為代表的 10 幅主題畫。曠洋不僅為此畫展寫了前言，同時他還執筆創作了《藝術小辭典》，並自費油印進行出售。據相關資料顯示，在貴州畫家展出的 8 天時間裏，前來參觀的人絡繹不絕，當時還有北島、楊煉、芒克、顧城等詩人以及一些北京文化界人士聞訊趕來，而圍觀的人群更是將大街堵得水泄不通。其中瞿小松、劉索拉、馬一平等人更是為這次畫展提供了大力的支持，時隔二十五年後尹光中仍能清晰地回憶道：「展出的前一天晚上，馬一平陪我去察看現場，丈量距離，看看需買多少鐵絲、繩子。到掛畫的時候，我埋著頭從地上把畫一張張遞給爬在樹上的他們，說句實話，這種冒險行為的街頭展，我們心裏的壓力仍然很大。周圍一點聲息都沒有，我連頭都不敢抬。等我偶一抬頭，四周的群眾的手在幫我接畫往上遞，並不斷有人大力與我握手！邊說，謝謝你們，你們做的是我們想而不敢做的。那

〔註67〕啞默：《世紀的守靈人‧夢中故園》（卷一），四川大學劉福春中國新詩文獻館
　　　　提供未刊稿，第 265～266 頁。

一刻，我只覺得熱淚盈眶。」〔註68〕此次畫展一時間引發了文藝界的關注，隨即貴州畫家一次次前往北京舉辦個人畫展的「貴州現象」，對中國新時期的美術界產生了較大的影響。1980年代初，《光明日報》派兩名記者到貴陽瞭解關於「貴州現象」的情況，他們疑惑的是當時的貴陽為什麼會有如此活躍的文化思維。為此，「野鴨沙龍」接待了他們，並讓他們切身感受了一次在北京無法經歷的暢所欲言的思想聚會。值得一提的是，從這樣的思想群落和沙龍中走出去了一批在各自的領域都頗有建樹的青年，諸如後來享譽樂壇的作曲家瞿小松等等。當年進出沙龍的青年們在時過境遷之後仍然動容於當年那一段與詩人們交往的歲月。「無論是走在波蘭鋼琴家蕭邦故鄉的田間小路，還是乘船飄蕩在蔚藍色的地中海上，還是穿行在北京的胡同中，我一顆跳動著的心，不時觸景生情，聯想到當年在貴陽、在啞默沙龍中欣賞西方音樂、聆聽詩人朗讀聶魯達和自己創作的詩歌的情景。」〔註69〕談到與啞默的相識時，王六一〔註70〕不無感慨地想到1972年與詩人啞默初識的情景，他從好友曾珠那讀到了啞默自印的詩集《鄉野的禮物》，詩中滿溢著的自然與生命的美好一下子觸動了王六一，「在大自然的世界裏，在我們的愛裏，那高高的檬子樹上的每一片樹葉都是一粒音符、一個詞彙、一片色彩。」〔註71〕

第三節　文化窪地中的文學掙扎

一、詩人的漂泊與流浪

　　身處崇山峻嶺的貴州詩人面對大自然的封閉，面對詩壇集體性的沉默，面對邊緣處境的被忽略，他們迫切地想要通過自由真實的詩歌抒寫發出自己的聲音。在自我被放逐的時代語境下，困頓中靈魂的迷惘與孤寂一如火山下沸騰的岩漿，急需一種心靈的釋放和宣洩來平衡內心沸騰的情緒，讓自我獲得精神的安慰和激勵。於是，流浪詩人的隊伍中時常能看到貴州詩人的身影，想要「走出去」的漂泊與流浪是詩人發自天性本能的生命抗爭。「流亡是最悲慘的命運之

〔註68〕啞默：《世紀的守靈人‧文脈潛行》（卷九），四川大學劉福春中國新詩文獻館提供未刊稿，第224頁。
〔註69〕王六一：《詩人啞默》，《貴陽文史》，2015年第6期。
〔註70〕王六一，男，貴州貴陽人。現為中國版權協會理事長，亞太動漫協會秘書長，三辰卡通集團董事，長期從事中外文化交流。
〔註71〕王六一：《詩人啞默》，《貴陽文史》，2015年第6期。

一。在古代，流放是特別可怖的懲罰，因為不只意味著遠離家庭和熟悉的地方，多年漫無目的的游蕩，而且意味著成為永遠的流浪人，永遠離鄉背井，一直與環境衝突，對於過去難以釋懷，對於現在和未來滿懷悲苦。」〔註72〕然而，歷史的殘忍就在於，曾經於古人而言「最可怖的懲罰」，卻是貴州詩人最奢求的人生通途。高原上的逐夢者試圖以出走、漂泊、流浪來放逐自我被束縛壓抑的靈魂，為自身作為「人」的主體搭建一片屬於自己的自由的精神天空，可他們忽略了自身所處的時代語境和現實境況，直到付出慘痛的代價也從未回頭。這種自我放逐的生命行為在「貴州詩人群」中最早可追溯到伍汶憲等人的身上，讓黃翔印象極為深刻的不僅僅是伍汶憲早在 20 世紀 50 年代初就已開始的充滿自由主義精神的詩歌創作〔註73〕，更讓黃翔心心相惜的還是伍汶憲面對無法承受的精神壓抑和青春苦悶時所做出的衝闖、流浪直至被打入黑牢的悲劇。黃翔曾感慨萬分地回憶道：「他在五十年代初期，就開始充滿自由主義精神的詩歌寫作，以宣洩意識形態專制下精神的壓抑和苦悶，詛咒黑暗，追求光明。後來他冒險偷越國境，被狼狗咬住一條腿拖了回來，結果被丟進黑牢，一泡十多年，黑髮泡成了白髮，被迫放棄了文學，一生什麼也沒有留下。」〔註74〕

事實上，要不是被逼仄的現實環境所迫，像伍汶憲這樣的世家子弟是不可能選擇背井離鄉的生活甚至還為此差點付出生命的代價。無論是 1935 年出生的伍汶憲，還是 1942 年降生於這個家庭的啞默，都曾享有富足的物質生活和優越的成長環境。然而，時代風雲變幻莫測，被視為大資本家的伍效高在 1957 年的「反右」鬥爭中成為當時貴州的「大右派」，身為其子弟的伍汶憲和啞默自然脫不了干係。此時「從西南俄專輟學」的伍汶憲，早已「轉而自修專攻英語。由於對英、俄兩語種的學習，伍汶憲很早就深受惠特曼、普希金兩大詩人的影響」，更為重要的是伍汶憲將「一種反叛情緒、強烈的對自由精神的嚮往、不羈靈魂的渴仰大量傾瀉在詩作中。」〔註75〕1950、1960 年代，所謂「個性解放」的思

〔註72〕〔美〕愛德華‧W 薩義德（Edward W. Said）：《知識分子論》，單德興譯，北京：生活‧讀書‧新知三聯書店，2002 年，第 44 頁。

〔註73〕黃翔：《回顧和思考》，原載於〔美〕《世界週刊》，1998 年 2 月 8 日～14 日，轉引自啞默：《世紀的守靈人‧文脈潛行》（卷九），四川大學劉福春中國新詩文獻館提供未刊稿，第 8～10 頁。

〔註74〕黃翔：《回顧和思考》，原載於〔美〕《世界週刊》，1998 年 2 月 8 日～14 日，轉引自啞默：《世紀的守靈人‧文脈潛行》（卷九），四川大學劉福春中國新詩文獻館提供未刊稿，第 8～10 頁。

〔註75〕啞默：《代際傳遞：貴州詩歌的潛在寫作》，《詩探索》（理論卷），2016 年第 3 期。

想猶如過街的老鼠人人喊打，個人充當的不過是集體的「工具」和「武器」，爭做「一顆永不生銹的革命螺絲釘」，同時「對待同志像春天般溫暖，對待敵人像秋風掃落葉一樣無情」，這些都共同營造了當時的時代語境和精神氛圍。在1949新中國成立後的相當長一段時期裏，這樣的時代精神和思維方式極其普遍且深入人心，關於「個人」、「個性」的奢談在當時就猶如癡人說夢。始料未及的家庭變故成為這個青春不羈的靈魂上空一片片永不消散的烏雲，阻隔了自由的陽光、生命的熱度，黑壓壓的不透一絲縫隙，曾經供他們朗誦詩詞、吹拉彈唱、品賞繪畫、高談闊論的伍家大宅已然不在，取而代之的是嗆人的柴煙混著的濕煤巴的水煤氣，「資本主義的小鍋伙食」變成了「街道衛星公社的伙食團」，前院後院升火燒水做飯，好一片熱騰騰的場景，然而，由於身份檔案的問題，他們無法參與到這熱鬧非凡的煙火氣中。於是，躁動不安的青年伍汶憲可謂冒天下之大不韙，開啟了「與世界接軌」的流浪生涯。然而，伍汶憲的自我放逐換來的是多次拘留、勞改。後來，遠渡重洋的黃翔在時隔幾十年之後的回憶中仍對此念念不忘：「他們那一代人中有無數出類拔萃的英才，卻是被整體湮滅的一代。」〔註76〕雖為當時貴陽一中的高材生，朱訓祥同樣因家庭出身的問題在高考中一直「落選」。而至於當時那些與伍汶憲一批的知識青年們，都成為社會身份有問題的人，周澤先、宋子榮、袁承業以及褚智萍等有的被送去農場進行勞動改造，有的被分配到極其邊遠的地方一呆就是大半輩子，有的則面臨著極其艱難的生存狀態。〔註77〕

　　伍汶憲這一代人的「悲劇早已被人置於遺忘，而他們的後來者也只是重複他們被世界遺忘的悲劇」〔註78〕。逐夢的啞默便是這緊隨「他們的後來者」，身為世家子弟的啞默可謂「幼承庭訓」，太多耳濡目染、潛移默化的博聞見識深深鐫刻在他生命最初八年的歲月裏。啞默酷愛音樂並精通多種樂器，這得益於他曾「在西式、中式的大家宅中生活過，家中有大批藏書，字畫、古玩、唱片、樂器（小提琴、風琴、吉他、口琴等）、舶來品（進口）音響……親族

〔註76〕黃翔：《回顧和思考》，原載於〔美〕《世界週刊》，1998年2月8日～14日，轉引自啞默：《世紀的守靈人·文脈潛行》（卷九），四川大學劉福春中國新詩文獻館提供未刊稿，第8～10頁。

〔註77〕啞默：《代際傳遞：貴州詩歌的潛在寫作》，《詩探索》（理論卷），2016年第3期。

〔註78〕黃翔：《回顧和思考》，原載於〔美〕《世界週刊》，1998年2月8日～14日，轉引自啞默：《世紀的守靈人·文脈潛行》（卷九），四川大學劉福春中國新詩文獻館提供未刊稿，第8～10頁。

中大有讀線裝書、看洋裝書、搞文明戲話劇、愛音樂美術、玩樂器、自命儒雅的人在。」〔註 79〕啞默的身上有很深的詩的根性，他習慣於以詩人的眼光看取世界，在詩歌裏尋夢。啞默曾回憶道：

> 「遠在那個年代，我染疾躺在床上，在傳統住宅的大庭院裏，隔著高高的牆與厚厚的廂房，偶而能聽見街上人群車馬熱騰騰的喧嘩，我很孤獨苦悶，非常想能參與生活。懷著夢幻，我寫了篇散文《黃昏的街市》投到報社去，作為一個年僅十三、四歲的學生，這篇東西肯定幼稚、不成熟。這無疑是少年理想國、早春烏托邦情了。我把這視作我文學生涯的開始。那是一九五六年。」〔註 80〕

敏感而聰慧的少年在文學的世界裏感受到了鮮活且真實的生命存在，與外界完全不同的夢幻世界讓少年渴求認識一切的心靈獲得了極大的豐富和滿足。「在一片大孤寂中，我埋下頭去鑽研手邊僅有的、竭盡全力所能弄到的所有書籍、資料……我知道必須最大限度地完成自我教育，不斷地充實、堅固自己……我在俄羅斯和西方的文、音、美、哲、美學、心理學大師們的世界中混迹過。但我總覺得那都不完全是我自己的世界，心裏隨時都冒出濃烈的想言說自身的感覺。」〔註 81〕除卻當年的各種摘抄本，啞默還積累了幾十本連續不斷的日記，這些都是對那段社會人生及歷史歲月最好的見證。他們因光明、自由的人性召喚所產生的那份難以抑制的衝動，好似無師自通地開始了為自己謀劃人生的出路。伍汶憲、黃翔等貴州詩人傳奇的流浪與漂泊經歷，似乎成為了後來者的詩歌行為示範。在他們之後，貴州流浪詩人的隊列中就留下了吳若海、王強、季風、農夫以及馬哲、夢亦非等詩人的身影，他們每個人的身上幾乎都有一段獨屬於個人的刻骨銘心的自我放逐體驗。

> 「他們不畏生死地流浪，他們狂縱酒漿，他們饕餮愛情，他們投擲生命，他們呼嘯大地，他們點燃聖火，他們無論走到到那裡，就在那裡的土地上撒下聖潔的鹽粒。他們所觸及的很多平淡的生命，因此而有了熱烈的光芒。」〔註 82〕

這是詩人馬哲對貴州流浪詩人的生命狀態和詩歌行為的激情描述，同時可見

〔註 79〕孫文濤：《大地訪詩人》，香港：天馬圖書有限公司，2003 年，第 17 頁。
〔註 80〕啞默：《長歌如夢》，《牆裏化石》，北京：中國致公出版社，1999 年。
〔註 81〕啞默：《長歌如夢》，《牆裏化石》，北京：中國致公出版社，1999 年。
〔註 82〕張嘉諺：《獨立邊緣的文學》（張嘉諺提供未刊稿）。

這種流浪的詩歌精神對馬哲的啟發和激勵。在他看來，只有這種生命狀態才能創造出行為主義的詩歌，一種用充滿生命熱血的雙手和激情行走的兩腳創作的大詩。詩人王強曾這樣自我評價：「我生命旺盛，英俊瀟灑，胸中揣有初戀的狂暴和柔情」〔註 83〕，悄悄溜出大學校園的王強踏上了北上的列車，身上只有 1 毛 5 分錢的青年一時衝動開始了第一次離家出走的行為。儘管顯得衝動且盲目，但這次刺激緊張的遠行卻也讓青年第一次感受了放飛自我的高尚純淨的心靈之旅。看著那些在眼前由遠及近、由小變大再消失的村莊和站臺，詩人彷彿聽到了翅膀自由拍打的噗噗聲，這一刻，王強覺得自己是「被送去和人生決鬥的」，武器便是「詩歌的短槍」，決鬥的方式是「射擊意象」。〔註 84〕如今已皈依佛門的詩人馬哲，曾經一頭亂髮、衣衫不整地流浪北京數年之久，常常在北京詩人之間來往穿梭。他曾獨自從甘肅步行到四川，期間甚至面臨過死亡的經歷。他也曾突發奇想騎著自行車懷揣二十多元前往福建。馬哲因此又被朋友們稱為馬賊，過著猶如賊人一般的生活，常常是以天為被以地當床，一路流浪又要不停地找飯錢和路費。如此一言難盡的生存體驗在馬哲看來不過是給自己的生活加點鹽。

　　流浪詩人的靈魂之所以似漫天飛舞的蒲公英，正是因為他們詩性的靈魂沒能落地生根。對於貴州的流浪詩人而言，流浪與漂泊都不再是一種生存的本領和能力，更不是要打拼天下成就自我，而是人對自由精神的天性神往，是對未知和未來的尋覓與發現，是不斷為苦悶的人生設置希望的心靈旅程。這是詩人強悍的詩性生命以行為主義的方式外化的體現，其中的艱辛、困苦乃至死亡的體驗儘管一言難盡，然而，對於流浪的詩人而言，這樣的靈魂之旅不僅是對苦悶自我的救贖，同時，更是對過於平淡乃至平庸的現實世界濃抹上一層強勁的生命色彩。在詩人馬哲看來，他路上「遇到的那些人——如四川的……北京的……上海的……浙江的……他們都太淡了」〔註 85〕，詩人將自己比喻成「一把聖潔的鹽巴」，得為這些過於平淡的人和人生「加點鹽」。

　　學界在關注中國當代先鋒詩人時，一般都會將詩人的出走、流浪和漂泊視為詩人們特立獨行、另類異端的先鋒性的體現，並將這種思想行為在其詩

〔註 83〕王強：《一路流浪》，見《世紀的守靈人・昨日不必重現》（卷六），四川大學劉福春中國新詩文獻館提供未刊稿，第 59 頁。

〔註 84〕王強：《一路流浪》，見《世紀的守靈人・昨日不必重現》（卷六），四川大學劉福春中國新詩文獻館提供未刊稿，第 59 頁。

〔註 85〕轉引自張嘉諺：《獨立自由的文學》（張嘉諺提供未刊稿）。

歌作品中的投射稱之為「波希米亞風格」〔註86〕。值得注意的是,「波希米亞風格」儘管包含了「顛沛流離、坎坷孤寂、窮困落拓等精神內容」〔註87〕,但它主要指向的仍然是一種放蕩不羈、行為怪誕、標新立異的生活姿態和藝術氣質〔註88〕,它意味著主體可以無所顧忌、桀驁不馴地向傳統和世俗挑戰,漂泊、流浪是其主體所追求的生活方式和人生目標,顯然,它只能誕生於西方純粹審美的藝術殿堂。對於現代語境下的中國作家而言,經緯萬端的風雲變幻注定身處其中的他們不可能享有獨立、自主、純粹的個體生存空間,文學之外有太多糾纏不清的對象使得詩人們無法在「藝術之宮」內覓得文學的世外桃源。儘管年輕的詩人之心也曾放蕩不羈,也曾想過甚至做出過「出走」的舉動,但「出走」的動機和目的不過是為了去看一看外面的世界,並非為流浪而流浪、為漂泊而漂泊,對於漂泊的主體而言,「所有外在的追尋,其實都在完成一個內心旅程。」〔註89〕

　　自古以來,中國人的生產生活方式以及家庭觀念早已讓「父母在,不遠遊」的思想意識深入人心,背井離鄉常常是為了更好地回返故土,而那些迫不得已遠離故土從此孤懸他鄉的人們只能在「思鄉」的傷痛中煎熬著,「無家可歸」由此便染上了濃濃的悲情色彩,「安居樂業」已然成為中國人的生存哲學和處事方式。當歷史的車輪來到 1949 年,中國進入社會主義時代,完善的戶籍制度、嚴密的身份檔案和穩定的工作單位,更是在制度層面強化了「安居樂業」的觀念。而那些四處流浪、不務正業的人,不僅會遭到街坊領居的白眼和歧視,還會被視為對社會有危害的人而被關押拘禁。然而,當自己賴以「安身立命」的環境變得越來越逼仄壓抑時,遭受擠壓的生命個體被激活了血液中的反抗因子,於是,他們不再固守前人「安居樂業」的訓導,決定離家出走去尋覓心中的「遠方」,以此逃離那禁錮的現實,不安分的靈魂正在蠢蠢欲動。一種「自我放逐」的疏離和清醒一直貫穿於「貴州詩人群」從 20 世紀 50 年代末、六十年代初至 80 年代的文學活動中,詩人生命的起落在很

〔註86〕張清華:《中國當代先鋒文學思潮論》,南京:江蘇文藝出版社,1997 年,第 129 頁。

〔註87〕朱壽桐:《論田漢的波希米亞式戲劇風格》,《文學評論》,1998 年第 3 期。

〔註88〕張清華:《中國當代先鋒文學思潮論》,南京:江蘇文藝出版社,1997 年,第 129 頁。

〔註89〕楊煉:《詩意思考的全球化──或另一標題:尋找當代傑作》,見《唯一的母語──楊煉:詩意的環球對話》,上海:華東師範大學出版社六點分社,2012 年,第 3 頁。

大程度上決定了個人如何打量世界、思考人生、面對自我。在對「貴州詩人群」的文學活動進行全面深入的探討之前，掀開「貴州詩人群」的先行者們關於「衝闖」、關於「流浪」、關於永恆的夢幻的記憶是十分必要且有意義的，因為這直接觸發了貴州詩人對個體「自我」的發現和確認，而個人獨特的身份檔案、人生經歷以及所處環境等諸多因素的合力作用，使得 1960 年代的貴州詩人對「自我」的發現、確認以及文學表達都異於同時代的詩人。

　　「流亡是人類的文化的一個維度，一種獨特的話語形式以至一種人的生存方式或臨界處境。」〔註 90〕現代知識者的「流亡」不再只是身體和地理意義上的流放，而是更傾向於一種心靈的漂泊狀態，這與古時的文人在政治意義層面上的「流亡」相比，更多了一層形而上學的含義。「它意味著永遠失去對於『權威』和『理念』的信仰，不再能安然自信地親近任何有形或無形的精神慰藉，以此，知識分子形成能夠抗拒任何『歸屬』的批判力量，不斷瓦解外部世界和知識生活中的種種所謂『恆常』與『本質』。在其視野裏，組成自我和世界的元素從話語的符咒中獲得解放，彷彿古代先知在遷轉流徙於荒漠途中看出神示的奇蹟，在剝落了『本質主義』話語符咒的歷史中探索事物的真相。」〔註 91〕精神層面上的「流亡」已不取決於主體所處的時空，而在於一種生存方式的抉擇〔註 92〕。因此，如伍汶憲、黃翔等」貴州詩人群」的先行者們以現實中的「出走」，對壓抑的時空的衝闖，破除精神的牢籠，為尋找可以安放自由靈魂的天空而不惜付出青春、生命的代價，在此意義上，無論是海外的飄零還是家國的留守，不得不承認他們都是「精神天空的『流散者』」〔註 93〕。值得注意的是，由於生命個體間的差異性和人生遭際的複雜性，這一精神意義上的「流亡」如果被統一起來概而論之的話，將使我們錯過觸摸鮮活靈動、異彩斑斕的生命圖景的契機。

　　同樣是「出走」，「五四」時期魯迅一代有識之士在時代轉型的擠壓下，懷著唐僧赴西天取經的心情漂洋過海、步武東洋，儘管後來「漂泊」的路途坎坷不平，但無論如何，他們都得以成功地「出走」並滿載而歸，哪怕是傷痕累累，卻也積蓄了更具質感、更加厚重的人生體驗。與「五四」一代的「留

〔註 90〕劉小楓：《流亡話語與意識形態》，見《這一代人的怕和愛》，北京：華夏出版社，2012 年，第 277 頁。
〔註 91〕宋明煒：《「流亡的沉思」：紀念薩義德教授》，《上海文學》，2003 年第 12 期。
〔註 92〕麥文：《中國文學在國外研討會》，《今天》，1993 年第 1 期。
〔註 93〕亞思明：《〈今天〉詩歌與「流散」美學》，《新詩評論》，2016 年第 1 期。

洋者」不同的是，20 世紀 80 年代以降流亡海外的詩人們，不再是步武東洋的「取經者」，而是「一個被國家辭退的人」，「穿過昏熱的午睡／來到海灘，潛入水底」〔註 94〕。流亡海外的「一代人」，帶著「尋找光明」的「黑色的眼睛」，並沒能尋到可以傳遞溫暖的陽光，反而深切地體會到孤獨、脆弱的自我。多多曾坦言：「在中國，我總有一個對立面可以痛痛快快地罵它；而在西方，我只能折騰我自己，最後簡直受不了」〔註 95〕，只能「對著鏡子說話」，亦或是「把影子掛在衣架上」，就像一個極度缺乏安全感的少年，因青春的叛逆被攆出了家門，然而，在嘗盡了漂泊的孤獨後，詩人才發現在「黑暗中總有一具軀體漂回不做夢的地點」〔註 96〕。詩人的這種流浪漂泊的經歷與其說是強化了漂泊者的自我意識，還不如說迫使漂泊者見識了自己的脆弱。然而不管怎樣，「五四」一代有識之士和 20 世紀 80 年代以降漂泊海外的「一代人」，都經歷並實現了「出走」──「漂泊」──「歸來」的人生過程，相比較於「貴州詩人群」的先行者而言，他們是幸運的。詩人們恰如柏拉圖筆下的山洞人，一旦適應了陽光並從光影中獲得智慧的啟示後，回首從前，洞穴已然成為一種囚徒般的禁錮，相信他們寧願承受任何困苦也不願再回到那囚牢中。那感覺就像美國女詩人艾米莉·狄金森在《如果我不曾見過太陽》中寫到的一樣：「我本可以忍受黑暗／如果我不曾見過太陽／然而陽光已使我的荒涼／成為更新的荒涼」〔註 97〕。然而，現實的殘酷就在於，將已經嘗到光明和自由甜頭的青年們再次拉入暗夜的牢籠。儘管詩人黃翔因其生父「歷史反革命分子」的身份〔註 98〕，自幼年起便背上了「黑色」的身份檔案，一路走來，出身原罪導致的創傷早已留下厚重的陰影。對於在工廠當車工的十八歲少年而言，「齒輪與鏈條」的日子根本不能慰藉這個躁動不安的靈魂，始終敵不過青春的衝動和好奇，哪怕膽怯卻仍固執地觀察著周

〔註 94〕北島：《創造》，見《午夜歌手──北島詩選一九七二～一九九四》，臺灣：九歌出版社，1995 年，第 189 頁。

〔註 95〕轉引自顧彬：《預言家的終結：二十世紀的中國思想和中國詩》，成川譯，《今天》，1993 年第 2 期。

〔註 96〕楊煉：《黑暗們》，見《大海停止之處：楊煉作品 1982～1997 詩歌卷》，上海：上海文藝出版社，2003 年，第 412 頁。

〔註 97〕〔美〕狄金森（E. E. Dickinson）：《如果我不曾見過太陽》，見《狄金森詩選》，江楓譯，長沙：湖南人民出版社，1984 年，第 220 頁。

〔註 98〕黃翔：《半個世紀的燭光──黃翔五十歲自述》，《狂飲不醉的獸形》，紐約：天下華人出版社，1998 年，第 633 頁。

圍的一切，在無法排解的孤寂中，他一面朝天吼叫、通宵狂歌，一面積極地尋求著生命的出路。1958 年，在一片「大躍進」的社會氛圍中，詩人黃翔彷彿也被感染了。

> 「『這傢伙失蹤幾天了，他究竟跑到哪兒去啦？從丟棄的東西、寄回來的信和群眾揭發，推測去向可能是……』，他正在一個鹹水湖邊逗留，水很美、很稠，但不能解渴，他笑笑，又提著簡單的行裝往前走了……他真的看見了雪山、草地、森林和初秋野花盛開的原野……羊群在渾圓的丘陵下吃草，帳蓬舒坦地架在草灘邊，炊煙升起……黃昏的寧謐開始在他年青的心裏勾摹成形的詩句。他津津有味地看人們擠牛奶、梳理羊毛，他們請他嘗鮮奶和酸奶酪，他追逐著一頭走失的小馬駒……草原美美地躺著，河流蜿蜒地流著。在詩句還沒有誕生的地方，熱情已經把四周溢滿。他玩累了，在一堆牧草旁坐下，倦意微微，模糊中，他看見一個美麗的紅衣牧羊女向他和他的詩歌招手，他笑著伸出手去──一對手銬銬住他的雙手！人保幹部（張光 X），手槍，濕淋淋、冷冰冰的雨衣。」〔註99〕

懷揣著青春的激情、夢幻和生命的騷動，詩人因為實在無法忍受那封閉、壓抑、晦暗的生活氛圍，趁著持單位證明從京返築的機會前往新疆，最終，毅然拋棄工作的少年蜷縮在西行的列車上，開啟了他的尋夢之旅〔註100〕。他終於有機會接近他夢寐已求的「藍天、白雲、雪山、大草原、馬群」，還有那衣袂飄飄的紅裙少女，並創作了《畫柴達木》和《阿爾金生活》等組詩。當時賽福鼎代表中央發出號召，呼籲有志青年都到新疆去，於是，黃翔等人便衝著這一極具誘惑力的感召向西而行，最後從新疆被押解回貴州〔註101〕，從此開始了他漫漫跋涉、步履艱難的人生旅途。「出逃」最終換來的是監禁。黃翔原罪的出身為其同事提供了誣衊他的機會，而這證據竟然是理所當然且無可辯駁的，「這傢伙的黑老子（黃先明）是國民黨反動派的高級軍官，黑崽由湖南桂東縣逃亡至貴陽。在當學徒時就心懷不滿，雖然黨培養他，給他發表了

〔註99〕啞默：《痛哭長夜》，見《世紀的守靈人‧見證》（卷三），四川大學劉福春中國新詩文獻館提供未刊稿，第 23 頁。

〔註100〕啞默：《陽光白骨──縱觀詩人黃翔》，《世紀的守靈人‧見證》（卷三），四川大學劉福春中國新詩文獻館提供未刊稿，第 360 頁。

〔註101〕啞默：《饑荒年代》，見《世紀的守靈人‧文脈潛行》（卷九），四川大學劉福春中國新詩文獻館提供未刊稿，第 14～15 頁。

作品，但卻階級性不改，曾逃往新疆，企圖判國投敵！」〔註 102〕少年黃翔終於見到了夢寐以求的紅衣少女，只不過那少女正在鐵窗外的遠山上牧羊。他們在文學的世界裏自我流放，他們只是常人，並不偉大，卻如尼采所言：「當一個漂泊者穿過漫漫長夜，為重負和深淵所累，依然徹夜激昂，他就能鼓起勇氣；……重負、修途和長夜，頓時一切皆消！……他又成百次地懷著急切的希望重新投入生活……」〔註 103〕

1962 年獲釋後的黃翔更堅定了繼續流浪和創作詩歌的決心，在充斥著狂熱卻單調乏味的聲音和表情的海洋中發出了瀑布的「獨唱」。泅渡各種熱潮的孤魂，試圖打通與全人類相連的通途，他們是特殊時代語境下精神的漂泊者、游離者和叛逆者〔註 104〕。恰如詩人孟浪對「流浪」的闡釋：

> 「偉大的迷途者，他正在創造他的道路／失群的恰是眾人，多得無以計數……他一個人迷途的樣子／不讓眾人有份分享他的孤獨／／他一個人迷途的樣子／卻讓全世界的地圖和路標都無所適從……偉大的迷途者，他正在考驗他的道路／哦，受難的迷途者，他正在成就他的道路」〔註 105〕。

因為有血有肉的生命終能體悟到其中的悲哀與歡欣，他們以「尋夢者」的爾雅之名立足於那個無夢的時代。無論是艱辛、困苦，還是痛快、歡樂，「貴州詩人群」一脈的「流浪」傳統經由伍汶憲、黃翔、吳若海、王強等人得以不斷延續。詩性的生命渴求衝破自然的、人為的封閉視界，追求自由的狀態以改變沉悶壓抑的人生。這是「貴州詩人群」面對無法逾越的自然阻礙和不可避免的人為障礙時所選擇的文學掙扎方式。正如詩人王強所言：「如果不是因為靈魂的夢想不是因為不可遏止的激情和衝動，誰？難道我願拋棄家鄉，拋棄養育自己的爹娘？」〔註 106〕

〔註 102〕啞默：《痛哭長夜》，見《世紀的守靈人‧見證》（卷三），四川大學劉福春中國新詩文獻館提供未刊稿，第 23 頁。

〔註 103〕〔德〕尼采（Nietzsche, F.）：《瓦格納在拜洛伊特（1875～1876）》，《悲劇的誕生》，周國平譯，上海：上海人民出版社，2009 年。

〔註 104〕稚夫選編：《詩歌蹤跡》（中文版），澳大利亞原鄉出版社，2012 年，第 331 頁。

〔註 105〕孟浪：《偉大的迷途者》，《南京路上，兩匹奔馬》，北京：光明日報出版社，2006 年，第 182 頁。

〔註 106〕王強：《一路流浪》，見《世紀的守靈人‧昨日不必重現》（卷六），四川大學劉福春中國新詩文獻館提供未刊稿，第 59 頁。

對於邊緣狀態中的「貴州詩人群」而言，漂泊與流浪的經歷對其後來人生的影響是不可忽視的，它磨礪了詩人的心性，強化了詩人自由的精神內核〔註107〕，增強了詩人對現實人生體驗的厚重和深度，賦予了詩人看取現實世界和歷史人生的價值態度和認同方式，打破了邊緣地帶自以為是的封閉思維，使他們在面對當代詩歌發展乃至諸多人生問題時既有局內人的體驗又擁有一種局外人的視角，是具有生命自證意義的生存方式和體驗。

二、詩歌行為的執守與衝闖

「貴州高原很高很大，這兒天空中的星辰，無論太陽、月亮、或者群星，往往總是被雲幛霧幔所遮蔽，很少有雲消霧散的時候。」

〔註108〕

這是遠離貴州高原的詩人黃翔在另一片遼闊的天空下回望故國鄉土時發出的感慨，儘管有俗言稱貴州是「天無三日晴」，然而，詩人在此所指並非俗語，而是另有一層深意。貴州高原的天空從來不乏閃耀的明星，卻常常被繚繞的雲霧所遮蔽，自然現象如此，精神現象亦是如此。貴州高原的詩歌群星閃耀明滅地咆哮了幾十年，並沒有因為邊緣化的遮蔽而熄滅。翻開歷史的畫卷，便不難發現「貴州詩人群」一面執著堅守、一面奮勇衝闖的詩頁。「執守」與「衝闖」可謂是「貴州詩人群」詩歌創作和文學活動的兩種詩歌行為的價值表徵，「一為對獨立品格與自由精神的執守，一為反抗生命壓抑與對於人為掩埋的衝撞」。〔註109〕

「貴州詩人群」與詩歌的結緣，恰是生命個體的獨立意識與自由精神在人生苦旅中與文學的相遇。對詩歌創作的獨立品格與自由精神的執守，便是對個人獨立自由的思想意識和生命狀態的追尋與守候。早在1950年代，伍汶憲、宋子榮、周澤先等文學先行者所進行的「裴多菲俱樂部」式的文學活動和藝術探索，可視為貴州詩人對文學的執守與衝闖的早期探索。詩人啞默的哥哥伍汶憲早在1950年代初期就開始了詩歌創作，有數十首自由體詩，近百首古典詩詞長短句，且其中充滿了對自由主義精神的追求。據啞默回憶，伍汶憲曾在一個淺綠色的十六開硬封皮本抄寫下他的自由體詩，而這些手抄的

〔註107〕張嘉諺：《獨立邊緣的文學》（張嘉諺提供未刊稿）。
〔註108〕黃翔：《高原星辰》，轉引自張嘉諺：《獨立邊緣的文學》（張嘉諺提供未刊稿）。
〔註109〕張嘉諺：《獨立邊緣的文學》（張嘉諺提供未刊稿）。

詩集後來還被啞默藏匿在自家屋簷下的活動板層中。〔註110〕儘管後來伍汶憲等人被迫放棄了文學，但其追求自由精神和獨立意志的勇氣和決心卻影響了詩人啞默、黃翔等一代人。

自 1950 年代末就開始發表作品的詩人黃翔，在經歷了幾年的人生浮沉之後，開始了在詩歌創作中對個體精神和現實體驗的執著抒寫。1962 年創作的《獨唱》一詩，呈現出「大合唱」時代戰歌和頌歌之外的個體心靈之聲。儘管這樣的「獨唱好似群山環繞中的「瀑布的孤魂」，被無形的圍牆層層阻隔，成為「一首永久離群索居的詩」。無人傾訴無人理解的處境不過是詩人悲壯人生的開始，1963 至 1968 年間，背負「問題」身份的詩人嘗遍人間冷暖，這一段關於人性冷漠殘酷的經歷被記錄在詩人 1968 年創作的詩歌《野獸》中。1968 至 1969 年間，詩人還創作了《白骨》、《火炬》、《我看見一場戰爭》、《火炬之歌》等詩篇。1970 年代寫下了諸如《長城的自白》（1972 年）、《世界在大風大雨中出浴》（1973～1974 年）《火神》（1976 年）、《不，你沒有死去》（1976 年）、《倒下的偶像》（1976 年）、《中國 你不能再沉默》（1976 年）、《我》（1978 年），等一系列直擊民族歷史痛感的詩歌。同時，在對個人痛感和民族歷史的「恥與痛」進行開掘的同時，詩人在人生的痛楚中仍情不自禁地挖掘人性的溫暖和美好，創作了一系關於童年、愛情以及純真人性的詩歌，1969 年的散文詩系列《鵝卵石的回憶》、1972 年的《天空》、1972 年的《詩人的家居》、1972 年的《愛情的形象》、1977 年的長詩《青春 聽我唱一支絕望的歌》以及組詩《我的奏鳴曲》等等。在此期間，詩人經歷過牢獄之災，經歷過人生的顛沛流離，然而，與詩歌的相遇讓詩人得以保留一片屬於個人的自由的精神天空。

詩人啞默則如一棵「靜默的檬子樹」，幾十年如一日地在文學的世界裏尋夢、守夢，從 1960 年代初開始，啞默先後創作了詩集《真與美》（1973 年）、散文詩《苦行者》（1973～1975 年）、隨筆集《你伴我漫步荒原》（1975 年）以及民族情感史詩《飄散的土地》（1976～1978 年），還有一系列組詩《夢中的歌》、《海邊的歌》、《你留下來吧，夏天》，文藝性論文《文學、藝術和未來》，散文《羅曼‧羅蘭》和《大街上的春天》，以及短篇小說集和中篇小說等。後來啞默又尋隙出版了詩集《鄉野的禮物》，裏面充滿了人性的美好和溫暖。詩人路茫自 1978 年起，先後創作了《寄給死去的愛情》、《新詩學》、《奔騰吧，

〔註110〕啞默：《迢遙的呼喚》，見《世紀的守靈人‧文脈潛行》（卷九），四川大學劉福春中國新詩文獻館提供未刊稿，第 8 頁。

黃河》、《形象哲學》以及《致歐羅巴》等詩歌和詩論文章。

自 1960 年代中後期伊始,在一片文化荒漠的風暴中,黃翔、啞默、路茫、孫惟井、曹秀青(南川林山)、李光濤、肖承涇、張偉林、郭庭基、周渝生、江長庚、白自成及陳德泉等一群青年詩人及文藝愛好者,常常聚在一起進行文學、音樂、美術等方面的頑強自修和積極探索,並由此生發出創作能力極強的詩歌寫作者、音樂家以及畫家。其中以黃翔、啞默、路茫為代表詩人與周圍的文學藝術愛好者經常相聚在一個被廢棄的天主教堂裏,與郭庭基、白自成、江長庚、陳德泉等一批小提琴的狂熱愛好者過著如啞默所說的「『巴黎公社』式的生活,樂譜、唱片、小提琴、飯菜票、生活用品全部公用」〔註 111〕,他們不僅對詩歌創作和文學活動進行積極的探討,同時還對哲學、藝術等人文社會科學進行觀點交流和思想交鋒。在整個 1970 年代,這些在當時被視為社會「渣滓魚蝦」的青年們,於如火如荼的社會鬥爭氛圍中覓得這一方破敗卻相對安寧的小天地積蓄思想的能量,持續著文學藝術的美夢。念念不忘、必有迴響,歷史的車輪駛入 1980 年代,「貴州詩人群」以創辦民刊、開展詩歌朗誦活動、積極參與詩壇論爭等方式強勢崛起,並得以持續注入新鮮的血液,詩歌創作也更加深入。在此期間,黃翔創作了油印總集《狂飲不醉的獸形》,還有《藝術的否定》、《自我運動體》、《血嘯》、《活著的墓碑》、《非紀念碑》、《世界 你的裸體和你的隱體》等文論和詩集;路茫則寫下了《詩學隨筆》、《海濱遐想》、《第六個詩集》、《畫家和詩人的情歌》等文章;啞默不僅創作了散文詩集《鄉野的禮物》以及大量的散文、短篇小說等作品,同時還進行了所謂「非模式文學」的嘗試,諸如《湮滅》、《見證》第一部《留給未來的歲月》等。上述作品的誕生,可以說是詩人們長期以來對人生的嚴肅思考和強烈的內心衝動使然,因而表現出與當時的主流文學不一樣的生命脈動和現實感悟。除了上述詩人頗豐的文學實績之外,還有一些青年詩人的詩歌文本結集出現,如王強的《一路流浪》、王剛的《黑洞》,唐亞平的《黑色沙漠》、黃相榮的《金字塔》等。以上回顧可清晰呈現出「貴州詩人群」成員在文學領域裏對自由、獨立、個性的生命意志和精神氣質的執守。「貴州詩人群」從 1960 至 1980 年代的詩歌創作及文學活動始終持續不斷,且有相當自覺的理論養成。值得注意的是,「貴州詩人群」在對詩歌

〔註 111〕啞默:《貴州方向:中國大陸潛流文學》,見《世紀的守靈人·文脈潛行》(卷九),四川大學劉福春中國新詩文獻館提供未刊稿,第 66 頁。

創作的獨立品格和自由精神的執守之外，還有一系列的詩歌行為則是對生命
壓抑的反抗和邊緣失語的衝闖。〔註112〕

　　明代謫居貴州的哲人王陽明曾說：「天下山水之奇聚於黔中」，黔地山水
岩洞的奇異景觀孕育了貴州吐納高原山野的地域氣息，雲霧繚繞的貴州高原
山地向來以「多山」著稱〔註113〕。群山環繞加上雲霧繚繞，常常使得封閉的
藝術形態與生命存在表現出一種向外衝闖的行為衝動和精神指向〔註114〕。對
於「貴州詩人群」成員而言，他們對自然雲層的遮蔽以及人為形式的淹埋始
終保持一種奮力抗爭和衝闖則是他們的主導性格，這在詩人黃翔、路茫、王
強、吳若海、夢亦非等身上表現得極為明顯。詩人黃翔就曾表示：「在身前，
我就必須對存在作出價值的選擇並且付諸於行動。我不能重複我的某些失意
的祖先，把作品放在身後，我必須把我的作品放在身前。如果時間一定要『湮
滅』我，我的名字也將奮力撥開頭上的土層，讓它見到頭上的天空。在我的
名字被踐踏的地方，我要讓我的『名字』繼續站立著，保衛我的名字、我的
思想、我的精神，直到有一天倒下。」〔註115〕

　　自1970年代以降直到21世紀初，「貴州詩人群」所創辦的民刊諸如《啟
蒙》、《崛起的一代》、《中國詩歌天體星團》、《大騷動》、《零點》等，均表現
出從雲霧繚繞中衝闖出去的特質，且每次都以極不尋常的方式表達自己對於
當下詩壇的思考並提出極具衝擊性的詩學主張。事實上，從1978年直到1990
年代中期，「貴州詩人群」在詩歌創作和文學活動中從未停止對中國當代文
化與文學的開拓，對生命、現實與文學的積極求索。1978年的《啟蒙》以「火
神」的使命和精神撥開雲霧照亮屬於人的精神天地；1980年創辦的《崛起的
一代》越過文壇現實的表象，直指詩人的內心世界，對個體生命的精神存在
進行深入發掘；1986年出現的《中國詩歌天體星團》則以詩性之思呈現出人

〔註112〕張嘉諺：《獨立自由的文學》（張嘉諺提供未刊稿）。
〔註113〕參見黃萬機：《客籍文人與貴州文化》，貴陽：貴州人民出版社，1992年；羅
　　　　強烈：《「貴州現象」啟示錄》，北京：人民美術出版社，1993年；石培華、
　　　　石培新：《孤獨與超越——感受一個真實的貴州》，貴陽：貴州人民出版社，
　　　　1998年；以及張嘉諺：《塑造地域文化的新形象——試論張克的創作》，《貴
　　　　州社會科學》，1998年第6期。
〔註114〕參見羅強烈：《「貴州現象」啟示錄》，北京：人民美術出版社，1993年。貴
　　　　州的美術諸如繪畫和雕塑等均表現出這種外向衝動的特質。
〔註115〕參見《詩魂》，《大騷動》，1993年第2期，第101頁；以及黃翔：《狂飲不醉
　　　　的歌形》，紐約：天下華人出版社，1998年，第48頁。

類精神世界的多元性和流動性；而 1991 年的《大騷動》主要強調了鮮活的創作個體如何在變幻莫測的時空中詩性地凸顯自我。這一條民刊的線索已然清晰呈現出一種獨屬於「貴州詩人群」的艱難且深刻的文化傳承和精神傳統，它以「人」為中心，從對個體精神自由的追索開始，到個人主體意識的高揚，再到人的多元化構成的探索，都彰顯出「貴州詩人群」對於「人」的主體性和生命內涵之豐富的重視與開掘。與此同時，「貴州詩人群」對詩人精神原欲的推崇，對詩人的肢體、表情等動作行為藝術的重視，旨在最大程度地調動日漸枯竭的人的感知力和洞察力，當詩歌在「自我」撫摸的頹靡之氣中越陷越深時，「貴州詩人群」以「野公牛與野豪豬的嘶鳴與咆哮」〔註116〕製造出一片充滿野性氣息的「騷亂」，這種不走尋常路的詩歌行為就是為了讓現實中感官機能日趨麻木退化的個人能在詩的世界裏感受到來自生命的震顫，這就決定了他們的詩歌創作有著不同凡響的時代意義與深邃思考。從石破天驚的《啟蒙》創刊到《崛起的一代》，再到《中國詩歌天體星團》、《大騷動》等民刊的連綿不絕，「雖無不波瀾壯闊、峰潮疊湧，但更體現了中國文化苦澀的邁進」〔註117〕。

　　無論是詩人的漂泊與流浪，還是詩歌行為的執守與衝闖，都可視為「貴州詩人群」在文化窪地中所能堅持的文學掙扎方式。對生命情志的張揚，對民族歷史文化「恥與痛」的開掘，以充滿雄性、野性的詩歌風采在詩壇製造各種精神「騷亂」，儘管其作品自有優劣之分，詩人之間的水平各有差異，然而，作為一種根植於生命情志的本真抒寫，一種直面現實的衝闖，一種彰顯雄性之力的詩性創作，一種尋求生命終極關懷的努力，在漫長苦悶的人生歲月中，無論是作為詩人群體的存在還是一種精神譜系的延綿，「貴州詩人群」首先遵循的始終是最真實的生命體驗，他們堅持傳達著一種來自歷史與生命深處最真實的聲音。在所想之物和所寫之事常常不一樣的時代，「貴州詩人群」成員以其知行合一的理念踐行獨屬於他們自己的詩性人生；面對來自外界的種種壓力，他們並沒有選擇以安全著陸的方式進行媚俗的「迫降」，更沒有對民族歷史的痛感進行是是而非的消解，他們憑藉清醒的歷史意識和人文眼光堅毅潛行，共同構築了中國現當代文化與文學的基脈。

〔註116〕張嘉諺：《獨立邊緣的自由文學》（張嘉諺提供未刊稿）。
〔註117〕啞默：《世紀的守靈人・文脈潛行》（卷九），四川大學劉福春中國新詩文獻館提供未刊稿，第 56 頁。

結　語

　　20 世紀的現代中國曾湧現出一批又一批通過文學創作大膽地暴露自己的生命體驗，發出驚世駭俗的震耳之聲，無所顧忌地創作和思考的「摩羅」們，從 1960 年代初一直活躍到 1980 年代末的「貴州詩人群」便是其中當之無愧的一份子。「貴州詩人群」的詩歌創作活動自 1960 年代初開始一直持續到 1980 年代末，如果說 1960 至 1970 年代是這一詩群的潛伏期的話，那麼，進入 1980 年代以後，便迎來了「貴州詩人群」創作的爆發期。其中涉及到的詩人之多、民刊之盛，讓人不忍忽視。在特殊的時代風潮中，他們堅持在詩歌中抒寫現實人生和生命體驗，並經常聚在一起自覺探討文學、音樂和美術，自辦刊物為自己開闢言說的陣地。可以說，這群詩人所體現出的摩羅精神自覺不自覺地與以魯迅為代表的五四啟蒙知識分子產生了跨越時空的精神契合，並在特定的地域空間下以極具個性的文學姿態向這一重要的精神傳統致敬。伴隨著波瀾起伏差不多半個世紀的時代波濤，湧現在「貴州詩人群」詩歌創作路途中的詩人就有：伍汶憲、黃翔、啞默、路茫、吳若海、張嘉諺、王強、夢亦非等等；以及以黃翔領軍的圍繞在民刊《啟蒙》、《崛起的一代》、《中國詩歌天體星團》、《大騷動》周圍的詩人群體。他們始終堅持「獨立、邊緣、自由」的創作姿態和文學理念，倡導「獨立思考、獨立性格，及詩歌語言的獨立性」〔註 1〕，用他們自己的話來說就是遠離「權勢話語、商品話語、媚俗話語、盲從話語以及奴性話語」〔註 2〕實現詩人的獨立自存。同時，在對文學精神的堅守中，以生活的邊緣性與寫作的邊緣性實現思想的獨立邊緣，鎔鑄出自由之

〔註 1〕張嘉諺：《獨立邊緣的自由文學》（張嘉諺提供未刊稿）。
〔註 2〕張嘉諺：《獨立邊緣的自由文學》（張嘉諺提供未刊稿）。

魂的晶體。這群夾雜著各個年齡段的詩人們，在「邊緣」地帶一面遙望「中心」，一面埋首創作思考。每當面對這樣的精神存在，就特別能領會「我渴望用歷史發言」（孫紹振語）的心境。「這堅冰下的溪流，蒼茫時刻的豎琴，理應得到歷史的充分評估。要是有人斷言這些詩在今天已不值得提起，那他就既沒有理解這些詩歌，也沒有理解當時詩人所生活的時代，更沒有真正省察過我們今天所生活的時代。」〔註 3〕文學始終關聯著人的生命存在和現實體驗，且由於不同的歷史語境而呈現出豐富駁雜的樣態；文學之所以打動人心，恰恰就在於它是人的生存體驗和生命感悟在精神層面的豐富體現。與其說是現代中國文學不單純，還不如解釋為文學創作者的人生體驗以及孕育文學的歷史語境和時代氛圍讓文學無法純粹。在不被主流認可的年代，他們仍堅持排除萬難以自辦的刊物作為自己的「十六開陣地」，像煉獄中的野草與魯迅「地獄邊沿慘白色的小花」遙相呼應，氣若游絲卻延續了以魯迅為代表的「五四」思想傳統和精神血脈。當面對時代、社會、邊緣帶來的人生困境時，他們選擇直面而沒有迴避甚至採取自欺欺人的態度和決心都不能不讓人為之動容。在精神價值坍塌的今天，當相當一部分人要麼忙碌於邯鄲學步，滿足於東施效顰；要麼淪陷在各種名目的「主義」之下無法自拔時，我們重返「貴州詩人群」衝闖與無畏的詩歌行為現場，所能感受到的便是一種堅定自持、元氣淋漓的生命抒寫。目前，本書從刊物集結、話語生成、詩歌創作、精神追求以及文化資源的考察等方面對「貴州詩人群」進行了較為詳細的探討，但仍有許多值得我們進一步期待的思考和話題。

比如關於「貴州詩人群」與五四「啟蒙」精神傳統的關係的話題。在奢談個性、萬馬齊喑的時代和歷史的夾縫中生存的「貴州詩人群」無疑是痛苦的，但卻並不絕望；他們是被圍困的，但從不逆來順受；他們在現實和文學的邊緣掙扎，卻不甘沉淪、不甘墮落；他們充滿野性的怒吼和抗爭是不遺餘力的，但卻在抗爭與批判中始終深藏著一腔熱血和激情，猶如詩歌界的「摩羅」履行著「精神界戰士」的使命，在時代的「鐵屋」中「吶喊」，他們在文學人生中求真問道，透過文學所呈現出的知識分子的疼痛感和求索感，可謂是五四以來一脈相承的精神血脈，那麼，在此層面上，以黃翔、啞默為代表的「貴州詩人群」是否與五四「啟蒙」精神傳統實現了思想和精神層面的歷

〔註 3〕陳超：《堅冰下的溪流——談「白洋淀詩群」》，《打開詩的漂流瓶——現代詩研究論集》，石家莊：河北教育出版社，2003 年，第 240 頁。

史對話？如果這樣的對話是成立的，那麼這種關聯又該如何確立？都有待於進一步挖掘。

　　比如由「貴州詩人群」的詩歌創作牽引出的關於中國詩歌「純詩」與「非詩」的話題。1990 年代，詩人黃翔的離去再次證明了中國的文學從來都不僅僅只是文學這麼簡單，現代中國語境下的詩歌也決不是「純詩」與「非詩」的簡單相加，更不是用物理學意義上的分解法由「純詩／非詩」到「純詩」中的「詩意」這樣的劃分就能解釋清楚的。這種「借助對於『他者』的分離，不斷強化『文學／非文學』等二元對立的範疇」〔註4〕，不僅不能解決概念的意義不明，還會縮小觀察的視野和思考的格局。鑒於「純詩／非詩」的說法與西方「純文學」、「文學性」等因素的糾纏不清，在現代中國一個多世紀以來的文學進程中，文學概念與文學事實之間的尷尬不斷上演，每當有學者試圖通過對「重寫文學史」或者是對「文學」進行重新定義以期盤點、檢視複雜的文學事實時，卻常常感知到作為單純審美藝術的「文學」在面對豐富的社會歷史情態時所流露出的局促。「文學作為關注人類精神生活的重要方式，最有價值的恰恰是它能夠記錄和展示人在不同生存境遇中的心靈變化」〔註5〕。在現代中國的特殊語境下孕育而生的詩歌，其紛繁複雜早已溢出「純詩」的闡釋框架，同時，對現代新詩包括一切現代中國文學中繁複的文學現象的闡釋之所以艱難就在於，既得擦淨概念中的「他者」的文化痕跡，又要辨別曾經的「誤讀」、「反讀」帶來的種種歧義〔註6〕。現代中國文學迫切地需要更為豐富恰切的概念闡述，以幫助我們真切地把握屬於中國的文學問題，深入挖掘現代中國語境下的知識分子對現代世界、人生、社會、現實的生命體驗和文學感受。因此，在「回歸歷史情境」中實現對「貴州詩人群」及其詩歌的關注和打撈，就不能只是滿足於對那些塵封多年的文本進行孤立的展示，而是要以相當的篇幅，盡可能地逼近當時的歷史語境，呈現詩人當年創作的動機、情景和過程，以及他們此後處於不斷動態發展中的詩歌創作和思考歷程，

〔註4〕黃平：《文學批評如何回應當下生活》，《「80後」寫作與中國夢》，太原：北嶽文藝出版社，2015 年，第 124～125 頁。原載於《人民日報》第 24 版，2011 年 3 月 25 日。

〔註5〕李怡：《在民國歷史中重新發現現代文學——專題解說》，《中山大學學報》（社會科學版），2017 年第 1 期。

〔註6〕李怡：《中國現代新詩與古典詩歌傳統》，北京：中國人民大學出版社，2015 年，第 5 頁。

在詩歌文本、歷史情境以及當下生存語境之間構成多重對話的關係。

比如關於「地方性視野」下的「貴州詩人群」研究的話題。「空間」意義上的文學研究有利於「地方性視野」的發掘和邊緣活力的激發。在具有普泛性指向的全球化語境下，經濟、生活等形態的一體化讓更多人意識到文化的自主性和多樣性的重要，尋求民族自我認同、保持民族文化個性的願望愈發強烈也更為迫切。那麼，「如何通過本土的『地方性知識』的重新建構來回應社會文化的現代化要求？這是一條長期為我們忽略的思想脈絡，恰恰是它的存在，顯示了中國知識分子深刻的思想自覺和深遠的文化關懷。」〔註 7〕事實上，中國知識分子對自我的尋覓和認同早已在 20 世紀初的留日作家身上得以呈現。似乎物理空間的距離越遠，越能有效地促成知識分子的精神「還鄉」。在以往的文學史表述中，我們已習慣於這樣理解知識分子的精神「還鄉」，他們帶著理性的、批判的、冷峻的眼光審視著故土這一原初的生存空間，而這審視目光充滿了剖析和啟蒙的色彩。然而，知識分子「還鄉」的精神體驗並非是單向度的「一個願打、一個願挨」的狀態。正如有學者所言：「當近現代中國知識分子提出諸多的地方『問題』之時，他們當然不僅僅為了展示自己的地方『獨特性』，而是表達自己所領悟和思考著的一種由特定區域與『特定的歷史條件』所決定的價值追求。而任何一個不帶偏見地閱讀了現代中國的文學作品的人都可以發現，這些價值追求既不是西方文化的簡單翻版，也不是地方歷史的簡單堆積，它們屬於一種建構的『新型的知識觀念』。」〔註 8〕換言之，離開故鄉的知識分子在精神「還鄉」的體驗中不僅更清醒地發現了自我，同時還獲得了獨特的「地方性」經驗和視角。這其中既有以所謂中心、主流或他者文化的價值標準為參照審視故土時所獲得的清醒認識，同時又能從中讀出與外界不一樣的地方特質與個性色彩，這裡面往往包含了各種複雜矛盾的文化樣態。

「世界文化越是在和平條件之下發展，各民族文化之間的差異
性越能充分表現出來。在當前以國家為基本單位構成的世界格局中，
任何一種文化都不可能不在自我民族利益基礎上對待世界事務，當

〔註 7〕 李怡：《少數民族知識、地方性知識與知識等級問題》，《民族文學研究》，2010
年第 2 期，第 54 頁。
〔註 8〕 李怡：《世界視野、地方經驗背後知識分子的精神建構》，《中國社會科學報》
2010 年 7 月 6 日第 008 版。

> 共同的目標已經實現，西方各民族就會更多地從本民族文化與美國
> 文化的差異性中意識自己，並努力把自己的獨立性提高到與美國文
> 化平等的地位上來」〔註9〕。

於是，中國文學研究中富含「地方性」獨特價值的地方資源無疑為中國學者
自覺反思「現代化大潮」的提供了積極參照。「地方性視野」不僅是一種「豐
富」，更是一種「尊嚴」〔註10〕，沒有理由不珍視這份發現自我的地方性資源。
因此，只有「將文學趣味的精神魅力與之承擔的社會責任、歷史使命有機結
合」〔註11〕，才能有效地發掘地方性經驗和視野，既扣問歷史，亦反觀當下，
將文學對自我、對現實、對生命的關懷納入到社會歷史發展的整體格局之中，
這就要求文學研究既不完全遷就於文字對現實人生內涵的展示，也不迷醉在
純文學封閉的藝術世界裏，而是直指現代語境下中國式生存的根本問題。在
更豐富具體的歷史情境中還原詩人的精神世界和生存體驗，充分挖掘他們的
本土經驗和「地方性知識」，在文學的「原鄉」重拾生命最初的感性存在，「在
談論『中國文化』、『中國民族性』、『中國文學的民族特色』這些話題時，不
會再迷失在空論的雲霧中——因為絢麗多彩的地域文化給了我們無比豐富的
啟迪。」〔註12〕文學之於人類的意義並不會因為它不能被所有的人理性認知
而消失，作為人類獨特的生命體驗方式，文學觀照人生，並記錄下個體生命
在不同的生存境遇中的心靈體驗，為有限的人生開闢了無窮表現的可能性。
因此，引入「空間」的維度，跨出「中心／邊緣」的二元對立思維框架，在
曾經被忽視的「邊緣」與「異類」中發掘出可貴的地域經驗和個體經驗，在
「地方性視野」下進一步考察「貴州詩人群」的詩歌創作及相關的文學活動，
創造一個重新打量「邊緣」地帶的文學存在的契機，以期呈現出一種「邊緣
的活力」〔註13〕將是值得進一步研究的話題。

　　比如1980年代中國文學中的「貴州現象」。20世紀80年代貴州作家憑藉
極具個性特色的創作如雨後春筍般崛起，並以豐碩的成果給全國文藝界帶來

〔註9〕 王富仁：《王富仁自選集》，南寧：廣西師範大學出版社，1999年，第66頁。
〔註10〕 李怡：《少數民族知識、地方性知識與知識等級問題》，《民族文學研究》，2010
　　　　年第2期，第55頁。
〔註11〕 李怡：《開拓中國「革命文學」研究的新空間：建構現代大文學史觀》，《探索
　　　　與爭鳴》，2015年第2期。
〔註12〕 轉引自李怡：《被圍與突圍》，重慶：重慶大學出版社，2012年，第52頁。
〔註13〕 楊義：《重繪中國文學地圖的方法論問題》，《重繪中國文學地圖通釋》，北京：
　　　　當代中國出版社，2007年，第7頁。

了震撼性的影響，其中小說和詩歌成為當時貴州地域性的文化品牌，在中國文學史上留下了濃墨重彩的一筆，創造了 20 世紀 80 年代文學藝術領域的「貴州現象」。「貴州現象」代表了一種貴州本土的文化「態度」、「視點」和「立場」，表現為一種本土文化精神主體性的建構，同時，「貴州現象」還意味著 1980 年代的貴州藝術家們通過自身的藝術實踐和探索，突破了「邊緣」的區位弱勢和侷限，構建起屬於貴州藝術家的審美話語空間，獲得了與文化中心乃至世界展開對話的機會。20 世紀 80 年代貴州作家憑藉極具個性特色的創作如雨後春筍般崛起，並以豐碩的成果給全國文藝界帶來了震撼性的影響，其中小說和詩歌成為當時貴州地域性的文化品牌，在中國文學史上留下了濃墨重彩的一筆，創造了 20 世紀 80 年代文學藝術領域的「貴州現象」。值得注意的是，同樣在 1980 年代，貴州藝術家也出現了群體性的崛起，他們受哺於貴州民間文藝創作的藝術品，以雄強、粗獷、野性的陽剛美為中國藝術界帶來了一股充滿活力的原始生命氣息，從而引發了一場先鋒藝術風潮，美術界將其稱為「貴州現象」。目前，學界對於「1980 年代中國文學的『貴州現象』」這一議題的專門性研究幾乎未見，涉及「貴州現象」的相關研究也僅限於美術領域。可以說，目前學界對於 1980 年代貴州文學的研究和關注仍十分薄弱，值得警惕的是，薄弱或滯後的研究狀況將不可避免地對文學現象和事實造成不同程度的遮蔽。因此，借助於「貴州現象」這一概念範疇，將這一時段的貴州文學置放在 1980 年代中國文學的整體性框架下進行考察，對 1980 年代中國文學中的「貴州現象」展開深入研究，發掘這一現象的精神內核及特殊的生成機制，以期重審 1980 年代貴州文學的文化價值和歷史意義，上述研究路徑不失為一次行之有效的嘗試。1980 年代文化藝術領域的「貴州現象」，代表了一種貴州本土的文化「態度」、「視點」和「立場」，表現為一種本土文化精神主體性的建構，具有崇尚熱烈、粗放、雄強、野性的審美傾向，召喚一種充滿野性和活力的原始生命力。同時，「貴州現象」還意味著 1980 年代的貴州藝術家們通過自身的藝術實踐和探索，突破了「邊緣」的區位弱勢和侷限，構建起屬於貴州藝術家的審美話語空間，獲得了與文化中心乃至世界展開對話的機會。

　　在 1980 年代初盛行的文化熱以及世界範圍內第三世界國家拉美文化勃興的感召下，作家們開始將關注的目光投向民族文化內部，隨著對民族傳統文化的深入發掘和研究，尋根文學應運而生。在尋根作家們的文學設想中，他

們帶著文化啟蒙的視角，試圖尋找到能夠重建民族文化精神，加快中國現代化建設步伐的靈丹妙藥。然而，當作家們深入到鄉土中國的世界中尋根時，「尋根」的回溯性敘述與其潛在的「啟蒙」思維常常難以達成共識，於是，尋根作家逐漸難以把握其理應具有的情感和價值判斷，其作品也就喪失了人文價值內涵，面對日益枯冷的內容和意義，很難發現他們還能尋到什麼有意義的「根」。值得注意的是，恰恰在 1980 年代的尋根熱潮背景下，貴州的鄉土文學創作卻屢獲豐收。作家何士光分別於 1980 年 8 月、1982 年 6 月、1985 年 8 月在《人民文學》發表了《鄉場上》、《種包穀的老人》和《遠行》三個短篇小說，並分別榮獲全國優秀短篇小說獎。石定創作的《公路從門前過》榮獲 1983 年的全國短篇小說獎，同樣他的其他小說作品如《水妖》、《牧歌》則分別收穫了全國少數民族文學獎以及貴州文學獎。石定於 1984 年發表的中篇小說《重陽》以及其 1985 年發表於《人民文學》第 11 期的中篇小說《天涼好個秋》等一系列作品，皆是對貴州鄉土世界的生命思考和審美表達。同樣在中篇小說創作領域收穫豐碩成果的還有作家李寬定，他創作的《良家婦女》等四部「女兒家」系列小說被《中篇小說選刊》轉載，尤其是其中篇小說《良家婦女》被拍成電影後，更是收穫了 8 項國際電影獎。其筆下情態各異、生動鮮活的「黔北女兒家」形象，不僅呈現了貴州鄉土絢麗多姿的人生圖景，而且還傳達了貴州鄉土特有的民俗風情和內在情韻。以往的研究者在探討上述貴州作家的創作時，更多的還是將其置放在「貴州文學」、「黔北文學」的視野下進行觀照。事實上，這些作家關於貴州鄉土世界的抒寫和思考，正是文學對鄉土中國最為恰切的審美表達。將 1980 年代的貴州小說置放在關於鄉土中國書寫的文學歷程中進行考察，便不難發現貴州小說家扎根於鄉土的思考和創作恰恰在無意中實現了尋根作家所追求的價值意蘊。然而，在 1980 年代的現代主義文學思潮中，貴州作家的鄉土寫作因為不夠「現代」而往往無法進入文學史家的視野，但不可忽視的是，恰恰是這種所謂不夠「現代」的遺憾包含了中國區域內部文化與文學自我演進的獨特意蘊。對貴州作家創作活動盡可能地回歸歷史情境的抒寫，已然不是文學史知識的問題，而是對人生姿態的關注，不僅是對歷史的體認，更是對當下中國人的生命關懷。重返「八十年代」的社會文化歷史語境，打通既往文學研究的思維壁壘，通過對文學細節的敏感，釐清諸多被忽視、遮蔽的文學史實，探究不同區域文學自我演變的內部事實與相互間對話、並進、互動關係狀態，重新認知「貴州現

象」發生的複雜性，並在此基礎上深入挖掘「貴州現象」的精神內核，是值得進一步追問的議題。

再比如通過探討當代貴州少數民族漢語寫作，闡釋全球化視野下的地方經驗與民族認同。在全球化語境下，民族自我認同與文化個性訴求愈發強烈，貴州的少數民族漢語創作對當下中國社會文化與文學發展的現代化訴求的回應，是極容易被忽略卻很有價值的一條思想線索。近年來，學界對文化與文學中心之外的地方性知識經驗和邊緣文化活力的開掘，為我們思考貴州少數民族漢語創作提供了一條行之有效的闡釋路徑。事實上，當我們對貴州少數民族漢語創作稍作梳理便不難發現，其中兼具獨異性與普遍性共存的中華民族文化與文學的「地方經驗」，往往能成為進一步挖掘、擴充、激活中國文學現代經驗豐富性的話語資源。全球化語境下日趨一體化的經濟形態與生活方式讓更多的人意識到民族文化自主多樣性的重要，於是，尋求民族自我認同、保持民族文化個性的願望愈發強烈也更為迫切。既往少數民族文學研究，無論是對概念、術語、原理的闡釋，還是對學科建構、發展脈絡、研究範式和學術框架等方面的考察都取得了較大的進展，這充分證明了「中國文學史應該是多民族文學史」的共識。值得注意的是，關於「少數民族文學」這一概念本身還存在著許多亟待探討的問題。以創作語言為劃分標準，中國少數民族文學可大致分為少數民族語言創作和漢語創作，少數民族語言文學學科主要關注的是該族語言的文學創作，漢語言文學仍是以漢民族的漢語創作為主，而關於少數民族漢語創作的專門性議題較少為研究者關注，事實上，少數民族漢語創作作為中華民族共同體的精神創造和話語資源的有機組成部分有著極為重要的挖掘價值和文學意義。近年來，學界對文化與文學中心之外的地方性知識經驗和邊緣文化活力的開掘，為我們思考少數民族的漢語寫作提供了一條行之有效的闡釋路徑。如何通過挖掘、重構本土的、邊緣的「地方性知識」來回應當下中國社會文化發展的現代化訴求？這往往是被我們所忽略的一條思想脈絡。但恰恰是這種來自邊緣的地方性知識和經驗的存在，彰顯了中國本土知識分子關於自身民族文化與文學以及對中華民族共同體的自覺思考和深切關懷。在此背景下，我們關注當代貴州少數民族漢語創作的文學意義，事實上是通過重返地方和邊緣來試圖喚醒，並進一步發掘、擴充中國文學現代經驗的豐富性，以自覺的文學行為訴說自身與中華民族共同體密切相融的精神內涵。所謂「地方經驗」是相對於中心而言，但絕不是一時一地

的偏狹概念，其本身包含了推動中國現代化的經驗因子。事實上，在北京和
上海之外更廣大的區域內，中國作家的生存體驗和知識成長往往包含著對中
國文學發展極具闡釋力度的諸多細節，並且極有可能超出我們固有的「中國
與西方」、「傳統與現代」的敘事邏輯，因此，對「地方性知識」的關注和發
掘將有利於呈現中國作家在面對既有文化資源時所表現出的自身主體的創造
性。換言之，現代中國作家的諸多文化選擇並非傳統觀念與西方文化的翻版，
而恰恰是基於其自身的生存現實與人生體驗的思考，是一種獨異性與普遍性
共存的「地方性」思考。苗族作家韋文揚的文化散文《最後的鳥圖騰部落》，
在歷史厚重的精神浪潮中點滴顯露著苗族——這一蚩尤後裔千年的文化密碼，
懸崖峭壁的駐留，梯田依山的房舍，讓這個民族帶著痛感與信仰虔誠地融入
自然和世界。通常，邊緣的民族地域常常被認為是一個相對於現代文明而言
新奇又陌生的文學時空，那裡充滿了野蠻、異域、傳奇的氣息。這一空間總
能輕易讓人產生一種面對「他者」與「異域」的區隔感，如此，人們便習慣
於用一種獵奇的、驚豔的眼光欣賞這一空間的「新」與「奇」。事實上，無論
是溫情的膜拜還是好奇的圍觀，都極容易將邊緣地區民族文學的書寫引入野
蠻或純善的現代性迷思當中，在懸浮著貌似真實的民族景觀書寫背後，是浮
躁的消費文化滋生的偏狹想像和自我風情化。在這樣的背景下來看韋文揚的
文化散文，其厚重的歷史感和飽滿的精神氣度便由字裏行間洋溢開來。《兩個
人的鄉村——作家通信》散文集是作者楊村和余達忠行走鄉村留下的文學足
跡，其中不僅詳實地呈現了黔東南地區苗族、侗族村寨的發展現狀，更是以
強烈的人文關懷談到了諸如空巢、留守、教育、城鎮化、自然生態、土地資
源、原生態文化和自然遺產等一系列現代化發展進程中必須面對的問題。文
中論及的社會現象和相關材料雖立足於黔東南一帶鄉村，但因作者著眼於整
個中國現代化進程的全局視野而使得這些現象和材料擁有了與人類命運共同
體密切相聯的溫度。正因如此，我們能從文中嗅到的山野氣息、所能觸摸的
土地脈搏、聽到的鄉村歡息和陣痛後的呻吟，都超越了具體地域時空的侷限
而抵達人類命運共同體的靈魂深處。再如當代貴州少數民族作家創作的小說，
侗族作家石玉錫的《半邊人》以其並不規範的、夾雜著高壩方言的普通話演
繹了他爛熟於血液中的高壩故事，敘事是從一位百歲老人的去世延宕開來的，
但作者並沒有將自己沉浸在老人守寡80多年的人生故事中，而是以此為契機
讓高壩各色各樣的人物粉墨登場。以三個「半邊人」為代表的侗族人物群像，

其價值不僅僅在於呈現了極具地方特色的文化品格，更重要的還在於這些人物群像所支撐起來的「高壩故事」，因其生命底色而生發出一種具有普世價值的人文關懷。承載了地方經驗和普世關懷的「高壩」世界在現實與文學的巧妙融合中一如馬爾克斯筆下的馬孔多小鎮，將地方經驗整合進人類共同的生命體驗中。苗族女作家龍鳳碧（筆名句芒雲路）的小說——《潔白的雲朵會撒謊》，將苗族人在族群信仰與現實經驗之間的心緒流淌而出，從容不迫地敘述，緊湊卻不急切，舒緩而不散漫，彷彿在訴說一個古老的故事，卻又感覺圖景就在眼前。小說以拉奎、花遠、努努的命運糾纏為線索，訴說著現代時空下苗族男女的情感故事，看似詭譎的民俗書寫內裏藏著作者對生命的敬仰。於是，這些苗族兒女的人生故事也就不再是囿於一時一地的族群經驗，而具有了通達靈魂深處的精神震撼。離開故鄉的知識分子在精神「還鄉」的體驗中不僅更清醒地發現了自我，同時還獲得了獨特的地方經驗和視角。這其中既有以所謂中心、主流或他者文化的價值標準為參照審視故土時所獲得的清醒認識，同時又能從中讀出與外界不一樣的地方特質與個性色彩。

參考文獻

（按照姓氏拼音首字母順序排列）

一、作品類

1. 〔俄〕阿克薩柯夫（C. T. Аксаков）著；湯真譯，家庭紀事〔M〕，上海：新文藝出版社，1957。

2. 〔法〕阿爾貝‧加繆（Albert Camus）著；郭宏安譯，西緒福斯神話〔M〕，北京：生活‧讀書‧新知三聯書店，2014。

3. 艾青，艾青全集（第3卷）〔M〕，石家莊：花山文藝出版社，1991。

4. 艾青，詩論〔M〕，上海：復旦大學出版社，2005。

5. 北島，午夜歌手——北島詩選（1972～1994）〔M〕，臺灣：九歌出版社，1995。

6. 〔美〕狄金森（E. E. Dickinson）著；江楓譯，狄金森詩選〔M〕，長沙：湖南人民出版社，1984。

7. 〔德〕荷爾德林（Holderiln, Friedrich）著；顧正祥譯，荷爾德林詩新編〔M〕，北京：商務印書館，2012。

8. 黃翔，狂飲不醉的獸形〔M〕，紐約：天下華人出版社，1998。

9. 黃翔，總是寂寞〔M〕，臺北：桂冠出版社，2002。

10. 黃翔，鋒芒畢露的傷口〔M〕，臺北：桂冠圖書公司，2002。

11. 黃翔，非紀念碑：一個弱者的自畫像〔M〕，臺北：唐山出版社，2002。

12. 黃翔，我在黑暗中搖滾喧嘩〔M〕，臺北：唐山出版社，2002。

13. 黃翔，裸隱體與大動脈〔M〕，臺北：唐山出版社，2002。

14. 黃翔，詩——沒有圍牆的居室〔M〕，臺北：唐山出版社，2003。

15. 黃翔，活著的墓碑：魘〔M〕，臺北：唐山出版社，2003。

16. 龍俊主編，現代詩〔M〕，貴陽：貴州大學《新大陸導報》，貴州民族學院《民族大學生》，1989。

17. 路茫，寄給死去的愛情〔M〕，貴陽：貴州人民出版社，1985。

18. 路茫，詩學隨筆〔J〕，山花，1986（12）。

19. 魯迅，魯迅全集（第 1～8 卷）〔M〕，北京：人民文學出版社，1981。

20. 孟浪，南京路上，兩匹奔馬〔M〕，北京：光明日報出版社，2006。

21. 錢玉林，記憶之樹〔M〕，上海：上海遠東出版社，1998。

22. 〔英〕喬治・奧威爾（George Orwel）著；董樂山譯，一九八四〔M〕，廣州：花城出版社，1988。

23. 吳若海，夢幻交響詩〔M〕，貴陽：貴州大學出版社，2012。

24. 徐志摩著；陳子善選編，想飛・徐志摩散文經典〔M〕，上海：上海社會科學院出版社，2003。

25. 啞默，鄉野的禮物〔M〕，貴陽：貴州民族出版社，1990。

26. 啞默，牆裏化石〔M〕，北京：中國致公出版社，1999。

27. 啞默、灰娃著，暗夜的舉火者〔M〕，陳思和主編，武漢：武漢出版社，2006。

28. 啞默，世紀的守靈人（卷一至卷九）〔M〕，四川大學劉福春中國新詩文獻館提供未刊打印稿。

29. 楊煉，大海停止之處：楊煉作品 1982～1997 詩歌卷〔M〕，上海：上海文藝出版社，2003。

30. 楊煉，唯一的母語──楊煉：詩意的環球對話〔M〕，上海：華東師範大學出版社六點分社，2012。

31. 張嘉諺，獨立邊緣的文學〔J〕，張嘉諺本人提供未刊稿。

32. 張嘉諺，歪歪斜斜的腳印〔J〕，張嘉諺本人提供未刊稿。

33. 朱自清，朱自清全集〔M〕，南京：江蘇教育出版社，1996。

二、史料文獻與研究論文類

（一）史料文獻

1. 馮祖貽，曹維瓊，教以深主編，辛亥革命貴州事典〔M〕，貴陽：貴州人民出版社，2011。

2. 貴州省社會科學歷史所編，貴州辛亥革命資料選編〔M〕，貴陽：貴州人民出版社，1981。

3. 貴州省地方志編纂委員會，貴州省志・教育志〔M〕，貴州：貴州人民出版社，1990。

4. 貴州省文史館校勘，貴州通志・前事志（第四冊）〔M〕，貴陽：貴州人民出版社，1991。

5. 貴陽市地方編纂委員會編，貴陽通史（中）〔M〕，貴陽：貴州人民出版社，2011。

6. 貴陽市地方志編纂委員會辦公室編，貴陽市志・人物志〔M〕，北京：方志出版社，2011。

7. 黃翔、路茫等人主編，啟蒙，1978（1），1978（2），1979（3），1979（4），1979（5）。

8. 黃翔等主編，中國詩歌天體星團，1986（1）。

9. 惠世如主編，抗戰時期內遷西南的高等院校〔M〕，貴陽：貴州民族出版社，1988。

10. 侯清泉，貴州近現代人物資料續集〔M〕，貴陽：中國近現代史史料學學會貴陽市會員聯絡處，2001。

11. 劉兆吉，西南采風錄・聞序〔M〕，上海：商務印書館，1946。

12. 《洛枷山》編輯部編，這一代（創刊號），1978（1）。

13. 夢亦非主編，零點，1997（1）。

14. 龐思純，明清 600 年入黔官員〔M〕，貴陽：貴州人民出版社，2008。

15. 王強等主編，大騷動，1991（1），1993（2），1993（3），1994（4），2003（5）。

16. 學部官報，1906（8）40。

17. 姚家華編，朦朧詩論爭集〔M〕，北京：學苑出版社，1989。

18. 中華全國文學藝術工作者代表大會宣傳處編輯，中華全國文學藝術工作者代表大會紀念文集〔M〕，北京：新華書店，1950。

19. 中華書局影印，清實錄（第 58 冊、第 59 冊）〔M〕，北京：中華書局，1987。

20. 周春元等主編，貴州近代史〔M〕，貴陽：貴州人民出版社，1987。

21. 周勇編，西南抗戰史〔M〕，重慶：重慶出版社，2013。

22. 張海鵬、李細珠，中國近代通史（第五卷新政、立憲與辛亥革命 1901～1912）〔M〕，南京：江蘇人民出版社，2006。

23. 張嘉諺等主編，崛起的一代，1980（1），1980（2）。

24. 稚夫選編，詩歌蹤跡（《原鄉》文學雜誌 2012 年特刊）〔M〕，澳大利亞原鄉出版社，2012。

（二）研究論文

1. 艾青，和詩歌愛好者談詩——在北京勞動人民文化宮〔J〕，人民文學，1980，（5）：3～9。

2. 艾青，與青年詩人談詩——在詩刊社舉辦的「青年詩作者創作學習會」上的談話（一九八〇年七月二十三日）〔J〕，詩刊，1980，（10）：35～41。

3. 艾青，從「朦朧詩」談起〔J〕，新華文摘，1981，（8）：165～168。

4. 陳思和，試論當代文學史（1949～1976）的「潛在寫作」〔J〕，文學評論，1999，（6）：104～114。

5. 杜國景，顧彭年：文學研究會中的半個貴州人——兼及其他貴州籍會員〔J〕，貴州文史叢刊，2014，（2）：98～106。

6. 公劉，在全國當代詩歌討論會上的發言〔J〕，當代文學研究參考資料，1980，（1）：11～33。

7. 公劉，在全國詩歌討論會上的發言（續完）〔J〕，當代文學研究參考資料，1980，（2-3）：4～11。

8. 顧彬著；成川譯，預言家的終結：二十世紀的中國思想和中國詩〔J〕，今天，1993（2）。

9. 顧金春，文學群落與 1930 年代中國文學作家群體研究〔J〕，中國現代文學研究叢刊，2012，（10）：165～172。

10. 何言宏，當代中國民間詩刊的文學文化意義〔J〕，文藝爭鳴，2017，（9）：123～126。

11. 韓慶成，黃翔：先行者與一個並未走遠的時代〔N〕，詩歌週刊，2014-4-5。

12. 黃孩禮，辦民刊：像堂吉訶德一樣去渴望〔N〕，詩歌與人（特刊），2009-3。

13. 李潤霞，從歷史深處走來的詩歌——論黃翔文革時期的地下詩歌創作〔J〕，〔日本〕BLUE，2004，（2）。

14. 李怡，世界視野、地方經驗背後知識分子的精神建構〔N〕，中國社會科學報，2010-7-6（8）。

15. 李怡，阿壟詩論的文學史價值〔J〕，漢語言文學研究，2010，（1）：54～56。

16. 李怡，少數民族知識、地方性知識與知識等級問題〔J〕，民族文學研究，2010，（2）：51～56。

17. 李怡，重寫文學史視域下的民國文學研究〔J〕，河北學刊，2013，（5）：18～22。

18. 李怡，開拓中國「革命文學」研究的新空間：建構現代大文學史觀〔J〕，探索與爭鳴，2015，（2）：69～74。

19. 李怡，在民國歷史中重新發現現代文學——專題解說〔J〕，中山大學學報（社會科學版），2017，（1）：39～41。

20. 李怡，啟蒙告退的今天，我們如何閱讀王富仁〔J〕，漢語言文學研究，2017，（3）：12～19。

21. 麥文，中國文學在國外研討會〔J〕，今天，1993，（1）。

22. 苗煒，劉宇著，1968，不安分的年輕人〔N〕，三聯生活週刊，2008-6-11。

23. 錢玉林，關於我們的「文學聚會」〔J〕，〔日本〕BLUE，2004，（2）。

24. 邵燕祥，《中國大陸新詩評析》讀後〔N〕，文藝報，1989-2-25。

25. 上海京劇團《智取威虎山》劇組，努力塑造無產階級英雄人物的光輝形象〔J〕，紅旗雜誌，1969，（11）：62～72。

26. 宋海泉，白洋淀瑣憶〔J〕，詩探索，1994，（4）：119～145。

27. 宋明煒，「流亡的沉思」：紀念薩義德教授〔J〕，上海文學，2003，（12）：82～84。

28. 孫基林，隱秘的成長——新潮詩崛起前幾個必要的歷史節點〔J〕，理論學刊，2004，（12）：114～117。

29. 王富仁，對一種研究模式的置疑〔J〕，佛山大學學報，1996，（2）：89～96。

30. 王學東，邊緣體驗與文革地下詩歌的精神走向〔D〕，成都：四川大學博士學位論文，2010。

31. 王永安，周修強，貴州「啟蒙社」始末記〔N〕，往事，2012-4-18（99）。

32. 王六一，詩人啞默〔J〕，貴陽文史，2015（第6期）：88～90。

33. 謝冕，20世紀中國新詩：1978～1989〔J〕，詩探索，1995，（2）：6～30。

34. 謝冕，論新詩潮〔J〕，中山大學學報（社會科學版），2002，（5）：1～15。

35. 謝冕，時代、社會、政治與詩〔J〕，星星（詩刊），2015，（20）：21～25。

36. 謝冕，這是等待上升的黎明——讀北島〔J〕，詩探索，2016，（3）：4～6。

37. 啞默，胡亮，啞默訪談錄：啟蒙社，貴州詩，中學西學之辯〔J〕，詩歌月刊，2011，（6）：22～27。

38. 啞默，問道〔J〕，詩探索（理論卷），2013，（3）：75～84。

39. 啞默，代際傳遞：貴州詩歌的潛在寫作〔J〕，詩探索（理論卷），2016，（3）：177～193。

40. 亞思明，《今天》詩歌與「流散」美學〔J〕，新詩評論，2016，（1）：253～275。

41. 臧克家，五四以來新詩發展的一個輪廓〔J〕，文藝學習，1955，（2）：23～27。

42. 章明，令人氣悶的「朦朧」〔J〕，詩刊，1980，（8）：53～56。

43. 趙思運，民刊，作為新詩的特殊傳播方式〔C〕，2010年中國文學傳播與接受國際學術研討會，2010。

44. 張嘉諺，塑造地域文化的新形象——試論張克的創作〔J〕，貴州社會科學，1998，（6）：62～67。

45. 張清華，從啟蒙主義到存在主義——中國當代先鋒文學思潮論〔J〕，中國社會科學，1997，（6）：131～145。

46. 張清華，黑夜深處的火光——「前朦朧詩」論箚〔J〕，山東師範大學學報（社會科學版），1997，（6）：86～90。

47. 張清華，黑夜深處的火光：六七十年代地下詩歌的啟蒙主題〔J〕，當代作家評論，2000，（3）：48～54。

48. 張清華，朦朧詩：重新認知的必要和理由〔J〕，當代文壇，2008，（5）：33～39。

49. 張清華，20 世紀 60 年代～70 年代的非主流詩歌思潮研究〔J〕，中北大學學報（社會科學版），2011，（5）：1673～1646。

50. 朱壽桐，論田漢的波希米亞式戲劇風格〔J〕，文學評論，1998，（3）：97～108。

三、專著類

1. 〔奧〕阿爾弗雷德·阿德勒（Alfred Adler）著；汪小玲譯，自卑與超越〔M〕，上海：華東師範大學出版社，2017。

2. 〔美〕愛德華·W 薩義德（Edward W. Said）著；單德興譯，知識分子論〔M〕，北京：生活·讀書·新知三聯書店，2002。

3. 柏樺，左邊：毛澤東時代的抒情詩人〔M〕，南京：江蘇文藝出版社，2009。

4. 〔希臘〕柏拉圖（Platon）著；朱光潛譯，文藝對話集〔M〕，北京：人民文學出版社，1980。

5. 畢光明，姜嵐，虛構的力量——中國當代純文學研究〔M〕，北京：社會科學文獻出版社，2005。

6. 蔡元培等主編，中國新文學大系導言論集〔M〕，上海：良友復興圖書公司，1940。

7. 曹莉主編，文學藝術的瞬間與永恆〔M〕，北京：清華大學出版社，2014。

8. 曹萬生主編，中國現代漢語文學史〔M〕，北京：中國人民大學出版社，2010。

9. 陳超，打開詩的漂流瓶〔M〕，石家莊：河北教育出版社，2003。

10. 陳學恂，田正平編，中國近代教育史資料彙編·留學教育〔M〕，上海：上海教育出版社，2007。

11. 程光煒，艾青傳〔M〕，北京：十月文藝出版社，1999。

12. 程光煒，文學史的興起：程光煒自選集〔M〕，開封：河南大學出版社，2009。

13. 戴燕，文學史的權力〔M〕，北京：北京大學出版社，2002。

14. 董健，丁帆，王彬彬主編，中國當代文學史新稿〔M〕，北京：人民文學出版社，2005。

15. 董志剛等主編，融合與超越〔M〕，武漢：長江文藝出版社，1989。

16. 〔荷〕佛克馬（Douwe Fokkema）、蟻布斯（Elrud Ibsch）著；俞國強譯，文學研究與文化參與〔M〕，北京：北京大學出版社，1996。

17. 〔法〕菲利普福雷斯特（Philippe Forest）著；樹才譯，詩人的春天——法國當代詩人十四家〔M〕，太原：北嶽文藝出版社，2010。

18. 高準，中國大陸新詩評析(1916～1979)〔M〕，臺北：文史哲出版社，1988。

19. 貴州省文聯文藝理論研究室，貴州省文藝理論家協會主編，今日文壇，2015，第2輯上〔M〕，北京：光明日報出版社，2015。

20. 賀紹俊，巫曉燕著，中國當代文學圖志〔M〕，瀋陽：春風文藝出版社，2011。

21. 何志平等主編，中國科學技術團體〔M〕，上海：上海科學普及出版社，1990。

22. 〔美〕赫伯特・馬爾庫塞（Herbert Marcuse）著；李小兵譯，審美之維〔M〕，南寧：廣西師範大學出版社，2001。

23. 〔德〕黑格爾（Georg Wilhelm Friedrich Hegel）著；朱光潛譯，美學（第三卷）〔M〕，北京：商務印書館，1997。

24. 洪子誠，中國當代新詩史〔M〕，北京：人民文學出版社，1993。

25. 洪子誠，中國當代文學概說〔M〕，香港：青文書屋，1997。

26. 洪子誠，程光煒編選，朦朧詩新編〔M〕，武漢：長江文藝出版社，2009。

27. 洪子誠，問題與方法：中國當代文學史研究講稿〔M〕，北京：生活・讀書・新知三聯書店，2015。

28. 洪治綱，中國當代文學思潮十五講〔M〕，杭州：浙江大學出版社，2017。

29. 黃平，「80後」寫作與中國夢〔M〕，太原：北嶽文藝出版社，2015。

30. 黃萬機，客籍文人與貴州文化〔M〕，貴陽：貴州人民出版社，1992。

31. 霍俊明，變動、修辭與想像〔M〕，北京：中國社會科學出版社，2013。

32. 姜濤，「新詩集」與中國新詩的發生〔M〕，北京：北京大學出版社，2005。

33. 〔法〕加斯東・巴什拉（Gaston Bachelard）；杜小真、顧嘉琛譯，火的精神分析〔M〕，鄭州：河南大學出版社，2016。

34. 〔德〕康德（Immanuel Kant）著；韓水法譯，實踐理性批判〔M〕，北京：商務印書館，1999。

35. 〔德〕康德（Immanuel Kant）著；何兆武譯，歷史理性批判文集〔M〕，北京：商務印書館，2009。

36. 雷達，趙學勇，程金城主編，中國現當代文學通史（上、下）〔M〕，蘭州：甘肅人民出版社，2006。

37. 李怡，段從學，肖偉勝，大西南文化與新時期詩歌〔M〕，重慶：西南師範大學出版社，2002。

38. 李怡，被圍與突圍〔M〕，重慶：重慶大學出版社，2012。

39. 李怡，舊世紀文學〔M〕，成都：巴蜀書社，2014。

40. 李怡，中國現代新詩與古典詩歌傳統〔M〕，北京：中國人民大學出版社，
    2015。

41. 廖亦武主編，沉淪的聖殿——中國 20 世紀 70 年代地下詩歌遺照〔M〕，
    烏魯木齊：新疆青少年出版社，1999。

42. 林芊，辛亥革命前後的貴州社會變革〔M〕，貴陽：貴州大學出版社，2012。

43. 劉福春，中國新詩編年史（上、下）〔M〕，北京：人民文學出版社，2013。

44. 劉小楓，這一代人的怕和愛〔M〕，北京：華夏出版社，2012。

45. 劉志榮，潛在寫作 1949～1976〔M〕，上海：復旦大學出版社，2007。

46. 劉忠，20 世紀中國文學主題研究〔M〕，北京：社會科學文獻出版社，2006。

47. 劉波，「第三代」詩歌研究〔M〕，保定：河北大學出版社，2012。

48. 羅強烈，「貴州現象」啟示錄〔M〕，北京：人民美術出版社，1993。

49. 羅振亞，與先鋒對話〔M〕，長春：吉林出版集團有限責任公司，2009。

50. 〔德〕尼采（Nietzsche, F.）著；周國平譯，悲劇的誕生〔M〕，上海：上
    海人民出版社，2009。

51. 〔德〕馬丁‧海德格爾（Martin Heidegger）著；孫周興譯，林中路〔M〕，
    北京：商務印書館，2015。

52. 馬駿騄，貴州文化六百年〔M〕，貴陽：貴州人民出版社，2014。

53. 毛迅，李怡主編，現代中國文化與文學第 1 輯〔M〕，成都：巴蜀書社，
    2005。

54. 明飛龍，詩歌的一種演義〔M〕，北京：九州出版社，2010。

55. 錢理群，漂泊的家園〔M〕，貴陽：貴州教育出版社，2008。

56. 〔英〕喬治‧奧威爾（George Orwell）；李存捧譯，政治與文學〔M〕，
    南京：譯林出版社，2011。

57. 申滿秀主編，貴州歷史與文化〔M〕，成都：西南交通大學出版社，2015。

58. 施康強編，征程與規程〔M〕，北京：中央編譯出版社，2001。

59. 石培華、石培新，孤獨與超越——感受一個真實的貴州〔M〕，貴陽：貴
    州人民出版社，1998。

60. 史繼忠，貴州文化解讀〔M〕，貴陽：貴州教育出版社，2000。

61. 〔奧〕斯蒂芬‧茨威格（Stefan Zweig）著；徐暢譯，與魔鬼作鬥爭：荷
    爾德林、克萊斯特、尼采〔M〕，南京：譯林出版社，2015。

62. 孫文濤，大地訪詩人〔M〕，香港：天馬圖書有限公司，2003。

63. 孫曉忠編，生活在後美國時代——社會思想論壇〔M〕，上海：上海書店
    出版社，2012。

64. 唐曉渡，在黎明的銅鏡中〔M〕，北京：北京師範大學出版社，1993。

65. 唐曉渡，先行到失敗中去〔M〕，北京：作家出版社，2015。

66. 陶東風，文學史哲學〔M〕，鄭州：河南人民出版社，1994。

67. 王逢振主編，六十年代〔M〕，天津：天津社會科學院出版社，2000。

68. 王富仁，靈魂的掙扎──文化的變遷與文學的變遷〔M〕，長春：時代文藝出版社，1993。

69. 王富仁，王富仁自選集〔M〕，南寧：廣西師範大學出版社，1999。

70. 王富仁，中國文化的守夜人──魯迅〔M〕，北京：人民文學出版社，2002。

71. 王家平，「文化大革命」時期中國詩歌研究〔M〕，漢城：新星出版社，2001。

72. 王學東，文革「地下詩歌」研究〔M〕，臺北：花木蘭文化出版社，2014。

73. 吳尚華，中國當代詩歌藝術轉型論〔M〕，合肥：安徽教育出版社，2004。

74. 吳秀明主編，中國當代文學史寫真（簡明讀本）〔M〕，杭州：浙江大學出版社，2003。

75. 謝廷秋，文化孤島與文化千島──貴州民族民間文化與社會發展研究〔M〕，濟南：齊魯書社，2011。

76. 〔愛爾蘭〕謝默斯希尼（Seamus Heaney）著；黃燦然譯，希尼三十年文選〔M〕，杭州：浙江文藝出版社，2018。

77. 〔美〕西奧多‧M‧米爾斯（Theodore M. Mills）；溫鳳龍譯，小群體社會學〔M〕，昆明：雲南人民出版社，1988。

78. 〔美〕悉尼‧胡克（Hook, S.）；金克、徐崇溫譯，理性、社會神話和民主〔M〕，上海：上海人民出版社，2006。

79. 新京報編，追尋80年代〔M〕，北京：中信出版社，2006。

80. 徐敬亞等編，中國現代主義詩群大觀，1986～1988〔M〕，上海：同濟大學出版社，1988。

81. 徐敬亞著，崛起的詩群〔M〕，上海：同濟大學出版社，1989。

82. 奚密，從邊緣出發〔M〕，廣州：廣東人民出版社，2000。

83. 奚密，詩生活〔M〕，南寧：廣西師範大學出版社，2004。

84. 楊義，重繪中國文學地圖通釋〔M〕，北京：當代中國出版社，2007。

85. 〔英〕伊格爾頓（Eagleton, T.）；伍曉明譯，二十世紀西方文學理論〔M〕，西安：陝西師範大學出版社，1987。

86. 張健主編；張閎本卷主編，中國當代文學編年史，第四卷（1966.1～1976.9）〔M〕，濟南：山東文藝出版社，2012。

87. 張健主編；張清華本卷主編，中國當代文學編年史，第五卷（1976.10～1984.12）〔M〕，濟南：山東文藝出版社，2012。

88. 張清華，中國當代先鋒文學思潮論〔M〕，南京：江蘇文藝出版社，1997。

89. 張清華主編，大詩論——中國當代詩歌批評年編 2013〔M〕，北京：東方出版社，2014。

90. 張清華主編，中國當代民間詩歌地理〔M〕，北京：東方出版社，2015。

91. 張閎，聲音的詩學：現代漢詩抒情藝術研究〔M〕，上海：上海書店，2016。

92. 張俊彪，郭久麟主編，大中華二十世紀文學簡史〔M〕，南京：江蘇人民出版社，2012。

93. 趙樹勤主編，中國當代文學史。1949～2012〔M〕，長沙：湖南師範大學出版，2012。

94. 趙平略譯注，貴州古代紀遊詩文譯注〔M〕，貴陽：貴州人民出版社，2006。

95. 鐘鳴，旁觀者〔M〕，海口：海南出版社，1998。

96. 朱德發，現代中國文學英雄敘事論稿〔M〕，濟南：山東教育出版社，2006。

97. 卓南生，中國近代報業發展史：1815～1874〔M〕，臺北：正中書局，1998。

附錄：「貴州詩人群」詩歌創作及文學活動大事記

1958 年

　　黃翔以筆名「艾朗」在《山花》雜誌發表民歌《噴香穀子從天下》、《一座高爐在雲間》等。

1961 年

　　黃翔以筆名「北潔星」在《山花》上發表詩歌《哈瓦那——北京》。

1962 年

　　黃翔創作詩歌《獨唱》、《長城》。

1963 年

　　7 月

　　啞默創作詩歌《海鷗》。

1968 年

　　黃翔創作詩歌《野獸》、《白骨》，詩論《留在星球上的劄記》。

　　啞默創作詩歌《鴿子》。

　　詩人黃翔、啞默和路茫開始「野鴨沙龍」生活。

1969 年

黃翔創作詩歌《火炬之歌》、《我看見一場戰爭》、散文詩《鵝暖石的回憶》。

1972 年

黃翔創作詩歌《長城的自白》以及散文詩《天空》、《詩人的家居》、《愛情的形象》。

1973 年

黃翔開始創作詩歌《世界在大風大雨中出浴》（1973～1974）。

啞默整理出第一本手抄詩集《美與真》，並開始創作散文詩《苦行者》（1973～1975）和隨筆集《你伴我漫步荒原》（1973～1975）。

1976 年

黃翔創作詩歌《中國　你不能再沉默》、《火神》、《不，你沒有死去》、《倒下的偶像》。

啞默開始創作民族情感史詩《飄散的土地》（原名《大地‧民族‧潛力》）。

1977 年

黃翔創作詩歌《青春　聽我唱一支絕望的歌》、組詩《我的奏鳴曲》。

路茫創作詩歌《啊，我的船》、詩論《新詩學》。

1978 年

黃翔創作詩歌《我》。

10 月 11 日

黃翔、路茫（李家華）、莫建剛、方家華在北京成立「啟蒙社」，《啟蒙》創刊，刊載黃翔的組詩《火神交響詩》。

11 月 24 日

《啟蒙》第二期刊出路茫的《評〈火神交響詩〉》。

1979 年

路茫創作詩歌《鐘》、《問天》、《天鵝之死》、《小夜曲》、《光明交響詩》、《雲》、《裂》、《礦工》、《列車》、《荒山的舞》、《小白鴿　快飛呀》、《我的小夜曲》、《思念》、《尋》、《寄給死去的愛情》、《我和你》、《誘惑》、《給晚霞》、《紀念曲》、《我》、《海螺的路》、《開拓者》、《書》、《信》、《星星呀　星星》、《等待》等。

1 月 8 日

《啟蒙》第三期刊載《致卡特總體》和《論人權》。

1 月 25 日

《啟蒙》第四期刊載《論歷史人物對歷史的作用與反作用》。

3 月 5 日

《啟蒙》第五期刊載「愛情詩專輯」，主要刊出以下詩歌：《來一場靜悄悄的情感革命》、《田園奏鳴曲》、《愛情的形象》、《青春，聽我唱一支絕望的歌》。附錄《致〈詩刊〉編輯部》。

1980 年

9 月

黃翔創作敘事性長詩《魘》。

11 月

黃翔、啞默、路茫等詩人與貴州大學在校學生張嘉諺、吳秋林等人創辦《崛起的一代》。

12 月

《崛起的一代》第二期出刊，撰稿人為張嘉諺、黃翔、啞默、方華、吳秋林、梁福慶、鄧維、田心、舒婷、顧城、莫剛、魏明偉、孫昌建、黃建勇、華勇等 29 人。

1981 年

6 月

《崛起的一代》第三期以傳單形式秘密刊發，僅刊載黃翔的《致中國當代詩壇的公開信——從艾青、周良沛的文章談起》一文。

1982 年

吳若海開始創作《長江組詩》、長詩《城市交響曲》、《沉思交響曲》、《夢幻交響曲》、散文長詩《靈悟》、散文詩集《在痛苦的園中》、散文詩和寓言小說集《門與牆》及百餘首零散詩歌，到 1987 年全部完成。

1985 年

路茫將詩歌及詩論結集為《寄給死去的愛情》，由貴州人民出版社出版。

11 月

王強創作詩歌《南方的河是流向天空的》。

1986 年

路茫在雜誌《山花》上發表《詩學隨筆》。

黃翔在雷楨孝先生的資助下打印了 100 套詩選集《狂飲不醉的獸形》。

11 月

黃翔、啞默、張嘉諺、王強、秋瀟雨蘭、莫建剛、黃相榮、王付、趙雲虎等詩人在貴州貴陽成立「中國詩歌天體星團」。

巨型鉛印民刊大報《中國詩歌天體星團》出刊，刊載作品為：黃翔的《〈中國詩歌天體星團〉說》、《狂飲不醉的獸形》（「詩學選集」斷章）、《世界　你的裸體和隱體》、《血嘯》；啞默的《飄散的土地》（節選）；黃相榮的《黃相榮詩選 1980～1985》；王強的《南方的河是流向天空的》（1985 年 11 月）。

12 月

黃翔、王強、黃相榮、莫建剛、梁福慶、秋瀟雨蘭等帶著幾千份詩報進京與在北京大學中文系進修的張嘉諺匯合，參加北京大學首屆文學藝術節，並先後前往北京大學、中國人民大學、北京師範大學、中央工藝美術學院以及魯迅文學院等學校舉辦詩歌朗誦會和座談會。

1989 年

4 月

詩人龍俊主編並自費出版《現代詩選》，收錄了吳若海、李澤華、唐亞平、黃相榮、秋瀟雨蘭、王強、陳紹陟、姚輝、趙雲虎、王剛、農夫、張凱、龍英、陳村及龍俊等貴州詩人的詩歌作品。

1991 年

12 月

詩人王強在北京圓明園藝術村詩歌廳創辦民刊《大騷動》，編委成員及主要撰稿人分別是王強、海上、農夫、寡婦、張景、乳無房、鍾山、王梅梅、鄭單衣、王艾、嚴力、唐亞平、大風、方子、趙徵、蕩天、馬松、馬賊、默春、隱南、雪迪、啞默、黃翔、食指、芒克、阿偉、張曉軍、默默、林忠成、劉翔、態川、南鷗、空空、鬱鬱、孟浪、彭一田及曹學雷等。

1993 年

　3 月

　《大騷動》第二期出刊。

　7 月

　《大騷動》第三期出刊，重磅推出「中國被遺忘的詩人」專欄。

1994 年

　4 月

　《大騷動》第四期出刊。

2003 年

　6 月

　《大騷動》第五期出刊。

致　謝

　　在我過往 36 年的人生中，新街口外大街 19 號陪伴我走過差不多一半的旅程。在這 18 年的歲月裏，我來了又去，去了又來，北師大的「天使」路上、圖書館裏、教七樓前都留下了我從花季少女到為人之母的身影，見證了我人生的每一次蛻變。2001 年，從千里之外的西南小城來到北師大的我，在老師們的關心和指導下真正地步入了文學的殿堂，在此，我要感謝在我本科學習階段給予我關心和幫助的趙仁圭、劉謙、張健、錢振剛、劉勇、過常寶、王向遠、劉洪濤、李正榮、齊元濤、紀廣茂、陳太勝、趙勇、陳學虎、蕭放等各位老師。感謝在我碩士及博士學習生涯中給予我更多專業訓練的各位老師，他們是劉勇老師、鄒紅老師、黃開發老師、楊聯芬老師、沈慶利老師。在此，我還要感謝貴州省安順學院的張嘉諺老師，感謝他為我提供了大量的一手資料和未刊稿，並不斷與我分享他的經歷和心得。人生際遇中的每一次蛻變，最不能忘卻的就是貴人的提攜，在這裡，我要特別感謝目前就職於四川大學文學與新聞學院的劉福春老師，感謝劉老師的慷慨解囊，讓我在四川大學劉福春中國新詩文獻館中探尋到無數的寶藏，為我的博士論文寫作打下了堅實的史料基礎。劉老師對史料工作的熱愛和嚴謹的治學態度，讓我受益匪淺，同時，劉老師的親切幽默，為我們緊張的寫作生活帶來了無數的歡聲笑語，劉老師就是我們公認的「寶藏男孩」。在我的求學生涯中，我尤其要感謝的是我的導師李怡老師和師母康莉蓉老師。李老師寬厚豁達、知識淵博、治學嚴謹，他講課風趣幽默，見解睿智深刻，常常三言兩語就能給人棒喝的通透感，為我的學習和生活注入了無窮的正能量。溫婉大方的康老師，常常給予我亦師亦友的關心和鼓勵，讓我在學習和寫作中信心倍增。老師們的學者情懷和

師者擔當，無疑是對「學為人師、行為示範」的最好詮釋。

當然，我還要特別感謝的是我的家人，在我北上讀書的日子裏，沒有他們的全力支持，就不可能有我的博士求學之旅。感謝我活潑可愛的女兒松子淳小朋友，她的懂事聽話使我得以更專心地投入到學習生活中。感謝從物質到精神上給予我最大力支持的先生松炳志，當周圍的朋友調侃我的學歷比他高時，松先生總是開心地自稱為「博士後」，並身體力行地傳達了這一稱謂背後的深刻用意——楊博士最堅強的後盾。在此，我更要由衷地感謝我的父母，感謝他們的養育之恩，他們犧牲安逸的晚年時光為我照顧孩子，讓我得以全身心地投入學習和論文寫作中。最後，我還要感謝給予我關心和支持的顏同林、周維東、周文、妥佳寧、羅維斯等師兄師姐，感謝趙靜、教鶴然、李樂樂、龍豔、陳瑜、胡余龍等師弟師妹的陪伴和鼓勵。要感謝的人實在太多，在此不一一謝過，就將我最真誠的祝福送給給予我關心和支持的每一個人。